AF399139

Stefan Bruweleit

Der Doofe und der Galgen

Erzählungen und Kurzgeschichten

Mephistopheles-Verlag

© 2022 Stefan Bruweleit
Überarbeitete und erweiterte Fassung der 2018 unter
dem Titel *Der Galgen* veröffentlichten Ausgabe
Lektorat und Verlag: Mephistopheles-Verlag,
Nordenham
Umschlaggestaltung: Mephistopheles-Verlag
Herstellung: BoD, Norderstedt
ISBN: 978-3-9824142-6-3

Inhalt

Nichts stand in seinem Leben ihm so gut
Als wie er es verlassen hat.

(Shakespeare, Macbeth; nach Schlegel / Tieck)

Der Doofe und der Galgen

Noch 14 Tage

Angefangen hatte es mit der Hose. Der Dicke zog die Stirn in Falten, heute wie auch sonst ein sicheres Zeichen für angestrengte Denktätigkeit. Ja, mit der Hose. Er nickte. Es war eine schöne Hose gewesen. Hatte er sie auch an jenem Tag mit Veilchenduft parfümiert? Er war sich nicht mehr sicher, aber möglich war es schon. Denn er hatte die meisten Dinge, die ihm gefielen, mit Veilchenduft parfümiert. Und die Hose hatte ihm ganz besonders gefallen. So gut, dass er am Bund sogar ein kleines Schild mit seinem Namen hatte einnähen lassen ...

Wann und unter welchen Umständen ihm die Idee gekommen war, daran erinnerte er sich nicht mehr. Wohl aber entsann er sich noch genau, wie er sie mit seinen beiden Kumpanen, Fredie und Gustl, besprochen hatte.

Nach anfänglichem Zögern erklärten sie sich endlich einverstanden, entwickelten sogar so etwas wie Begeisterung für die Idee. Und die Idee war ja auch wirklich gut. Die Idee mit dem Juwelierladen, der direkt unter einer leerstehenden Wohnung lag. Keine Alarmanlage war zu befürchten, denn wer käme schon auf den Einfall, dass jemand in eine leerstehende Wohnung einbrechen könnte. Und direkt an den Juwelierladen angeschlossen war ein alter Lagerschuppen. Von dort herrschte also ebenfalls keine Gefahr. Kurz nach Mitternacht brachen die drei also in die leerstehende Wohnung ein, und bald schon hämmerte es fröhlich durch die nächtliche Stille, als man ein Loch durch den Boden der Wohnung in den darunter liegenden Juwelierladen schlug.

Nach einer Stunde klaffte bereits ein gut zwanzig Zentimeter tiefer Krater im Fußboden und nach drei Stunden endlich hörte man den Putz der Decke auf den Boden des unter ihnen liegenden Raumes fallen. Die drei von ihrer Schwerstarbeit mittlerweile völlig Ermatteten lugten fasziniert durch das Loch im Boden. »Den Rand noch 'n bisschen«, sagte der Dicke und legte selber Hand an. »Mach schon mal die Strickleiter fest«, trug er Fredie auf.

»Wo?«

»Wo! Irgendwo, wo's hält!«

Fredie öffnete eine schwarze Tasche und holte eine Strickleiter heraus. Nachdem er sich mehrmals ratlos im Raum umgesehen hatte, befestigte er sie schließlich am Heizungsrohr vor dem Fenster und rollte sie dann aus. Als der Dicke mit der Verbreiterung fertig war, nahm er das Ende der Strickleiter und warf es durch das Loch. »Fredie, du als Erster, und nimm das Brecheisen mit.«

Fredie sah sich unsicher um und stieg dann auf der Strickleiter in den unter ihnen liegenden Raum. Ihm folgte Gustl. Auch der Dicke hatte bereits die Hälfte des Weges hinter sich, als von oben zunächst ein Quietschen und dann ein Krachen zu hören war; schließlich gab das Heizungsrohr unter seinem Gewicht ganz nach und riss aus der Halterung. Mit einem lauten Schrei fiel der Dicke die verbleibenden zwei Meter und krachte auf einen Holztisch direkt unter dem Loch, der sogleich in seine Einzelteile zerlegt wurde. Fredie und Gustl standen vor Schreck erstarrt neben ihm.

»Helft mir endlich hoch!« Diese Worte lösten den Bann und sie halfen ihm wieder auf die Beine.

»Bist du in Ordnung, Mann?«

»Seh´ ich so aus?«

Schließlich beruhigten sie sich wieder und sahen sich um. Der Raum, in dem sie sich befanden, war überwiegend mit Tischen und Stühlen voll gestellt. »Seltsames Versteck für Juwelen«, bemerkte Fredie. Sie kämpften sich an dem Mobiliar vorbei in die Mitte des Raumes.

»Sollte neben dem Juwelierladen nicht eigentlich so ´n Lagerschuppen sein?«, fragte Fredie endlich.

»Tut´s auch«, antwortete der Dicke.

»Wenn neben dem Juwelier ein Lagerschuppen ist, müsste man dann durch das Fenster da nicht in den Schuppen gucken können? Ich meine nur ... warum ist denn da die Straße?« Er zeigte auf das Fenster an der gegenüberliegenden Wand. Zweifelsohne sah man durch das Fenster eine Straße und keinen Lagerschuppen.

Der Dicke kratzte sich am Kopf.

»Haben wir das Loch etwa zu weit hinten gebohrt?«, fragte Gustl.

Fredie sah verständnislos vom einen zum anderen. »Ist das hier etwa nicht ...«

»Nein, ist es nicht!«, brüllte der Dicke. »Wir sind in diesem verfluchten Lagerschuppen gelandet!«

Diese Erkenntnis schien alle einigermaßen zu verwirren.

»Und was jetzt?«

»'n neues Loch?«, schlug Gustl vor.

»Schaffen wir nicht. Das muss schon fast vier Uhr sein.« Der Dicke sah sich um, und wie stets, wenn er angestrengt nachdachte, bildeten sich einige Falten auf seiner Stirn. »Hier ist nichts zu holen. Wir verschwinden«, trug er die Frucht seiner Grübelei schließlich vor. Die drei suchten hektisch nach einem Ausgang, mussten aber bald feststellen, dass sowohl die Fenster als auch die Tür durch Eisengitter gesichert waren.

»Das darf doch wohl nicht wahr sein! Für das Gerümpel machen die hier so 'n Aufwand!« Aus der Stimme des Dicken war nun ein Anflug von Panik herauszuhören.

»Da! Ich glaub', da sind nur Holzbretter vor.« Gustl zeigte auf ein kleines Fenster an der Rückwand des Raumes.

»Kommen wir da rauf?«

»Stell einen Tisch runter und versuch's mit dem Brecheisen!«, wies der Dicke Fredie an. Fredie gehorchte und zur allgemeinen Erleichterung war schon bald ein Krachen zu hören, als das erste Brett nachgab und in den Hinterhof fiel. Schließlich war der Weg frei und Fredie stieg als Erster durch das Fenster und ließ sich draußen nach unten fallen. Es folgte Gustl und endlich zwängte sich auch der Dicke mit dem Kopf voran in den Fensterrahmen, blieb aber schon bald stecken.

»Nicht so. Mit den Beinen zuerst!«, sagte Gustl.

»Geht nicht. Ich sitz´ fest!« Der Dicke drückte mit den Händen gegen die Außenwand, bewegte sich aber keinen Zentimeter. »Los, zieht!« Er streckte die Hände aus. Fredie und Gustl fassten sie und zogen mit aller Kraft. »Aua!«, schrie der Dicke. »Meine Hose sitzt fest!«

Auf der an dem Gebäude vorbeiführenden Straße war ein Automotor zu hören. Der Wagen hielt an. Gustl und Fredie sahen sich an und zogen erneut. Zuerst ein Knirschen, dann ein Reißen von Stoff und schließlich war der Dicke befreit und stürzte mit lautem Gepolter und Geschrei auf seine Freunde. Während sich die drei am Boden wälzten, schlug plötzlich eine Autotür zu.

»Meine Hose!«, jammerte der Dicke und blickte zu dem Fensterbrett empor, auf dem ein Stück von einem Hosenbein zu sehen war.

»Scheiß was auf die Hose! Wir müssen weg!«, drängte Gustl und half dem Dicken auf die nun nackten Beine.

Der Dicke hatte noch einmal hinauf zum Fenster gesehen und dann in Unterhosen die Flucht angetreten. Ohne die mit Veilchenduft parfümierte Hose, in die ein Schild mit seinem Namen eingenäht war ...

Nun ja, so schlimm war die Sache ja nicht ausgegangen. Ihre ausufernde Dummheit hatte man sogar als mildernden Umstand anerkannt. Vielleicht war der Richter auch vom Veilchenduft der Hose beeindruckt gewesen. Gerade einmal ein Jahr hatte es für jeden von ihnen gegeben. Wann war das noch einmal gewesen? Ach, er wusste es nicht mehr. Es war schon so lange her. Der Dicke lächelte, versonnen in jener Erinnerung schwelgend. Wie sie dort standen, keine fünf Meter von ihm entfernt, die Fußspitzen exakt an der weißen Linie ausgerichtet. Nicht ein einziger Zentimeter stand über.

Der Doofe, der Pickelige, der Rothaarige, der Blonde, der Lange, der Alte, das Langohr. Fast meinte man, eine gewisse Feierlichkeit auf den dummen Gesichtern zu bemerken. Ob der Strick wohl halten würde? Der Dicke dachte an den Tisch in dem Lagerschuppen, der krachend unter seinem Gewicht zusammengebrochen war. Aber das hier war etwas vollkommen anderes. Der Strick war fest, die Konstruktion stabil. Er musste es wissen, er hatte sie schließlich regelmäßig poliert. Erst vorgestern. Wie das Holz in der Morgensonne glänzte, ja, blendete, sodass man es nicht länger als einige Augenblicke ansehen konnte. Nein, der Strick, der Balken würden selbst seinem Gewicht standhalten. Doch noch eine andere Frage ging ihm durch den Kopf. Würde der Strick, den der Mann in dem grauen Trenchcoat neben ihm nun um seinen Hals legte, nicht abrutschen? Es war immerhin durch jahrhundertelange Erfahrung erwiesen, dass sich Leute mit langen und dünnen Hälsen am besten hängen lassen. Besonders wenn sie dazu noch ein kräftiges und vorstehendes Kinn haben. Da bestand keinerlei Gefahr, dass etwas verrutschen würde. Aber wie sah es bei ihm aus mit seinem Doppel- und Dreifachkinn, das fast direkt auf den Schultern auflag? Würde der Strick womöglich über die Speckmassen rutschen, sobald sich die Falltür öffnete, und er dann mit lautem Gepolter durch die schwarze Öffnung zu seinen Füßen, die nun noch geschlossen war, krachen? Ach, welch armselige Vorstellung! Der Trenchcoat neben ihm schien derartige Bedenken nicht zu hegen, denn er nickte seinem Kollegen, der links vom Dicken stand, zu, worauf dieser einen Hebel betätigte, der die Falltür öffnete. Und er hatte Recht. Fast gänzlich verschwand der Strick in den Fettmassen, die den

Hals des Dicken bildeten, und dachte gar nicht daran, zu verrutschen. Und was mochte in seinem dicken Schädel vor sich gegangen sein, als nun seine Augen vortraten und seine Kameraden anglotzten, die keine fünf Meter von ihm entfernt standen, sein Mund sich öffnete und röchelnde Laute ausstieß, die gar noch eine entfernte Ähnlichkeit mit Worten aufwiesen?

Wer weiß das schon. Und vor allem: Wen interessiert es?

***

Noch 13 Tage

… wie eine Ehrendame. Nur das Wort *eine* war unterstrichen. In Rot. Fett. Fett und mit einem schmierigen Rotstift, damit es unmöglich zu übersehen war. *wie* und *Ehrendame* waren demnach richtig. Wenn sie nur dazuschreiben würden, um welche Art Fehler es sich handelte. Aber das herauszufinden, war seine Aufgabe. Dazu lag die Grammatik neben ihm, die vermutlich mehr wog als der Tisch, auf dem sie platziert war. Der Doofe ging nach dem Ausschließungsprinzip vor. Ein Rechtschreibfehler war es definitiv nicht. Selbst er wusste, wie man *ein* oder *eine* schreibt: e i n e. Ein Stilistikfehler konnte es auch nicht sein oder ein Wortfehler. Welches andere Wort hätte man hier sonst benutzen sollen? Dann also wohl ein Grammatikfehler. Er las nochmals den ganzen Satz durch: *Gewiss würde es ihr Herz bewegen, wenn ich ihr einen Handkuss geben würde wie eine Ehrendame.* War der Fall verkehrt? Nominativ, Genitiv, Dativ, Akkusativ. Ach, zum Teufel mit der ganzen Grammatikgrütze! Hatte unser Doofmann nicht auch so schon zur Genüge seine Beschränktheit bewiesen, mussten sie ihn zudem noch mit diesen Übungen foltern, um auch den allerletzten Beweis dafür zu erhalten? Er schüttelte den Kopf und las den Satz erneut. Vielleicht der Dativ? Wie war das noch bei weiblichen Wörtern? Wie einer Ehrendame? Schon möglich. Aber warum? Das Perfide an der Sache war, dass man immer begründen musste, warum etwas falsch war. Einfach korrigieren, das reichte nicht. Eine Begründung musste her, die dort irgendwo in dieser Schwarte zu finden war, mit der man nicht nur eine Ehrendame, sondern gleich einen ganzen Ochsen hätte erschlagen können. Er machte zunächst einmal mit *würde* in *geben würde* weiter, das ebenfalls unterstrichen war. *würde*, wird doch fast wie *wurde* geschrieben, nur mit zwei Punkten. Was sollte da falsch sein? Soweit er wusste, ist *geben würde* ein Konjunktiv, den man benutzt, wenn etwas nicht real ist. Und genau das war hier der Fall. Er würde hier kaum die Gelegenheit finden, jemandem einen Handkuss wie einer Ehrendame zu geben. Nein, der Konjunktiv stimmte. Aber was dann? Vielleicht das doppelte *würde*, einmal vor dem *wenn*, einmal dahinter. Besonders elegant hörte sich das ja wirklich nicht an. Er wünschte, dass sein Bruder hier wäre, der kannte sich mit solchen Sachen aus. Ja, sein Bruder kannte sich mit vielen Dingen aus; er würde ihn fragen, wenn er das nächste Mal kam.

Plötzlich bewegte sich etwas hinter ihm. Jemand protestierte. Er glaubte, es war der Blonde. Ein Stuhl wurde verrückt. Zwei Trenchcoats werden ihn zu dem Stuhl mit der Elektrovorrichtung gezerrt haben, ging es ihm durch den Kopf. Sich umzudrehen, war natürlich streng verboten, aber er konnte sich vorstellen, dass ihn

gleich beide Trenchcoats gepackt hatten, der Blonde
war nämlich kräftig. Dann hörte man, wie die Schnallen
um seine Handgelenke und Schienbeine gelegt
wurden. Der Blonde wehrte sich heftig, aber er schrie
nur gering, als man den Strom einschaltete. Fast schien
es, er schreie mehr aus Pflichterfüllung als vor Schmerzen, denn vermutlich war der Strom nicht besonders
stark.

Der Doofe wusste nicht, was der Blonde getan hatte.
Um Fehler in seinem Aufsatz konnte es nicht gegangen
sein. Die Bestrafung erfolgte grundsätzlich erst, nachdem die Berichtigung abgegeben worden war. Sie hatten den Aufsatz vorgestern geschrieben. Ja, es war vorgestern gewesen, als ihm noch 15 Tage geblieben waren. Die Themenvorgabe war für jeden Verurteilten
verschieden. Sein Thema hatte gelautet: Wie erobere ich
das Herz einer holden Jungfrau? Heute hatten sie die
Aufsätze mit den unterstrichenen Fehlern zurückbekommen und mussten sie nun berichtigen. Die Berichtigungen wurden dann am Ende der Stunde eingesammelt, und nur wenn die korrigierte Fassung dann noch
Fehler enthielt, würde morgen oder übermorgen die
Bestrafung erfolgen. Wahrscheinlich hatte der Blonde
versucht, seinen Tischnachbarn um Rat zu fragen.
Möglich ist auch, dass er hinter dem Rücken eines der
Trenchcoats eine obszöne Geste gemacht hatte. Aber
beides war natürlich idiotisch. Jeder wusste, dass sich
hinter dem Spezialglas noch ein ganzes Rudel von
Trenchcoats befand, das alles beobachtete, was in dem
Klassenzimmer vor sich ging. O ja, sie waren da und
beobachteten. Selbst wenn sie nicht vor einem standen
und einen anstarrten, konnte man ihre Blicke spüren.
Mogeln war völlig zwecklos.

Aber natürlich gab es auch einige, die es darauf anlegten, erwischt zu werden, insbesondere die Galgenvögel, das heißt diejenigen, auf die der Galgen wartete. Sie hofften darauf, dass sich die Trenchcoats einmal vergessen und den Strom so hoch einstellen würden, dass sie mithin durch die Hintertür zu einem Gnadentod kamen. Aber natürlich wussten die Trenchcoats das und waren vorsichtig. Verurteilte mit Herzfehlern durften überhaupt nicht mit Strom bestraft werden. Ihnen trieb man meistens glühende Stecknadeln unter die Fingernägel oder bohrte ihnen einen Weisheitszahn auf.

Der Doofe konzentrierte sich wieder auf seinen Aufsatz. Die Sache mit dem *geben würde* war ihm zu blöd und er ging weiter zur nächsten markierten Stelle. Hier glaubte er, den Fehler zu kennen und auch begründen zu können, aber trotzdem war dort etwas seltsam. Er hatte geschrieben: *wegen dem vielen Herzblut* und die letzten drei Wörter waren unterstrichen. Er vermutete, dass der Dativ nach *wegen* der Stein des Anstoßes sei, und schlug in dem Wälzer unter *Präpositionen* nach. Bald hatte er auch *wegen* entdeckt, und dort stand in Fettbuchstaben, dass nach *wegen* der Genitiv folgen müsse. Auch zum Gebrauch des Dativs anstelle des Genitivs fand sich dort eine umfangreiche Abhandlung über zwei Buchseiten, die wie folgt begann:

Es lässt sich leider nicht leugnen, dass in gewissen Schichten der Gebrauch des Dativs vorherrscht. Der Umstand, dass es sich bei diesen Subjekten grundsätzlich um den Bodensatz, um nicht zu sagen: den Abschaum der Gesellschaft handelt, die häufig lediglich Opfer einer missglückten Bildungspolitik sind, ändert nichts an der Abscheulichkeit dieses Sprachge-

brauchs, den es mit allen verfügbaren Mitteln auszumerzen gilt. Dies umso mehr, als wissenschaftliche Studien eindeutig bewiesen haben, dass dieser barbarische Sprachgebrauch in aller Regel Hand in Hand mit einer ebensolchen moralischen Gesinnung einhergeht.

Der Genitiv war also gefragt. Doch warum waren dann die letzten drei Wörter unterstrichen. Der Genitiv müsste doch lauten: *wegen des vielen Herzblutes. vielen* blieb doch, wie es war. Es hieß doch nicht: *wegen des vieles Herzblutes* oder wie auch immer.

Er wendete es hin, er wendete es her, kam aber immer zu demselben Schluss: das Wörtchen *vielen* war korrekt und zu unrecht angestrichen. Er überlegte, schielte nach rechts und nach links, konnte aber keinen der Trenchcoats entdecken. Dann griff er zum Füllfederhalter und schrieb unter den korrigierten Satz die Begründung: *Auf wegen folgt der Genitiv, und der lautet:* wegen des vielen Herzblutes. *Das Wort* vielen *ist also korrekt. Wer ist hier nun der Barbar?*

Ein Schauder lief ihm über den Rücken, halb vor Entsetzen über seine Kühnheit, halb vor Wonne. Doch was wollten sie machen? Ihn aufhängen? Er kicherte in sich hinein und legte den Korrekturbogen auf den Grammatikwälzer, damit er eingesammelt werden konnte. Irgendwo hinter ihm erhielt der Blondschopf einen weiteren Stromschlag, aber auch dieser konnte nicht besonders stark gewesen sein.

Am Nachmittag ging es dann raus zur Formalausbildung. Antreten war wie gewohnt an der Markierung ein Stück hinter dem Galgen. Sie waren zu fünfzehnt, drei hintereinander, fünf nebeneinander. Der Blonde wirkte noch etwas unsicher auf den Beinen, hielt sich aber recht wacker. Das Kommando führte einer der Trenchcoats. Gleichschritt, Wendungen, Marsch mit Gesang. Die ganze Palette. Es ging ganz gut. Zumindest war es heute trocken. Wenn es regnete und dazu noch Laub von den Bäumen außerhalb der Anlage hereingeweht war, wurde es auf dem Asphalt empfindlich rutschig, und wenn man beim Marschieren ausrutschte und die Reihe durcheinander brachte, dann war natürlich nie das Laub schuld. Bei Bestrafungen auf dem Exerzierplatz waren die Trenchcoats weniger zurückhaltend als im Klassenraum, zumal hier Rohrstöcke verwendet wurden, mit denen man schon arg dreinprügeln musste, um jemandem den Gnadentod zu gewähren. Aber wie gesagt, heute ging's recht gut.

Als sie Marsch mit Gesang übten, sah der Doofe, wie eins der Fenster im zweiten Obergeschoss geschlossen wurde. Vermutlich fand dort gerade irgendeine Sitzung statt und man fühlte sich gestört. Wer im zweiten Obergeschoss untergebracht war, wusste er nicht genau. Die tollsten Geschichten hatte er bereits gehört, die meisten drehten sich darum, dass dort neue Hinrichtungsarten erforscht werden sollten. Einer wollte sogar wissen, dass man da gerade einen elektrischen Galgen entwickele, der den im Hof bald ersetzen solle. Der Strick solle aus Metall bestehen, durch den bereits vor dem Erhängen Strom fließe, noch bevor sich die Falltür unter dem Galgenvogel öffnete. Man vermutete, das Ganze solle als Einstimmung auf das eigentliche Erhängen dienen, währenddessen der Strom dann stetig erhöht werde, sodass der Tod durch Erhängen mit dem durch Stromschlag im Wettstreit stehe. Eine Art Wettlauf der Sensenmänner. Ob etwas daran war, das wusste er nicht, aber er hielt es für Unsinn. Die Einrichtung war viel zu konservativ, um sich auf solchen neumodischen Schnickschnack einzulassen. Nein, wesentlich wahrscheinlicher schien ihm da schon die Vermutung, die sich weit größerer Beliebtheit erfreute, dass sich dort oben nämlich eine Art Revisionskammer befand. Man sollte dort Anträge einreichen dürfen, Anträge, bereits gefällte Urteile nochmals zu überarbeiten und gegebenenfalls zu revidieren. Daher der Name. Es sollte sogar schon vorgekommen sein, dass ein Urteil dann tatsächlich geändert wurde. Doch musste der Antrag von einem guten Anwalt eingereicht werden, und wie an alles Gute im Leben kam man auch an einen guten Anwalt nur schwer heran. Das galt natürlich ganz besonders für Galgenvögel. Aber es sollte dort draußen, gar nicht weit von der Anstalt entfernt, sogar einen ganz ausgezeichneten Anwalt geben. Regelmäßigen Kontakt mit der Revisionskammer sagte man diesem Anwalt nach, ja, an Samstagabenden pflege er gar mit deren Vorsitzenden Siebzehnundvier zu spielen. Hätte er diesen Anwalt irgendwie besuchen oder ihm zumindest eine Nachricht zukommen lassen können, wer wusste … Sein Bruder würde ihm gewiss helfen. Er kannte so viele Leute. Der Doofe wunderte sich ständig, wie beliebt dieser war, welche Beziehungen er hatte. Vielleicht würde er auch wieder seine Tochter mitbringen, wenn er ihn besuchte.

Was sich im ersten Obergeschoss und im Untergeschoss befand, darüber bestand hingegen keinerlei Zweifel. Im ersten Obergeschoss lagen die Zellen. Im Erdgeschoss waren der Speisesaal und der Unterrichtsraum und noch einige andere Räumlichkeiten. Im Untergeschoss aber fanden die Gerichtsverhandlungen statt. Doch musste man hier von Untergeschossen sprechen, denn es gab mindestens zwei davon, vermutlich sogar noch mehr. Der Doofe war am siebten Tag dorthin geführt worden. Zwei Trenchcoats hatten ihn auf einer Treppe hinabgebracht, die so eng war, dass sie hatten hintereinander gehen müssen. Irgendwann kamen sie zu einem riesigen Gang, der im Gegensatz zum Treppenhaus frisch gestrichen und hell ausgeleuchtet war. In der Mitte des Ganges befand sich ein Laufband, das an beiden Seiten von einem orangefarbenen Geländer gesäumt war, in dem etwa alle zwanzig Meter ein Stück ausgespart war, das wohl als Ausgang diente. Als er das Laufband betrat, setzte es sich sofort in Bewegung und beförderte ihn in gemächlichem Tempo den Gang entlang. Er sah sich nach seinen Begleitern um, doch die beiden Trenchcoats waren verschwunden. Er war allein. Zum ersten Mal befand er sich außerhalb der Zelle ohne Begleitung.

Das Band fuhr weiter, brachte ihn vorbei an grünen Türen, die meisten geschlossen, manche angelehnt. Er versuchte, einen Blick ins Innere der Räume zu werfen, doch sofern sich zwischen Tür und Türrahmen überhaupt ein ausreichend großer Spalt befand, so war dahinter nur Finsternis.

Der Gang dagegen war durch zwei Reihen von Neonröhren, die durchgehend an der Decke verliefen, hell, ja, geradezu grell erleuchtet. Er blickte vorwiegend auf das Laufband, denn die Wände reflektierten das Licht so stark, dass es ihn blendete, sah er sie direkt an. Blendend weiß waren die Wände, geradezu wie das Hemd und die Pyjamahose, in die man ihn gesteckt hatte. Ja, die beiden Farbtöne waren identisch, und er bezweifelte, dass ihn jemand entdeckt hätte, hätte man aus einer der Türen zu ihm auf das Band gesehen.

Warum waren die Anzüge so blendend weiß? Manche vermuteten rein praktische Gründe. Wurde jemand, für den der Gnadentod bestimmt war, erschossen, so verriet das austretende Blut sogleich, wo man getroffen hat und ob vielleicht noch ein zweiter Schuss notwendig war. Das war wohl richtig, doch glaubte der Doofe nicht, dass dies der wahre Grund sei. Nein, er dachte, dass man ihnen zeigen wollte, wer sie waren. Das Hemd sah nämlich ganz so aus wie ein Leichenhemd. Jawohl, wir sind die wandelnden Toten, dachte er. Das ist die Botschaft.

Irgendwann gelangte er ans Ende des Laufbandes und stand nun vor einer Wand, vor der ein weiterer Gang nach rechts, ein anderer nach links führte. Ein Stück den rechten Gang entlang sah er einen Aufzug und ging darauf zu. Er versuchte, auf den weißen Knopf neben der Aufzugtür zu drücken, was nicht ganz unproblematisch war, da seine Hände hinter dem Rücken gefesselt waren. Irgendwie schaffte er es aber doch, und die Tür sprang auf. Drinnen versuchte er, den Vorgang zu wiederholen, doch bevor er einen der zahllosen Knöpfe hätte erreichen können, schloss sich schon die Tür und der Aufzug setzte sich in Bewegung. Nach geraumer Zeit, die er im Nachhinein kaum mehr abzuschätzen wusste, blieb der Aufzug stehen und die Tür öffnete sich.

Vor ihm tat sich etwas auf, das wie ein weiterer Gang aussah, allerdings völlig unbeleuchtet war. Lediglich das Licht aus dem Aufzug ließ ihn direkt gegenüber einen mit Spinnweben überzogenen Türrahmen erkennen sowie allerlei Gerümpel, das achtlos auf dem Gang abgestellt oder hingeworfen war, darunter ein umgestürzter Stuhl und eine Gießkanne. Anscheinend befanden sich in den Wänden weitere Türen, doch war das Licht zu schwach, als dass man hätte erkennen können, ob sie geöffnet oder geschlossen waren. Dann schloss sich die Aufzugtür und er war von Dunkelheit umgeben. Als sich seine Augen an die neuen Lichtverhältnisse gewöhnt hatten, bemerkte er, dass es keineswegs völlig finster auf dem Gang war, dass sich vielmehr irgendwo weiter hinten eine Lichtquelle befinden musste, die zwar längst nicht hinreichte, ihn irgendetwas erkennen zu lassen, ihm aber dennoch verriet, dass er hier unten nicht alleine sein konnte. Er wandte sich nach links und ging auf den Schimmer zu.

Hin und wieder stieß er an Gegenstände. Ein Holzstuhl, etwas das sich wie eine Holzkiste anhörte. Er ging direkt an der Wand entlang, streifte sie mit dem Arm, um nicht wieder in die Mitte des Ganges zu geraten, wo am meisten Gerümpel zu stehen schien. Einmal stieß er mit dem Kopf an etwas Hölzernes, das an der Wand angebracht gewesen sein musste. Vielleicht ein Schild oder etwas in der Art. Er schrie auf und fluchte, als das Echo des Aufpralls noch von den Wänden widerhallte. Was hätte er darum gegeben, wenn seine Hände frei gewesen wären!

Wie lange er so durch die Dunkelheit stolperte, konnte er unmöglich sagen. Ohne die Hilfe von Mond oder Sonne verliert man schnell jedes Zeitgefühl. Es konnten Minuten gewesen sein, als er endlich eine Pause einlegte; er vermute aber, dass er bereits Stunden gegangen war, denn seine Füße begannen zu brennen und er fühlte sich erschöpft. Er ließ sich mit dem Rücken an der Wand hinabgleiten und setzte sich. Atmete tief durch. Atmete die klamme Luft, die auf eine Wasserquelle irgendwo hier unten deuten mochte.

Gewiss befand er sich tief unter der Erde und vielleicht gab es ganz in der Nähe Grundwasser. Hier nun wurde ihm bewusst, wie ausgetrocknet sein Hals war und dass er einen brennenden Durst verspürte. Er blickte den Gang entlang. Das Schimmern war nun schwächer geworden, fast herrschte gänzliche Finsternis. Bisweilen war es so stark geworden, dass er glaubte, jeden Augenblick einen Schein, von einer Kerze, von einer Lampe, sehen zu müssen. Dann war das Licht plötzlich verschwunden, nur um kurz darauf ein ganzes Stück hinter ihm aufzuleuchten. Er hatte sich umgedreht und war in die andere Richtung marschiert, ohne dem Licht allerdings näherzukommen. Er vermutete, dass es sich um eins der Irrlichter handelte, von denen er gehört hatte. Schon so manch einer, hatte man ihm erzählt, sei den Irrlichtern nachgehetzt und habe den Verstand verloren, bevor er das Gericht gefunden habe. Er hatte die Verfolgungsjagd also bald aufgegeben und war wieder in die ursprüngliche Richtung marschiert. Und hier saß er nun. Gefesselt, vor Durst fast vergehend und ganz alleine. Möglicherweise, so ging es ihm durch den Kopf, war er auch nur hier unten, um zu verdursten oder in einen Abgrund zu stürzen, der sich plötzlich in der Dunkelheit vor ihm auftun mochte. Möglicherweise hatte das Gericht schon getagt und ein Urteil gefällt. Vielleicht wartete es nur auf eine verräterische Reaktion, eine Geste, eine Äußerung, mit der er seine Schuld eingestehen würde. Doch sie würden vergebens warten. O nein, den Gefallen würde er ihnen nicht tun. Er würde sie finden, würde sie zwingen, ihn anzuhören, würde sie von seiner Unschuld überzeugen. Er musste sie finden!

Mühsam gelangte er wieder auf die Beine. Seine Knie zitterten, und der Durst war noch schlimmer geworden, doch er machte sich auf. Ging, ging immer weiter den Gang entlang, sah, wie sich das Schimmern näherte und dann wieder entfernte. Marschierte weiter, versuchte zu pfeifen, doch seine Lippen waren fast völlig vertrocknet und brachten keinen Laut hervor. Außer den Beinen schmerzte nun auch noch sein Rücken, und er setzte sich wieder hin. Allzu weit konnte er nicht gelaufen sein, aber er war so erschöpft, dass ihm sogleich die Augen zufielen. Er versank in tiefe, traumlose Nacht und musste wohl über mehrere Stunden geschlafen haben, denn als er wieder erwachte, glaubte er, vor Durst sterben zu müssen. Seine Mundhöhle, sein Rachen waren nun gänzlich ausgetrocknet, ebenso seine Lippen, die nun aufzuspringen begannen. Er hörte jede Fiber seines Körpers nach Wasser schreien, brüllen, und sei es auch nur ein einziger winziger Tropfen, der doch nicht mehr als der berühmte Tropfen auf dem heißen Stein sein würde. Schon glaubte er, das Ende sei da, als er rechts von sich, ganz in der Nähe, ein Fiepen zu hören meinte. Er lauschte. Da war es erneut. Ganz deutlich ein Fiepen, wie es eine Maus oder eine Ratte von sich geben mochte. Dann ein trippelndes Geräusch, wie wenn winzige Beinchen über einen Betonboden laufen. Er imitierte das fiepende Geräusch, so gut es seine vertrockneten Lippen erlaubten, und die Trippelgeräusche hörten auf. Er fiepte erneut. Sein neuer Kamerad fiepte zurück. Dann trippelte es wieder. Ganz undeutlich glaubte er nun, etwas in der Dunkelheit sich bewegen zu sehen. Der Nager war keinen Meter von seinem rechten Bein entfernt. Er fiepte ein weiteres Mal. Der

Schemen krabbelte ein Stück weiter, fiepte. Er saß ganz still, rührte nicht einen Muskel und beobachtete. Es war eine Ratte, da war er sich nun ganz gewiss. Sie stand auf der Höhe seines Knies und schien zu überlegen. Dann meinte er, dass sie sich aufrichtete. Ja, ohne Zweifel saß sie jetzt auf ihren Hinterpfoten und machte Männchen wie ein Hund, der auf eine Belohnung wartet. Dann ließ sie sich wieder auf die Vorderpfoten hinab und kam bis direkt an sein Knie, beschnüffelte es. Ging wieder einige Schritte zurück, schien unschlüssig. So ging es eine ganze Zeit, während der er völlig regungslos dasaß. Dann nahm sie einen kurzen Anlauf und hopps, da war sie auf seinem Knie. Er spürte ihr Gewicht, es muss sich um ein recht ansehnliches Exemplar gehandelt haben. Er spürte die Pfoten des Tieres durch die Hose hindurch auf seiner Haut. Die Ratte ging ein Stück vor und befand sich nun auf seinem Oberschenkel. Er fühlte den Leib, warm, pulsierend, die Pfoten, den Schwanz. Ganz langsam zog er das rechte Bein an, sodass sein Oberschenkel mit der Ratte ein Stück angehoben wurde. Zunächst blieb sie unbewegt, dann zog sie sich auf das Knie zurück, das nun noch höher lag als sein Oberschenkel. Vorsichtig beugte er sich ein wenig vor und schnappte zu! Mit der Schnelligkeit einer Viper stieß er vor und schnappte die Ratte im Nacken. Sie quiekte und zappelte, versuchte wohl auch, ihn zu beißen, doch wie sollte sie das schaffen, wenn seine eigenen Zähne in ihrem Nacken steckten und sie nun unbarmherzig hin und her geschüttelt wurde? Er biss fester zu und fester, hörte etwas knacken, und dann war es still. Er hatte wohl das Genick erwischt.

Doch der schwierigste Teil der Arbeit lag noch vor ihm. Bislang war es ihm noch nicht gelungen, das Fell zu durchdringen, und da er seine Hände nicht zu Hilfe nehmen konnte, musste er es also mit den Zähnen allein schaffen. Er legte den Kadaver auf seinem Oberschenkel ab und biss dann so zu, dass sich der Kopf in seinem Mund befand und seine Zähne in Nacken und Hals drangen. Er bewegte Ober- und Unterkiefer gegeneinander, biss dabei weiter fest zu, und endlich war die Haut durchdrungen und er spürte das köstliche Nass über seine Lippen rinnen. Er biss den Kopf ganz ab und spuckte ihn aus, dann fasste er den Rumpf wieder mit den Zähnen und warf den Kopf zurück, sodass das Blut in seinen vertrockneten Rachen fließen konnte.

Es war nicht viel, gab ihm aber doch genügend Kraft, um sich wieder problemlos erheben zu können. Er ging weiter. Schritt um Schritt bewegte er sich durch den unterirdischen Gang, behände nahezu. Man soll sich doch wundern, welche Wirkung auch nur einige Tropfen von dem ganz besonderen Saft haben können. Mit seinem Lebensgeist erstarkte auch seine Zuversicht, das Gericht doch noch zu finden, und zwar schon bald. Er ging also weiter und spürte, nein: wusste, dass ihn seine Füße mit jedem Schritt seinem Ziel ein Stück näher brachten. Und tatsächlich, nun bemerkte er, dass das Irrlicht, das schon seit geraumer Zeit spielerisch vor ihm hertänzelte, kräftiger zu werden begann. Kräftiger und beständiger. Ja, beständiger, es bewegte sich kaum noch, blieb endlich ganz stehen. Und nun gewahrte er, direkt neben dem Licht, einen tiefen Schatten, der nur den Eingang zu einem Raum kennzeichnen konnte. Mit pochendem Herzen starrte er auf den Schatten, der nun plötzlich in Bewegung geriet, als sich ihm von innen eine weitere Lichtquelle näherte. Nur Augenblicke später sah er eine Gestalt mit einer Kerze aus dem Raum treten. Bald erkannte er, dass die Gestalt ein Mann war. Er trug ein Baumwollhemd und eine Latzhose. Er schien schon recht betagt, sein Haar war vollständig ergraut und im Schein der Kerze waren deutlich die tiefen Furchen auf seiner Stirn zu erkennen. Der Mann sah den Doofen mit einem schiefen Grinsen an, während er die Kerze vor seinem Gesicht hin und her schwenkte.

»Ich muss zu der Gerichtsverhandlung«, sagte er, und der Mann schwenkte weiter seine Kerze. Hin und her. Noch immer waren seine Lippen zu einem Grinsen verzerrt, und er bemerkte zwei bräunliche Zahnreihen. Er muss gerade auf einem Stück Priem gekaut haben, dachte der Doofe. Dann setzte der Mann sich in Bewegung und ging an ihm vorbei. Er sah dem flackernden Licht nach, das irgendwann schwächer wurde und endlich ganz verschwand. Dann trat er in den Raum, aus dem der Mann gekommen war. Er war nur schwach von einer Kerze hinten an der Rückwand beleuchtet. Aber auch so ließ sich erkennen, dass es sich um eine Art Büro handelte. In der Mitte des Raumes befand sich ein hölzerner Schreibtisch, der solchermaßen von Pergamentrollen und Büchern überquoll, dass von der Tischplatte kaum etwas zu sehen war. An der Seitenwand stand ein Regal, in dem einige Bücher und etliche Gläser aufgereiht waren, deren Inhalt er aufgrund der Lichtverhältnisse allerdings nicht identifizieren konnte. Worauf sein Blick beim Eintreten als allererstes gefallen war, war hingegen eine Badewanne, die sich in der hinteren rechten Ecke des Raumes, ganz in der Nähe der Kerze, befand. Sie war zur Hälfte gefüllt und muss erst vor Kurzem benutzt worden sein, denn deutlich sah man auf dem Holzfußboden die nassen Fußspuren, die von der Wanne in eine angrenzende Kammer führten. War er durch das Rattenblut auch etwas zu Kräften gekommen, so litt er doch noch immer schrecklichen Durst und sein erster Impuls war gewesen, sich auf die Wanne zu stürzen und deren Inhalt auszusaufen, endlich diesen unmenschlichen Durst zu ertränken. Doch bald schon wurde ihm klar, wo er sich hier befinden könnte. Wenn dies bereits das Gericht war, was sollte man von ihm denken, wenn er hier aus der Wanne soff wie eine Kuh aus der Tränke? Nein, ihm war sogleich klar, dass dies das Schlimmste war, was er hätte tun können. Womöglich hätte man ein derartiges Gebaren gar als Schuldbekenntnis gedeutet. Und war es denn auszuschließen, dass dies hier eine Art Prüfung war? Er trat also vor den Tisch und wartete. Wartete und stand, betrachtete dabei die Gläser auf dem Regal, in denen sich Beweisstücke zu befinden schienen. Genau konnte er es hingegen nicht erkennen.

Er war sich bewusst, von welcher Bedeutung seine Anwesenheit hier in diesem Büro war. O ja, das war ihm klar. Er war hier, eben weil er unschuldig war. Hätte sich ein Schuldiger so bereitwillig hierher begeben? Hätte er sich nicht vielmehr draußen auf dem dunklen Gang irgendwo versteckt, wenn er irgendetwas zu verbergen gehabt hätte? Umso wichtiger war es nun, dass er sich bemerkbar machte. Er räusperte sich also und rief dann deutlich vernehmbar »Hallo?«. »Ist hier jemand?«, fügte er hinzu, als er keine Antwort erhielt. Er wartete, doch nichts regte sich. Gewiss musste sich jemand in der Nähe befinden, denn die Spuren auf dem

Boden waren noch ganz frisch. Und dass der Alte hier ein Bad genommen hatte, das war auszuschließen, so schmuddelig, wie dieser ausgesehen hatte. Er übte sich also in Geduld und wartete.

Bald begannen seine Beine erneut zu schmerzen, auch wurde der Durst wieder quälender und quälender. Doch er wartete. Hin und wieder räusperte er sich, um zu zeigen, dass er noch hier sei, doch Schweigen war die einzige Antwort, die er erhielt. Schließlich hielt er es nicht mehr aus. Seine Beine schmerzten, seine Knie drohten einzuknicken und ihm war, als könnte er jeden Augenblick vor Durst die Besinnung verlieren. Er verließ den Raum und setzte sich draußen im Gang an die Wand.

Wie lange er so dagesessen hatte, wusste er nicht. Vielleicht war er kurz eingenickt, aber regelrecht geschlafen hatte er nicht. Mühsam raffte er sich wieder auf, und schnell wurde ihm klar, dass alle Energie, die das Blut ihm geschenkt hatte, längst verbraucht war. Er marschierte dennoch weiter, weg von dem Raum mit dem trostspendenden Licht. Bald war er wieder von gänzlicher Dunkelheit umgeben, und er konnte beim besten Willen nicht sagen, wie er es schaffte, sich auf den Beinen zu halten. Bald torkelte er nur noch. Die Irrlichter vor und hinter ihm narrten ihn, schienen mit ihm spielen zu wollen. Gerade wollte er sich zu einer weiteren Pause an der Wand hinabgleiten lassen, als er plötzlich meinte, einen Laut zu vernehmen. Er stand still und lauschte. Nichts. Schon wollte er es als Sinnestäuschung abtun, da hörte er es erneut. Ohne Zweifel waren dort Stimmen, irgendwo dort hinten, wo das Licht gerade auf und ab tanzte. Die Stimmen waren nur gedämpft, so als flüstere jemand hinter vorgehaltener

Hand, aber ohne Zweifel waren sie da, waren real. Er machte sich auf und marschierte weiter auf das Licht zu, und da nun erkannte er, dass es keins der Irrlichter war, sondern aus einem weiteren Raum kam und wahrscheinlich von einer Kerze stammte. Sein Herz begann erneut zu pochen, und mit freudiger Erwartung schleppte er sich fort.

Endlich hatte er die Tür erreicht und trat ein.

Der Raum glich dem vorherigen fast genau, nur dass hier keine Badewanne stand und an Stelle der Rückwand ein Vorhang angebracht war. Und von hinter diesem Vorhang war es, woher die Stimmen herkamen. Da mit einem Male verstummte das Geflüster. Es schien, als habe man den Doofen nun bemerkt. Augenblicke später nur röhrte es aus vollen Kehlen los. Ein ganzer Chor aus bestimmt einem Dutzend Stimmen lachte plötzlich wild durcheinander, immer lauter schallte es durch den kleinen Raum, geradezu hysterisch klang das Lachen bald. »Napoleon«, presste sich eine der Stimmen nur unter großer Anstrengung ab, woraufhin es noch enthemmter, noch hysterischer grölte. Das also war der Grund der Heiterkeit. Und zum besseren Verständnis sollten wir hier erwähnen, dass sich der liebe Gott nicht nur sehr sparsam gezeigt hatte, als die Reihe bei der Verteilung der Intelligenz an den Doofen gekommen war, nein, auch bei der Zuweisung der Körpergröße hatte ER sich nicht gerade durch Großzügigkeit hervorgetan. Und er sah ja auch wirklich zu lächerlich aus, der kleine Mann, wie er dort stand mit zerzaustem Haar, bald scheu lächelnd, bald verlegen zum Boden blickend. »Blut!«, rief es da aus, und so plötzlich das Lachen eingesetzt hatte, so plötzlich verstummte es nun wieder. Der Doofe blickte an sich hinunter, dann verstand er. Natürlich. Das Blut der Ratte. Es musste ja noch überall an ihm kleben. An seinem Mund, dem Hemd und wer weiß wo sonst noch. Zum Teufel, dass er nicht daran gedacht hatte! Er musste ja wie ein Schwerverbrecher aussehen. »Das kann ich erklären, hohes Gericht«, rief er. »Das ist ja gar kein echtes Blut. Das heißt, es ist wohl echt … ach, ich werde ja ganz konfus. Es ist echt, schon wahr, aber doch eben nur von einer Ratte. Denn Sie müssen wissen, ehrenwerte Richter, mein Durst, der war so groß, denn lange, allzu lange bin ich durch die Gänge geirrt, bis ich endlich diesen Raum gefunden habe, ja, und da wäre ich doch fast verdurstet.« Er hielt inne und lauschte, lauschte auf ein einziges Wort, dass man seine Erklärung akzeptiert, dass man sie zumindest vernommen habe, doch von hinter dem Vorhang her schwieg es nur beharrlich. »Ich weiß ja, ich bin nicht groß«, fuhr er fort und kicherte fast schulmädchenhaft auf in der Hoffnung, durch Erwähnung seiner Körpergröße einen erneuten Heiterkeitsausbruch hervorzurufen, der gewiss weniger bedrohlich gewirkt hätte als dieses drückende Schweigen. »Ja, ich bin nur klein, habe viel unter meinem Körperwuchs gelitten, aber darum bin ich doch noch lange nicht schuldig. Sehen Sie, Napoleon, der war auch nur ein kleiner Mann und …«, doch er hielt inne. War es klug, sich an diesem Ort gerade mit Napoleon zu vergleichen? Ach, er spürte, dass seine Verteidigungsrede immer unzusammenhängender wurde. »Aber nein, es ist ja gar kein Menschenblut, und sehen Sie, wäre ich denn überhaupt hier erschienen voll mit Blut befleckt, wenn irgendeine Schuld auf mir lasten würde? Wäre ich dann nicht draußen auf dem Gang geblieben und hätte mich versteckt? Haha, denn sehen Sie, es ist ja stockfinster da draußen, gewiss hätte man mich dort nie gefunden.« Und wieder hielt er inne und lauschte, trat gar noch einen Schritt näher an den Vorhang heran, um ja kein Wort zu überhören, das dahinter gesprochen werden mochte. Doch das Schweigen war nur noch undurchdringlicher, noch drückender geworden, dass er meinte, es gar körperlich auf sich lasten zu spüren. Und tatsächlich gaben seine Beine im nächsten Augenblick nach und er sank vor dem Vorhang auf die Knie. Einen letzten Ausweg nur sah er noch. »Doch wenn ich Sie schon nicht von meiner Unschuld überzeugen kann, so zeigen Sie wenigstens Gnade. Mildernde Umstände … ja, lassen Sie wenigstens mildernde Umstände gelten, wenn Sie schon nicht an meine Unschuld glauben wollen.«

Eine Minute noch gut kniete er vor dem Vorhang und lauschte, da betraten zwei Trenchcoats den Raum und führten ihn hinaus.

Das Urteil hatte man ihm am folgenden Tag auf einem handgeschriebenen Billett in seine Zelle bringen lassen. Galgen. Gnadentod ausgeschlossen. Und auch die Frist hatte man sofort festgelegt. In genau 2 Jahren, 10 Monaten, 21 Tagen, 7 Stunden und 23 Minuten war es soweit. Er wusste nicht, wann man seine Sanduhr in Gang gesetzt hatte. Als man ihm das Billett überreichte, musste sie bereits gelaufen sein, sonst hätte seine Hinrichtung irgendwann nachmittags stattfinden müssen. Und Hinrichtungen am Galgen fanden stets vormittags statt. Vermutlich rann sein Lebenssand seit dem Augenblick, als er vor dem Vorhang auf die Knie gefallen war.

Wie gesagt, die Wendungen und der Gleichschritt klappten heute recht gut. Durchgeprügelt wurde kaum jemand. Als sie schließlich fertig waren, war das Fenster im zweiten Obergeschoss noch immer geschlossen.

***

Noch 12 Tage.

Die Sonne war durchgekommen. Heute Morgen hatte noch Bodennebel geherrscht. Sogar recht dichter. Man hätte nicht gedacht, dass es noch so schön werden würde, aber im Laufe des Vormittages hatte sich der Nebel dann recht schnell verzogen, und bald schon lugte auch die Sonne schüchtern durch die Wolkendecke. Sie schien noch unschlüssig, wagte sich dann aber immer öfter hervor und trieb die Wolkendecke schließlich ganz auseinander. Nun sah man nur noch hier und dort einige Wolkenfetzen, die nicht recht zu wissen schienen, was sie an dem blauen Himmel anstellen sollten. Fast konnte man meinen, es sei Sommer. Dabei war doch Oktober. Eine leichte Brise war aufgekommen und wirbelte die Blätter der Birken, die draußen vor der Mauer standen, in den Hof der Anlage. Sie wurden erfasst, ließen sich emporschleudern, willenlos, durch die Lüfte tragen, obwohl sie gewiss doch viel lieber einfach zu Boden gefallen wären, um am Abend, spätestens aber morgen früh aufgekehrt zu werden.

Seit etwa einer Minute saß der Doofe einfach da und starrte auf den Teller mit dem Spinat und dem Spiegelei. Irgendwie mochte er Spinat. Ohne dass er eigentlich hätte behaupten können, dass er ihm geschmeckt hätte. Zumindest nicht so richtig. Vermutlich war es die Farbe, die ihm gefiel. Ja, ganz bestimmt sogar war es die Farbe. Dieses satte Grün hatte etwas an sich, was ihn

33

beruhigte. Auch wenn er sich nicht sagen konnte, worin dieses Etwas denn nun bestanden hätte. Der Blonde, der heute mit ihm am Mittagstisch saß, schien dagegen weder an der Farbe noch an dem Geschmack des Spinats irgendeinen Gefallen zu finden. Ebenso erging es dem Rothaarigen, der am Nebentisch rechts von ihnen saß. Reichlich lustlos und mit leidender Miene stocherten die beiden in dem Grünzeug herum und überwanden sich nur schwer, einen Happen davon in ihre Münder zu befördern. Mit einem Male stand der Lange am Tisch des Doofen. Er musterte erst ihn, dann den Blonden, ließ daraufhin den Blick auf seinen Teller, den er noch in Händen hielt, wandern und wirkte plötzlich sehr nachdenklich. Schließlich setzte er sich zu den beiden an den Tisch, machte aber keinerlei Anstalten, sein Essen anzurühren, sondern starrte es nur weiterhin mit nachdenklicher Miene an. »Also, irgendwie erinnert mich das Zeug ...«, begann er, hielt dann jedoch inne und schüttelte den Kopf.

»Woran erinnert Sie das Zeug?«, fragte der Blonde.

»Tja, wenn ich das nur wüsste«, erwiderte er und wirkte nun noch nachdenklicher. Da mit einem Male fuhr er mit dem Zeigefinger in die Höhe und stieß ein schrilles, meckerndes Lachen aus, das auch bis in den letzten Winkel des Speisesaales drang. Einige verwunderte Blicke wandten sich ihm zu. »Jetzt weiß ich, woran mich das Zeug erinnert!«, rief er aus. »Habe ich Ihnen schon die Sache mit der Kuh erzählt?«

»Mit was für einer Kuh?«, fragte der Alte, der am Nebentisch links von ihnen saß und erschrocken zusammengezuckt war, als er das meckernde Lachen gehört hatte. Wie alt genau er war, das wusste nicht einmal er selber, aber dass er schon sehr alt war, darin waren sich alle einig.

»Na, die Kuh von meinem Nachbarn doch«, sagte der Lange.

»Ihr Nachbar hat 'ne Kuh?«

»'ne ganze Herde.«

»Na was denn nun? Wollen Sie von der Kuh erzählen oder von der Herde? Sie machen mich ja ganz konfus.«

»Ich will von der Kuh erzählen, die zu einer Herde gehörte. Das ist doch wohl nicht so schwer«, versetzte der Lange und schüttelte den Kopf. »Also, mein Nachbar, der hatte eine Kuhherde, die war im Sommer auf der Weide, im Winter aber, wenn es kalt wurde, da wurden die Kühe in den Stall gebracht, wo es schön warm war. Die Kühe waren so nebeneinander angekettet und hinter denen war noch so ein schmaler Gang, auf dem man entlanggehen konnte, wenn man sie melken wollte. Ja, und ich, ich bin regelmäßig zu dem Bauern gegangen, als ich noch klein war, zum Spielen und um beim Melken zuzusehen und all solche Sachen. Der Bauer wurde immer fuchsteufelswild, wenn ich auf den Gang hinter den Kühen gegangen bin. Er hat gesagt, das wäre zu gefährlich, weil die Kühe austreten könnten, und wenn ich so einen Tritt abbekommen würde, dann wäre ich gleich hinüber.«

»Die Kühe könnten austreten?«, fragte der Alte.

»Ganz recht, die Kühe könnten austreten.«

»Seit wann können Kühe denn austreten?«

»Ja, was weiß denn ich, seit wann Kühe austreten können«, versetzte der Lange, der wegen der erneuten Unterbrechung nun etwas ungeduldig zu werden schien.

»Pferde können wohl austreten, aber ich habe noch nie gesehen, dass eine Kuh ausgetreten hat«, beharrte der Alte und schüttelte unwillig das schneeweiße Haupt.

»Pferde können nicht nur austreten, die können sogar kotzen, wenn ihnen danach zumute ist. Warum soll dann wohl eine Kuh nicht austreten können, wenn sie schlechte Laune hat!«, entgegnete der Lange.

»Weil sie kein Pferd ist!«

»Kühe schlagen zwar nicht so häufig aus wie Pferde, aber von Zeit zu Zeit kann das schon einmal vorkommen«, versuchte nun der Blonde zu schlichten, und seine Autorität in Kuhfragen wagte niemand in Zweifel zu stellen, denn er war früher ein sehr tüchtiger Landwirt gewesen.

»Sehen Sie!«, sagte der Lange und warf dem Alten einen triumphierenden Blick zu. Dieser schüttelte verärgert den Kopf und hieb mit seiner Gabel auf den Spinat ein.

»Also, der Bauer hat gesagt, ich soll mich nicht hinter den Kühen herumtreiben, aber ich hatte natürlich meinen eigenen Kopf. Was hat es mich interessiert, was der da erzählt. Ich strolche da also lustig auf dem Gang herum, und da mit einem Male fängt doch eine der Kühe an zu husten ...«

»Sie hustet?«

»Jetzt unterbrechen Sie mich doch nicht schon wieder! Ja, die Kuh, hinter der ich gerade stehe, fängt plötzlich an zu husten und gleichzeitig kackt sie wie wild darauf los! Wie aus ′ner Kanone geschossen kommt die Kacke da aus ihrem Hintern, und wohin fliegt sie? Natürlich mir direkt in die Fresse!« Und ein weiteres Mal schallte sein meckerndes Lachen durch den Saal, länger und schriller noch als beim ersten Mal. »Können Sie sich das vorstellen? Über einen Meter ist das Zeug geflogen mir direkt in die Fresse!«

Die Falten des Alten aber gruben sich noch etwas tiefer in dessen Stirn, als er den Langen nun aus misstrauischen Augen musterte. »Hatte das Vieh denn Blähungen?«

»Wieso denn Blähungen?«

»Na, wenn die Kacke so weit geflogen sein soll.«

»Ich hab' doch gesagt, dass die Kuh gehustet hat.« Der Lange schüttelte den Kopf.

»Aber wie soll die kacken und gleichzeitig husten? Das geht doch gar nicht!« Der Alte wirkte nun geradezu erzürnt.

»Natürlich geht das!«, beharrte der Lange. »Ich hab' das Zeug doch wohl selber in die Fresse gekriegt.«

»Das geht doch nie im Leben«, widersprach der Alte und blickte den Blonden an. Dieser fühlte sich sichtlich unwohl in der Rolle des Richters, wiegte sich einige Male hin und her und ließ schließlich vernehmen, unter gewissen Umständen sei es schon möglich, dass eine Kuh gleichzeitig huste und kacke, was dann zu einer nicht unbeträchtlichen Beschleunigung des Geschosses führen könne, worauf der Lange dem Alten einen weiteren triumphierenden Blick zuwarf.

Ein Trenchcoat ging die Fensterreihe entlang, ging von hinten auf den Rothaarigen zu und blieb dann stehen. Der Alte schnaufte und schüttelte verärgert den Kopf, während der Trenchcoat etwas aus der Innentasche seines Mantels zog und schoss. Der Rothaarige fiel vornüber mit dem Gesicht in seinen Spinat, schaffte es dann aber doch noch, sich mit den Armen auf der Tischplatte abzustützen und den Kopf wieder ein Stück zu heben. »So 'n Blödsinn. Und 'nen ganzen Meter soll es dann auch noch geflogen sein«, murmelte der Alte, während der Trenchcoat sich auf demselben Weg, auf dem er gekommen war, wieder entfernte. Nun war ein leises Pfeifgeräusch zu hören, wenn der Rothaarige atmete. Durchschuss. Ja, offensichtlich hatte die Kugel den rechten Lungenflügel durchschlagen und war dann in die Tischplatte gedrungen. Der Einschuss neben dem Teller war eindeutig zu erkennen.

»Und ob sie gehustet hat. Und 'nen Meter ist das Zeug geflogen«, sagte der Lange, den Blick nun auf seinen Teller gerichtet.

Gnadentod nannte man das hier. Dieser wurde nur gewährt, wenn mildernde Umstände vorlagen. Eine Kugel von hinten, ohne dass man vorher etwas geahnt hätte. Anders sah es bei den Galgenvögeln aus. Bei diesen gab es keine mildernden Umstände, keine gnädige Kugel aus dem Hinterhalt, sondern den Strick. Wie bei dem Doofen. 12 Tage hatte er noch. Oder genauer: 11 Tage, 21 Stunden und 50 Minuten oder eben 1760 Minuten. Es war jetzt 12:10 Uhr, die Hinrichtungen am Galgen fanden traditionell um 10 Uhr morgens statt.

Inzwischen waren auch die Männer in den blauen Overalls zur Stelle und machten sich an dem Rothaarigen zu schaffen. Der eine zwickte ihm in die Nase, der andere hielt das Ohr an die Schusswunde und lauschte, ob noch etwas pfeife. Das war anscheinend nicht der Fall, denn sie nickten einander zu und schleiften den Rothaarigen dann aus dem Speisesaal.

Der Lange starrte nach wie vor auf seinen Spinat, der noch immer so grün und unberührt auf seinem Teller lag wie zuvor.

»Ist doch alles blanker Unsinn. Das glaub´ ich nie im Leben«, sagte der Alte und warf die Gabel neben seinen Teller. Der Appetit schien ihm vergangen.

***

Noch 11 Tage.

Das Rind wirkte etwas desorientiert. Kein Wunder. Wer wusste schon, wo es vorher gewesen war. Vermutlich in irgendeinem Stall, und verglichen damit war es hier geradezu hygienisch sauber. Die weißen Fliesen, die frisch gestrichenen Wände waren sicherlich ungewohnt für das Vieh. Es blieb stehen und blickte in die Runde, als es die Männer sah. Dann stieß es einen langgezogenen Muhlaut aus, wie um zu fragen, was es hier denn zu schaffen habe. Zunächst sträubte es sich, schüttelte den Kopf. Schließlich ließ sich das Rind bereitwillig hereinführen, schien nun alle Scheu und den anfänglichen Argwohn verloren zu haben. Es ging vorsichtig, denn die Fliesen waren glatt, kam aber unbeirrt auf die Männer zu, und vermutlich hätte es sich streicheln lassen, hätte einer von ihnen die Hände bewegen können. Mit einem Male hielt es inne, schlug einmal mit dem Schwanz hin und her und trat dann einen Schritt zurück. Es hatte in einem der Fenster sein Spiegelbild entdeckt. Einen Augenblick glotzte es seinen Gegenüber an, dann stieß es einen weiteren Muhlaut aus, der von seinem Spiegelbild erwidert wurde, wenn er auch nicht zu hören war. Irgendetwas am Gebaren seines anderen Selbst musste es provoziert haben. Vielleicht der Blick, vielleicht die Art, beim Muhen das Maul zu öffnen. Jedenfalls stieß es einen dritten Muhlaut aus, der schon verdächtig einem Kriegsgebrüll ähnelte, und stürmte auf das Fenster zu. Und gewiss wäre es direkt mit dem Kopf in das Fenster gesprungen, um den Rivalen in die Flucht zu schlagen, hätten die vier Trenchcoats es nicht mit den beiden Seilen zurückgehalten. Einige Momente tobte es wie wild, schlug gar mit den Hinterläufen aus, dann trat ein Trenchcoat zwischen das Fenster und das Rind, sodass der Gegner plötzlich verschwunden war. Sogleich beruhigte sich das Rind und alle Kriegswut schien verraucht. Es war nun wieder sanft wie ein Lamm und machte sogar Anstalten, dem Trenchcoat vor ihm die Hand zu lecken, kurz bevor ein 9-Millimetergeschoss seine Schädeldecke durchschlug und es zu Boden sackte, als hätte ihm jemand die Beine weggeschlagen.

Der Doofe wünschte, sie würden sich irgendwie bemerkbar machen, bevor sie die Zelle stürmen. Ein kurzes Anklopfen, war das zu viel verlangt? Aber vermutlich wählten sie die Überrumpelungstaktik mit Vorsatz, damit man keine Zeit zur Vorbereitung hatte, so mutmaßte er. Ihn hatte ein Geräusch auf dem Gang geweckt und Augenblicke später nur waren sie auch schon hereingestürmt, hatten ihn gepackt und ihm die Hände auf dem Rücken gefesselt. Dann hatten sie ihm eine Papiertüte über den Kopf gestülpt und ihn hinausgeführt. Auf den Gang traten sie fast nie ohne eine Tüte über dem Kopf, aber auch so wusste der Doofe, dass sich schräg gegenüber von seiner Zelle eine Art Rumpelkammer befand, in der gelegentlich Hinrichtungen stattfanden. Es handelte sich hierbei zumeist um Verurteilte, die für den Gnadentod vorgesehen waren. In ganz seltenen Fällen konnte man sich den Gnadentod durch gute Führung verdienen, aber in aller Regel wurde gleich während der Verhandlung hierüber entschieden. Die Hinrichtungen in der Rumpelkammer fanden zumeist durch Erschießung statt, und einmal war es einem Verurteilten gelungen, die beiden Trenchcoats, die ihn hinrichten sollten, mit einigen Fußtritten außer Gefecht zu setzen und dann auf den Gang zu fliehen. Bevor er die Treppe hätte erreichen können, hatten sich die Trenchcoats allerdings schon wieder erholt und schossen ihn nieder. Der Blonde hatte die Sauerei am nächsten Tag aufwischen müssen, und dafür hatte man ihm die Tüte abgenommen. Daher war er der Einzige, der wusste, wie es auf dem Gang aussah.

Sie waren an der Stelle, an der sich die Kammer befinden musste, vorbeigegangen. Es war also doch nichts mit dem Gnadentod. Man hatte ihn die Treppe hinab auf einen weiteren Gang geführt, der nach etwa fünfzig Metern eine Linkswendung nahm und dann direkt in die große Halle führte. Diesen Bereich kannte er. Geradeaus ging es weiter zum Speisesaal und zum Ausgang, der zum Hof führte. Rechts davon war die Küche und links führte ein weiterer Gang zum Unterrichtsraum. Man hatte ihn zur Küche geführt und ihm die Tüte abgenommen. Küchendienst also. Er hatte damit gerechnet, dass die Sache mit dem Aufsatz nicht ohne Folgen bleiben würde. Die Herren ließen sich nicht gerne als Barbaren bezeichnen. Als Disziplinarmaßnahmen wurde gerne Strafexerzieren verhängt. Mit einem zwanzig Kilogramm schweren Rucksack marschierte man stundenlang über den Hof, ging auf dem harten Asphalt alle zwei, drei Minuten in Stellung oder wälzte sich in dem Blumenbeet vor der westlichen Umfassungsmauer, das man am nächsten Tag dann natürlich wieder vorschriftsmäßig in Ordnung bringen musste. Gerne wurde auch an der Elektrovorrichtung im Unterrichtsraum experimentiert. Küchendienst war also nicht das Schlimmste. Doch man hatte ihn durch die Küche hindurch in einen angrenzenden Lagerraum geführt. Von dort war es weiter in einen ausgedehnten Raum mit weißen Fliesen gegangen, der anscheinend als Schlachterei diente. Der Blonde war bereits da gewesen. Offenbar hatte die Elektrobehandlung noch nicht ausgereicht als Strafe. Dazu noch der Lange und später wurden noch zwei andere hereingeführt.

Und da standen sie nun und starrten auf das Rind, das nicht einmal die Zeit gefunden hatte, ein letztes Mal Muh zu sagen. Einer der Trenchcoats warf ein Messer neben den Kopf des Rindes und nickte dem Blonden zu. Dieser verstand nicht und zuckte mit den Schultern. Der Trenchcoat fuhr sich mit dem Zeigefinger über die Kehle. Der Blonde blickte von dem Trenchcoat zu dem Messer, dann zum Trenchcoat zurück. Er schüttelte den Kopf und fühlte einen Augenblick später etwas Metallenes an seinem Nacken. Auch ohne sich umzudrehen, wusste er, dass es keine Pistole war, sondern ein Elektroschocker. O ja, er wusste, wie sich diese Dinger anfühlen, und noch besser wusste er, wie es sich anfühlt, wenn einem über hundert Volt in Hirn und Rückenmark gejagt werden. Er machte eine resignierende Miene, als füge er sich dem Befehl, streckte dann aber von hinter seinem Rücken seine Hände ein Stück hervor, um zu signalisieren, dass er ja gefesselt sei.

»Wie, zum Geier, soll ich das Messer nehmen, wenn ich meine Hände nicht benutzen kann?«

Nun schienen auch die Trenchcoats zu bemerken, dass sie in ihrem Plan eine Winzigkeit übersehen hatten. Man wechselte einige Blicke, schien sich aber nicht recht entschließen zu können, dem Blonden die Fesseln abzunehmen. Wie leicht hätte er das Messer greifen und es einem der Trenchcoats in die Kehle rammen können. Doch bevor man zu irgendeinem Entschluss hätte kommen können, da ging der Blonde auch schon auf den Trenchcoat los, der das Rind ermordet hatte, und trat diesem mit voller Wucht gegen das Schienbein.

»Du Schwein!«, schrie er. »Was hat dir das arme Vieh getan!?«

Völlig überrascht ging der Trenchcoat mit einem Schmerzensschrei zu Boden, und der Blonde trat erneut zu, dieses Mal in die Magengrube. Schließlich überwanden die anderen Trenchcoats ihren Schock und kamen ihrem Kollegen zu Hilfe. Sie griffen den Blonden von hinten an, doch dieser trat aus und traf das nächste Schienbein. Einer fuchtelte mit einer Waffe herum, traute sich aber nicht zu schießen. Denn für einen Gnadentod kam der Blonde nun wohl kaum mehr in Frage. Dieser kämpfte indessen, als sei die Kraft des Rindes bei dessen Tod auf ihn übergegangen. Er trat und rempelte, brüllte und schrie, doch endlich war auch der Trenchcoat mit dem Elektroschocker zur Stelle. Wie viel Volt auch immer man ihm verabreichte, es langte hin, selbst den blonden Löwen zu fällen. Man trat noch einige Male auf den Besinnungslosen ein, dann zerrte man ihn aus dem Raum.

***

Noch 10 Tage.

»Und auch wenn letztendlich nur Dimitri verurteilt
wurde, meine ich doch, dass alle vier Söhne schuldig
waren. Auch Aljoscha. Denn der Wunsch, den Vater,
den geliebten und gleichzeitig gehassten Vater tot zu
sehen, war nicht nur in Smerdjakow und Dimitri lebendig, sondern auch in den beiden anderen Brüdern, Aljoscha und Iwan, wenn auch der Hass bei ihnen längst
nicht so deutlich zutage tritt. Letztendlich stellen die
vier Brüder die Personifizierungen von vier unterschiedlichen Stufen des Vaterhasses dar, stark subli-
miert bei Aljoscha, in tierischer Direktheit bei Smerdjakow. Aber auch wenn sie in gewisser Hinsicht alle
schuldig sind, so müssen wir uns doch hüten, sie alle
gleich zu beurteilen. Denn der Hass dem Vater gegenüber ist allen Männern in die Wiege gelegt, ohne dass
dieser Umstand alle Männer zu Verbrechern machen
würde. Entscheidend ist nicht, dass Aljoscha seinen Vater gehasst hat, sondern dass er die Größe aufbrachte,
diesen Hass zu überwinden, während Smerdjakow und
auch Dimitri sich ihm willenlos hingaben und somit
blind ihrem Untergang entgegentaumelten. Ich gedenke übrigens, im nächsten Semester ein Seminar mit
dem Titel *Vaterhass in der Literatur* abzuhalten; es gibt
auch eine Anfrage von einer Fachzeitschrift, die einen
Aufsatz zu dem Thema von mir drucken möchte.«

Er sah gut aus, der Bruder. Der dunkelblaue Zweireiher passte ausgezeichnet zu der schwarzen Weste
mit der goldenen Uhrkette und der schwarzen Krawatte. Auch der Schnurrbart und die Brille standen
ihm. Er wirkte … wie soll man sagen? Stattlich. Ja, er
wirkte stattlich, und die Brille verlieh ihm noch irgend-

wie den Anschein des Intellektuellen. Aber was heißt Anschein, er war ja auch ein Intellektueller. Niemand aus der Verwandtschaft des Doofen hatte es zu einem Universitätsdozenten gebracht, zumindest nicht in den letzten hundert Jahren. Ja, sein Bruder war intellektuell und stattlich. Gewiss flogen ihm so manch lüsterner Blick von seinen weiblichen Studenten zu, wenn er seine Vorlesungen hielt und über Dostojewski und wer weiß wen redete.

Dabei war er früher immer der Zerbrechlichere von den beiden gewesen. Zart war er gewesen. Körperlichen Belastungen war er nie gewachsen gewesen, weniger sogar noch als der Doofe, der in dieser Hinsicht auch nie Überragendes geleistet hatte. Aber es hatte eine Zeit gegeben, da der Doofe als der ältere von ihnen fast einen ganzen Kopf größer gewesen war als der Bruder. Und das war seine große Zeit gewesen, da er den Bruder hatte beschützen können; und gelegentlich, auch später als Erwachsener noch, hatte er von diesem gar einen anerkennenden Klaps mit der Hand auf seinen Oberarm erhalten.

»Aber dieses Thema ist nicht nur bei den Brüdern Karamasow zu finden. Finden wir bei Hamlet nicht dieselbe Ambivalenz dem Vater gegenüber? Warum hat er Claudius, den Mörder seines Vaters, erst ganz am Ende des Dramas getötet? Er hatte doch die Gelegenheit dazu, als Claudius im Gebet vertieft war. Warum hat er ihm da nicht den Dolch in den Rücken gebohrt und endlich Rache geübt? Weil Claudius gerade betete, wie er selber vorgibt? Wohl kaum, die Erklärung scheint doch nicht mehr als eine Selbstrechtfertigung zu sein. Nein, ich denke, Freud liegt vollkommen richtig, wenn er annimmt, dass Hamlet Claudius aus dem

Grunde nicht tötete, weil er den Wunsch, den Vater zu morden, im eigenen Busen verspürt hat, wenn auch tief verborgen und nur schwer zu erkennen. Aber vorhanden war der Wunsch, und wie konnte er da Claudius töten, der doch nur ausgeführt hatte, was er selber heimlich wünschte.« Sein Bruder hob die Augenbrauen und den Zeigefinger zugleich. »Die Brüder Karamasow oder zumindest den Hamlet solltest du unbedingt lesen.« Sein Blick ging nun zur Decke. Er schien an eine seiner Vorlesungen zu denken.

Ja, er ist ein stattlicher Mann, dachte der Doofe. Und er sieht auch kräftiger aus. Vermutlich würde er meine Hilfe jetzt nicht mehr brauchen. Auch die Alte von nebenan könnte ihm nun nichts mehr anhaben, wenn sie noch lebt. Er erinnerte sich noch recht gut daran. Das war gewesen, kurz bevor ihr Vater bei diesem seltsamen Brand umkam, der nie so richtig aufgeklärt werden konnte. Sie hatten irgendetwas aus dem Garten der Alten geklaut. Kirschen vermutlich. Sein Bruder war nicht so schnell über den Zaun hinübergekommen, und da hatte sie ihn auch schon erwischt. Rechts und links was an die Fresse und dazu noch einen Tritt in den Hintern. Wie er geheult hatte! Doch der Tritt in den Hintern hatte den Doofen sofort auf eine Idee gebracht. Er hatte von Silvester noch einige Kanonenschläge gehabt, und er hatte gewusst, was er damit anfangen würde. Die Alte hatte einen Pudel gehabt. Ein widerliches Vieh, aber recht zutraulich. Wenn er die Jungen gesehen hatte, kam er sofort, insbesondere weil sein Bruder ihn regelmäßig gefüttert hatte. Zumindest war er gekommen, bis zu dem Tag, als der Doofe ihm einen Kanonenschlag an den Schwanz gebunden und dann angesteckt hatte. Ha! Fast hatte er den Eindruck, der

Bruder habe sich mehr erschreckt als der Hund, als der Kanonenschlag losging und diesem den Schwanz wegfetzte! Und auch damals hatte der Bruder ihm einen anerkennenden Klaps mit der Hand auf den Oberarm gegeben.

Und nun saß er vor ihm. Stattlich in seinem blauen Zweireiher. Eine Autoritätsperson. Nein, die Alte würde es bestimmt nicht wagen, jetzt noch die Hand gegen ihn zu erheben.

»Nett hast du´s hier.« Er sah sich um. Sein Blick fiel auf die Kreidetafel an der Vorderseite des Klassenraumes. Heute hat man in den Schulen schon oft diese weißen Tafeln, auf denen man mit irgendwelchen Stiften schreibt. Das gab es hier nicht. Hier schrieb man noch auf die guten alten Kreidetafeln. Irgendwie schien die Zeit hier stillzustehen. Vielleicht war das der Grund, weshalb Besuche immer hier im Klassenraum empfangen wurden. Der Bruder nickte den beiden Trenchcoats zu, die an der Seitenwand postiert waren, als wolle er ihnen zu der Tafel gratulieren.

Und dann fragte der Doofe ihn. Er sah ihn an, schien nicht zu verstehen.

»Du weißt schon, die Revisionssache. Du wolltest ihn doch fragen, ob er was machen kann.«

Der Bruder hob die Augenbrauen, wie er es früher immer getan hatte, wenn ihm eine Idee kam. »Du meinst diesen Anwalt in der J.-Straße?«

Der Doofe nickte.

Der Bruder nickte ebenfalls und fuhr mit dem Zeigefinger über den Nasenrücken, eine Geste, die verriet, dass er nun nachdachte. »Ja, die Sache mit dem Anwalt. Das ist so eine Sache. Genaues weiß man darüber eigentlich nicht. Und du musst bedenken, dass ich mitten im Semester bin. Die Vorbereitungen für die Vorlesungen, die Seminare und dann noch die ganzen Sprechstunden. Du glaubst nicht, mit was für einem Stuss einen die Studenten da belästigen. Aber es muss sein. Ich kann die Leute nicht einfach nach Hause schicken. Und dann noch ...« Er schüttelte den Kopf. »Irgendwie habe ich das darüber ganz vergessen.« Er zuckte entschuldigend die Achseln. »Aber wie gesagt, ich weiß nicht, ob das überhaupt was bringt. Die Sache mit diesem Menschen ist ziemlich unklar.« Dann öffnete er seine Aktentasche und holte einen Notizblock hervor. Die beiden Trenchcoats blickten argwöhnisch zu ihnen herüber. »Die Straße ist ganz einfach zu finden. Ich zeichne dir hier den Weg auf. Kannst du gar nicht verfehlen.«

Er fertigte eine Skizze von der Straße und der näheren Umgebung an und reichte ihm das Blatt. »Hast du was geschrieben?«, fragte er dann und zeigte auf das Tagebuch, das der Doofe neben sich auf dem Tisch liegen hatte. Dieser nickte und schob es ihm hinüber. Er öffnete es und begann zu lesen. Bald zückte er seinen Füllfederhalter und machte einige Anmerkungen am Rand, unterstrich hier etwas, strich dort etwas aus. Er schmunzelte, als er die letzte Seite las. Die Episode mit dem Blonden schien ihm zu gefallen. Was mit dem Blonden geschehen sei, wollte er wissen, doch der Doofe konnte nur mit den Achseln zucken. Er hatte ihn seitdem nicht mehr gesehen. Beim Frühstück hatte er ihn nicht entdecken können und auch danach, als sie den Galgen polieren mussten, hatte er gefehlt.

»Du wirst besser«, sagte der Bruder schließlich und gab ihm das Tagebuch zurück. »Ja, eindeutig. Die Rechtschreib- und Grammatikfehler sind deutlich weniger geworden, aber du solltest noch etwas am Stil arbeiten. Deine Sätze sind häufig viel zu lang. Du arbeitest zu viel mit Hypotaxe. Versuch's mit Parataxe. Einfache Sätze. Hier und dort ein Nebensatz ist in Ordnung, aber diese Verschachtelungen wirken recht verwirrend. Klare Gedanken drückt man am besten mit einfachen Sätzen aus. Eine komplizierte Schreibweise ist häufig ein Zeichen für unklare Gedanken. Das kann ich oft bei den Hausarbeiten meiner Studenten sehen. Sie haben das Thema geistig nicht richtig durchdrungen und versuchen, ihr Unverständnis dann durch wilde Sätze und den Gebrauch halb verdauter Fremdwörter zu verbergen, und das Ganze in der Hoffnung, dass der Leser dadurch so verwirrt wird, dass er den Stuss für Gelehrsamkeit nimmt. Aber bei dir ist das doch anders. Du schreibst ein Tagebuch. Das ist doch nicht weiter kompliziert. Schreib einfach in klaren Sätzen auf, was du erlebst, dann versteht man auch, was du meinst.«

Er sah den Doofen fragend an und dieser nickte.

»Und du solltest weniger umgangssprachliche Formen verwenden. Auch wenn es nur ein Tagebuch ist, solche Ausdrücke machen sich nicht gut. Du hast zum Beispiel geschrieben, dass du das Wasser aus der Wanne aussaufen wolltest. Auch wenn du dort unten beim Gericht sehr durstig warst, so ein Ausdruck ist unangemessen. Schreib besser *austrinken*.«

Einige Minuten saßen sie nun schweigend einander gegenüber. Der Bruder in seinem blauen Zweireiher, der Doofe in seinem weißen Leichenhemd.

»Bevor ich's vergesse«, sagte der Bruder dann und öffnete nochmals die Aktentasche. Er holte ein Zeichenblatt hervor und reichte es ihm. »Das hat meine Tochter für dich gezeichnet. Sie meint, es wird dich bestimmt freuen.«

In der Tat stand über dem Bild in einer kindlichen Handschrift geschrieben: Für Onkel D.

Das Bild zeigte den Galgen auf dem Hof, den sie bei ihrem Besuch dort gesehen haben musste. Der Doofe vermutete, dass sie ihn aus dem Gedächtnis gezeichnet habe, und dafür war er sehr gut gelungen. Von dem Galgen wie auch von der Falltür gingen gelbe Striche ab, mit denen wohl der Glanz ausgedrückt werden sollte, in dem die Konstruktion in der Sonne erstrahlte. Vermutlich war der Galgen am Tage ihres Besuchs gerade poliert worden.

»Danke«, sagte der Doofe und erhob sich.

Auch der Bruder erhob sich. Zunächst schien es, als wolle er ihm mit der Hand einen Klaps an den Oberarm geben, doch dann hob er sie einfach zum Gruß und verließ den Unterrichtsraum.

***

Noch 9 Tage.

Der Lange sah blass aus. Selbst seine Ohren, die sonst immer leicht rötlich gefärbt waren, wirkten heute blass, genauso blass wie das hagere Gesicht. Vielleicht lag es an der Beleuchtung. Die Neonleuchten ließen die Insassen noch käsiger und blasser erscheinen, als sie es ohnehin schon waren. Doch glaubte der Doofe nicht, dass es allein daran lag, und jedenfalls hatte er noch wesentlich mehr Farbe gehabt, als sie am Nachmittag den Galgen poliert hatten. Doch das war draußen gewesen an der frischen Luft, während der Arbeit. Jetzt aber war er vom Neonlicht des Unterrichtsraumes beschienen und waren 14, nein: 18 Augenpaare auf ihn gerichtet.

Zum ersten Mal waren die Tische im Unterrichtsraum umgestellt. Normalerweise waren sie nach vorne zur Tafel hin ausgerichtet, drei nebeneinander und fünf hintereinander. Nun standen sich an den Längsseiten zwei Reihen mit jeweils sieben Tischen in etwa fünf Metern Entfernung gegenüber, am Kopfende vor der Tafel, zwischen den vorderen Tischen, befand sich ein weiterer, an dem der Lange saß. Zudem hatte man einen sechzehnten Tisch in den Raum gebracht, der nun ein Stück rechts vom Langen platziert war. Vor diesem Tisch stand das Langohr und schien die Päckchen zu zählen, die jemand auf diesen gelegt hatte.

Doch waren dies nicht die einzigen Veränderungen. Über der Tafel war eine orangefarbene Girlande ausgebreitet, zwei weitere, in rot und blau, waren mit einem Klebeband an den Seitenwänden befestigt.

Die Blicke waren nach wie vor auf den Langen gerichtet, der hingegen niemanden direkt ansah, sondern durch die Tischreihen hindurch auf die Rückwand des Raumes starrte, mit der rechten Hand die auf der Tischplatte liegende linke umfassend, als versuchte er, sich irgendwo festzuhalten.

Das Langohr neben ihm räusperte sich und alle Augenpaare wandten sich nun diesem zu. Das heißt, alle Augenpaare bis auf eins. Der Alte, der dem Doofen direkt gegenüber saß, starrte nach wie vor auf die Tischplatte direkt vor ihm. Am Nachmittag war er mit den anderen draußen gewesen und hatte die Falltür poliert. Zwei Stunden lang, und jetzt wirkte er nur noch müde und erschöpft.

»Sehr geehrte Anwesenden, liebe Kameraden«, begann das Langohr und fingerte nervös an seinem Hemdkragen, blickte dabei von seinen Kameraden zu den vier Trenchcoats, die in den vier Ecken des Raumes postiert standen. Es war am längsten von ihnen hier, schon mehr als sieben Jahre, gehörte fast schon zum Inventar. Bislang war es kaum jemals negativ aufgefallen, und so hatte es es zu einer Art Vertrauensmann gebracht, ja, bisweilen durfte es bei der Formalen die Truppe kommandieren oder gar die Arbeiten am Galgen beaufsichtigen. Kein Wunder also, dass man ihm die Organisation und Durchführung der Feier übertragen hatte.

»Liebe Kameraden. Unser Kamerad« – es wies auf den Langen – »hat heute Geburtstag. Er ist heute 57 Jahre alt geworden. Wir wollen ihm mit einem dreifachen Hurra gratulieren.«

Es wedelte mit den Händen in der Manier eines Dirigenten und rief: »Hurrah!«

Es fingerte erneut an seinem Hemdkragen, blickte dabei zu den beiden Trenchcoats zu seiner Rechten. Dann versuchte es es ein zweites Mal. Es rief: »Hurrah!«

Nun schienen einige zu verstehen, dass sie den Ruf wiederholen sollten. Vereinzelte Stimmen riefen also ebenfalls Hurra. Das Langohr fingerte wieder an seinem Hemdkragen und nochmals rief es: »Hurrah!« Dieses Mal stimmten schon mehrere ein. Und ein letztes Mal:

»Hurrah!«

»Hurra.«

Das Langohr griff nun mit der rechten Hand in eine braune Papiertüte, die vor ihm auf dem Tisch stand, und ließ einen Konfettiregen auf den Langen hinab. Grüne, blaue, rosafarbene Papierschnipselchen rieselten auf das graue Haupt und die knöchernen, hängenden Schultern. Der Doofe fragte sich, ob er im Unterrichtsraum immer so blass aussehe. Im Unterricht saß er zwei Reihen hinter ihm, sodass er ihn fast nie zu sehen bekam. Höchstens beim Hinein- und Hinausgehen. Vielleicht lag es tatsächlich an den Neonleuchten, dass er so blass aussah. Wenn er es recht überdachte, sahen auch die anderen recht bleich aus.

Der Lange hielt noch immer mit der rechten die linke Hand umfasst und starrte auf die Rückwand des Raumes, den Mund leicht geöffnet, während Papierschnipselchen von seinem Haar, von seinen Schultern zu Boden fielen.

Das Langohr stand mit vorgestreckter Brust neben ihm und blickte von der rechten zur linken Tischreihe, dann wieder zurück. Fast wollte es scheinen, als habe es die militärische Grundstellung eingenommen, die hier jeder während der ersten Formalausbildungsstunde lernte. Dann wandte es sich an den Pickeligen, der am vorderen Tisch der rechten Reihe saß.

»Unser Kamerad wird jetzt ein Ständchen geben«, sagte es und nickte dem Pickeligen zu, dabei wiederum an seinem Hemdkragen hantierend.

Der Pickelige nickte zurück und erhob sich. Hier nun sah man, dass die ganze Zeit eine Geige samt Bogen auf seinem Schoß gelegen haben musste. Er trat nun neben das Langohr und setzte die Geige ans Kinn. Einmal verbesserte er noch die Position der Geige, dann fuhr er mit dem Bogen über die Saiten und brachte einen quietschenden Laut hervor. Den Vorgang wiederholte er nochmals, dann begann er das eigentliche

Spiel. Der Doofe hatte nicht gewusst, dass der Pickelige Geige spielte. Aber nun stand er hier vor ihnen, schob den Bogen vor, zerrte ihn dann wieder zurück, blickte dabei bald zu Boden, bald zur Decke und endlich zum Langen, der so still dasaß, dass kein einziger Papierschnipsel mehr von seinem Kopf fiel. Die Melodie war Happy birthday to you. Er spielte die Melodie zweimal, dann setzte er die Geige ab und blickte in die Runde. Er schien unschlüssig, ob er sich nun verneigen oder etwas sagen müsse. Dann setzte er sich einfach.

Irgendwo klatschte jemand.

Aber nur zweimal.

Dann herrschte wieder Stille.

Das Langohr stand eine Weile da und blickte in die Runde, öffnete den Mund, schloss ihn wieder. Dann griff es nach einem Blatt Papier, das auf seinem Tisch lag, und las darin. Es legte es wieder hin und nahm eins der Päckchen und reichte es dem Pickeligen mit der Bitte, es durchgeben zu lassen. Es folgten sechs weitere Päckchen, dann stellte es eins auf den Tisch des Geburtstagskindes und stapelte dann gleich sieben auf den ersten Tisch in der rechten Reihe. »Dies«, hob es an, »sind die Partygeschenke. Es ist für jeden eins da.«

Auf jedem Tisch lag nun ein Päckchen, eingepackt in gelbliches Brotpapier. Der Alte starrte das seine an, schien nicht recht zu wissen, was damit anzufangen sei. Der Lange löste endlich den Griff von seiner linken Hand und betastete sein Päckchen, stellte es aufrecht hin, wobei einige Papierschnipsel von seinem Kopf auf den Tisch fielen. Das Langohr war schließlich der Erste, der sein Päckchen öffnete. Es war ein rosafarbenes Papierhütchen mit einem dünnen Gummiband, das man über das Kinn ziehen konnte. Es betrachtete es einen

Augenblick und setzte es dann mit einiger Feierlichkeit auf. Dem Doofen fiel auf, dass sich die Girlande am linken Rand der Tafel gelöst hatte und nun schlaff in dessen Mitte herabbaumelte. Sie hing nun genau zwischen der 5 und der 7, die man auf die Tafel geschrieben hatte. Er öffnete nun sein Partygeschenk. Es war ein schwarzes Plastikbrillengestell mit einer darunter befindlichen Pappnase. Auch die anderen waren nun mit dem Öffnen beschäftigt. Zum Vorschein kamen weitere Hüte, Pappnasen, manche spitz zulaufend, andere in der Form von Kartoffeln, künstliche Bärte. Das schönste Geschenk hatte zweifellos der Lange erhalten. Es war ein Partyhut, der dem des Langohrs ähnelte, zusätzlich aber auf der Vorderseite die Zahl 57 trug. Der Lange betrachtete ihn ausgiebig von allen Seiten, dann setzte er ihn auf. Alle Päckchen waren nun geöffnet bis auf das des Alten, der noch keinen Finger gerührt hatte und noch immer vor sich hinstarrte. Schließlich nahm der neben ihm sitzende Blonde das Päckchen und öffnete es für ihn. Es war eine spitz zulaufende Pappnase, die der Alte verständnislos anstarrte, bis der Blonde sie ihm aufsetzte. Ja, auch der Blonde war wieder da. Er hatte ein Veilchen unter dem rechten Auge, das vielleicht vom Kampf im Schlachthaus herrührte. Ansonsten schien er unversehrt, wenn seine Augen auch etwas glasig waren und er leicht eingefallen wirkte.

»Wir wollen jetzt ein Spielchen spielen«, las das Langohr dann von seinem Blatt ab. »Ich weiß nicht, wie das Spiel heißt, aber es ist sehr lustig.« Es fingerte erneut an seinem Kragen und sah in die Runde, als wolle es sich vergewissern, dass ihm auch alle folgen können. »Der Erste sagt ein Wort, und der Zweite muss dann ein Wort sagen, das mit dem Buchstaben anfängt, mit dem das erste Wort aufgehört hat. Wenn ich also … äh …« Es überlegte angestrengt. »Wenn ich also Hund sage, müssen Sie ein Wort sagen, das mit D anfängt, und wenn jemand kein Wort weiß, dann ist er ausgeschieden.«

Es sah erneut in die Runde, schien auf eine Frage oder einen Widerspruch zu warten. Als weder das eine noch das andere kam, wandte es sich an den Pickeligen. »Wenn Sie bitte anfangen wollen.«

Der Pickelige überlegte kurz und sagte dann *Katze*. Sein Nachbar sagte daraufhin *Eber* und dessen Nachbar *Rabe*. Nun war die Reihe an dem Alten, der auf das Brotpapier auf seinem Tisch starrte. Fast sah er selber wie ein Rabe aus, nur dass sein lichtes Haar nicht schwarz, sondern schneeweiß war. »Rabe«, wiederholte sein Nachbar. Eine der Neonröhren erlosch für einen kurzen Augenblick, flackerte einige Male auf und brannte dann normal weiter. Der Doofe blickte zur Rückwand und bemerkte, dass auch der elektrische Stuhl, auf dem die Bestrafungen vorgenommen wurden, geschmückt war. Über dessen Rückenlehne war eine braune Girlande gehängt, deren Enden über die beiden Armlehnen mit den Befestigungsriemen ausliefen.

»Sie müssen ein Wort mit E sagen«, half ihm der Blonde.

Der Alte blickte ihn verständnislos an. »Häh?«

»Mit E. Sie müssen ein Wort sagen, das mit E anfängt.«

Er blickte wieder auf das Brotpapier und ließ den Unterkiefer sinken. Dann hob er ihn wieder und vollführte Bewegungen, als kaue er etwas. Irgendwo hustete jemand.

»Vielleicht sollten Sie weitermachen«, forderte das Langohr den Blonden auf.

Dieser wandte sich von dem Alten ab und blickte sein eigenes Brotpapier an. »Engel«, sagte er dann.

Es ging weiter in der Runde. Der Doofe erhielt ein S und sagte *Steckrübe*. Endlich kam die Reihe an den Langen. Er musste ein Wort mit G sagen. Er blickte nicht auf, sondern starrte auf die Tischplatte. Sein Mund stand leicht offen und sein Haar wie auch seine Schultern waren noch immer von buntem Konfetti bedeckt. Die Neonröhre begann erneut zu flackern. An, aus, an, aus. Doch dieses Mal schien sie sich nicht dazu durchringen zu können, wieder durchgehend zu brennen, sondern flackerte weiter. Der Lange nahm seinen Hut ab und starrte die Zahl auf der Vorderseite an. Er schüttelte den Kopf, schloss und öffnete den Mund, während alle Blicke auf ihn gerichtet waren.

»Galgen«, sagte er schließlich. Nur leise, aber doch für jeden im Raum verständlich.

Wohl eine ganze weitere Minute ruhten alle Augen auf ihm. »Ich danke Ihnen für die Mitwirkung«, meldete sich dann das Langohr zu Wort und lehnte sich über den Notizzettel auf seinem Tisch. »Und nun sollten wir auf das Wohl des Geburtstagskindes trinken«, fügte er hinzu und blickte zu den beiden Trenchcoats auf seiner Seite. Diese zeigten keinerlei Regung, und so ging das Langohr auf einen gut sechzig Zentimeter hohen Gegenstand zu, der an der Rückwand des Raumes unter einer Decke verborgen stand. Der Doofe hatte den Gegenstand bereits zuvor bemerkt, ihm aber keine weitere Beachtung geschenkt. Das Langohr zog die Decke herab und zum Vorschein kamen zwei Kisten gefüllt mit Bierflaschen!

Flaschen, gefüllt mit flüssigem, köstlichem Bier. Die meisten Insassen hatten seit Jahren keinen Alkohol mehr gekostet und hier nun standen sie, zum Greifen nah: zwei Kisten mit Bier.

Sogleich machte sich Gemurmel breit. Auch der Lange blickte plötzlich, als habe er eine Offenbarung.

»Könnte mir mal jemand helfen?«, fragte das Langohr, und sogleich waren drei Mann bei ihm und halfen, die Kisten zu den Tischen zu bringen. Auf jede Tischreihe kam eine Kiste, und sofort langten fünfzehn Handpaare nach dem köstlichen Nass. Das Öffnen der Flaschen nahm einige Zeit in Anspruch, da nur das Langohr über einen Flaschenöffner verfügte, aber endlich war auch das geschafft.

Bier! Nach fast drei Jahren, die lediglich Wasser und gelegentlich Orangensaft gesehen hatten, floss nun endlich wieder ein würziges und dazu noch halbwegs gekühltes Bier durch die Kehle des Doofen! Er sah seine Kameraden an und erblickte in deren Augen dieselbe Glückseligkeit, die auch ihn selber erfüllte. Vergessen und Glückseligkeit. Alles war plötzlich so fern. Sogar der Alte schien plötzlich aus seiner Starre erwacht und von neuem Lebensgeist durchdrungen. Hatte er seine Flasche zunächst noch misstrauisch beschnüffelt, so trank er schon bald in gierigen Schlücken, und erst, als er einen herzhaften Rülpser ausstieß, schien ihm voll bewusst zu werden, dass es tatsächlich Bier war, das er da in sich hineingoss.

Es ist erstaunlich, welche Wirkung ein so harmloses Getränk wie Bier haben kann, wenn man es seit Jahren nicht mehr gekostet hat. Der Doofe hatte seine erste

Flasche noch nicht einmal ganz ausgetrunken, da fühlte er schon, wie sich seine Sinne vernebelten und er in jene wohlige Benommenheit versank, die weder Verdruss noch Ängste kennt. Den anderen schien es ähnlich zu ergehen. Zunächst saßen die meisten nur da und ließen das Bier auf sich wirken, aber die Wirkung ließ nicht lange auf sich warten und äußerte sich in einem kaum zu bremsenden Redeschwall bei einigen der Kameraden. Besonders hervor tat sich der Pickelige, der eine wachsende Zuhörerschaft, die sich um seinen Tisch versammelt hatte, mit Erlebnissen aus seiner Zeit bei der Armee unterhielt.

»Und wir waren da auf so 'nem Truppenübungsplatz, und ich hab' unseren Chef gefahren, in 'nem Jeep, der hat so 'n verdammt hohen Schwerpunkt. Wir sind da so 'nen Feldweg langgefahren, und da war plötzlich so 'ne riesige Pfütze. Das hat da nämlich die ganze Zeit geregnet. Ich fahr' da also auf die Pfütze zu und sag' mir: Na, fahr lieber 'n Stück nach links rüber, damit du zumindest noch zwei Räder auf dem Trockenen hast. Aber ich hab' natürlich nicht gewusst, wie tief die Pfütze war. Ich fahr' also in die Pfütze, das heißt, mit den beiden rechten Rädern fahr' ich in die Pfütze und mit den beiden linken am Rand lang. Und was ist? Die rechte Seite senkt sich ab und senkt sich ab, die Pfütze wird tiefer und tiefer. Passen Sie bloß auf!, sagt mein Chef noch und ich antworte: Keine Panik, Herr Hauptmann, ich mach' dat schon!, und im nächsten Augenblick kippt die Mühle auch schon rechts rüber und wir liegen da im Schlamm.« Die ersten Lachsalven des Abends schallten durch den Raum, als man sich vorstellte, wie der Jeep mit den beiden nach rechts überkippte und im Schlamm versank. »Und ich polter' da natürlich sofort auf den Alten rauf und ramm' ihm auch noch den Ellenbogen ins Auge, und der brüllt und zetert. Und das Beste war, der hatte auf seiner Seite noch das Fenster halb runtergelassen, und da jetzt das ganze Dreckwasser rein und der wär' mir fast noch ersoffen. Ich rappel' mich da irgendwie hoch, und zum Glück waren da gerade noch 'n paar andere Soldaten, die sind gleich auf den Jeep geklettert und haben die Fahrertür aufgerissen. Die haben mich da rausgezogen, aber der Chef zappelt da noch in dem Dreckwasser rum und brüllt was von Kriegsgericht und Erschie-ßungskommando. Und der war so dick, wie sollten wir den da rauskriegen? Ich kriegte da irgendwie sein Bein zu fassen, einer von den anderen Soldaten hat das zweite Bein bekommen und irgendwie haben wir ihn dann kopfüber da rausgezogen. Und als wir ihn da raushatten und er da auf der Seitenwand von dem Jeep saß, was war? Da beugt er sich plötzlich vor und reiert volles Rohr in die Pfütze!«

Erneut schallte das Gelächter durch den Raum, lauter noch als zuvor. Einige hielten sich bereits die Bäuche. Man hatte inzwischen die Stühle verrückt und alle saßen nun bei der linken Reihe um den Tisch des Pickeligen herum.

»Mit dem Reiern, da fällt mir auch was ein«, fiel dann das Langohr ein, das noch immer vor Lachen prustete. »Ich war da mal mit 'nem Kumpel in der Straßenbahn. Das war an 'nem Wochenende und wir waren beide schon ziemlich dicht. Wir steigen da also in die Straßenbahn und haben beide 'ne Dose Bier in der Hand. Wir gehen den Gang entlang und plötzlich macht die Bahn 'ne Rechtskurve, und mein Kumpel plumpst sofort nach links so 'ner alten Schachtel auf den Schoß und spritzt die mit Bier voll. Die keift und schimpft natürlich. Mein Kumpel will ihr gerade mit der Hand das Bier vom Gesicht wischen, da geht die Straßenbahn in 'ne Linkskurve und er fällt genau auf die Bank auf der anderen Seite. Da saßen auch 'n paar Frauen, und die hat er auch alle mit Bier vollgespritzt. Die ganze Bahn ist am Schimpfen, und mein Kumpel guckt plötzlich so bescheuert. Und dann reißt er plötzlich das Maul auf und kotzt der Frau auf der rechten Seite voll in den Ausschnitt!«

Diese Erzählung rief einen regelrechten Lachorkan hervor. Man schüttelte sich, schlug sich auf die Schenkel, und über dem ganzen Tumult tönte das meckernde Lachen des Alten, dem nun sogar Tränen die faltigen Wangen hinabliefen.

»Und wir natürlich nichts wie weg«, fuhr das Langohr fort. »Wir hatten Angst, dass wir noch was auf die Fresse kriegen. Da waren nämlich auch einige Männer, die guckten schon ziemlich fies. Wir ziehen also die Notbremse und der ganze Verein purzelt da wieder durch die Straßenbahn. Und dann nichts wie raus und weg!«

Ja, die Geschichte war lustig. Das Langohr wollte gerade zu einer weiteren Anekdote ansetzen, doch es wurde von einigen Kameraden bestürmt, es solle ihnen weitere Bierflaschen öffnen. Es war ja der Einzige mit einem Öffner.

»Mach noch mal 'n bisschen Musik«, forderte jemand den Pickeligen auf, doch das Langohr winkte ab.

»Das ist gar nicht nötig«, rief es aus. »Ich hab' da was viel Besseres.«

Es öffnete eine letzte Bierflasche und eilte dann zum Ausgang des Raumes. »Sie gestatten?«, fragte es der

Form halber den dort postierten Trenchcoat, war aber schon verschwunden, bevor dieser seine Zustimmung hätte gegen können. Kurz darauf erschien es mit einer Art Rolltisch, auf dem etwas unter einer kleinen Plastikfolie verborgen stand. Es rollte den Tisch vor die Tafel und stellte sich theatralisch in Positur. »Nun, meine Herren«, sagte es, als es sicher war, dass auch jeder zu ihm sah. »Hier ist meine zweite Überraschung.« Hiermit zog es die Folie von dem Tisch wie ein Zauberer das Tuch von seinem Zylinder, und zum Vorschein kam ein Grammophon! Bewundernde O- und A-Laute drangen durch den Raum und es lachte auf. »Es werden Musikwünsche entgegengenommen!«

Alles rief nun durcheinander irgendwelche Titel und das Langohr sah die Schallplatten durch, die in der Schublade des Rolltisches untergebracht waren. »So was Modernes haben wir nicht«, rief es und schüttelte den Kopf. »Aber hier ist was Feines.« Es zog eine Platte hervor und Augenblicke später war der Unterrichtsraum erfüllt von den Klängen des Radetzkymarsches.

»Abteilung angetreten!«, brüllte der Alte und klatschte begeistert in die Hände. Tatsächlich kamen sogleich alle seiner Aufforderung nach und stellten sich der Reihe nach hinter dem Alten auf. »Im Gleichschritt marsch!«, kommandierte er mit einer Kraft in der Stimme, die ihm nimmer jemand zugetraut hätte, und alle setzten sich in Bewegung. Um in Dreierreihen zu marschieren, dazu war es hier natürlich zu beengt. So marschierten sie also hintereinander um die Tischreihen herum. Von Gleichschritt konnte keine Rede sein, jeder marschierte, wie er lustig war. Der Alte sang lalala zur Melodie des Marsches und alle taten es ihm gleich, und bald schon übertönte der Gesang die Musik des Grammophons. Man fasste sich an den Schultern, und mit lautem Getrampel stampfte es um die Tischreihen.

Der Doofe war mittlerweile bei seinem dritten Bier angelangt und bemerkte, dass er immer größere Probleme bekam, das Gleichgewicht zu halten. Auch den anderen ging es nicht besser, und bald torkelten sie nur noch durch den Raum und grölten dabei zu Walzern und Militärmärschen. Der Alte war nun in seinem Element. Im Übermut riss er dem Geburtstagskind das Hütchen vom Kopf und setzte es einem der Trenchcoats auf, der sich dies mit unbewegter Miene auch tatsächlich gefallen ließ. Jemand schlug vor, man solle nochmals das Wortspiel machen. Da man sich eh kaum noch auf den Beinen halten konnte, stimmten alle zu und ließen sich auf die Stühle fallen. Die Wörter, die dieses Mal vom letzten Buchstaben des vorherigen Wortes gebildet wurden, waren durchweg nicht jugendfrei und sollen hier nicht wiederholt werden. Der Alte sackte irgendwann unter seinen Tisch und man legte ihn an der Rückwand auf die Decke, mit der vorher die Bierkästen bedeckt gewesen waren, und ließ ihn dort seinen Rausch ausschlafen.

Endlich schlug jemand vor, man möchte die Spielregeln etwas ändern. Ab jetzt sollten nur noch Tiernamen gestattet sein und die Namen sollten nicht einfach gesagt werden, sondern die entsprechenden Tiere nachgeahmt und von den anderen dann erraten werden. Wer das Tier erriet, durfte dann mit dessen letzten Buchstaben einen neuen Namen bilden. Der Vorschlag wurde begeistert aufgenommen und sie begannen. Der Lange musste ein Tier nachahmen, dessen Name mit einem S beginnt, und kroch nun auf allen vieren grunzend auf dem Boden. Von seiner Blässe war jetzt nichts mehr zu sehen. Im Gegenteil, seine Ohren glühten, als habe er sie in einer Tür eingeklemmt. »Schwein!«, schrie der Doofe und wurde unter tosendem Beifall zwischen die Tischreihen geschoben, um dort den Platz des Langen einzunehmen. Er überlegte kurz, dann ließ er sich auf Knie und Hände nieder und ging mit dem Kopf auf den Blonden los. Erst als er versuchte, ihn mit der Nase aufzuspießen, erriet jemand unter brüllendem Gelächter, dass ein Nashorn gemeint sei. Irgendwann kam die Reihe an das Langohr, und es musste ein Tier nachahmen, dessen Namen mit einem G begann. Es krabbelte schwerfällig auf einen der Tische und begann dann, sich mit den Fäusten auf die Brust zu schlagen. Dabei stieß es ein lallendes Gebrüll aus, das kaum irgendeinem Tier zuzuordnen war, und zog schließlich seine Hose herunter und streckte seinen blanken Hintern in die Höhe.

Dies war der Augenblick, als ein Schuss durch das Gelächter peitschte und der Feierlichkeit ein Ende bereitete. Alles starrte zu dem Trenchcoat an der Rückwand des Raumes, der mit unbewegtem Gesichtsausdruck seinen Revolver zur Decke gerichtet hielt, in der nun ein etwa faustgroßes Einschussloch zu sehen war. Der Striptease des Langohrs war dann wohl doch etwas viel des Guten, aber das machte nichts. Das Bier war eh fast verbraucht.

***

Noch 8 Tage.

Der Bodennebel hatte sich noch längst nicht aufgelöst, das Westtor weiter hinten war nur in geisterhaften Schemen zu erkennen. Die Wolkendecke hing so tief, dass man glaubte, sie würde die Spitzen der beiden Wachtürme an der Nord- und der Südseite der Anstalt streifen. Es war nicht anzunehmen, dass sich die Sonne heute noch zeigen würde.

Er ist doch schon recht alt geworden, dachte der Doofe und verschwendete keinerlei Gedanken an den Umstand, dass er selber ebenfalls nicht jünger geworden war in den dreißig Jahren, seit er ihn das letzte Mal gesehen hatte. Aber ohne Zweifel war er es. Das Haar und der Bart waren vollständig ergraut, aber immer noch so geschnitten und gekämmt wie damals, als er versucht hatte, dem Doofen beizubringen, wie man einen Zeichenstift zu halten und zu benutzen hat. Der Kunstraum lag direkt neben der Sporthalle und vor dem Sportplatz. Ja, er erinnerte sich. Im Sommer konnte man durch die Fenster andere Schulklassen sehen, die gerade auf dem Sportplatz Unterricht hatten.

Und er war gut, der Mann mit dem nun vollständig ergrauten Bart, das musste selbst der Doofe zugeben, auch wenn er nicht die geringste Ahnung davon hatte, was sein einstiger Lehrer da so trieb. Sogar eigene Ausstellungen hatte er, auf denen seine Bilder ausgestellt wurden, selbst im Ausland waren sie schon zu einiger Bekanntheit gelangt. Doch das war nicht immer so gewesen. Es hatte eine Zeit gegeben, da er einen Teil seiner kostbaren Zeit mit dem Versuch hatte verschwenden müssen, Eseln wie dem Doofen Einblick in eine Welt zu verschaffen, die ihnen eh für immer fremd bleiben würde. Aber das war ja nun vorbei, inzwischen hatte sich sein Ruhm so verbreitet, dass sich selbst diese altehrwürdige Einrichtung gezwungen sah, seinem Flehen und Bitten nachzugeben.

»Was ist Kunst?«, hatte Heribert Gieselfried den Reporter gefragt und die Antwort dann gleich selber gegeben. »Schaffen wir Kunstwerke zu dem Ende, den Menschen zu erfreuen, zu erbauen oder gar zu besseren Menschen zu machen? O nein, wir schaffen Kunst, um den Menschen in die tiefsten Abgründe der Hölle zu schleudern und ihn Qualen durchleiden zu lassen, wie sie nicht einmal seine schlimmsten Alpträume hervorzubringen vermögen.«

Ob er mich wohl noch kennt?, fragte sich der Doofe. Das war gut denkbar, denn immerhin war der Maler ja unmittelbarer Zeuge gewesen, als der Doofe den einsamen Höhepunkt seiner Schullaufbahn erklommen hatte, damals, als er erstmals im Rampenlicht gestanden und man gar im Superlativ von ihm gesprochen hatte. Die ganze Schule, Schüler wie Lehrerschaft, war in der großen Aula versammelt gewesen, als man die jährlichen Spitzenleistungen, derer sich die Schule rühmen durfte, vorstellte. Da war der Junge, der beim letzten Sportfest unglaubliche 249 Punkte erreicht hatte, ein anderer Junge, der es beim Landeswettbewerb im Kopfrechnen auf den zweiten Platz gebracht hatte. Und dann rief der Rektor den Doofen auf. Reichlich unbeholfen trat er vor, wäre fast gefallen, als er die Stufen zur Bühne emporstieg, auf der die Auszeichnungen vorgenommen wurden. Und dann endlich erklärte der Rektor, dass man noch eine Leistung der ganz besonderen Art zu würdigen habe, die in den Annalen der Schule ihresgleichen suche. Denn nichts weniger hatte der Doofe vollbracht, als den schlechtesten Aufsatz aller Zeiten zu Papier zu bringen. Und mit diesen Worten überreichte der Rektor dem Maler den Aufsatz. Der Deutschlehrer des Doofen war an jenem Tag krank – vermutlich hatte er sich noch nicht vollständig von der Lektüre des Ergusses erholt –, und so kam denn dem Kunstlehrer die Ehre zu, das Meisterwerk zu verlesen. Und so las er also, jeden grammatischen Schnitzer, jede stilistische Bruchlandung kunstvoll hervorhebend, und kündete der Schule vom Schicksal der Kröte Diederich, die ausgezogen war, in der großen weiten Welt ihr Glück zu suchen, in eine Jauchegrube fiel und dort elendig ersoff. Die Aula hatte widergehallt vom Gelächter der Schüler, der Lehrer, während der Doofe, zwischen dem Rektor und dem Kunstlehrer stehend, bald dümmlich gegrinst, bald verlegen seine Schuhe betrachtet hatte.

Und hier nun trafen sie sich also wieder. Der einstige Kunstlehrer auf dem Höhepunkt seines Ruhms, der Doofe nur noch wenige Tage entfernt vom zweiten großen Auftritt seines Lebens.

Gieselfried sah zu ihm herüber und ihre Blicke trafen sich. Ob er ihn erkannt hatte, das wusste der Doofe nicht. Wenn ja, so gab er es durch keine Regung zu verstehen. Und Gieselfried war nicht alleine. An seiner Seite stand ein junger Mann, kaum älter als zwanzig. Beide trugen sie schwarze Anzüge, dazu weiße Hemden und schwarze Krawatten. Gut aufeinander abgestimmt.

Nun öffnete sich die Tür zum Gebäude, und herausgeführt wurde der Lange, zwei Trenchcoats neben ihm, einer hinter ihm. Er trug eine braune Papiertüte über dem Kopf, seine Hände waren hinter dem Rücken gefesselt, seine Füße mit einer Kette verbunden, die ihm kaum mehr als vierzig Zentimeter Bewegungsfreiraum ließ. Man führte ihn die drei Stufen zum Podium hinauf und kurz vor dem Galgen hielt man ihn an. Einer der Trenchcoats nahm ihm die Tüte ab, und zunächst wirkte er ähnlich orientierungslos wie das Rind, als man es in das Schlachthaus geführt hatte. Aber er war nicht orientierungslos. Ganz bestimmt nicht. Er erkannte den Galgen, er erkannte seine Kameraden, und hätte man ihm nun einen Spiegel vorgehalten, so wäre er gewiss nicht auf sein Spiegelbild losgestürmt, sondern hätte es nur beobachtet. Beobachtet und erkannt.

Alle waren sie direkt dem Galgen gegenüber aufgestellt, alle dreizehn Mann. Ja, nur dreizehn. Der Alte war gestern Abend nicht einfach betrunken eingeschlafen. Er war tot. Herzversagen. So vermutete man. Gieselfried und der junge Mann standen etwas abseits, gut fünf Meter vom Galgen und von den Insassen entfernt. Nun traten sie vor auf den Galgen zu. Dabei bemerkte der Doofe, dass beide je eine Staffelei trugen. Der Lange sah die beiden an, der Maler aber beachtete ihn gar nicht, sondern bewegte sich direkt auf den Trenchcoat zu, der neben dem Galgen postiert war, doch dieser nickte ihm bereits zu, noch bevor er ihn erreicht hatte. Gieselfried nickte zurück und begab sich nun mit seinem Schüler vor den Galgen und stellte genau zwischen dem Langen und dessen Kameraden seine Staffelei auf. Der Schüler tat es ihm gleich, während der Lange ein Stück nach rechts geführt wurde, sodass er jetzt direkt auf der Falltür stand. An seinem linken Schläfenhaar hing ein blauer Papierschnipsel. Vermutlich würde er herabfallen, wenn sich die Falltür öffnete.

Warum der Lange heute gehängt wurde, das wusste niemand so genau. Zumindest niemand von seinen Kameraden. Sein Termin war eigentlich erst in über einem Monat. Später würde man munkeln, dass es sich um eine Art Gnadentod handelte. Vielleicht ein eingeschränkter Gnadentod, denn der eigentliche Gnadentod fand ja in der Regel durch Erschießen statt. Warum dieser aber gewährt wurde, wenn es denn einer war, darüber konnte man nur spekulieren. Vielleicht wegen guter Führung. Denn Klagen über ihn hatte es in der ganzen Zeit kein einziges Mal gegeben. Vielleicht aber war der Termin auch nur des Malers wegen vorverlegt worden.

Lange Zeit stand Gieselfried nun einfach da und betrachtete den Langen, tippte wiederholt mit dem Zeigefinger an seine Nasenspitze. Vielleicht waren es die Lichtverhältnisse, die ihm Kopfzerbrechen bereiteten, aber jedenfalls wirkte er unzufrieden und schüttelte den Kopf. Dann trat er ein Stück vor, bis er dem Langen direkt gegenüberstand. Er fasste sich ans Kinn, wirkte nun aufs Höchste konzentriert, musterte den Mann vor sich von oben bis unten, immer wieder aber blieb sein Blick an den Augen des Verurteilten haften. Und Heribert Gieselfried wäre nicht Heribert Gieselfried gewesen, wenn er sich einfach damit begnügt hätte, nun einfach jedes Detail im Ausdruck, in der Haltung so genau wie möglich zu Papier zu bringen. O nein, Gieselfried durchbohrte den Langen nun geradezu mit seinem Blick, wollte eindringen, eindringen in die Seele des Verdammten und teilhaben an den Qualen, die nun in dessen Busen wallen mussten, wollte eins werden mit dem Elenden und sei es auch nur auf Widerruf. Der Lange stand indessen regungslos vor dem Galgen und starrte auf die Falltür unter sich, die er unzählige Male mit Holzregenerator eingerieben und dann poliert hatte. Eine leichte Brise fuhr durch sein graues Haar, aber der blaue Papierschnipsel hing noch an seinem Platz. Endlich nickte Gieselfried, schien nun gefunden zu haben, wonach er suchte, und eilte an seine Staffelei. Schon war der Stift gezückt und flog in kühner Inspiration über das Papier. Der Schüler derweilen hatte dem Meister so manchen bewundernden Blick zugeworfen, während dieser das Objekt seiner Begierde durchforschte, schielte nun auf dessen beginnende Skizze und machte sich dann selber ans Werk. Nur im Groben hatte Gieselfried die Konturen des Gesichts gezeichnet, sein Hauptanliegen aber waren die Augen, die nun mehr und mehr Gestalt annahmen. Irgendwann aber schien die Inspiration zu verrauchen, nahezu zögerlich glitt der Stift jetzt über das Papier und immer öfter sah man den Meister nun das graubehaarte Haupt schütteln. Schließlich begab er sich zu dem Trenchcoat, der neben dem Gestell stand, und flüsterte ihm etwas ins Ohr. Dieser nickte nahezu diensteifrig, stieg dann die drei Stufen zum Galgen empor und flüsterte nun seinerseits dem Trenchcoat, der sich zur Linken des Langen befand, etwas ins Ohr. Dieser hörte zu und nickte dann. Daraufhin nahm er den Strick, der hinter dem Langen baumelte, und legte ihn diesem um den Hals. Der Strick saß perfekt. Der Hals war wie alles an ihm extrem lang, das Kinn dazu noch vorne spitz zulaufend. Es bestand also keinerlei Gefahr, dass der Strick über Hals und Kinn hinwegrutschen könnte. Der Lange schien wie geschaffen zum Erhängtwerden. Anders als beim Dicken einige Tage zuvor.

Der Maler war inzwischen wieder an seinem Platz und nickte nun dem Trenchcoat zu. Einen flüchtigen Blick nur warf er auf die Skizze seines Schülers und schüttelte den Kopf. »Nein, nein. Das ist ganz falsch, Sie müssen auf die Augen achten, die Augen.« Zu mehr allerdings fand er nicht die Zeit, schon hatte er sich wieder seinem eigenen Bild zugewandt. Blickte von dem Bild zu dem Langen, trat dann einen Schritt vor und musterte ihn erneut, trat dann weitere drei Schritte vor, bis er wieder direkt am Galgen stand. Und ein zweites Mal drang er in ihn, und nun, nun meinte man ein Glitzern in seinen Augen zu bemerken. Ja, ohne Zweifel glitzerte es jetzt, war er nun völlig in ihn eingedrungen, formten sich in ihm aus den Empfindungen visuelle Schemen, aus denen Bilder wurden und sich schließlich zu einem Bild vereinten. Er wirkte jetzt wie entrückt, nahezu taumelte er, als sich wieder an seine Staffelei zurückbegab. Und er zeichnete, wie eine Offenbarung stürzte es nun auf ihn ein, keinen Blick brauchte er mehr auf den Langen zu werfen, alles stand bereits fertig vor ihm in seinem inspirierten Geist. Der Stift flog nun förmlich über das Papier, er zeichnete sich in einen regelrechten Rausch hinein, nichts hatte mehr die geringste Bedeutung für ihn, nicht sein Schüler neben ihn, nicht die Trenchcoats, nicht der Galgen, einzig das Bild, die Vision, die er jetzt schaute, war es, die ihn nun bis in die letzte Fiber seines Wesens erfüllte.

Wohl ganze zehn Minuten dauerte dieser Zustand der höchsten Inspiration, der Ekstase an, dann war es vorüber. Alle Kraft schien zusammen mit dem Rausch aus ihm zu fließen, kaum war er noch in der Lage, den

Stift zu halten. Doch es war vollbracht. Die Skizze stand fertig vor ihm.

»Das ist ja … das ist ja wunderbar«, stammelte der Schüler neben ihm, von Ehrfurcht und von Entsetzen gleichermaßen durchdrungen, doch der Meister nahm ihn gar nicht wahr. Erst ganz allmählich kehrte er ins Hier und Jetzt zurück. Dann war er wieder hier. Die Farbenpracht der hochfliegenden Inspiration wich alltäglichem Grau, er steckte seinen Stift ein und rollte das Bild zusammen. Ein weiteres Mal nickte er den beiden Trenchcoats zu, dann nahm er die Staffelei und trat auf den Doofen zu. »Wenn die Reihe an dich kommt«, sagte er, »solltest du dir ein Paar Windeln geben lassen. Beim Erhängen scheißt und pisst man nämlich. Das hängt mit dem Schließmuskel zusammen.« Er lächelte ihm zu und ging dann mit seinem Schüler an die Stelle zurück, wo er gestanden hatte, bevor man den Langen herausgeführt hatte. Kaum war er dort angekommen, da zog einer der Trenchcoats den Strick am Hals des Langen fest und im nächsten Augenblick öffnete sich die Falltür.

Der Strick saß perfekt. Kein Verrutschen. Nichts. Der Lange schien nun noch länger zu sein, wie er da so hing. Irgendwie gestreckt. Er strampelte mit den Beinen. Aber nur wenig. Seine Lippen bewegten sich, als wollten sie noch etwas sagen. Und Gieselfried hatte Recht. Deutlich sah man nun, wie sich der weiße Stoff im Schritt der Hose des Langen dunkler färbte. Der Kamerad, der morgen die Falltür polieren musste, würde einiges zu tun haben.

Der blaue Papierschnipsel war tatsächlich herabgefallen. Er lag auf dem Asphalt vor dem Galgen, wurde von einer Brise erfasst und in die Luft geschleudert. Er flog hoch und höher in den wolkenverhangenen Himmel. Irgendwann verlor er sich dann in der Ferne.

***

Noch 7 Tage.

Zunächst hatte er es so versuchen wollen. Einfach darauflos. Aber dann hatte er die Gabel auf dem Küchentisch gesehen und erkannt, dass diese ihm noch nützlich sein könne. So zumindest glaubte er. Er hatte mit dem Langohr und dem Pickeligen Küchendienst. Die Fesseln hatte man ihnen notgedrungen abgenommen. Als Aufsicht waren lediglich ein Trenchcoat und außerdem noch ein Overall eingeteilt. Das war ungewöhnlich. Normalerweise übernahmen nur Trenchcoats die Aufsicht. Mindestens drei. Vermutlich waren die anderen Trenchcoats gerade anderswo im Dienst, und so musste der Overall die Aufsicht übernehmen. Und Overalls hatten längst nicht so scharfe Augen wie Trenchcoats, das war selbst dem Doofen bereits aufgefallen. Außerdem waren sie unbewaffnet. Er wartete eine Zeit lang, bis das Langohr am anderen Ende der Küche mit seinem Schrubber wieder gegen eins der Stuhlbeine stieß und dabei einigen Lärm verursachte. Ihm war aufgefallen, dass der Overall, der in seiner Nähe postiert war, jedes Mal zum Langohr hinübersah, wenn dieses beim Schrubben gegen einen Gegenstand stieß. Der Trenchcoat hatte gerade den Pickeligen im Blick, und da nun fasste er die Gabel und ließ sie in der Tasche seiner Pyjamahose verschwinden.

Er war gerade damit beschäftigt, den vorderen Bereich der Küche an der Eingangstür aufzuwischen, wo

73

sich auch der Küchentisch befand. Er näherte sich der geöffneten Tür und tat so, als habe er eine Verschmutzung auf den Fliesen der hinter der Tür beginnenden großen Halle entdeckt. »Nanu, was ist denn das für eine Sauerei?«, sagte er laut genug, dass es der Overall hören konnte. Die große Halle war lediglich ein Stück durch das aus der Küche einfallende Licht ausgeleuchtet. Er wischte sich langsam aus dem beleuchteten in den unbeleuchteten Teil, bückte sich dabei übertrieben tief, um unter seinem rechten Arm hindurch in die Küche zurückblicken zu können. Der Overall schien tatsächlich zu denken, er wische lediglich den Teil vor der Küche, und blickte nach hinten, wo das Langohr gerade gegen einen Tisch gestoßen war.

Am Nordende der großen Halle lag die Küche, links davon der zum Hof führende Gang, links davon wiederum befand sich der Speisesaal, dessen Türen und Fenster in der Regel nicht verschlossen waren. Selbst dem Doofen war bewusst, wie riskant der Plan war und dass er wesentlich mehr Glück als Verstand benötigte, um tatsächlich Erfolg zu haben. Sollte er es ungesehen aus einem der Fenster schaffen, so müsste er an der Außenseite des Gebäudes entlang zur Westseite der Anlage schleichen, müsste es dann an den Suchscheinwerfern und den Patrouillen vorbei zu den vier Toren an der Südseite schaffen. Und für eben diese Tore, oder zumindest für eins davon, hatte er die Gabel eingesteckt, die er zu einem Dietrich hoffte umformen zu können. Ja, ein riskanter Plan, das war ihm klar. Doch ebenso klar war ihm auch, dass er irgendwie zu dem Anwalt kommen musste.

Auf leisen Sohlen schlich er zur Tür des Speisesaals. Sie war offen. Er trat ein, stellte den Schrubber ab und eilte zum letzten Fenster an der Seitenwand. Von hier aus konnte man einen Teil des Hofs und den Antreteplatz einsehen. Das Gebäude hatte hier die Form eines flachen und recht breiten U, in dessen Mitte sich der Galgen und der Antreteplatz befanden, während der Bereich davor bis zur Westmauer den eigentlichen Hof bildete, der zum Exerzieren verwendet wurde.

Er musste nun zunächst hinter dem Galgen die Außenwand entlangschleichen. Von Norden her war dieser Bereich kaum einsehbar, da sich lediglich am südwestlichen und am nordöstlichen Turm Suchscheinwerfer befanden. Der südwestliche Scheinwerfer wanderte über den Hof, konnte aber nicht den gesamten Innenbereich des U ausleuchten, sondern nur die Außenwand der Küche. Auf seiner Seite lag also, vom Scheinwerfer aus gesehen, ein toter Winkel, aber dafür konnte man ihn natürlich von den Küchenfenstern aus sehen.

Er öffnete das Fenster und lehnte sich hinaus. In der Küche konnte er den Trenchcoat sehen, der gerade den Pickeligen beobachtete. Der Overall, der ebenfalls nicht zu den Tief- oder Schnelldenkern zählte, dachte anscheinend, der Doofe würde noch immer in der großen Halle wischen. Er kletterte also aus dem Fenster und lief geduckt die Außenwand entlang, ohne zum Galgen hinüberzublicken. Am Ende der Wand blieb er stehen und ging in die Knie. Nun kam der weitaus gefährlichere Teil. Er musste warten, bis der Scheinwerfer von Südwesten her an ihm vorbeigeschwenkt war. Während dieser den Teil nördlich von ihm ausleuchtete und dann wieder zurückkam, musste er die Westseite entlangsprinten bis zu deren Ende. Dort würde er die Ecke nehmen und sich an der Südseite der Außenwand hin-

werfen. Hier konnte er dann nur hoffen, dass der Suchscheinwerfer über ihn hinweggleiten würde, ohne dass
man ihn entdeckte. Die Chancen hierfür, das war ihm
klar, standen nicht allzu gut, denn er musste nicht nur
damit rechnen, von den Posten im Turm und am Nord-
tor entdeckt zu werden, außerdem patrouillierten noch
zwei Wächter die Außenmauer entlang, von denen er
nicht die geringste Ahnung hatte, wo sie sich gerade
aufhielten. Aber egal. Sobald der Scheinwerfer an ihm
vorbei sein und wieder nach Norden schwenken würde, würde er zu den vier Toren in der Südmauer sprin-
ten. Von denen er eines glaubte mit seiner Gabel öffnen
zu können ...

Der Scheinwerfer schwenkte gerade von Südwesten
nach Norden. Er wartete, bis er an der Südmauer angelangt war und schließlich wieder zurückschwenkte.
Dabei warf er wiederholt nervöse Blicke zu den Küchenfenstern, doch dort schien man sein Verschwinden noch immer nicht bemerkt zu haben. Endlich war
der Scheinwerfer vorbeigerauscht und er lief los. Geduckt noch immer, aber schnell wie der Wind.

Unglücklicherweise war der Abend, es war gegen 20
Uhr, völlig klar; mit einem Nebelstreifen konnte man
ihn in seinem weißen Gewand kaum verwechseln. Aber
der Posten am Westtor war gerade durch irgendetwas
abgelenkt, was außerhalb der Mauer vor sich ging, und
sah ihn nicht. Ungesehen erreichte er also die Ecke und
schon lag er ausgestreckt an die südliche Außenwand
des Gebäudes geschmiegt und wartete. Sein Herz raste
und er fürchtete, jeden Augenblick die Pfeife zu hören,
die seine Flucht den Posten, den Scharfschützen auf
den Türmen kundtun würde. Doch es blieb still. Der
Scheinwerfer schwenkte zurück in südliche Richtung,

und er machte sich so klein wie möglich, versuchte, sich in den Asphalt zu verkriechen, unsichtbar zu werden. Dann war er da, und für lange Sekunden, die ihm wie Stunden schienen, sah er, wie sich der Schatten seines Kopfes und seiner Schultern vor ihm über den Boden bewegte. Dann war er weg. Für einige Augenblicke war er in den Schoß der Dunkelheit gehüllt. Dann näherte sich das Licht erneut. Er schloss die Augen, wartete auf den Ruf, den Schuss, wohl platziert zwischen die Schultern oder in den Hinterkopf. Doch das Licht kam und ging wieder. Nun keine Zeit verloren. Er sprang auf und rannte auf die vier Tore zu, und hier nun zeigte sich, wie unausgereift und unüberlegt das ganze Unternehmen doch war. Dabei wäre des Rätsels Lösung doch ganz einfach gewesen, hätte er nur einmal im Unterricht aufgepasst oder aber sich einfach einmal umgehört, was denn so über die vier Tore erzählt wurde. Und es wurde viel darüber erzählt. Vom Langen etwa hätte er die tollsten Geschichten erfahren können.

Die Anstaltsführung ließ es sich nicht nehmen, neben den grammatischen Kenntnisse auch die logischen Denkfähigkeiten der Insassen regelmäßig zu prüfen und zu verbessern. Und vor noch gar nicht langer Zeit hatte man dem Doofen eine Denkaufgabe vorgelegt, die eben von vier Toren handelte, die, von links nach rechts gezählt, die Nummern eins bis vier trugen. Hinter einem der Tore, so hieß es in der Aufgabe, befänden sich der Schlüssel zu einer Tür, die in die Freiheit führte, zudem ein Hase in einem Käfig und weiterhin ein riesiges Stück Wurst. Ein anderes Tor stand offen und der dahinter befindliche Raum war vollständig leer, hinter einem weiteren befand sich ein Schäferhund

und hinter dem letzten schließlich ein korrupter Wächter. Die Tür in die Freiheit befand sich entweder in dem Raum mit dem Schäferhund oder dem korrupten Wächter. Außerdem waren in der Aufgabenstellung noch folgende Bedingungen und Informationen gegeben. Der Insasse, der durch eines der Tore in die Freiheit gelangen wollte, durfte jedes Tor nur einmal öffnen. Aus dem Raum mit dem Schlüssel, der Wurst und dem Hasen durfte er nur zwei Gegenstände mitnehmen. Der Raum mit dem Hund lag direkt neben dem des Wächters, da Letzterer andernfalls nicht hätte hören können, wenn der Hund Alarm schlug. Wenn man mit dem Hasen an dem Raum mit dem Schäferhund vorbeiginge, würde dieser den Hasen riechen und sofort anfangen zu bellen. Ginge man dagegen mit dem Stück Wurst vorbei oder beträte den Raum, so würde der Hund lediglich mit dem Schwanz wedeln und keinen Laut von sich geben. Befände sich in diesem Raum die Tür in die Freiheit, so könnte der Insasse sie ohne Probleme öffnen, sofern er den Schlüssel dazu mitgebracht hatte. Ginge der Insasse hingegen in den Raum mit dem korrupten Wächter, so müsste er den Hasen dabeihaben, mit dem er diesen bestechen könnte. Befände sich in diesem Raum die Tür in die Freiheit, so bräuchte er natürlich noch den Schlüssel. Die Fragen lauteten nun: Was befand sich hinter welchem Tor, wenn man davon ausgeht, dass das zweite Tor von links offen stand und leer war, und was musste der Insasse aus dem Raum mit Schlüssel, Hase und Wurst mitnehmen, um in die Freiheit gelangen zu können?

Die Aufgabe war im Grunde ganz einfach. Da sich Hund und Wächter in benachbarten Räumen aufhielten, konnten sie sich nur hinter den Toren drei und vier befinden, da das Tor Nummer zwei ja offen stand und leer war. Da nun weiterhin die Information gegeben war, dass der Hund bellen würde, ginge man mit dem Hasen an seinem Tor vorbei, musste sich dieser also hinter Tor Nummer drei befinden, da Nummer zwei ja leer stand und man an den Toren eins und vier nicht vorbeigehen musste, da diese ja ganz außen lagen. Hinter Tor eins befanden sich also Schlüssel, Hase und Wurst, hinter Tor drei der Hund und hinter Tor vier der Wächter. Und auch die Frage, wo sich die Tür in die Freiheit befinde, war ganz leicht. Nahm man aus Raum eins den Schlüssel und den Hasen mit, um damit den Wächter zu bestechen, so müsste man Raum Nummer drei mit dem Hund passieren; dieser würde den Hasen riechen und bellen, der Wächter würde kommen und den Insassen festnehmen. Da die Aufgabe eine Lösung hatte, die dem Insassen den Weg in die Freiheit zeigte, schloss sich diese Möglichkeit also aus. Die Tür zur Freiheit befand sich also hinter Tor Nummer drei und der Insasse musste folglich den Schlüssel und die Wurst aus Raum Nummer eins mitnehmen.

Dem Doofen hatten bald die ersten Schweißperlen auf der Stirn gestanden, als er über die Aufgabe nachgrübelte, bevor er schließlich kapitulierte und ein weißes Blatt Papier, versehen lediglich mit einem großen Fragezeichen, abgab. Und nun, da er die vier Tore betrachtete, von denen das zweite von links offen stand, erschien wohl nebelhaft verschwommen wieder jene Aufgabe vor seinem Geist, doch wusste er nun ebenso wenig damit anzufangen wie damals. Er wartete also ab, bis der Scheinwerfer ein weiteres Mal nach Norden schwenkte, dann sprang er auf und rannte, ohne sich recht zu besinnen, auf das offene Tor zu und verschwand dahinter. Wohl war er etwas ernüchtert, als er den dahinter befindlichen Raum vollkommen leer vorfand, doch verspürte er zumindest eine gewisse Erleichterung darüber, nun zumindest Schutz vor dem Scheinwerfer gefunden zu haben. Zwar fiel nur wenig Licht von außen in den Raum, aber auch so erkannte er bald, dass er hier in eine Sachgasse geraten war und ihm auch seine Gabel nicht würde recht weiterhelfen können. Er trat also an das Tor, wartete, bis sich der Scheinwerfer wieder entfernte, spähte nach rechts und nach links und eilte dann zum ersten Tor. Zu seiner freudigen Überraschung, die durch keinerlei Erinnerung an die Aufgabe getrübt wurde, fand er das Tor offen. Er schlüpfte also hindurch, verschloss es wieder und wunderte sich nicht wenig, als er sich nun in einem von Kerzenlicht erleuchteten Raum wiederfand, an dessen Rückwand ein Käfig mit einem Hasen stand und an der an zwei Nägeln eine köstliche Wurst sowie ein silbern glänzender Schlüssel hingen. Sogleich schwand sein Frust über die erlittene Enttäuschung im zweiten Raum und meldete sich sein Magen zu Wort, der an der zum Abendbrot servierten Kohlsuppe nur mäßigen Genuss hatte finden können. Er eilte also zu der Rückwand, riss die Wurst vom Nagel und versenkte die Zähne in der Delikatesse. Er schloss die Augen und ließ sich die Köstlichkeit auf der Zunge vergehen. Schon war der Anwalt so gut wie vergessen und vermutlich hätte der Idiot das einzige Mittel, das den Schäferhund zu besänftigen vermochte, zur Gänze in sich hineingestopft, wenn nicht plötzlich Schritte vor dem Tor zu hören gewesen wären. Er riss die Augen auf und hielt in der Kaubewegung inne. Und in demselben Augenblick verharrten auch die Schritte. Er meinte, sie seien von links, aus Richtung der anderen Tore gekommen, und es waren schwere Schritte, wie sie die Stiefel erzeugten, die von den Patrouillen getragen wurden. Ohne einen Muskel zu rühren stand er da und starrte auf das Tor. Starrte und lauschte. Doch bis auf das Pochen seines Herzens drang nicht ein einziger Laut an seine Ohren. Sollte man von draußen etwas gehört haben? Oder hatte er das Tor nicht korrekt verschlossen? Aber warum kam derjenige, der dort draußen stand, dann nicht herein und kontrollierte? Lange Minuten stand er nun da, den angstvollen Blick auf das Tor gerichtet, bald auf den Posten vor dem Tor lauschend, bald auf sein pochendes Herz. Zum Teufel, was trieb der Kerl nur so lange dort draußen! Und gewiss stand er noch dort. Ihm wäre doch nicht entgangen, wenn sich draußen etwas gerührt hätte. Endlich hielt er es nicht mehr aus. Auf Zehenspitzen und im Zeitlupentempo schlich er zu dem Tor, umfasste mit zitternder Hand die Klinke und drückte sie hinab. Vorsichtig, ganz vorsichtig. Zum Henker, hatte das Ding vorher denn auch so einen Lärm veranstaltet? Er verzog das Gesicht, drückte aber beharrlich weiter, bis die Klinke endlich unten war. Gar noch langsamer schob er nun das Tor auf, wagte durch den sich auftuenden Spalt einen Blick nach links und erkannte, dass der Suchscheinwerfer gerade in die entgegengesetzte Richtung leuchtete. Also noch ein Stück weiter, noch ein Stück, bis er endlich den Kopf durch den Spalt stecken und auch nach rechts spähen konnte. Nichts. Nichts war dort außer dem an den Toren vorbeiführenden Pfad, der sich irgendwo in der Finsternis verlief. Schon wollte er aus dem Raum stürmen, da sah er

nochmals zurück und sein Blick fiel auf den Schlüssel
an der Rückwand. Auch wenn er nur noch verschwommene Erinnerungen an das Rätsel aus dem Unterricht
hatte, dass ihm der Schlüssel womöglich noch von
Nutzen sein konnte, das leuchtete selbst ihm ein. Er
eilte also zurück, riss den Schlüssel von der Wand und
verließ den Raum. Und wie er zuvor keiner bewussten
Überlegung, sondern vielmehr seinem Instinkt gefolgt
war, als er von den vier Toren das offen stehende gewählt hatte, so gehorchte er auch jetzt seinem Gefühl,
das ihm eingab, die nächstgelegene Lösung sei auch
die beste. Er wählte also das dritte Tor, und wie groß
war sein Entsetzen, als er erkannte, dass ihn sein Gefühl vor das Angesicht eines ausgewachsenen Schäfer-
hundes geführt hatte! Doch schon nahte das Licht des
Scheinwerfers und ohne recht zu überlegen, schloss er
das Tor hinter sich. Als er das Tier nun betrachtete, war
er nicht wenig überrascht, dass dieses keinerlei Anstalten machte, ihn anzugreifen oder auch nur Alarm
zu schlagen. Vielleicht fehlt ihm ja die Kraft dazu, so
ging es dem Doofen durch den Kopf. Denn wahrlich
mitleiderregend war der Anblick des Hundes. Schlaff
hing ihm das von der Krätze zerfressene Fell von dem
abgemagerten Körper, die Stellen um den Hals herum
hatte der eiserne Ring, an dem die Kette befestigt war,
fast vollständig durchgescheuert, die alten Augen
wirkten entzündet und nur mit Mühe schien sich das
Tier noch auf den Beinen halten zu können. Doch dann
fiel ihm auf, worauf der Blick des Hundes gerichtet
war. Auf seine Wurst nämlich. »Ja, die möchtest du
wohl gerne haben«, sagte er. Dann bemerkte er die Tür
in der Rückwand des Raumes und sein Herz begann
ein weiteres Mal zu pochen. Er blickte auf den Schlüs-

sel in seiner Hand, und schon hatte er den ersten Schritt nach vorne getan, da hielt er wieder inne. Zwar war der Hund angekettet, doch ließ die Kette ihm genügend Spielraum, dass er imstande war, ihm den Weg zu versperren. Schweren Herzen warf er dem Tier also die Wurst hin, über die sich dieses auch sogleich mit Heißhunger hermachte, und während der Hund die Wurst verschlang, schlich der Doofe an ihm vorbei zu der Tür in der Rückwand. Fast wäre ihm der Schlüssel aus der Hand gefallen, doch dann steckte er in dem Schloss und Augenblicke später nur wehte dem Doofen wie frischer Alpenwind die Luft der Freiheit entgegen!

Vor ihm, auf der gegenüberliegenden Seite der Straße, tat sich ein mit Rasen und Gebüsch bewachsener Platz auf. Dahinter entdeckte er die Lichter einiger Häuser. So stand er da und starrte und hätte wohl noch bis zum Morgengrauen gestarrt, hätte ihn nicht das ferne Bellen eines Hundes wieder in die Wirklichkeit zurückgeworfen. Er schloss die Tür hinter sich, und mit einem Satz war er über die Straße und in dem an dieser entlanglaufenden Graben.

Der Graben war nicht sonderlich tief und er warf sich auf den Boden, robbte ein Stück vor. Fast hätte er aufgeschrien, als sich die Gabel in seinen Oberschenkel bohrte. Mit unterdrückter Stimme fluchend zog er sie aus der Tasche und warf sie fort. Dann blickte er empor und sah den südwestlichen Turm sich bedrohlich in den Abendhimmel recken. Dessen Suchscheinwerfer deckte auch den Teil des Grabens ab, der noch vor ihm lag, wenn er in die Stadt wollte. Er wälzte sich einige Male in dem Dreck, den es hier im Übermaß gab, und stellte erleichtert fest, dass er kaum noch zu sehen war. Dann robbte er los. Wann immer das Licht des Scheinwerfers auf den Graben fiel, presste er seinen Körper in den Dreck und rührte keinen Muskel, bis es wieder verschwunden war. Und schließlich war er weit genug entfernt, dass ihn das Licht nicht mehr erreichte. Er drehte sich auf den Rücken und blickte in den Abendhimmel, an dem sich bereits die ersten Sterne zeigten. Die Luft war kühl. Kühl und köstlich frei. Ja, zum ersten Mal seit fast drei Jahren atmete er Luft, die niemals die Innenmauern der Anstalt gesehen hatte. Er war frei. War einfach hinausspaziert und war frei. Und wahrscheinlich haben die Trottel dort drinnen, so frohlockte er, noch nicht einmal bemerkt, dass ich weg bin! Ganz spontan überkam ihn der Impuls, zu fliehen. Fort in die weite Welt, weg von der Anstalt, weg von dieser Stadt. Doch der Impuls ging so schnell, wie er gekommen war. Er wusste, welcher Weg ihm vorherbestimmt war, und den würde er nun beschreiten. Er holte die Skizze seines Bruders aus der Hosentasche und untersuchte, ob er sie verdreckt hatte, als er sich im Schlamm wälzte. Genau konnte er die Skizze nicht erkennen, doch es würde schon gehen. Er machte sich also auf.

Der Graben endete irgendwann, und er ging auf dem Gehweg neben der Straße weiter. Ihm war klar, dass er in diesem Aufzug unmöglich zu dem Anwalt gehen konnte. Dunkel meinte er sich zu erinnern, dass hier irgendwo in der Nähe ein Container der Altkleidersammlung stand. An einem Supermarkt fand er ihn auch tatsächlich und suchte sich eine Hose und einen Pullover. Als Gegenleistung ließ er sein Leichenhemd dort. Mochte jemand anders glücklich darin werden. Er studierte die Skizze im Schein einer Straßenlampe und ging los.

Sein Bruder hatte Recht gehabt. Es war in der Tat nicht weit entfernt. Bald schon hatte er die Straße gefunden und betrachtete die Skizze erneut. Die umliegenden Straßen hatte sein Bruder sehr detailliert gezeichnet, war bei der, in der der Anwalt lebte, hingegen recht unbestimmt geblieben. Mit Gewissheit ließ sich lediglich sagen, dass die Kanzlei auf der rechten Seite und am Ende der Straße lag.

Das erste Gebäude auf der rechten Seite der Straße war eine Kneipe. Er näherte sich einem der Fenster und lugte vorsichtig hinein. Einige Gestalten saßen an den Tischen, einige andere an der Theke, aber Trenchcoats oder Overalls konnte er unter ihnen nicht entdecken. Er ging zur Eingangstür und trat ein.

Als hätte ihn eine Posaune angekündigt, verstummten alle Gespräche, kaum dass er den Fuß über die Schwelle gesetzt hatte. Selbst die Zeit schien stillzustehen. Alle Augen waren auf ihn gerichtet. War er erkannt? Die Nachricht von meiner Flucht kann sich doch unmöglich so schnell verbreitet haben, ging es ihm durch den Kopf. Oder ist es meine Kleidung? Kaum anzunehmen. Die Typen hier sehen sogar noch schlimmer aus als ich.

Er besah sich die Gestalten etwas näher, und nun meinte er, in ihren Blicken nicht unbedingt Feindseligkeit oder gar Hass zu bemerken. Nein, sie schienen eher erstaunt, als habe sich ein Fabeltier in ihre Mitte verirrt. Hier und dort glaubte er auch, so etwas wie Amüsiertheit zu erkennen. Er ging auf den Mann hinter der Theke zu und wünschte ihm einen guten Abend. Nach einiger Bedenkzeit erwiderte dieser den Gruß dann sogar mit einem Nicken. Ob er ihm sagen könne, wo die Kanzlei des Anwalts zu finden sei, fragte der Doofe ihn geradeheraus.

Der Mann hinter der Theke starrte ihn an und sagte nichts.

Schließlich wurde das Schweigen durch ein Gemurmel im hinteren Teil der Kneipe durchbrochen. Einige andere Stimmen mischten sich in das Gemurmel und der Wirt blickte vom Doofen in die Runde. »Er will wissen, wo der Anwalt zu finden ist«, verkündete er seinen Gästen. Hier und dort wurde seine Bemerkung mit Gelächter quittiert.

Der Wirt wandte sich mit einem breiten Grinsen wieder dem Doofen zu. »Glaubst du denn, dass der Herr Anwalt dich empfangen wird?«

»Ich habe einen Termin«, log dieser, und nun brach die ganze Kneipe in schallendes Gelächter aus.

»Er hat einen Termin!«

»Was es nicht alles gibt!

»So, du hast also einen Termin«, sagte der Wirt, als das Gelächter wieder halbwegs verebbt war, und der Doofe nickte.

»Na, wenn das so ist, dann pass mal gut auf. Du gehst die Straße hier runter. Bis ganz ans Ende, und dort auf der rechten Seite siehst du ein Haus aus rotem Ziegelstein. Da lebt der Anwalt.«

»Jau, da lebt er, unser Herr Anwalt«, bestätigte einer der Gäste und nahm einen kräftigen Schluck aus einem Glas, das mit einer schwärzlichen Flüssigkeit gefüllt war.

Er bedankte sich und verließ die Kneipe. Draußen begab er sich in die angegebene Richtung. Die Straße war durchgehend von Straßenlampen ausgeleuchtet, die auch die anliegenden Häuser beschienen. Ein Gebäude aus rotem Ziegelstein dürfte nicht zu übersehen sein.

Hinter der Kneipe folgten zunächst einige Wohnhäuser, alle weiß gestrichen. Danach kam ein gewaltiges Gebäude, in dem Landwirtschaftsmaschinen untergebracht waren. Er blieb kurz vor dem riesigen Schaufenster stehen und betrachtete die Traktoren, Pflüge und Eggen. Weiter ging es an zwei Wohnhäusern vorbei, dann kamen einige kleinere Geschäfte, alle weiß. Dann endlich ein rotes Gebäude. Rot mit weißen Balken. Es war ein Fachwerkhaus, deutlich größer als die umliegenden Häuser und etwas weiter von der Straße entfernt. Auf dem Balken über dem grünen Tor stand eine Inschrift, die er jedoch nicht lesen konnte. Einige Augenblicke hielt er inne und betrachtete das Gebäude, das ihm in dieser Straße irgendwie fehl am Platze erscheinen wollte. Er wusste nicht, warum. Ihn fröstelte und er ging weiter. Das Haus des Anwalts war es jedenfalls nicht.

Weiter ging's vorbei an gepflegten Vorgärten, bis er zu einem Gebäude kam, das sich über drei Etagen herrschaftlich in den Abendhimmel erhob. Es war von dunkler Farbe, allerdings lag es genau in der Grauzone zwischen zwei Straßenlampen, sodass man dessen genauen Farbton nicht erkennen konnte. Er schien sich in einem recht vornehmen Abschnitt der Straße zu befinden, genau der passende Ort, an dem sich ein Anwalt niederlassen könnte. Doch auch bei genauerer Betrachtung war es ihm nicht möglich, die Farbe zu bestimmen und ob es sich um Ziegelsteine handelte. Er trat an den Gartenzaun und starrte an die Außenwand, da ging in der zweiten Etage das Licht hinter einem großen Fenster an und eine Frau trat auf den davor gelegenen Balkon, den er zuvor gar nicht bemerkt hatte. Die Frau, sie mochte um die Fünfzig sein, blickte vom Geländer misstrauisch auf ihn herab. Zweifellos war sie der Ansicht, dass er hier nicht hergehöre. Schließlich machte sie mit der rechten Hand eine Bewegung, wie wenn man eine Fliege verscheucht, und stieß dabei ein entsprechendes Geräusch aus. In dem Licht, das aus dem Fenster drang, konnte man nun erkennen, dass das Haus in einem dunklen Blauton gestrichen und zudem noch verputzt war. Er ging also weiter, überquerte eine Nebengasse, kam an weiteren Wohnhäusern vorbei. Auf der gegenüberliegenden Straßenseite tollten zwei Jungen mit einem Schäferhund in einem Garten, der großzügig von einer Lichterkette vor dem Haus erhellt wurde. Die Jungen warfen einen Tennisball, dem der Hund begeistert hinterherstürmte.

Er empfand nun eine gewisse Unruhe. Der Skizze seines Bruders zufolge konnte die Straße nicht allzu lang sein, er musste bald deren Ende erreicht haben, aber von einem roten Ziegelsteingebäude war weit und breit keine Spur. Er kam an einer Fleischerei vorbei, dahinter einige Bäume und dann … Ja, dann sah er es, und sein Herz setzte gleich zwei Schläge aus. Irgendwo muss die Straße eine Biegung gemacht haben, dachte er. Vor ihm jedenfalls stand die Kneipe. Er war wieder am Ausgangspunkt seiner Reise angelangt.

Er blickte nach rechts auf die Straße, die ihn zur Anstalt, nach Hause brachte, nach links ins Irgendwo, dann geradeaus zu der Kneipe, aus der nur noch ein matter Schimmer drang. Er trat näher, schaute durch eins der Fenster. Auf den Tischen standen noch einige Gläser mit Getränkeresten, aber von den Gästen und dem Wirt fehlte jede Spur. Er ging wieder zurück und begab sich ein zweites Mal auf den Gehweg neben der Straße. Vorbei an einigen Wohnhäusern, dann kam ein recht großes Gebäude mit einem leicht abfallenden Flachdach. Es war recht dunkel hier, da die nächste Straßenlampe defekt war, aber auch so war zu erkennen, dass die Fenster mit Brettern vernagelt waren und das Geschäft, oder was immer darin untergebracht gewesen sein mochte, geschlossen hatte. Mittlerweile hatte sich leichter Bodennebel gebildet, der aber längst noch nicht so hoch gestiegen war, dass er die Sicht auf den Nachthimmel verdeckt hätte, an dem man nun deutlich die unterschiedlichen Sternbilder erkennen konnte. Ihn fröstelte und er wünschte, er hätte sich einen zweiten Pullover aus dem Altkleidercontainer genommen. Er rieb sich die Arme und ging weiter. Nach einem kurzen Stück entdeckte er auf einem der Grundstücke auf der rechten Seite ein Licht. Er ging etwas näher und bemerkte, dass es sich um ein Lagerfeuer handelte. Einige Gestalten saßen darum, soweit er sehen konnte, ein Mann und eine Frau. Links im Hintergrund befand sich ein großes Gebäude, auf dessen Vorderseite das Feuer den Schatten einer der beiden Personen warf. Die linke Partie des Gebäudes war nur schwer zu erkennen, aber ihm wollte scheinen, als seien Teile des Daches eingestürzt. Er trat einige Meter auf das Grundstück und da erkannte er, dass nicht nur das Dach arg in Mitleidenschaft gezogen war, sondern dass auch ein ganzes Stück aus der Vorderwand herausgerissen worden war, dessen Überreste wild auf dem ganzen Vorplatz verstreut lagen. Entweder war der Hof niedergebrannt oder die Leute waren ausgebombt worden.

Der Doofe näherte sich den Gestalten, und nun erkannte er, dass es sich um drei, nicht um zwei Personen handelte. Dicht an den Rücken der Frau geschmiegt, die kleinen Arme um deren Hals geschlungen, saß dort noch ein kleines Mädchen, das er zunächst übersehen hatte. Den beiden gegenüber saß ein Mann auf einem Holzklotz und hielt einen Stock über das Feuer, an dessen Ende ein Stück von einer Steckrübe aufgespießt war. Wie viel Jahre die beiden Erwachsenen zählten, war unmöglich zu sagen, da sie dermaßen mit Ruß und Dreck verschmutzt waren, dass von ihren Gesichtern kaum etwas zu erkennen war. Die Frau nagte an einem Maiskolben, den sie von Zeit zu Zeit über die Schulter nach hinten hielt, damit auch das Mädchen abbeißen konnte.

»Willst 'n Stück Steckrübe? Ist heut' gratis«, fragte der Mann, ohne von dem Feuer aufzublicken.

Die Frau starrte ebenfalls in das Feuer, lediglich das Mädchen sah ihn direkt und, wie ihm scheinen wollte, mit einem misstrauischen Blick an. Er trat näher und nun bemerkte er, dass sich unter dem riesigen Rock der Frau etwas regte, und im nächsten Augenblick lugten zwei Augen neugierig aus dem Wust von Über- und Unterröcken.

»Hier hast'e, alter Quälgeist«, sagte die Frau und hielt den Rest des Maiskolbens vor das Augenpaar. Sogleich fuhr eine kleine Hand hervor, griff den Kolben und verschwand wieder. Die Augen aber blieben auf den Doofen gerichtet.

»Na, so setzt dich schon. So eilig wirst's schon nicht haben«, forderte die Frau ihn auf und wies auf einen Holzklotz direkt vor dem Feuer. Er dankte und setzte sich.

Der Mann schwenkte nun den Stock aus dem Feuer und hielt ihm das verkohlte Steckrübenstück vor die Nase. Hierbei blickte er ihn erstmals an und musterte ihn mit einem schiefen Grinsen. Der Doofe schüttelte den Kopf, und der Mann zuckte mit den Achseln. Dann führte er das Stück an seinen Mund und verschlang die Hälfte davon mit einem einzigen Biss. Das Stück musste kochend heiß gewesen sein, doch er verzog nicht die geringste Miene.

»Sie wissen nicht zufällig«, begann der Doofe dann, »wo ich den Anwalt finden kann?«

Die Frau hatte irgendwo einen weiteren Maiskolben aufgelesen und machte sich nun an diesem zu schaffen. Der Mann biss ein zweites Mal von seiner Steckrübe ab. »Suchst wohl Absolution, wie?«, fragte er dann.

»Das ist nicht wahr!«, protestierte der Doofe, obwohl er nur eine verschwommene Idee davon hatte, was das Wort bedeutete.

»Natürlich suchst du Absolution«, widersprach die Frau und stieß ein kreischendes Gelächter aus.

»Ich … ich habe einen Termin«, erklärte er.

Der Mann sah ihn mit einem wissenden Blick an und nickte. »Wir haben alle unseren festgelegten Termin.«

Das Mädchen quengelte, wollte ein Stück von dem Maiskolben. Die Frau brach ihn entzwei und reichte die eine Hälfte dem Mädchen. Dann wies sie mit dem Daumen nach hinten. »Immer da entlang. Hinter der Metzgerei, da ist so ʼn großes Haus aus rotem Ziegelstein. Vielleicht findest du da ja deine Absolution.«

Er dankte der Frau und erhob sich. Wieder an der Straße angelangt, marschierte er auf dem Gehweg in die Richtung, die ihm die Frau gewiesen hatte. Der Nebel war etwas höher gestiegen, reichte ihm nun bis zu den Oberschenkeln. Aber er sah genug, sah die Wohnhäuser, die Geschäfte, die mit Brettern zugenagelten Schaufenster.

Seitlich über ihm ging ein Licht an. Eine Tür öffnete sich und eine Frau trat auf einen baufälligen Balkon, der jeden Augenblick einzustürzen drohte. Das Haar der Frau war strohblond gefärbt, ihr verlebtes Gesicht war auf den Doofen gerichtet.

»Na, Süßer, was suchst'e denn da unten?«, fragte sie und lehnte sich vor. Dann öffnete sie ihre Bluse und ließ ihren mehr als üppigen Oberbau vom Geländer hinabbaumeln. »Komm doch mal hoch bei mich. Heut' gibt's sogar 'ne Gratisnummer, nur für dich«, rief sie herab und lachte kreischend auf. Angewidert starrte er auf die schlaffen Fleischmassen und wandte sich ab. Er lief, das kreischende Gelächter hinter ihm her. Er hielt sich die Ohren zu, aber es drang ihm durch jede Fiber. Weiter, nur weg. An Gärten voll Müll vorbei, über eine Seitengasse. Hier nun nahm er die Hände von den Ohren und stellte erleichtert fest, dass die Frau verschwunden war und mit ihr das Gelächter.

Er ging weiter. Auf der gegenüberliegenden Seite erkannte er das Haus mit den beiden Jungen und dem Schäferhund. Die Lichterkette war nun aus, und trotz des Nebels sah er, dass die Jungen fort waren. Der Hund aber lag regungslos auf der Rasenfläche. Vermutlich hat er den Tennisball verschluckt, ging es ihm durch den Kopf. Also weiter. Ihn fröstelte nun nicht mehr. Im Gegenteil, er fühlte sich nun leicht erhitzt, was von der Erregung herrühren mochte, die er jetzt in sich verspürte. Der Anwalt musste ganz nah sein. Die Frau hatte doch von einer Metzgerei gesprochen, hinter der die Kanzlei liegen sollte, und deutlich erinnerte er sich, beim ersten Mal eine Metzgerei passiert zu haben. Vielleicht war das Haus des Anwalts durch Bäume oder sonst etwas verdeckt, sodass er daran vorbeigelaufen war. Er eilte den Gehweg entlang, sein Herzschlag begann wieder zu rasen, und er hielt inne. Er lauschte. Ganz deutlich hatte er hinter sich etwas gehört. Schritte. Schritte auf Pflasterstein. Er drehte sich um, doch der Gehweg lag verlassen da, von einer Nebelschicht bedeckt, die jedoch nicht so hoch war, dass sich jemand darin hätte verbergen können. Er ging weiter, und da war es wieder. Nun wesentlich näher. Er hielt und schnellte herum. Doch im selben Augenblick waren auch die Schritte verschwunden. In dieser Gegend brannten kaum Straßenlampen, aber dennoch war es hell genug, um einen Verfolger erkennen zu können. Doch da war niemand. Er ging also weiter. Ein Mann trat aus einem Seitenweg auf den Gehweg, keine zehn Meter vor ihm. Er trug eine Art Mantel und der Doofe erschrak. Ein Trenchcoat? Er ging auf eine der wenigen brennenden Straßenlampen zu, und nun erkannte er, dass es ein ganz normaler Mantel aus schwarzem Tuch war. Der Mann beachtete ihn gar nicht. Vielmehr schien er an der Straßenlampe interessiert zu sein. Er stand etwa einen Meter davor, beugte sich vor, dann wieder zurück, und schließlich sah man einen kräftigen Strahl auf die Lampe zuschießen. Allzu treffsicher war er hingegen nicht. Meist pinkelte er rechts oder links an ihr vorbei auf die Straße, die unter dem Bodennebel verborgen lag.

Der Doofe wartete, bis der Mann fertig und in der Dunkelheit verschwunden war, dann marschierte er weiter. Von Zeit zu Zeit blickte er sich um, doch von seinem Verfolger war nichts zu hören oder zu sehen.

Und da endlich die Metzgerei! Sie war es. Kein Zweifel. Fast hätte er vor Freude aufgeschrien. Eilenden Schrittes ging er an ihr vorüber. Das nächste Gebäude war gut fünfzig Meter entfernt und dazwischen … Wie eine Offenbarung stand es vor ihm! Gewaltig, erhaben, segenverheißend. Das Gebäude aus rotem Ziegelstein! Wie hatte er es übersehen können? Gut, es lag etwas von der Straße entfernt, aber trotzdem. Doch er grübelte nun nicht länger darüber nach, sondern kämpfte sich durch allerlei Gebüsch und Gerümpel zu seinem Ziel durch. Aus dem Gebäude leuchtete keinerlei Licht, was jedoch nicht weiter verwunderlich war, denn beim Nähertreten bemerkte er, dass die der Straße zugewandte Seite keinerlei Fenster enthielt. Er ging rechts die Außenwand entlang zu der zur Metzgerei weisenden Seite. Auch dort waren weder Fenster noch Türen, dafür war aber ein guter Teil der Außenwand eingestürzt. Er kletterte über die Mauerreste und irgendwie gelangte er ins Innere des Gebäudes. Hier war es nun stockfinster. Auch nicht der kleinste Schimmer drang vom Himmel oder von der Straße hierher. »Hallo«, rief er, erhielt jedoch nicht einmal ein Echo als Antwort. Er hatte nicht die geringste Ahnung, was sich um ihn herum befand, und vorsichtig tastete er sich vor. Hin und wieder stieß er mit den Füßen oder Beinen an Gegenstände, die er jedoch nicht identifizieren konnte.

»Ist hier jemand?«, rief er, und dieses Mal vernahm er über sich ein Geräusch.

»Hallo?«

Und wieder. Dasselbe Geräusch. Zunächst konnte er es nicht einordnen, doch dann wurde ihm klar, dass es sich um einen Flügelschlag handeln musste. Ja, ohne Zweifel kreiste dort irgendein Vogel über ihm. Er flatterte, ließ sich dann gleiten, flatterte erneut, und plötzlich verspürte er einen schmerzhaften Schlag auf den Kopf.

»Was soll das?«, schrie er und hielt seine Hände schützend vor das Gesicht. Das Untier stieß einen Schrei aus und er erkannte, womit er es zu tun hatte. Offensichtlich trieb hier eine riesige Eule ihr Unwesen.

»Ich muss den Anwalt sprechen!«, schrie er, und als Antwort stürzte die Eule erneut auf ihn herab, doch konnte er sie dieses Mal mit den Händen abwehren. Stolpernd trat er den Rückzug an, fiel hin, stand wieder auf, erhielt einen weiteren Schlag auf den Kopf.

Irgendwie gelangte er wieder auf die Straße.

Auf dem Gehweg stehend blickte er auf das Gebäude zurück. Die Eule schien sich wieder beruhigt zu haben. Zumindest war nichts mehr von ihr zu hören. Er ging weiter und entdeckte ohne große Überraschung die Kneipe.

Davor standen zwei Trenchcoats.

Er trat auf sie zu, überlegte, ob er ihnen einen guten Abend wünschen solle, unterließ es aber. Stattdessen drehte er ihnen den Rücken zu und streckte die Hände nach hinten. Doch sie fesselten ihn nicht.

***

Noch 1 Tag, 1 Stunde und 23 Minuten

Es sah nicht so aus, als würde die Sonne noch durchkommen. Morgen vielleicht, aber heute wohl nicht mehr. Zwar hatte sich der Nebel so weit gelichtet, dass man die östliche Mauer nun erhaben und mächtig in den morgendlichen Himmel ragen sehen konnte, doch schien es nicht, als würde es im Laufe des Tages noch aufklaren. Weshalb er die Schaufeln voll Sand, die er aus der Grube beförderte, anfangs gezählt hatte, das wusste der Doofe selber nicht. Vielleicht hoffte er, sich dadurch aufwärmen zu können. Doch allzu weit war er damit eh nicht gekommen. Immer öfter war er durcheinander geraten, als es erst einmal zweistellig geworden war, und irgendwann hatte er es dann ganz aufgegeben. Dabei gab es bei ihm doch viel weniger zu schaufeln und somit zu zählen als beim Langen oder beim Dicken. Zwar waren die Gräber durch keinerlei Kreuze oder sonstiges gekennzeichnet, doch der Ausdehnung nach konnte die Erdaufschüttung rechts von ihm gut zum Langen gehören. Etwa zwei Meter lang und fünfzig Zentimeter breit. Die Erdaufschüttung wiederum ein Stück daneben war deutlich breiter, dafür aber um einiges kürzer. Die Erdaufschüttung, unter der er selber in gut 26 Stunden liegen würde, würde lediglich so breit wie die des Langen und so lang wie die des Dicken ausfallen. Nur in der Tiefe, da würden sie sich nicht unterscheiden.

Warum er sein Grab selber ausschaufeln musste, das war ihm nicht bekannt. Vielleicht hatte es mit seinem nächtlichen Ausflug zu tun. Vielleicht auch nur damit, dass er ein wenig doof war. Er wusste es nicht.

Und ihn fröstelte.

Den Trenchcoat, der ein Stück hinter ihm stand, schien nicht zu frösteln. Zumindest ließ er sich nichts anmerken. Hin und wieder sah er auf seine Armbanduhr, ansonsten aber stand er einfach da und schaute dem Doofen beim Schaufeln zu. Im zweiten Obergeschoss wurde ein Fenster geschlossen und der Trenchcoat blickte auf. Worüber dort oben beraten und was beschlossen wurde, das wusste auch er nicht genau. Und im Grunde interessierte es ihn auch nicht. Sollte es ihn etwas angehen, dann würde man ihn schon informieren. Vielleicht geht es um Verbesserungen, die man am Galgen vornehmen will, so mutmaßte er. Und mit dieser Vermutung lag er auch ganz richtig. Denn mit nichts anderem beschäftigten sich die Herren dort im zweiten Obergeschoss. Und eine dieser Verbesserungen, die man dort oben beschlossen hatte, wurde gerade gut 200 Meter entfernt in die Tat umgesetzt.

Bislang hatte die Falltür aus zwei Brettern von 62 Zentimetern Länge und 31 Zentimetern Breite bestanden, die mit jeweils sieben Scharnieren an der Längsseite des Podiums befestigt waren, auf dem der Galgen stand. Die beiden Bretter waren von einem Querbalken in der Horizontalen gehalten worden, der, von vorne gesehen, unterhalb des linken Randes der Falltür angebracht war. Durch Betätigung eines Hebels am linken Ende des Podiums wurde dieser Querbalken aus seiner Verankerung geschoben, sodass sich die Falltür unter dem Gewicht des Verurteilten öffnete. Diese Art der Konstruktion hatte nun zur Folge, dass die Falltür am rechten Rand, bedingt durch das Fehlen eines Querbalken an dieser Seite, ein wenig durchhing, wenn jemand darauf stand. Verstärkt wurde diese Instabilität noch durch den Umstand, dass die Falltür nicht aus einem durchgehenden Brett, sondern aus zwei nicht miteinander verbundenen Brettern bestand. Zwar war diese Instabilität nicht so gravierend gewesen, dass man hätte befürchten müssen, die Falltür könnte unter dem Gewicht des Verurteilten auseinander brechen, aber die Vertiefung auf der rechten Seite war doch nicht zu übersehen gewesen. Daher hatte man beschlossen, die beiden kleinen Bretter durch ein großes von 62 mal 62 Zentimetern Größe zu ersetzen. Dieses wurde nun auf der rechten Seite durch sieben nochmals verstärkte Scharniere befestigt und auf der linken Seite durch den Querbalken gehalten. Gerade durch den Umstand, dass die Falltür nun aus einem durchgehenden Brett bestand, so hoffte man, würde die Konstruktion nicht unwesentlich an Stabilität gewinnen.

Mehr als zwei Stunden hatten die drei Overalls unter den stets aufmerksamen Blicken von zwei Trenchcoats gehämmert und geschraubt. Nun war das Werk vollendet. Der Anführer der Overalls nickte dem auf dem Podium postierten Trenchcoat zu. Dieser nickte zurück und trat auf die nun geschlossene Falltür zu. Er setzte den rechten Fuß auf die Tür und drückte. Nichts rührte sich. Dann stellte er sich mit beiden Füßen darauf. Einige Male wippte er auf und ab. Weder auf der linken noch auf der rechten Seite, weder vorne noch hinten gab die Falltür auch nur um einen Millimeter nach.

Der Trenchcoat schien zufrieden.

***

Vales

Wohl nur wenige Menschen werden jemals auf der weiten Erde gewandelt sein, denen die Götter schon rein äußerlich so deutlich das Gepräge des Genies verliehen haben, wie dies bei Julius Vales der Fall war. Worin dieses Gepräge bestand, das hätte Julius wesentlich beredter beschreiben können als ich. Nicht unwesentlich war sein Erscheinungsbild gewiss durch die wohlgeformte Stirn bestimmt, hinter der Verse von solcher Vollendung und Schönheit entstanden, dass sie mit irdischen Maßstäben kaum mehr zu fassen waren. Sein hervorstechendsten Merkmal aber waren ohne Zweifel die dunkelgrünen Augen, die schon von ihrer Farbgebung her ungewöhnlich waren, den Betrachter aber in erster Linie durch die Leidenschaft fesselten, die sich in ihnen spiegelte und die sein gesamtes Schaffen wie auch sein Leben bestimmte.

Ja, Leidenschaft. Leidenschaft war es, die das Wesen Vales´ ausmachte. Alles Halbe und Gemäßigte war ihm gänzlich fremd, sein Gefühlsleben kannte nur das Extrem. Wenn er liebte, so hätte er keine Minute gezögert, sein Leben für seine Liebe zu geben, und sein Hass konnte erst mit der Vernichtung des Gehassten Befriedigung finden, und schon damals, als ich ihn kennenlernte, fragte ich mich, wie lange die Glut in seinem Inneren die Lavaströme würde nähren können, die ohne Unterlass aus seiner Brust quollen.

Es ist nicht weiter verwunderlich, dass ein Mann dieser Extreme faszinierend und anziehend auf seine Mitmenschen wirkte. Ich lernte Vales auf der Universität kennen und durfte mich glücklich schätzen, schon bald zum innersten Zirkel seines Bekanntenkreises gehören und an den regelmäßig in seiner Wohnung stattfindenden Gesellschaften teilnehmen zu dürfen. Bei diesen Anlässen las Vales aus seinen Gedichten, Erzählungen und Kurzgeschichten vor, und es war bezeichnend für ihn, dass er mit seinem Werk ebenso verschwenderisch umging wie mit allem anderen auch. So etwas wie Muße war Vales ebenso fremd wie jede Art von Temperiertheit, und in einer Nacht erblickten oft gleich mehrere Balladen oder ganze Erzählungen das Licht der Welt, eine formvollendeter und erhabener als die andere. Doch so wie sie gekommen waren, gingen sie häufig auch wieder. Nicht selten verschenkte er Gedichte an Gäste, andere gingen im Chaos seines stets unaufgeräumten Schreibtisches verloren und wurden später von ihm vergessen, bevor er an eine Veröffentlichung hätte denken können. Ich brauche nicht zu betonen, um welche Schätze die Literatur durch diese Schlamperei gebracht wurde, doch Vales blieb davon unberührt. Für jede Ballade, die verloren ging, schrieb er halt zwei oder drei neue.

Die Lesung aus seinem Werk oder, nennen wir es ruhig so, der kultivierte Teil seiner Gesellschaften währte hingegen zumeist nur recht kurz und ging dann in ein Gelage über, das regelmäßig in der besinnungslosen Trunkenheit des Gastgebers wie auch des größten Teils der Gesellschaft endete. Wie bei allen Dingen, so kannte Vales auch beim Trunk weder Maß noch Grenzen, und wiederholt erfüllte es mich mit Entsetzen, dass derselbe Mann, der eben noch Verse von solcher Schönheit vortragen konnte, nur Stunden später nicht mehr in der Lage war, auch nur einen zusammenhängenden Satz zu äußern. Doch das Trinken war von Vales ebenso wenig zu trennen wie sein Genie und seine Leidenschaft. Die Gelage führten regelmäßig zu nicht geringen Irritationen mit seinem Hauswirt wie auch mit seinem Vater, der das Studium finanzierte und zudem über einige Gewährsmänner besser über das Treiben seines Sprösslings informiert wurde, als es diesem lieb war. Was Vales zu dieser ausschweifenden Trinkerei veranlasste, ist mir nie recht klar geworden. Dass er den Alkohol zur Inspiration benötigte, ist bei seinem Talent kaum anzunehmen, und wer ihn einmal bei einem dieser Gelage erlebt hat, wird bestätigen, dass er in diesem Zustand das genaue Gegenteil von inspiriert war, ja, vielmehr in ein Entwicklungsstadium zurückfiel, das weit vor jeder Art des Kunstschaffens liegt. Dabei war es nicht so, dass man Vales als süchtig hätte bezeichnen können. Irgendwelche Entzugserscheinungen zwischen den Gelagen ließen sich nie bei ihm feststellen; er arbeitete dann fleißig und konzentriert, ohne auch nur einen Tropfen anzurühren, und auch er selber vermochte nie, mir in dieser Hinsicht eine schlüssige Erklärung zu geben, obwohl er sich der selbstzerstörerischen Wirkung seines Lebenswandels durchaus bewusst war. Doch vermutlich geht man nicht fehl, wenn man diesen Zug in seinem Wesen mit seiner allgemeinen Verschwendungssucht in Zusammenhang stellt, der ohne Zweifel stets etwas Destruktives innewohnte. So wie er seine Gedichte verschenkte und bis zur Selbstaufgabe liebte, so verschwenderisch ging er auch mit seiner Gesundheit um.

Doch scheint es mir nicht überflüssig, an dieser Stelle kurz auf sein Verhältnis zur Liebe einzugehen. Wenn ich sage, dass er bis zur Selbstaufgabe lieben konnte, so meine ich damit nicht in erster Linie die sinnlich gefärbte Liebe, die der Normalsterbliche dem Weibe ent-

gegenzubringen pflegt, und die Begebenheiten, die ich
hier niederschreibe, lassen Zweifel aufkommen, ob er
diese Art der Empfindung überhaupt gekannt hat.
Nein, Vales' Liebe war mehr ideeller Natur; er konnte
Verse lieben, Gemälde oder auch Naturerscheinungen.
Sah er den Mond zwischen schwarzen Regenwolken
hindurchschimmern, so wusste er die Ästethik des An-
blickes mit Worten zu schildern, die andere weit eher
an ihre Geliebte gerichtet hätten. Und sein Genie bestand nicht zuletzt in der Fähigkeit, sein Feuer zu beherrschen und in kanalisierter Form der Kunst nutzbar
zu machen.

Das Verhältnis zu seinem Vater nun gestaltete sich
umso problematischer, je länger er die Universität besuchte. Nicht nur gab er das Geld seines Vater während seiner Gelage und sonstigen Eskapaden mit vollen
Händen aus, auch blieben seine Fortschritte bei seinen
eigentlichen Studienfächern weit hinter den Erwartungen zurück, da er den Großteil seiner Zeit auf seine
Dichtung verwendete statt auf die Jurisprudenz, wie
von seinem Vater verlangt. Zum Bruch kam es dann,
als Vales einen Kommilitonen während eines Duells so
schwer verletzte, dass er sich mit einer Schmerzens-
geldforderung konfrontiert sah, die selbst seine sehr
wohlhabende Familie fast in den Ruin gestürzt hätte.
Hierzu ist zu bemerken, dass Duelle an unerer Universität nichts Außergewöhnliches waren, ja, dass jeder, der etwas auf sich hielt, zumindest einmal während seiner Studienzeit in ein solches verwickelt war.
Nach einer vermeidlichen oder tatsächlichen Beleidi-
gung einigte man sich auf einen Termin, griff dann
zum Rapier und wedelte mit diesem herum, bis einer
der Kontrahenten eine leichte Verletzung davontrug.

Als besonders ehrenvoll galten hierbei gut sichtbare Narben im Gesicht, die auch nach Jahren noch den Heldenmut des einstigen Studenten bezeugen würden. Auf das Duell folgte dann ein ausgiebiges Besäufnis, auf dem sich nicht selten auch die beiden Duellgegner dann freundschaftlich zuprosteten und der alte Zwist in etlichen Bierlachen ertränkt wurde. Das Ganze war also nicht viel mehr als eine ausgelassene Tollerei. Nicht so jedoch bei Vales und seinem Hang zum Extrem. Die Hintergründe waren mir nicht in allen Einzelheiten bekannt, aber ich sah doch deutlich, dass die Rivalität, die Vales mit einem anderen Studenten der Jurisprudenz verband, bei jenem schnell in regelrechten Hass ausartete. Ich versuchte, beschwichtigend auf ihn einzuwirken, legte ihm dar, wie unwürdig solche Gefühlsregungen eines Poeten seines Ranges seien, doch es war vergebens. Das Duell fand statt, und schon bald wurde jedem der Beteiligten klar, dass es hier nicht um bloße Spiegelfechterei ging, sondern Vales seinem Gegner nach dem Leben trachtete. Man versuchte, den Kampf zu unterbrechen, doch da hatte Vales seinem Gegenüber schon das Rapier in die Rippen gestoßen und Verletzungen zugefügt, denen dieser fast erlegen wäre.

Vales' Vater reagierte sofort. Noch bevor der Rektor den Sprössling hätte verweisen können, holte er ihn selber von der Universität, enterbte ihn nach einem Streit noch und warf ihn schließlich aus dem Haus.

Ich hatte fortan keinerlei Kontakt mehr zu dem nun heimat- und mittellosen Poeten. Kurze Zeit darauf verstarben meine Eltern bei einem Unfall und ich musste ebenfalls meine Studien abbrechen, um das väterliche Gut zu verwalten. Von Vales hörte ich in dieser

Zeit nichts. Nur einmal las ich in einem Literaturmagazin ein Gedicht von ihm und war erfreut, dass zumindest sein poetisches Genie nicht unter den Vorfällen gelitten hatte. Über seinen Wohnort und seine Lebensumstände freilich konnte ich nichts in Erfahrung bringen.

So strichen die Jahre ins Land. Ich bewirtschaftete die Familiengüter recht wacker, hatte seit einiger Zeit aber finanzielle Probleme und sah mich gezwungen, den Westflügel unseres Schlosses zu vermieten. Eines Tages führten mich geschäftliche Belange in die Stadt, und da es schon recht spät geworden war, wies ich meinen Kutscher an, einen Weg einzuschlagen, der durch ein recht heruntergekommenes Stadtviertel führte, dafür aber um einiges kürzer war. Gerade fuhren wir durch eine schmale Gasse, als sich die Tür zu einer der Schenken öffnete und zwei Männer einen dritten unter lautem Geschimpfe auf den Gehweg zerrten und dann recht unsanft auf die Gasse stießen. Zum Glück reagierte mein Kutscher geschwind und konnte die Pferde zum Stehen bringen, bevor sie den unglücklichen Mann unter sich zertrampelten. Ich sprang aus der Kutsche just in dem Augenblick, als sich die Tür der Schenke erneut öffnete und ein großer Koffer auf die Gasse geflogen kam, der offensichtlich zu dem Mann gehörte, der soeben auf solch unzeremoniöse Weise aus der Spelunke geworfen worden war. Der Mann schien nicht verletzt, stand bereits wieder, wenn auch noch auf etwas wackeligen Beinen, und stieß nun seinerseits reichlich unflätige Verwünschungen in Richtung auf die Schenke aus. In diesem Moment bemerkte er mich und sah mich an, und ich erkannte ihn sofort. Er war gealtert in den sieben

Jahren, seit ich ihn das letzte Mal gesehen hatte, recht deutlich sogar. Obwohl kaum älter als dreißig Jahre, waren seine Schläfen bereits vollständig ergraut, auch wiesen seine Stirn und die Augenpartien schon etliche Falten auf. Sein äußeres Erscheinungsbild war erbarmungswürdig; er war unrasiert, sein Haar stand ihm wirr vom Kopf und seine Kleidung erweckte den Eindruck, als habe er seit Wochen darin geschlafen. Und noch etwas fiel mir auf: Sein Mantel war noch derselbe, in dem er sieben Jahre zuvor die Universität verlassen hatte. Ja, vor mir stand Julius Vales.

Auch er erkannte mich sogleich und sein Ärger über die Banausen aus der Schenke verflog im Nu. Ohne Zweifel war er aufrichtig erfreut, einen Kameraden aus der alten Studienzeit zu treffen. Wir umarmten uns, und ich lud ihn zu mir in die Kutsche ein. Er nahm meine Einladung dankend an, und während der Fahrt erfuhr ich, was ich bereits geahnt hatte. Er hatte eine Schenke gefunden, in der man ihn noch nicht kannte und somit auch nicht um seine katastrophale finanzielle Lage wusste. An seiner Großzügigkeit und Freude an Gelagen hatte sich seit seiner Zeit auf der Universität nichts geändert, und so hatte er die anderen Gäste zu einer ausgelassenen Zecherei eingeladen. Das anfängliche Wohlwollen dem spendablen Gast gegenüber wandelte sich hingegen bald ins genaue Gegenteil, als man erfuhr, dass hinter der zur Schau gestellten Großzügigkeit eine fast leere Geldbörse stand. Da wollte es auch nichts fruchten, dass er sich erbot, als Gegenleistung eins seiner schönsten Gedichte zu rezitieren, und so nahm dann das Drama seinen Lauf, dessen Schlussakt ich soeben miterlebt hatte. Weiterhin erfuhr ich, dass sein Hauswirt für geistige Werte ähnlich empfänglich war wie der Schenkwirt und Vales seit gut einer Woche ohne Obdach war. Ich duldete also keine Widerrede und bestand darauf, dass er mit zu mir auf das Schloss komme. Hierbei handelte ich keineswegs aus reiner Mildtätigkeit, wie man sich bereits wird denken können. Auch wenn Vales sich momentan in einem recht heruntergekommenen Zustand befand, so war er doch noch immer einer der größten Poeten des Landes, wenn auch weitgehend verkannt, und nun saß er neben mir und begleitete mich in mein Heim, wo ich hoffte, ihn eine Weile meinen Gast nennen zu dürfen.

Auf dem Schloss lebte Vales zu meiner Genugtuung bald regelrecht auf. Einige anständige Mahlzeiten und eine neue Garnitur an Kleidung ließen ihn schnell wieder fast wie den Alten erscheinen und selbst seine Falten glätteten sich zusehends. Doch war es nicht alleine der äußerliche Komfort, der ihn aufleben ließ, vielmehr schien in dem Schloss und seiner Umgebung etwas zu liegen, was ungemein inspirierend auf ihn wirkte. Vales sprach es selber aus. Er hatte mir anvertraut, dass er in der letzten Zeit – gänzlich fremd für ihn – unter einer Schaffenskrise gelitten habe, die er nicht alleine auf seine desolate Finanzlage zurückführen wollte, sondern vielmehr auf einen Mangel an Reiz und Stimulation. Hier aber nun beim Anblick der alten Gemäuer und auf den langen Spaziergängen durch die endlosen Wälder spüre er es wieder in sich gären, und er war sich gewiss, dass etwas Großes im Entstehen begriffen sei.

In der Tat regten sich Vales' Lebensgeister nun mit jedem Tag mehr, und auch Anflüge seiner alten Leidenschaft meinte ich dann und wann in seinen Augen durchblitzen zu sehen, auch wenn er noch nicht zur

Feder gegriffen hatte. Wir unternahmen nun fast täglich ausgiebige Spaziergänge durch die Wälder und ergingen uns abends am Kaminfeuer in Unterhaltungen über alle möglichen Themen aus Kunst und Wissenschaft. Häufig las er mir aus seinen Werken vor, die er in Manuskriptform bei sich trug. War er auch schöpferisch momentan nicht tätig, so hatte er die alte Lust an Hochprozentigem keineswegs verloren. Wohl arteten unsere Unterhaltungen nie in die Gelage aus wie damals zu unserer Studienzeit, aber ohne einige Gläser Branntwein kam er nie in die für seine Vorträge notwendige Stimmung, und wenn wir uns spät in der Nacht in unsere Gemächer zurückzogen, so war er zwar nie regelrecht betrunken, aber doch in einem Zustand, der der Trunkenheit recht nahe kam.

Eines Abends dann berichtete er mir, was sich in den vergangenen sieben Jahren zugetragen hatte. Wie ich bereits wusste, war er nach dem unseligen Duell mit Schimpf und Schande von seinem Vater aus dem Haus gejagt und auch noch enterbt worden. Irgendwann konnte ihm ein Gönner eine Stelle als Hauslehrer vermitteln; da Vales jedoch seine Freude an ausgelassenen Gelagen nicht verloren hatte, seine Arbeitgeber hingegen nur wenig Verständnis aufbringen konnten, wenn er ihre Kinder gänzlich verkatert und dazu noch mit einer Fahne unterrichtete, so währte seine Karriere als Lehrer nur sehr kurz. In der Folgezeit schrieb er für einige Zeitungen und Zeitschriften die Literaturteile, doch auch hier wollte man seine Eskapaden nicht lange leiden, sodass er bald darauf angewiesen war, seine Geschichten und Gedichte für ein kümmerliches Honorar zu verkaufen, um zumindest dem Hungertod zu entgehen. Diese Zeit muss zweifellos sehr bedrückend für ihn gewesen sein.

»Doch dann kam sie«, fuhr er fort, »und mein Kummertal verwandelte sich über Nacht in einen Garten Eden.«

Seine Züge hellten sich nun auf und gleichzeitig schweifte sein Blick in eine Ferne, die weit außerhalb des Studierzimmers liegen musste, in dem wir gerade saßen. Eine Frau namens Ophelia war in sein Leben getreten. Über ihre Herkunft und die Umstände, unter denen er sie kennengelernt hatte, blieb er reichlich unbestimmt, aber seiner Schilderung zufolge muss sie schöner als Venus und Helena zusammen gewesen sein, dazu von einer Anmut, die mehr an eine Göttin als an eine Sterbliche erinnerte. Vales war wie entrückt, wenn er von ihr sprach, und immer mehr glich sein Bericht einem Liebesgedicht, ja, bisweilen sprach er sogar in Versform.

Es war Liebe auf den ersten Blick. Ewige Treue schwor man sich und selbst im Tod sollte dieser Schwur seine Gültigkeit bewahren. Doch schon bald wurde die Verbindung auf eine Probe gestellt, denn Ophelias Vater konnte sich unter keinen Umständen mit dem Gedanken anfreunden, seine Tochter an einen mittellosen Poeten zu verlieren. Sie entschlossen sich zur Flucht und verlebten die nächsten Wochen und Monate wohl in drückender Armut, dafür aber in höchstem Glück. Immerhin aber inspirierte die junge Liebe Vales zu einigen seiner schönsten Gedichte und Erzählungen, für die er sogar einen Verleger finden konnte. Von den Tantiemen finanzierte das Paar einen Urlaub in den Bergen. Sie mieteten sich eine kleine Berghütte, die durch eine Schlucht von dem Dorf getrennt war, in dem sie ihre Verpflegung besorgten. Über die Schlucht aber führte nur eine einzige Brücke aus Holz, die schon reichlich verwittert war und dringender Reparaturarbeiten bedurfte. Die beiden lebten hingegen nur für sich und ihre Liebe und benutzten die Brücke, ohne irgendeinen Gedanken an deren Zustand zu verschwenden. Die Tage flogen dahin im schönsten Liebesglück, und eines Morgens stand Vales vor seiner Geliebten auf und begab sich in das Dorf, um einige Besorgungen zu erledigen. Die morschen Bretter der Brücke knarrten bedenklich unter seinen Schritten, doch er war im Gedanken bereits bei seiner Rückkehr ins traute Berghüttenheim und achtete nicht weiter auf die Geräusche. Als er schließlich wieder zurückkehrte, war auch Ophelia bereits aufgestanden und kam ihm freudig entgegen, als sie ihn auf der anderen Seite der Schlucht erblickte. Mit federnden Schritten eilte sie auf die Brücke und da, sie befand sich gerade auf halbem Wege zur anderen Seite, brach eins der Bretter unter ihr.

»Mein Herz setzte aus und ich war mir gewiss, dass ich ihr sogleich in die Unterwelt folgen müsste, würde sie tatsächlich in die Tiefe stürzen. Sie klammerte sich mit den Armen an das Brett nächst der Bruchstelle, die Augen starr vor Entsetzen auf mich gerichtet, der ich taten- und hilflos nur zusehen konnte, wie meine Geliebte um ihr Leben rang, hören musste, wie auch das zweite Brett unter ihrem Gewicht schmerzvoll stöhnte, bis es endlich brach. Ein letztes Mal trafen sich unsere Blicke noch, dann war sie fort, und nur ihre Stimme rief aus der Tiefe noch meinen Namen, bis auch sie verstarb.«

Hier hielt er inne. Eine ganze Zeit blieb er noch in diesem Zustand der Entrücktheit, dann kehrte er allmählich ins Hier und Jetzt zurück und sah mich nun wieder direkt an. »Ihr Blick ... Ihr Blick kurz vor ihrem Tod fasste alle Liebesschwüre, die sie mir ins Ohr gehaucht, zusammen und potenzierte sie noch geradezu ins Unendliche. Ihr Blick war das Erregendste, Überwältigendste, das ich je im Leben erfuhr. Vergebens versuchte ich später, dieses Erlebnis auch nur halbwegs angemessen in Worte zu fassen. Ein Blick, an dem alles poetische Genie scheitert und zerbricht. Und auch war es dieser Blick, der unserem Treueschwur erst das Siegel der Ewigkeit aufdrückte. Das erkannte ich, noch bevor der Schall ihres Rufes in den Tiefen des Abgrundes verhallt war.«

Ich hatte schweigend zugehört und war tief bewegt. Anscheinend hatte ich mich getäuscht, als ich annahm, seine Liebe sei mehr ideeler Natur. Ohne Zweifel hatte er diese Frau abgöttisch geliebt und ihr Tod musste überwältigend für ihn gewesen sein, wenn er gleich nicht den Eindruck eines gramgebeugten Mannes erweckte. Auch nach dem Tod der Geliebten schien er noch irgendwie von ihrer Liebe zehren zu können.

Nach dem Unglück, so fuhr er fort, sei es dann rasch mit ihm bergab gegangen. Er verfiel in tiefste Depressionen, versuchte wiederholt, sich das Leben zu nehmen und rettete sich irgendwie von einem Tag auf den anderen. Die Resultate seiner Bemühungen, das Erlebnis literarisch aufzuarbeiten, blieben blass und unbedeutend, und dann beschrieb er, was ich selber schon vermutet hatte. In der Tat schien die Erinnerung an seine Liebe ihm bald eine ähnliche Kraft zu verleihen, wie es die Geliebte zu ihren Lebzeiten getan hatte. Er verlor nun allmählich jeden Bezug zur Realität und lebte fast nur noch in seiner Erinnerung. Irgendwann bekam er zumindest auf poetischer Ebene wieder halbwegs festen Boden unter den Füßen und arbeitete nun an Techniken, seine Erinnerungen in seine Kunst einfließen zu lassen. Finanziell sah es freilich mehr als übel aus, und wiederholt verbrachte er die Nächte unter Brücken oder auf Parkbänken und lauschte beim Einschlafen seinem knurrenden Magen. Dann gelang es ihm, eine Gedichtsammlung zu veröffentlichen, die ihm eine Zeit über die größte Not half, aber auch dieses Einkommen war bald verbraucht und sein Wirt setzte ihn auf die Straße. Und genau dort hatte ich ihn dann gefunden, als ich mit der Kutsche durch die Stadt fuhr.

Ich war mir nicht im Klaren, wie ich mich Vales gegenüber verhalten sollte, ob es ihn schmerzen würde, wenn ich seine geliebte Ophelia erwähnte, doch er kam selbst ständig auf sie zu sprechen. Über Stunden schwärmte er in glühendsten Worten von ihrer Schönheit und der Grazie ihrer Bewegungen, konnte ihre Tugenden nur unter ständigem Verweis auf die Tugendhaftesten unter den Göttinnen des Olymps beschreiben. So manche Nacht lauschte ich nun mit geweiteten Augen seinen Schwärmereien, während ich mir nichts sehnlicher als mein Schlafgewand wünschte, doch war ich mir natürlich bewusst, dass ich ihn aufs Schwerste gekränkt hätte, hätte ich in irgendeiner Form versucht, seine Monologe zu unterbrechen.

Dann eines Tages ereignete sich ein Vorfall, den ich lange Zeit nicht verstand. Wir kehrten in den Abendstunden von einem Spaziergang heim und schritten gerade durch den Garten, als eins meiner Dienstmädchen das Schloss verließ und direkt auf uns zukam. Sie arbeitete in der Küche und war wohl auf dem Weg zu dem auf der anderen Seite des Gartens gelegenen Vorratsschuppen. Anscheinend wollte sie mich gerade begrüßen, als sie Vales entdeckte, der einige Schritte hinter mir ging und nicht sogleich von ihr gesehen worden war. Sie hielt in ihrer Bewegung inne, riss Mund und Augen entsetzt auf, und im nächsten Augenblick sank sie ohnmächtig danieder. Ich erschrak nicht wenig, lief zu ihr und versuchte, sie wieder zu Bewusstsein zu bringen. Bald eilten andere Bedienstete aus dem Schloss herbei und trugen sie hinein. In der Kammer legte ihr eine ihrer Kolleginnen aus der Küche ein feuchtes Handtuch auf die Stirn, und sie erholte sich nach und nach. Nun endlich fand ich Gelegenheit, über den seltsamen Vorfall nachzudenken. Ich war mir ziemlich sicher, dass es Vales war, der ihre Ohnmacht ausgelöst hatte. Sollte sie ihn irgendwie kennen?

Das Dienstmädchen hieß Marianne und war unter recht merkwürdigen Umständen in meinen Dienst geraten. Ich war über einen befreundeten Geistlichen mit der Äbtissin eines nahegelegenen Klosters bekannt, und diese hatte mir von einer Frau, eben jener Marianne, berichtet, die vor geraumer Zeit in ihr Kloster getreten war. Im strengsten Vertrauen hatte sie mir von dem verzweifelten Zustand erzählt, in dem sich die Frau befunden hatte, als sie zu ihr gekommen war. Soweit der Äbtissin bekannt war, war sie von ihrem Mann verlassen worden, als sie sich gerade auf dem Krankenlager befunden hatte. Der treulose Gatte war einfach spurlos verschwunden und hatte nie mehr etwas von sich hören lassen. Marianne war an diesem Schlag gänzlich zerbrochen, war verzweifelt gewesen, hatte auch niemanden gehabt, zu dem sie hätte gehen können, da sie von ihren Eltern verstoßen worden war. So kam sie auf Umwegen schließlich in das Kloster der Äbtissin. Doch auch hier wollte es der Unglücklichen nicht besser ergehen, auch das Ordensleben konnte ihr keinen Trost über ihren Verlust verschaffen. Kurz vor ihrem Gelöbnis bat sie die Äbtissin dann, das Kloster wieder verlassen zu dürfen. Diese hatte durchaus ein Einsehen mit der Verzweifelten und wandte sich dann an mich mit der Frage, ob es nicht auf meinem Schloss eine Beschäftigung für sie gebe. Ich ließ sie mir vorstellen. Das Unglück stand der Ärmsten im Gesicht geschrieben, und auch wenn ich keine Beschäftigung für sie gehabt hätte, so hätte ich sie doch aus bloßem Mitgefühl bei mir aufgenommen. Sie war eine unscheinbare, von schweren Depressionen geplagte Frau, die ihren Dienst aber dennoch dankbar und zuverlässig versah.

Und da lag sie nun auf ihrem Bett und erwachte langsam aus ihrer Ohnmacht. Ich sagte ihr, sie solle sich nun ausruhen, bis es ihr wieder besser gehe, und verließ mit den anderen ihre Kammer. Vales hatte während des ganzen Vorfalls unbeteiligt neben mir gestanden, und als ich nun fragte, ob er die Frau kenne, zog er die Stirn in Falten und zuckte mit den Achseln. Er sei sich nicht sicher, möglicherweise habe er sie schon irgendwann einmal gesehen, genau wisse er es aber nicht. Die Sache erschien mir merkwürdig, doch ich drang nicht weiter in ihn. Marianne mochte ich auch nicht fragen, denn ich fürchtete, ihr ohnehin schon labiles Gleichgewicht vollends zu zerstören. Auch hatte ich das Gefühl, dass sie mir wie auch Vales nach dem Vorfall gezielt aus dem Wege ging, sodass ich eh kaum Gelegenheit fand, mit ihr zu sprechen.

Auch in Vales ging nun eine Veränderung vor. Mit Unbehagen musste ich feststellen, dass er nun noch häufiger dem Branntwein zusprach, wenn er sich auch nie bis zur Besinnungslosigkeit betrank. Und dann fiel mir auf, dass er kaum noch über seine geliebte Ophelia sprach, sondern bevorzugt wissenschaftliche Themen mit mir erörterte. Ich wunderte mich nicht gering über diesen Sinneswandel, nahm ihn aber doch dankbar hin, da ich Ophelias Vorzüge mittlerweile im Schlaf aufsagen konnte.

So gingen einige Tage dahin. Einmal bemerkte ich ein Gesicht an einem der Fenster des Schlosses, als ich mit Vales den Garten durchquerte, und vermutete, dass es Marianne war, die uns beobachtete. Ich ging der Sache aber nicht weiter nach, und schließlich kam die Nacht, in der die Geschichte eine ganz unerwartete Wendung nehmen sollte.

Jene Nacht war ungewöhnlich mild für die Jahreszeit. Wir schrieben mittlerweile Oktober und die Blätter fielen bereits in Scharen von den Bäumen. Es stand zu vermuten, dass es schon bald empfindlich kühl würde, und so beschlossen wir, diese Nacht nochmals zu einem Spaziergang zu nutzen.

Wir befanden uns auf dem Heimweg und passierten gerade den Pavillon, der sich inmitten des Gartens befand, als mit einem Male eine Erscheinung im Westflügel des Schlosses meine Aufmerksamkeit auf sich zog. Ganz plötzlich trat die Erscheinung in mein Blickfeld und versetzte mich in nicht geringen Schrecken, da ich meine Mieter momentan verreist und den Flügel somit unbewohnt wusste. Es schien, als wandle der Umriss einer Frau, gazehaft fast und gespentisch, an einem der Fenster im Obergeschoss vorbei. Es handelte sich um das linke der beiden Fenster, die eine zu dem davor liegenden Balkon führende Schiebetür säumten. Auch Vales hatte die Erscheinung bemerkt, denn er blieb ebenfalls stehen, und, seltsam genug, genau gleichzeitig hielt auch die Gestalt am Fenster in ihrer Bewegung inne. Ich blickte mich um, erblickte den Mond und musste über meine Schreckhaftigkeit lachen. Der Mond! Was wir dort oben wandeln sahen, war nichts anderes als das Spiegelbild des mittlerweile fast vollen Mondes. Die scheinbare Bewegung der Gestalt war natürlich lediglich durch unsere eigene Bewegung relativ zum Mond und dessen Spiegelbild im Fenster bedingt. Doch zu meiner Entschuldigung muss ich bemerken, dass die Erscheinung verblüffend dem Bild einer Frau ähnelte und gewiss auch jeden anderen genarrt hätte. Ich vermute, dass das Licht des Mondes durch das Fenster auf den direkt dahinter befindlichen Vorhang fiel und sich in dessen Muster und Falten auf solche Weise verfing, dass es eben jenes Spukbild hervorzauberte, das mir einen solchen Schrecken bereitet hatte.

»Die Macht des Mondes. Von Poeten wird er besungen, und uns versetzt er in Angst und Schrecken! Ich schlage vor, wir behalten den Vorfall für uns.« Ich lachte erneut auf, doch Vales nahm mich gar nicht wahr. Sein Blick war weiterhin starr auf das Fenster gerichtet, und die Nacht war hell genug, um mich in seinen Augen dasselbe Feuer erkennen zu lassen, das dort stets zu lodern pflegte, wenn er sich im Zustand kühnster Inspiriertheit befand. Irgendetwas Bedeutsames ging in ihm vor und ich schwieg. Sein Mund stand nun leicht geöffnet und seine Finger vollführten Bewegungen, als dirigiere er ein unsichtbares Orchester. Sein

Blick wirkte nun ähnlich entrückt wie während seiner Monologe über Ophelia. Dann war es vorbei. Eine Wolke schob sich vor den Mond, und die Erscheinung verschwand.

Wohl eine ganze Minute verharrte er noch und starrte auf das Fenster. »Hast du die Frau gesehen?«, fragte er dann, und ich bejahte. »Von welchem Gram ihre arme Seele zerfressen gewesen sein muss!«

Ich blickte ihn an, wartete auf eine nähere Erläuterung, die hingegen ausblieb. Offensichtlich entstand hinter der wohlgeformten Stirn gerade ein Gedicht oder eine Erzählung, und ich wusste aus Erfahrung, dass es wenig Sinn machte, nun in ihn zu dringen und um Einzelheiten zu bitten.

Wir kehrten also ins Schloss zurück und begaben uns zu einem Branntwein in mein Studierzimmer. Er befand sich geistig noch immer bei der Erscheinung im Westflügel, war recht wortkarg, vertraute mir aber immerhin an, dass er in der Tat plane, ein Gedicht oder eine Erzählung über die Frau an dem Fenster zu schreiben. Ich freute mich für ihn und ermutigte ihn, recht bald zur Feder zu greifen. Nicht nur war ich tatsächlich neugierig auf die Geschichte, auch hoffte ich, dass sich sein Alkoholkonsum etwas reduzieren möge, wenn er endlich wieder schöpferisch tätig war.

Vales empfahl sich in dieser Nacht verhältnismäßig früh und begab sich zu Bett. Die nächsten Tage sahen ihn dann ungewöhnlich still und in sich gekehrt. Zu schreiben hatte er noch nicht begonnen, wohl aber bemerkte ich, dass er Nacht für Nacht in den Garten ging und vom Pavillon aus das Fenster beobachtete. Der Mond zauberte die Erscheinung natürlich nur dann hervor, wenn er aus einer ganz bestimmten Position auf das Fenster schien. War er weitergerückt und traf sein Licht dann in einem veränderten Winkel auf den Vorhang, so nahm auch die Erscheinung eine ganz andere Form an und hatte dann keinerlei Ähnlichkeit mehr mit einer Frau. Das war dann der Augenblick des Abschiedes, der meinen Freund von Mal zu Mal melancholischer stimmte, bis die Erscheinung schließlich ganz ausblieb, als der Mond so weit abgenommen hatte, dass seine Strahlkraft ganz einfach nicht mehr hinreichte, den geheimnisvollen Gast zu beschwören. Das gänzliche Verschwinden der Erscheinung ließ eine gähnende Leere in Vales zurück, die er mit reichlich Branntwein zu füllen versuchte. In diesem Zustand teilte er sich mir kaum mit, aber ich erkannte auch so, dass ihn das nächtliche Erlebnis ähnlich stark bewegt haben musste wie einstmals der Tod seiner Geliebten, die nun übrigens überhaupt nicht mehr zur Sprache kam. Bisweilen schlich er auch jetzt zum Pavillon, als hoffe er, die Erscheinung auch ohne die Macht des Mondes, allein kraft seines Willens herbeizitieren zu können. Ich konnte beim besten Willen nicht nachvollziehen, was ihn noch immer hinaustrieb, denn wenn ich auch eingestehen muss, dass mich die Sinnestäuschung damals beeindruckte, so fand ich Vales' Hingabe doch recht überzogen und ich begann, mir um meinen Gast Sorgen zu machen.

Doch dann endlich griff er zur Feder. Für ganze drei Tage sah ich fast nichts von ihm. Gewöhnlich schrieb er seine Werke wie im Rausch in einem Zuge nieder, doch dieses Mal schien es ihm nicht recht von der Hand zu gehen. Wann immer ich an seinem Gemach vorbeikam, hörte ich ihn auf und ab gehen, bisweilen auch Selbstgespräche führen. Jeden Satz schien er sich förmlich abringen zu müssen. Bemerkenswert war auch, dass er in dieser Zeit kaum etwas trank. Zumindest fehlte aus meinen Vorräten nichts.

Irgendwann war er dann fertig, doch zögerte er, mir das Ergebnis seines Schaffens vorzulegen. Er schien noch nicht zufrieden, wollte hier noch etwas ändern, dort noch etwas ausstreichen. Ich drängte ihn nicht, ließ aber doch durchblicken, dass ich darauf brannte, das Werk nun endlich zu lesen, auf das er solche Mühe verwendete. Vales bemerkte meine Unruhe natürlich und hatte schließlich ein Einsehen.

»Es fehlt noch etwas. Ich glaube nicht, dass es dir gefallen wird«, warnte er, überreichte mir dann aber doch das Manuskript.

Es war eine Erzählung, die ich sofort erwartungsfroh zu lesen begann. Vielleicht sollte ich den Inhalt hier kurz zusammenfassen.

Wie zu erwarten, spielt die Geschichte im Schloss und in dessen näheren Umgebung. Der Schlossherr, ein strenger und schon fanatisch frommer Mann, hält seine junge und schöne Tochter fast wie eine Gefangene im Westflügel des Schlosses, gestattet ihr kaum Umgang mit anderen Menschen und schirmt sie insbesondere vor den Blicken der Männerwelt ab. Lediglich den Garten darf sie von Zeit zu Zeit in Begleitung einer alten Magd für einen kurzen Spaziergang betreten. Eines Tages nun, als sie im Garten umhergeht, kommt ein Trupp berittener Soldaten an dem Schloss vorbei und verschwindet dann in der Ferne. Die Tochter nähert sich dem Tor des Schlosses und sieht am Wegesrand etwas in der Sonne blitzen. Obwohl es ihr streng untersagt ist, den Weg außerhalb des Schlossbereiches zu betreten, kann sie die Magd erweichen, kurz Ausschau zu halten, während sie selber sich durch das Tor stiehlt und den glänzenden Gegenstand holt. Es ist ein Medaillon mit dem Bildnis eines jungen Mannes in der Uniform eines Kavallerieoffiziers. Die Tochter verliebt sich auf der Stelle unsterblich in den jungen Offizier und beschwört die Magd, niemandem von dem Medaillon zu erzählen.

Die junge Frau verzehrt sich nun in unglücklicher Liebe. Tag und Nacht steht sie auf dem Balkon des Westflügels und hält Ausschau, ob sich nicht von Ferne ein Reitertrupp mit ihrem Geliebten nähere. Doch bis auf einige Bauern, die für ihren Vater die Felder bestellen, sieht sie niemanden auf dem Weg. So streichen die Monate und Jahre ins Land, bis sie die Nachricht von einem Krieg erreicht, in den zu ziehen der Herzog sich anschickt. Sie ist verzweifelt, denn gewiss wird auch ihr Offizier sich nun den tödlichen Hieben des Feindes aussetzen müssen. Nun hält es sie nicht mehr und sie gesteht ihrem Vater ihre Liebe, beschwört ihn, sie ziehen zu lassen, damit sie ihren Geliebten suchen und dann mit ihm fliehen könne. Der Vater ist empört, spricht von Verrat an ihm und am Herzog, dessen Offizier die Tochter zum Desertieren verleiten will. Er lässt sie nun Tag und Nacht bewachen, nicht einmal den Garten darf sie mehr betreten. Dann die Nachricht vom Ende des Krieges. Unter großen Verlusten hat der Herzog die entscheidende Schlacht verloren und musste sich zurückziehen. Gewiss ist auch der Geliebte unter den Gefallenen, da ist sich die Tochter gewiss. Mit der Hoffnung, ihre Liebe jemals wiederzusehen, stirbt auch ihr Lebenswille und sie stürzt sich von dem Balkon im Westflügel des Schlosses. Aber fortan sieht man sie des Nachts, wenn der

Mond eine bestimmte Position erreicht hat, hinter dem Fenster des Balkons ruhelos umherwandern.

Ich hatte die Erzählung alleine in meinem Studierzimmer gelesen – und war froh darum. So blieb mir zumindest noch Zeit zum Überlegen, wie ich Vales mein Urteil am diplomatischesten beibringen konnte. Wie richtig hatte er gelegen, als er vermutete, die Geschichte würde mir nicht gefallen. Wohl entsprach sie stilistisch halbwegs seinem alten Niveau, aber die Handlung konnte ich bestenfalls als seicht bezeichnen. Auch schien sie mir nicht übermäßig originell. Das Motiv von der einsamen Seele, die ein Bild findet und sich dann unsterblich in die abgebildete Person verliebt, hatte ich schon irgendwo einmal gelesen, ich meine, bei Ludwig Tieck. Und auch in jeder anderen Hinsicht blieb die Erzählung weit hinter dem zurück, was ich von Vales kannte.

Ich gab ihm das Manuskript zurück, lobte es, wo ich meinte, ein Lob verantworten zu können, aber natürlich bemerkte er meine Enttäuschung. Er schien nun seinerseits verstimmt, wenn auch weniger, weil mir die Geschichte nicht gefallen hatte, sondern vielmehr, da ich ihn gedrängt hatte, sie lesen zu dürfen, bevor er sie in letzter Sorgfalt hätte ausarbeiten können.

Er schien sich auch in der Tat sogleich an die Überarbeitung der Erzählung zu machen. Mittlerweile war der Mond wieder zu einem halben Rund angewachsen, und Vales begab sich nachts wieder in den Pavillon, um die Heldin seiner Geschichte zu beobachten. Es war nun empfindlich kühl geworden, doch Vales schien die Kälte gar nicht zu spüren, und auch sein Verlangen nach Hochprozentigem war in dieser Zeit deutlich gesunken.

»Meinst du, ihre Liebe wäre so unerschütterlich gewesen, wenn sie ihrem Geliebten wirklich begegnet
wäre?«, fragte er mich eines Nachts, als er sich nach einem seiner Ausflüge am Kaminfeuer aufwärmte. Er
schüttelte den Kopf. »Nein, gewiss nicht. Unsterblich
ist nur die Liebe, die gänzlich von jeder Sinnlichkeit
befreit ist. Sie hätte noch jahrelang so schmachtend auf
dem Balkon auf ihn warten können, wenn der Krieg
nicht gekommen wäre und sie jeder Hoffnung beraubt
hätte. Aber vermutlich tat sie gut daran, sich in den Tod
zu stürzen, um ihre Liebe für die Ewigkeit zu konser-
vieren. Der Tod ist wesentlich beständiger als das Leben.«

Die Geschichte ließ ihn nicht mehr los, ja, schien
regelrecht Besitz von ihm zu ergreifen. Jede Nacht sah
ich ihn im Pavillon sitzen, selbstversunken starrend auf
was immer sich ihm hinter dem Fenster offenbaren
mochte. Später dann teilte er mir seine Eindrücke mit,
beschrieb mir Einzelheiten aus dem gramvollen Alltag
seiner Schönen. Heute habe sie die Magd überredet, sie
zu der Wegesstelle zu begleiten, an der sie das Medaillon gefunden hatte. Die Magd habe sich zunächst
gesträubt, den Zorn des Schlossherren gefürchtet, habe
sich dann aber bereit erklärt, am Schlosstor Wache zu
halten, während die Tochter den Horizont nach einem
Zeichen von ihrem Liebsten abgesucht habe. Bei einer
anderen Gelegenheit berichtete er mir mit herzzerrei-
ßenden Worten von einer Auseinandersetzung zwischen Vater und Tochter. Sie ertrage das Eingesperrt-
sein nicht länger, ihr Herz sehne sich nach Freiheit,
danach, in die Ferne zu schweifen, doch der Vater habe
sich nicht erweichen lassen, habe ihr vielmehr gedroht,
ihr notfalls seine Liebe und Fürsorge mit dem Rohr-

stock zu beweisen. Ich verstand nicht, ob die Szene vor
oder nach dem Fund des Medaillons spiele, und erkundigte mich, doch er tat meine Frage mit einer un-
wirschen Handbewegung als belanglos ab. Auch das
Äußere der Tochter beschrieb er mir nun mit einer
Ausdruckskraft, dass ich glaubte, ihr Bild direkt vor
mir zu sehen. In allen Details erläuterte er mir ihre Gesichtszüge, die hochgelegenen Wangenknochen, die
feingeformte Nase, den sinnlichen Mund mit den
blendend weißen Zähnen, das blondgelockte Haar, das
wie Seide im Mondlicht schimmerte. Inwiefern diese
Schilderungen Eingang in die Erzählung finden sollten,
war mir nicht bekannt, aber auf jeden Fall entstanden
während seiner Aufenthalte im Pavillon nun regelmäßig Gedichte, die sich auffallend von den doch recht
blassen Schilderungen in der Erzählung abhoben und
in denen ich endlich die Erhabenheit wiederentdeckte,
die ich aus seinen alten Werken kannte. Ja, die Gedichte
waren ohne Zweifel wunderschön, wenn ich auch nicht
recht verstand, wie sie in die Geschichte passten. Sie
hatten allesamt die Tochter zum Gegenstand, waren
aber aus der Perspektive eines schmachtenden Liebha-
bers geschrieben, hinter dem, wie ich vermutete, wohl
der Offizier stecken musste, der die Tochter allerdings
ja nie kennengelernt hatte. Eins der Gedichte ist mir im
Gedächtnis geblieben:

> Meine Seele muss vergehen.
> Jener mondumflorte Ort,
> Wenn die Triebe neu erstehen,
> Alt und Jung im Tanz sich drehen,
> Schaut mein Leiden immerfort.

Vales' Leidenschaft artete nun in regelrechte Besessenheit aus. Kein Tag verging, an dem nicht mindestens ein Gedicht an Patrizia, wie er die Schöne getauft hatte, entstanden wäre. Abends schwärmte er von der Anmut ihrer Bewegungen, der Erhabenheit ihrer Gesinnung, ihrer engelsgleichen Schönheit, nachts saß er dann im Pavillon und betete in schmachtender Verzückung seine Geliebte an. Ja, ganz recht. Zu diesem Zeitpunkt schwanden mir auch die letzten Zweifel, dass sich Vales unsterblich in seine Phantasiegestalt, in seine Patrizia, verliebt hatte!

Ich bin mir bewusst, wie toll sich diese Behauptung anhört, und auch ich selber war lange davon ausgegangen, dass diese Schwärmerei nur eine Art literarisches Vorspiel darstellte, das er als Stimulation für den eigentlichen Schaffensprozess benötigte. Doch dann wurde mir klar, dass Patrizia bereits aus ihrer Rolle als fiktive Protagonistin herausgewachsen war, ein Eigendasein führte und eine Macht über Vales besaß, die vermutlich nicht einmal seine Ophelia über ihn erlangt hatte.

Was also sollte ich nun tun? Ich war bestürzt, wusste aber nicht, wie ich mich zu verhalten hatte. Ich versuchte vorsichtig anzudeuten, dass Patrizia lediglich eine Figur in einer Geschichte sei, doch er hörte mich gar nicht. Dann wollte ich das Gespräch auf andere Themen lenken, doch er weilte sofort wieder bei den sehnsuchtsvollen Blicken, die sie ihm vom Balkon aus zuwarf, bei all den Küssen, die er ihr jede Nacht versprach, die aber noch immer ungeküsst geblieben waren. Mit tränenerstickter Stimme fragte er mich, ob er sich dem Vater offenbaren solle, bat mich flehentlich, bei diesem Fürsprache für ihn einzulegen. Dann wieder war er so verzweifelt, dass er sich zu erhängen drohte, wenn seine Liebespein nicht bald ein Ende fände. Ich schüttelte ihn an den Schultern, schrie ihn an, er solle endlich mit dieser Eskapade aufhören, bevor er im Tollhaus lande. Ich verstände den Seelenschmerz eines Poeten eben nicht, erwiderte er und verschwand in sein Gemach.

Eines Nachts schreckte mich ein Tumult aus dem Erdgeschoss des Schlosses aus dem Schlaf, und zu den Sorgen, die mir mein Freund bereitete, sollte sich noch eine weitere gesellen, die freilich ebenfalls mit diesem im Zusammenhang stand. Ich zog mich notdürftig an und begab mich nach unten. In dem Flügel, in dem die Kammern der Bediensteten untergebracht waren, hörte ich Schritte auf dem Gang, dazu aufgeregtes Stimmengewirr. Eine der Köchinnen kam mir entgegen. Sie war völlig aufgelöst und nur mit Mühe verstand ich aus ihrer konfusen Rede, dass es um Marianne gehe. Ein fürchterliches Geschrei habe man aus Vales' Gemach gehört, das in einem anderen Flügel, aber ebenfalls im Erdgeschoss lag. Sie, die Köchin, habe den Gärtner geweckt und gemeinsam seien sie in Richtung des Lärms gegangen. Dann hätten sie Marianne aus Vales' Gemach stürzen sehen, hysterisch schluchzend und wie von Sinnen. Vor ihren Augen sei die Unglückliche in Ohnmacht gefallen und man habe sie in ihre Kammer zurückgetragen.

Mittlerweile war die ganze Dienerschaft auf den Beinen und der Gang glich einem Bienenstock. Ich begab mich sogleich in Mariannes Kammer und fand sie noch immer in gänzlicher Auflösung, aber zumindest bei Bewusstsein vor. Ihr Anblick wollte mir das Herz zerreißen, doch nun konnte ich die Sache nicht länger auf sich beruhen lassen und fragte sie geradeheraus nach der Ursache ihres Zustandes und danach, in welchem Verhältnis sie zu Vales stehe. Außer Schluchzen und einigen zusammenhanglosen Worten war nichts aus ihr herauszubekommen, und ich befahl den Bediensteten, die Kammer zu verlassen. Als wir alleine waren, beruhigte sie sich zumindest so weit, dass sie mir halbwegs zusammenhängend schildern konnte, was vorgefallen war.

Vales, so eröffnete sie mir, sei ihr Ehemann. Ich erstaunte über diese Neuigkeit nicht gering und schüttelte den Kopf. Vales hatte mir nie erzählt, dass er verheiratet war. Auf Händen habe er sie getragen die erste Zeit, nachdem sie sich kennengelernt hatten, so berichtete sie unter Tränen. Bald schon wollten sie heiraten, doch ihr Vater, ein strenger und fürsorglicher Mann, prophezeite ihr, sie werde am Bettelstab enden, wenn sie diesen Hungerpoeten, wie er Vales nannte, heirate, und widersetzte sich strikt einer Vermählung. Die beiden flohen also und heirateten in aller Stille. Sie verfügten kaum über finanzielle Mittel, doch wurde ihr Glück zunächst durch nichts getrübt, auch durch ihre Armut nicht. Mit der Zeit jedoch verhielt sich Vales immer gleichgültiger ihr gegenüber. Seine Liebesbeteuerungen waren längst nicht mehr so glühend wie noch vor ihrer Hochzeit und bald blieben sie ganz aus. Sie konnte seine Veränderung nicht deuten und klammerte sich nur umso verzweifelter an ihn, je kühler er wurde. Dann half ihnen die Publikation eines Gedichtbandes von ihm zu einem bescheidenen Betrag, und sie entschieden, das Geld für einen Urlaub in den Bergen zu verwenden, in der Hoffnung, dass sich dort ihre, oder besser: seine Leidenschaft neu entzünde. Sie verlebten auch einige harmonische Tage. Die Berge schienen ihn zu inspirieren, und auch seiner Frau gegenüber zeigte er sich nun etwas warmherziger. Dann jedoch erlitt sie einen leichten Unfall. Sie überquerten gerade einen kleinen Fluss auf einer Brücke, als ein morsches Brett unter ihrem Fuß einbrach. Sie verstauchte sich den Knöchel und musste nun für einige Tage das Bett hüten, bis die Schwellung abgeklungen sein würde. Vales zeigte sich besorgt und wachte an ihrem Bett. Am dritten Tag dann gab er vor, er wolle einen kleinen Spaziergang machen. In höchstens einer Stunde sei er wieder zurück. Die Stunden vergingen, doch sie wartete vergebens auf seine Rückkehr.

Mir begann bereits einiges zu schwanen, doch der ganze Zusammenhang blieb mir unklar und ich ließ sie aussprechen.

Wie groß sei nun ihre Bestürzung gewesen, als sie ihn neben mir im Garten des Schlosses erblickt habe. Sie beobachtete ihn nun heimlich, versuchte sogar, mit ihm in Kontakt zu treten, doch er ignorierte sie. Heute Nacht dann hielt sie es nicht länger aus und begab sich in sein Gemach, um eine Aussprache zu erzwingen, doch er verleugnete sie, sagte, er kenne sie überhaupt nicht und sprach sie mit Sie an. Sie überschüttete ihn mit Vorwürfen, man schrie sich an und schließlich stürmte sie aus dem Gemach.

»Dann sind Sie also Ophelia!«, rief ich aus, bevor ich mich besinnen konnte. Sie sah mich verständnislos an, fragte aber nicht, was ich damit meine, sondern fiel wieder in ihr Schluchzen. Meine Gedanken gingen nun rasend und ich versuchte verzweifelt, in die ganze Geschichte einen Sinn zu bekommen.

Ich verließ ihre Kammer, trug aber der Köchin auf, in dieser Nacht bei ihr zu bleiben. Daraufhin stürzte ich in Richtung auf Vales' Gemach, hielt dann aber doch inne und entschied, die Sache zunächst zu überschlafen, bevor ich ihn zur Rede stellte.

Die Gelegenheit dazu bot sich am nächsten Tag. Er hatte wie gewohnt den Vormittag verschlafen und erschien erst zum Mittagstisch. Ohne Umschweife berichtete ich ihm, was Marianne mir in der Nacht erzählt hatte und bat um eine Erklärung. Er reagierte mürrisch, murmelte etwas Unverständliches und wollte es dabei belassen. Dieses Mal jedoch drang ich in ihn und forderte energisch, er möge mir jetzt die ganze Wahrheit erzählen. Immerhin betraf die Angelegenheit ja eine meiner Bediensteten.

»Dann muss sie wohl doch überlebt haben«, ließ er sich schließlich vernehmen und machte sich über sein Mittagsessen her.

Ich starrte ihn mit offenem Mund an und konnte nichts sagen. Anscheinend war es zwecklos, mit ihm über das Thema zu reden. Augenblicke später nur eröffnete er mir, er habe in der vergangenen Nacht ein Sonett an Patrizia verfasst, das er mir bei Gelegenheit vortragen wolle.

Ich wusste beim besten Willen nicht, was ich nun tun sollte und wie sich die Geschichte entwickeln würde. Insgeheim rechnete ich damit, dass einer der beiden das Schloss verlassen werde. Das war jedoch nicht der Fall. Vales schmachtete nach wie vor seiner Patrizia nach, und Marianne wollte anscheinend zumindest die örtliche Nähe zu ihrem Mann nicht missen, wenn er ihr sonst schon in jeder Hinsicht so fremd geworden war. Inwiefern sie von Vales' Liebesbeziehung zu seiner

Phantasiegestalt wusste, ist mir nicht bekannt. Aber auch so müssen jene Tage und Wochen die Hölle für sie gewesen sein, und ich getraute mich kaum, ihr unter die Augen zu treten.

Drei Tage nachdem ich Vales zur Rede gestellt hatte, kam er spät nach Mitternacht in wilder Panik in mein Studierzimmer gestürmt. Sie sei fort! Man habe sie vertrieben! Er tobte und fluchte, stampfte mit dem Fuß und raufte sich die Haare. Ich konnte aus seiner wirren Rede nicht das Geringste verstehen und schüttelte ihn. Endlich hatte er sich so weit gefasst, dass er halbwegs darlegen konnte, was geschehen war.

Die Erscheinung hatte sich wie gewohnt eingestellt. Er hatte ihr seine Liebesbeteuerungen zugehaucht, sie hatte ihm vom Balkon aus ewige Treue geschworen. Doch plötzlich ein Licht. Ein weiteres, noch ein Licht. Der gesamte Westflügel schien plötzlich in Flammen zu stehen, und dann plötzlich ein Licht in dem Zimmer vor dem Balkon. Fremde Menschen waren erschien, hatten … Ach, gar nicht auszudenken, was sie mit ihr angestellt hatten!

Er fluchte erneut, brach dann in Tränen aus und warf sich mir um den Hals. Ich tröstete ihn, so gut es eben ging, goss ihm ein Glas Branntwein ein, das er in einem Zug hinuntergoss, versprach ihm dann, mich gleich Morgen früh um die Sache zu kümmern.

Als er die Lichter erwähnte, war mir sofort klar gewesen, dass meine Mieter aus ihrem Kuraufenthalt zurückgekehrt sein mussten. In der Tat hatten diese mich bereits eine Woche zuvor von ihrem Kommen benachrichtigt. Der Eingang zum Westflügel befand sich auf der Südseite des Schlosses, sodass Vales die Ankunft der Mieter nicht bemerkt hatte. Ich brauche nicht zu betonen, dass mich der Vorfall aufs Höchste verwirrt hatte, und gerne hätte ich erst eine Nacht darüber geschlafen, um nachzudenken, wie ich ihm den Sachverhalt erklären sollte. Doch Vales gab keine Ruh. Er bestand darauf, jetzt, noch in diesem Augenblick zum Westflügel zu eilen und seine Geliebte aus den Fängen der Eindringlinge zu retten. Ich erzählte ihm also von den Mietern und verschwieg auch nicht, dass diese nun auf Dauer den Westflügel bewohnen würden. Er starrte mich an. Ungläubig zunächst, dann verwirrt, entsetzt schließlich. Sein Gesicht nahm alle möglichen Farbtönungen an, dann sprang er auf und marschierte in dem Zimmer auf und ab. Ich weiß nicht mehr, wie, aber irgendwie gelang es mir, ihn halbwegs zu beruhigen, ihm einige Gläser Branntwein einzuflößen und auf sein Gemach zu bringen.

Am nächsten Vormittag geschah dann, was ich befürchtet hatte. Graf von Spreenheim, mein Mieter, stattete mir mit seinem Sohn einen Höflichkeitsbesuch ab und berichtete von seinem Kuraufenthalt. Wir saßen im Empfangssaal, den ich aus praktischen Gründen auch als Speisesaal nutzte, und ich hoffte, dass Vales erst gegen Mittag erscheinen werde, wie es seine Gewohnheit war. Doch offensichtlich hatten Gram und Kummer ihm den Schlaf geraubt, und er betrat den Saal kaum zehn Minuten nach der Ankunft des Grafen.

Vales verharrte mitten in der Bewegung, kaum dass er meine beiden Gäste bemerkt hatte. Sein Gesichtsausdruck war zunächst nur erstaunt, dann schien ihm zu dämmern, wer die beiden Fremden sein mochten, und seine Miene verfinsterte sich von einem Moment zum nächsten. Auch dem Grafen und seinem Sohn war Vales' Mienenspiel nicht entgangen, und ich sprang auf, um die Parteien einander offiziell vorzustellen, hoffte in dem Augenblick noch, zumindest das Schlimmste verhindern zu können.

»Ach, der berühmte Vales«, rief der Graf aus und ging einige Schritte auf Vales zu, um ihm die Hand zu reichen, blieb jedoch abrupt stehen, als sich dessen Miene sogar nochmals um Grade verfinsterte und nun einen direkt bevorstehenden Angriff anzukündigen schien. Ich versuchte, die Situation zu retten, indem ich nun einen Redeschwall auf den Grafen niederließ, von Vales' plötzlichem Besuch erzählte, seinem Werk, unserer Zeit auf der Universität. Vales aber stand einfach da, jeden Muskel angespannt, als wolle er dem Grafen im nächsten Augenblick an die Kehle fallen. Verständlicherweise war Vales' Auftritt für meine Gäste völlig verwirrend. Der Graf versuchte es mit einem Kompliment. »Ich bin ein großer Bewunderer Ihrer Kunst. Ich hoffe, es wird sich Gelegenheit finden, dass Sie uns eins Ihrer Gedichte vortragen.«

Vales verzog das Gesicht zu einer Grimasse, die womöglich als Hohngrinsen gedacht war. »Irgendetwas muss ich da wohl grundlegend verkehrt gemacht haben, wenn ein Esel wie Sie Gefallen an meinem Werk findet.«

Mit dieser Bemerkung drehte er sich um und verließ den Saal. Die Wogen nun zu glätten, war natürlich kein Leichtes. Ich erfand die wildesten Unglücksfälle, die meinen Freund heimgesucht und fast in den Wahnsinn getrieben hätten, um dessen seltsames Gebaren zu erklären. Der Graf zeigte sich unbeeindruckt, war empört, und ich fürchtete schon, er würde ihn zum Duell fordern. Was denn er und sein Sohn mit den Schicksalsschlägen meines Freundes zu schaffen hätten, fragte er und wäre vermutlich noch mehr aus der Fassung geraten, hätte ich ihm die Wahrheit gesagt.

Er beruhigte sich schließlich, war aber doch noch deutlich verstimmt, als er mich eine halbe Stunde später verließ.

Ich eilte zu Vales und wollte ihn zur Rede stellen, ließ jedoch von meinem Vorhaben ab, als ich bemerkte, ich welch bemitleidenswertem Zustand er sich befand. Offensichtlich sah er in dem Grafen den tyrannischen Vater aus seiner Erzählung und in dem Sohn eine Art Nebenbuhler. Alles sei nun vorbei, nie werde er seine Geliebte wiedersehen. Ich versuchte ihn zu trösten, wusste aber, dass alle Worte vergebens waren.

Auch am folgenden Tag bereitete mir mein liebestoller Gast so manchen Verdruss. Er fieberte, weigerte sich aber, das Bett zu hüten. Nachts schlich er zum Pavillon und starrte stundenlang zu dem verhängnisvollen Balkon. Es war inzwischen regelrecht kalt geworden, und ich befürchtete, dass seine Gesundheit noch größeren Schaden erleiden könnte. Ich folgte ihm, beschwor ihn, doch wieder ins Schloss zu kommen, aber er nahm mich gar nicht wahr. Dabei bemerkte ich, dass der Mond wohl noch immer in das Fenster hinter dem Balkon schien, dass allerdings der Vorhang verschoben worden sein musste, denn die darauf sichtbaren Konturen hatten nun keinerlei Ähnlichkeit mehr mit einer Frau. Schließlich ließ er sich dann doch zurück ins Schloss zerren, und ich brachte ihn in sein Gemach und sorgte dafür, dass er auch zu Bett ging.

Die Mühen des Tages hatten mich reichlich ermüdet und ich zog mich ebenfalls bald zurück und ging zu Bett. Nach gut einer Stunde, es mochte gegen ein Uhr in der Früh gewesen sein, riss mich ein aufgeregtes

Pochen an meiner Tür aus dem Schlaf. Noch bevor ich etwas antworten konnte, stürmte der Gärtner herein, und im Schein seiner Laterne sah ich, dass er leichenblass war. Etwas Schreckliches sei geschehen, ich möge doch sofort mit hinab in Mariannes Kammer kommen. Ich warf mir einen Morgenrock über und wir eilten hinab ins Erdgeschoss. In der Erwartung, Marianne erneut in Tränen aufgelöst und haltlos schluchzend vorzufinden, betrat ich die Kammer, doch was ich dann sah, übertraf meine schlimmsten Befürchtungen bei weitem. Ihr linkes Auge war so geschwollen, dass sie kaum noch etwas damit gesehen haben dürfte. Zudem war ihre Oberlippe aufgeplatzt und begann nun ebenfalls anzuschwellen.

»Zum Teufel, was ist hier los!«, brüllte ich nahezu. Erst jetzt bemerkte ich, dass außer mir und dem Gärtner noch zwei der Köchinnen in der Kammer waren.

»Dieser Unmensch!«, schluchzte die eine von ihnen.

»Wer?«, rief ich und fasste sie recht unsanft an den Schultern.

»Ihr Gast natürlich, dieser Dichter!«, herrschte sie mich unter Tränen an und maß mich mit einem Blick, als sei ich für den Zustand der Unglücklichen verantwortlich.

Marianne indessen lag teilnahmslos auf ihrem Bett und starrte zur Decke.

»Geprügelt und geschändet. Das arme Ding, als wenn es nicht so schon genug mitgemacht hätte.«

Ich sah sie verständnislos an. »Geschändet?«

Anscheinend hatte sie sich nochmals zu Vales begeben, um eine Aussprache zu erzwingen, und da war er dann wohl über sie hergefallen. Gefunden wurde sie von der Köchin, als sie ohnmächtig, zerschunden und fast nackt auf dem Gang lag.

Auf dem Gang hatten sich inzwischen weitere Bedienstete versammelt. Ich vernahm aufgebrachtes Gemurmel.

»Diese Bestie!«

»Aufhängen sollte man den Kerl!«

»Sie bleiben hier!«, wies ich die Bediensteten an und stürzte aus der Kammer. Im Laufschritt eilte ich zu Vales' Gemach und trat ohne anzuklopfen ein.

»Was, zum Teufel, ist in dich gefahren?«, brüllte ich ihn an, doch er nahm mich gar nicht wahr. Ähnlich teilnahmslos wie seine Ehefrau lag er auf seinem Bett und starrte zur Decke. Ich ging zu ihm und schüttelte ihn. »Was hast du getan?«

Nun sah er mich an und grinste. Ich schüttelte ihn erneut. Er ließ es willenlos mit sich geschehen und sah mich nur mit diesem Grinsen an, das mir noch größeres Entsetzen bereitete als alles, was ich in dieser Nacht schon erlebt hatte.

»Was hast du getan?«, wiederholte ich. Er grinste, und ich erkannte, dass er gänzlich von Sinnen war. Sein Blick, sein Gesichtsausdruck, alles an ihm verriet, dass er völlig dem Wahnsinn verfallen war.

»Aber sie ist doch tot«, brachte er lallend hervor und ich ließ ihn los. Mit Entsetzen blickte ich auf den Freund meiner Studienjahre, der mich nun aus irren Augen anglotzte. Ich wandte mich ab und verließ das Gemach.

Wieder bei Mariannes Gemach angelangt, musste ich zunächst alle Anstrengung darauf verwenden, die Gemüter meiner Bediensteten zu kühlen, die kurz davor standen, Lynchjustiz zu üben. Ich versprach ihnen, dass der Fall nicht ungesühnt bleibe, dass wir uns zunächst aber um die arme Marianne zu kümmern hätten. Ich schickte nach einem Arzt, der auch in erstaunlich kurzer Zeit erschien und sie eingehend untersuchte. Er war über ihren psychischen Zustand weitaus mehr besorgt als über die körperlichen Verletzungen, die, wie er mir versicherte, bald verheilt sein würden. Er hielt es für das Beste, sie hier im Schloss zu belassen, und er werde am nächsten Tag wieder nach ihr sehen. Der Arzt ging und ich begab mich zurück in mein Schlafgemach, während die Köchin bei Marianne wachte.

An Schlafen war natürlich nicht mehr zu denken. Ich schritt in meinem Gemach auf und ab und grübelte über meinen wunderlichen Freund nach, der nun so geendet war, wie es manche meiner Studienfreunde vorausgesagt hatten. Ich erwog, die Nacht bei ihm zu verbringen, brachte es dann aber doch nicht über mich.

So blieb ich den Rest der Nacht allein. Es muss schon gegen Morgen gewesen sein, als mich ein Schrei aus meinen Grübeleien riss. Er kam von unten aus dem Garten. Ich eilte ans Fenster und sah die Köchin wild gestikulierend auf dem Weg zwischen dem Schloss und der Rasenfläche. In Windeseile lief ich die Treppe hinab ins Erdgeschoss und hinaus nach draußen. Als ich die Köchin erreichte, bemerkte ich noch jemanden. Auf dem Weg lag Marianne. Sie war tot. Ich blickte nach oben und sah das geöffnete Fenster im Obergeschoss, keine zehn Meter entfernt vom Fenster meines Schlafgemaches. Bald war auch die gesamte Dienerschaft um uns herum und starrte entsetzt auf den zerschmetterten Körper der unglückseligen Frau. Der Gärtner versuchte, die verzweifelte Köchin zu beruhigen, die sich

Gesicht und Brüste zerkratzte und Gott auf Knien anflehte, er möge sie nicht dem Höllenfeuer überantworten, da sie einen kurzen Augenblick eingenickt sei und die arme Marianne unbewacht gelassen habe.

Vales bekam von dem ganzen Vorfall nicht das Geringste mit. Zu einer Anklage ist es nie gekommen, doch er war auch so verloren. Der Arzt unterzog ihn einer eingehenden Untersuchung und wies ihn dann in eine Anstalt ein, in der er sich wohl noch heute befindet. Ich konnte nie die Kraft aufbringen, ihn dort zu besuchen.

***

Eben nur Herr Müller

Wenn es eine Besonderheit im Äußeren wie im Leben Herrn Müllers gab, so war dies das gänzliche Fehlen jeder Art von Besonderheiten. Er maß 1,76 Meter in der Höhe, trug Schuhe der Größe 41, sein Körper war weder muskulös oder massig, noch konnte man ihn als schmächtig bezeichnen. Zu allem Überfluss hießen seine Eltern nicht nur Müller, nein, sie gaben ihrem Sprössling auch noch den Namen Heinrich, und das in einer Stadt, in der sich vermutlich mehr als ein Dutzend Menschen mit ihm umgedreht hätte, hätte man ihn auf der Straße beim Vornamen gerufen. Die Geläufigkeit seines Vornamens muss dem kleinen Heinrich bereits bei seiner Einschulung aufgefallen sein, nach der er sich unversehens gleich mit drei Knaben diesen Namens in einer Klasse wiederfand. Doch während seine Namensgenossen es bald verstanden, sich durch allerlei Rüpeleien hervorzutun, verhielt sich unser Heinrich so unauffällig, dass sein Fehlen über eine ganze Woche bei Lehrern wie Schülern unbemerkt blieb, als er einmal mit Fieber daniederlag, seine Eltern es aber versäumt hatten, seine Erkrankung der Schulleitung anzuzeigen.

So gingen denn seine Schuljahre dahin. Seine Leistungen wurden zumeist mit ausreichend, an Sonnentagen bisweilen auch mit befriedigend bewertet, und als er die Schule endlich ebenso unscheinbar verlassen hatte, wie er einst gekommen war, da dauerte es kaum einen Monat, bis sich keiner seiner Lehrer oder Kameraden mehr an den mausgrauen Jungen mit dem artig gescheitelten Haar erinnerte.

So wie er die Schule durchlaufen und verlassen hatte, begann und endete auch seine Berufsausbildung zum Koch: unauffällig, durchschnittlich. Wenn sich Heinrich auch nicht durch übermäßiges Geschick und herausragende Leistungen hervortat, so leistete er sich doch immerhin auch keine gröberen Schnitzer und war hinreichend zuverlässig. Das Restaurant, in dem er seine Lehre absolviert hatte, übernahm ihn also nach bestandener Gesellenprüfung, und so werkelte er auch weiterhin zwischen Töpfen und Pfannen dahin, ohne dass ihm oder seinem Schaffen irgendwer größere Aufmerksamkeit geschenkt hätte.

Einschnitte und Höhepunkte gab es in Heinrichs eintönigem Dasein kaum. Der Einzug in eine eigene Wohnung – er zählte inzwischen 28 Jahre – war für Heinrich da schon ein Ereignis von nicht geringer Bedeutung. Doch auch der Reiz an der neuen Wohnstätte war bald verflogen und der Alltagstrott nahm wieder Besitz von ihm. Ausdauernder wirkte da schon ein anderes Ereignis auf Heinrich ein, das kurz nach seinem Auszug bei seinen Eltern eintrat. *Zwiegespräch* hieß das Werk, das fast über Nacht einen jungen Schriftsteller und Poeten zum Star machte, der über einige Jahre hinweg den Literatenhimmel überstrahlen sollte. Galvanius hieß der neue Dichterfürst, der außer einem wohlklingenden Namen und überragendem Talent noch eine Eigenschaft besaß, die ihn selbst unter Heinrichs Kollegen wohlbekannt machte, obwohl diese gemeinhin mehr weltlichen als künstlerischen Genüssen zugeneigt waren. Galvanius besaß nämlich eine schon unheimliche Ähnlichkeit mit unserem Heinrich, ja, manch einer mutmaßte gar, es müsse sich bei den beiden um Zwillingsbrüder handeln. Wie immer dem auch gewesen sein mochte, mit einem Male war auch Heinrich ein Star, wenn auch nur in verkleinertem Maßstab. Doch wie es so ist mit dem Ruhm, er verblasst sehr schnell, insbesondere, wenn er einzig auf fremdem Genie beruht. Bald schon war Heinrich allen wieder, was er stets gewesen war, sofern man ihn überhaupt wahrgenommen hatte: der Kochgeselle Heinrich Müller, wenig gesprächig, noch weniger auffällig.

Ob Heinrich die so unverhofft wie unmittelbar über ihn hereingebrochene Aufmerksamkeit nach ihrem fast ebenso unmittelbaren Schwinden vermisste? Wer weiß? Mehr als Spekulationen lassen sich über diese Frage kaum anstellen, denn selbst uns verrät Heinrich längst nicht alles, was in den Tiefen seiner Seele vor sich geht. Betrachtet man seine spätere Geschichte, so scheint es hingegen nicht unwahrscheinlich, dass er sich gern noch ein wenig länger im Rampenlicht gesonnt hätte. Äußerlich jedenfalls blieb er selbst auf dem Höhepunkt seines geborgten Ruhmes bescheiden, und vermutlich hatte er die glückliche Episode auch bald vergessen, als Galvanius nicht länger mit seinen Meisterwerken von sich reden machte. Dieser war nämlich in die Fremde gegangen und dann einfach verschwunden. Man vermutete allgemein, dass er verstorben sei.

So wäre Heinrich wohl den Kochlöffel schwingend in seiner Küche alt geworden, hätten sich nicht schon bald dichte Gewitterwolken über dem Land zusammengezogen und sich insbesondere über unserer Region in Form einer üblen Wirtschaftskrise entladen. Heinrichs Restaurant musste schließen und er selber fand sich plötzlich in einer riesigen Armee von Arbeitslosen wieder. In nächster Zukunft in unserem Städtlein eine Anstellung als Koch zu finden, das schien nahezu aussichtslos, und so begann Heinrich schließlich, Bewerbungen an Betriebe in benachbarten und endlich auch in entfernteren Orten zu senden. Seine Bemühungen wurden irgendwann belohnt, denn im fernen D. zeigte man sich von Heinrichs recht positivem Arbeitszeugnis beeindruckt und lud ihn zu einem Vorstellungsgespräch ein. Die Aufregung war natürlich groß, als Heinrich sich zum ersten Mal in seinem Leben weiter als 50 Kilometer von seinem Heimatort entfernte, und dazu noch ganz alleine. Wider allen Erwartungen verlief das Gespräch mit einem Herrn Döden, dem Besitzer des Restaurants, bei dem er sich beworben hatte, außerordentlich gut und Heinrich erhielt die Arbeitsstelle.

Unter reichlichen Tränen und Seufzern verlief dann der Abschied von seiner Geburtsstadt, der einzigen Welt, mit der er sich bislang hatte auseinandersetzen müssen, und auf der nicht enden wollenden Bahnfahrt hing er den trübseligsten Gedanken nach, was der neue Lebensabschnitt wohl für ihn bereithalten mochte.

Die Umstellung verlief dann doch leichter, als er zunächst befürchtet hatte. Er fand ein möbiliertes Zimmer bei einer gut fünfzigjährigen Witwe, die sich bisweilen recht barsch zeigte, im Grunde aber eine herzensgute Seele zu sein schien. Die Kollegen waren erträglich, seinen Chef bekam er kaum zu sehen und die Arbeit war auch nicht schlimmer als bei seiner alten Wirkungsstätte. Hatte der erste Brief, den er nach Hause geschickt hatte, noch etwas wehmütig geklungen, so war hiervon im zweiten nichts mehr zu spüren.

So verflossen dann die ersten drei Wochen in der neuen Stadt. Heinrich schien zufrieden, seine Vorgesetzten schienen zufrieden, ebenso die Gäste. Dann jedoch meinte Heinrich, eine Veränderung im Verhalten der Gäste und seiner Kollegen zu bemerken. Zunächst war er unsicher, ob er sich das Ganze nicht nur einbilde, aber nach und nach ließ sich doch nicht mehr übersehen, dass man ihm verstohlene Blicke zuwarf. Auch glaubte er, dass man heimlich über ihn sprach; ihm war nicht entgangen, dass wiederholt plötzlich jede Unterhaltung verstummte, wenn er die Küche betrat. Angefangen hatte es, als er sich in irgendeiner Angelegenheit in das Restaurant hatte begeben müssen. Nur zu deutlich hatte er die Blicke der Gäste in seinem Rücken gespürt, hatte aus den Augenwinkeln gesehen, wie man die Köpfe zusammengesteckt und zu tuscheln begonnen hatte. Vom Restaurant hatte sich dieses merkwürdige Gebaren dann in die Küche verbreitet, und irgendwann hörte er dann deutlich aus den Gesprächsfetzen den Namen Galvanius heraus.

Das also war es!

Heinrich hatte sein berühmtes Ebenbild mittlerweile völlig vergessen. Galvanius galt seit längerer Zeit nun schon als verschollen, Heinrich selber hatte sich inzwischen einen Bart wachsen lassen, sodass sich seine Ähnlichkeit mit jenem nur noch bei sehr genauem Hinsehen erkennen ließ, und jedenfalls hatte ihn seit längerer Zeit schon niemand mehr für einen Dichter gehalten oder gar um ein Autogramm gebeten.

Doch nun war er wieder da. Der Dichterfürst mit Kochschürze und Bratpfanne. Heinrich musste schmunzeln, als er den Grund für das Getuschel erkannte. Gleich die nächste Gelegenheit nutzte er, um seine Kollegen mit aller Bestimmtheit über seine Identität aufzuklären. Heinrich Müller eben sei er und kein anderer. »Schon in meiner Heimatstadt haben mich die

Leute mit Galvanius verwechselt. Da hatte ich nämlich noch keinen Bart und hab' ihm sogar noch ähnlicher gesehen. Einmal hat mich sogar jemand um ein Autogramm gebeten.«

Heinrich lachte auf bei der Erwähnung des ahnungslosen Autogrammjägers. Seine Kollegen lachten mit ihm, schienen köstlich amüsiert. Ein Galvanius mit einem Kochlöffel statt einer Schreibfeder in der Hand, das wäre ja noch schöner! Wie hätten sie nur auf diesen Einfall kommen können?

Das Getuschel und die verstohlenen Blicke folgten Heinrich von nun an überallhin.

Auf der Straße sah man ihm nach, die Verkäuferin in dem Kiosk, in dem er seine Zigarren zu kaufen pflegte, wirkte mit der Zeit immer nachdenklicher, wenn sie ihn erblickte, bis sie ihn schließlich eines regnerischen Abends mit einem Freudestrahlen begrüßte und ihm geradezu ehrfürchtig die gewünschte Marke über den Tresen schob. Die Gäste des Restaurants tuschelten nun nicht mehr, sondern nickten ihm breit lächelnd zu, wann immer er etwas in ihrer Nähe zu schaffen hatte. Seine Kollegen begannen nun, ihn zu siezen und redeten ihn bisweilen gar mit Herr Galvanius an. Heinrich protestierte, doch so sehr er sich auch mühte, sie von seiner wahren Identität zu überzeugen, stets erntete sein Protest nur ein wissendes Lächeln, und er gab es bald auf. Auch eine Bekannte seiner Wirtin, der Witwe Himmelsbrück, war sogleich felsenfest überzeugt, dass Heinrich der berühmte Dichter sei, als sie ihm während eines Besuches bei der Witwe begegnete.

»Die Augen und vor allem die Stirn, ganz eindeutig. Aber Sie sollten sich wirklich rasieren, der Bart steht Ihnen überhaupt nicht. Ihr Gesicht wirkt dadurch so …

Wie soll ich sagen? Irgendwie so derb, so wenig vergeistigt.«

»Nein, nein, ich bin es wirklich nicht. Die Ähnlichkeit ist rein zufällig«, widersprach Heinrich, erhielt als Antwort hingegen lediglich wieder jenes Lächeln, das er mittlerweile nur zu gut kannte.

»Sie kleiner Schäker«, sagte sie und drohte ihm schalkhaft mit dem erhobenen Zeigefinger.

»Jetzt lass den Jungen doch in Frieden«, wies Frau Himmelsbrück ihre Bekannte nun zurecht. »Du machst ihn ja noch ganz verrückt.«

Als Heinrich dann schließlich in aller Öffentlichkeit von einem Gast um ein Autogramm angegangen wurde, bestellte man ihn zu Herrn Döden, dem Besitzer des Restaurants. Mit einer Handgeste lud Döden ihn ein, auf dem Stuhl vor seinem Schreibtisch Platz zu nehmen, während er selber sich mit einem behaglichen Grunzen in seinen Chefsessel hinter demselben fallen ließ. Eine Zeit lang sah er Heinrich lediglich an und trommelte mit den Fingern auf die Schreibtischplatte. Dann lächelte er und nickte ihm zu.

»Selbstverständlich haben Sie Ihre Gründe«, begann er dann. »Und ich bin mir sicher, dass es sich hierbei nur um die edelsten Gründe handelt. Und ich bitte Sie, mich nicht misszuverstehen. Ich mache Ihnen keine Vorwürfe, nein, ganz gewiss will ich Ihnen keine Vorwürfe machen. Der Zweck heiligt die Mittel. Keine Frage.« Hier nickte er erneut und gab Heinrich durch sein Mienenspiel und eine Handgeste zu verstehen, dass dieser ohne Zweifel wisse, was damit gemeint sei. »Ich verstehe Ihre Lage sehr wohl, doch meinen Sie nicht, dass Sie zumindest uns gegenüber mit offenen Karten spielen sollten?«

Heinrich hob zu einer Gegenrede an, doch Döden gab ihm mit einer Handbewegung zu verstehen, er möge sich noch einen Augenblick gedulden. »Inspiration«, fuhr er dann fort, und in der Art, wie er das Wort betonte, musste jedem ersichtlich werden, dass er nur zu gut wusste, wovon er sprach. »Jedes Kunstwerk braucht Inspiration. Auch ein so weltliches Unternehmen wie ein Restaurant ist nichts ohne Inspiration. Und wo findet man Inspiration, wenn nicht im alltäglichen Leben. Auf der Straße, in Kneipen, im Theater ... oder eben in der Küche.«

Heinrich wollte erneut etwas einwenden, wurde jedoch wiederum mit einer Handgeste vertröstet.

»Ich verstehe Sie nur zu gut. Vermutlich eine Schaffenskrise. Ja, selbst das Genie des Dichters ist zumeist kein Füllhorn, aus dem man unentwegt schöpfen kann. Sie tauchen also ganz einfach unter, wollen sich sammeln, neue Inspirationen, neue Ideen finden, ziehen daher inkognito umher und schauen dem Volk aufs Maul, studieren die Menschen, ohne dass Sie befürchten müssen, dass man Ihnen etwas vorgaukelt, da ja niemand weiß, wer Sie in Wirklichkeit sind. Sehr geschickt und, wie gesagt, nur zu verständlich. Aber da Sie sich nun einmal in meinem Restaurant befinden, meinen Sie da nicht auch, dass es nur fair wäre, wenn Sie zumindest mir gegenüber die Maske fallen lassen?«

Döden sah Heinrich fragend an und gab ihm endlich die Gelegenheit zu einer Erwiderung.

»Aber ich bin doch gar nicht der, für den Sie mich halten. Ich seh' doch nur so aus. Ich hab' in meiner Heimatstadt Koch gelernt und bin nie was anderes als Koch gewesen.«

Döden lächelte und nickte ein weiteres Mal, jedoch in einer Weise, die kaum einen Zweifel an seiner Enttäuschung ließ.

Heinrich lächelte nun seinerseits, recht unsicher, und bat mit einem fragenden Nicken um Erlaubnis, das Büro verlassen zu dürfen, die ihm auch gewährt wurde.

Was in den folgenden 24 Stunden in Heinrich vorging, das wissen wir nicht. Auch ist uns nicht bekannt, ob die Gedanken und Empfindungen, die ihn bewegten, ihren Ursprung einzig in seinem neuen Wohnort und Arbeitsplatz hatten oder nicht vielleicht doch bis in seine zarten Knabenjahre zurückreichten. Mit Gewissheit können wir lediglich sagen, dass jene 24 Stunden von ganz entscheidender Bedeutung für unseren Heinrich waren und ihn auf den Weg führten, auf dem es keine Möglichkeit zur Umkehr mehr gab.

Am nächsten Nachmittag begab er sich nämlich erneut aus der Küche in das Restaurant, doch dieses Mal nicht, da ihn irgendeine Arbeit dorthin getrieben hätte, sondern einfach zu dem Zwecke, von den Gästen gesehen zu werden. Tatsächlich richteten sich sogleich alle Blicke auf ihn, und wie am Tage zuvor wurde er um ein Autogramm ersucht. Ein älterer Herr hielt ihm ein Exemplar des *Zwiegesprächs* hin und bat, es auf der Innenseite zu signieren, vielleicht noch mit einer kurzen Widmung. Heinrich brauchte nicht lange zu überlegen. Er lächelte und griff nach dem Stift, den ihm der Herr ebenfalls hinhielt. *Mit vorzüglicher Hochachtung grüßt Sie*, schrieb er reichlich ungelenk, setzte dafür aber umso schwungvoller hinzu: *Ihr Galvanius*.

Da war es nun also heraus. Der Herr strahlte. Ein Raunen breitete sich von Tisch zu Tisch aus, durchdrang bald das ganze Restaurant. Er war es also doch.

Der Dichterfürst weilte nicht nur noch unter den Lebenden, er war hier, in diesem Restaurant und hatte sich endlich seinen Jüngern offenbart!

Die Kunde verbreitete sich wie ein Lauffeuer. Auf der Straße begnügte man sich nun nicht mehr mit verstohlenen Blicken, man bat Heinrich geradeheraus um ein Autogramm, wo immer er auch auftauchen mochte. Im Restaurant war es kaum noch möglich, einen Tisch zu bekommen, da alle nun den berühmten Dichter in Kochschürze sehen wollten. Heinrich war von seinen Pflichten in der Küche weitgehend befreit und hatte stattdessen im Restaurant zu flanieren, hier ein Buch zu signieren, dort für eine Aufnahme zu posieren, seine Geschichte zu erzählen. Ja, in die Ferne habe es ihn getrieben auf der Suche nach Inspiration, denn auch der größte Künstler werde hin und wieder von einer Schaffenskrise geplagt. So sei es auch ihm ergangen. Also auf zu neuen Ufern, irgendwo habe sich die Muse doch versteckt halten müssen. Bald jedoch habe er erkannt, dass es mit bloßem Umherreisen nicht getan sei, dass wahre Inspiration nur aus dem Leben selber geschöpft werden könne. Und da habe sich sein großer Name nun als regelrechtes Kreuz erwiesen, denn wie solle man das Leben um sich herum in Ruhe studieren, wenn man ständig um Autogramme und Interviews gebeten werde? Er habe sich also einen Bart wachsen lassen und tingele als Heinrich Müller von Ort zu Ort, um dem Volk aufs Maul zu schauen. Und wie man sehe, habe er dabei sogar kochen gelernt.

Zunächst sprach er noch stockend, fühlte sich sichtlich unwohl, wenn er Dutzende von Augen auf sich gerichtet wusste, mit der Zeit aber wurde er immer sicherer, berichtete bald flüssig von seinen Erlebnissen

in der Ferne, und sein Publikum war begeistert. Doch
schon bald musste Heinrich erkennen, dass seine Auf-
tritte etliche Fußangeln für ihn parat hielten, in denen
er sich nur zu leicht verfangen konnte. Er hatte von
Literatur nicht die geringste Ahnung, konnte keinen
Jambus von einem Trochäus unterscheiden, und nur
mit größtem Glück entging er einer handfesten Blama-
ge, als man ihn fragte, was er denn vom Hexameter
halte. Heinrich spürte, wie ihm abwechselnd heiß und
kalt wurde, und glaubte, jeden Moment unter den
Blicken von gut einem Dutzend Augenpaaren zusam-
menbrechen zu müssen. »Das Hexermeter«, brachte er
schließlich, einer Eingebung folgend, hervor, »sollte
man am besten dort lassen, wo es hingehört: in die
Küche einer zauberkundigen Greisin.«

Man wirkte zunächst irritiert, verstand nicht recht,
doch dann lachte der Scharfsinnigste unter Heinrichs
Zuhörern auf und klatschte begeistert in die Hände. Sogleich fielen alle anderen ein und applaudierten dem
Geisteswitz des Poeten.

Heinrich aber hatte dieser Vorfall gelehrt, dass es
höchste Zeit sei, sich nun mit Literatur im Allgemeinen
und seinem Werk im Besonderen bekannt zu machen.
Da er in D. schon eine regelrechte Berühmtheit war
und es gewiss unbequeme Fragen gegeben hätte, hätte
er seine eigenen Schriften aus der Bücherei entliehen
oder in einer Buchhandlung gekauft, so fuhr er in die
nächste Stadt, um das Benötigte dort zu beschaffen. Er
setzte sich eine dunkle Brille auf und schaffte es sogar,
sein Œuvre unerkannt in einer großen Buchhandlung
zu erwerben. Heinrich war erschrocken. Nicht nur über
den Umfang, vielmehr noch über den Preis der Bücher.

Mehr als zwei Wochenlöhne hatte ihn der Spaß gekostet.

Aber egal. In seinem Zimmer machte er sich sogleich an die Lektüre. Jede freie Minute verbrachte er nun über seinen Büchern, las und grübelte, grübelte und las, und je mehr Nächte er mit rauchendem Kopf an seinem Schreibtisch saß, desto unsympatischer wurde ihm dieser Galvanius. Einige der Prosastücke mochten ja noch angehen, einen der Romane fand Heinrich sogar recht amüsant, doch das gesamte poetische Werk blieb ihm ein Buch mit sieben Siegeln. Erst als er sich nochmals in die Nachbarstadt begeben und einige Lektürehilfen gekauft hatte, begann sich der Nebel zumindest bei einigen der Stücke etwas zu lichten. In den meisten Fällen jedoch musste er sich darauf beschränken, immerhin den Inhalt halbwegs korrekt wiedergeben zu können.

Heinrich unterhielt seine Zuhörerschaft auch weiterhin vorzugsweise mit Anekdoten über seine Wanderjahre, da er dem Volk, wie er nicht müde wurde zu betonen, aufs Maul zu schauen pflegte, doch schließlich fühlte er sich sicher genug, auch inhaltlichen Fragen zu seinem Werk nicht mehr mit irgendwelchen Gemeinplätzen auszuweichen. Irgendwo hatte er gelesen, dass jede Interpretation korrekt sei, sofern sie sich nur am Text belegen lasse. Diese Behauptung gab ihm nun Zuversicht und Hoffnung, und insbesondere der Ausdruck *jede* Interpretation verlieh ihm frischen Mut. So zauderte Heinrich dann nicht länger, seine Anhängerschar mit Auslegungen und Kommentaren zu ergötzen, die, von jedem anderen geäußert, als phantastisch bis toll bezeichnet worden wären, aus dem Munde des

Dichterfürsten persönlich dagegen als Offenbarungen erster Güte genommen wurden.

Heinrich gefiel sich in seiner neuen Rolle von Tag zu Tag besser, und die leichte Verstimmung, die er zu Beginn seines Studiums Galvanius gegenüber empfunden haben mochte, war längst verraucht. Dann trat Herr Geißler, Leiter der Städtischen Bücherei, an ihn heran und lud ihn zu einer öffentlichen Lesung ein. Er könne aus seinem Werk vorlesen oder aber über seine Erfahrungen in der Ferne berichten. Welche Ehre würde er der Bücherei erweisen, trüge er in ihren bescheidenen Hallen eins seiner Gedichte, vielleicht gar ein noch unveröffentlichtes, vor. Heinrich zeigte sich geschmeichelt, zögerte aber mit einer Zusage. Genoss er seine Rolle auch in vollen Zügen, so hatte er sich doch ausreichend Realitätssinn bewahrt, der ihn mahnte, irgendwo dort draußen könne der richtige Galvanius oder einer seiner Angehörigen sein und ihn beobachten. Er durfte sich also nicht zu sehr ins Rampenlicht drängen. Doch letztendlich willigte er ein, in der kommenden Woche aus einem seiner Werke zu lesen und zudem noch etwas über seine Wanderjahre zu plaudern.

Heinrich machte sich sogleich an die Vorbereitungen für seinen Vortrag. Das *Zwiegespräch*, Galvanius' wohl bekanntestes Werk, legte er bald wieder beiseite. Auch alle Lektürehilfen vermochten ihm keinen Zugang zu dieser Schwarte zu verschaffen, die mit jeder ihrer 630 Seiten irrwitziger und unverständlicher zu werden schien. Nein, für seine Lesung wählte er einen Ausschnitt aus einer Erzählung, die nach Ansicht der Kritiker ebenfalls sehr bedeutsam sein sollte. Es ging darin um einen Kunstmaler, der zunächst dem Trunk und schließlich dem Wahnsinn verfiel. Die Erzählung war klar strukturiert, die Handlung gut nachvollziehbar – Kunst sowie Trunksucht und Wahnsinn gehörten in Heinrichs Vorstellung eh stets zusammen – , und so fiel ihm die Wahl nicht schwer.

Am Tage seines großen Auftrittes entschied er, sich auch des letzten Teiles seiner Maskerade zu entledigen. In seiner reinsten Form sollte Galvanius seinen Anhängern gegenübertreten, also ohne Bart, der Heinrich in der letzten Zeit sowieso schon lästig geworden war. Er betrachtete sein rasiertes Gesicht im Spiegel und erschrak, als er es mit der Abbildung Galvanius' auf der Rückseite eines seiner Bücher verglich. Die Ähnlichkeit war geradezu unheimlich, und Heinrich schabte sich nachdenklich das glatte Kinn.

Dann machte er sich auf und genau um 20 Uhr betrat er die Stadtbücherei. Geißler kam ihm eilenden Schrittes entgegen und schüttelte ihm mit solchem Überschwang die Hand, dass man ihm nur zu deutlich die Zweifel anmerken konnte, die ihn bis zum letzten Augenblick geplagt haben mussten, ob der große Galvanius sich tatsächlich dazu herablassen würde, in seiner bescheidenen Bücherei zu erscheinen. Doch nun war er da, und Geißler führte seinen erlauchten Gast an Bücherregalen vorbei auf den Gang, der direkt zu dem für die Lesung vorbereiteten Saal führte. Heinrich hatte in den vergangenen Tagen und Wochen genügend Selbstsicherheit gewonnen, um nicht an übergroßer Nervosität zu leiden, aber als er nun den Saal betrat, drohten ihm doch die Knie einzuknicken. Bis zum letzten Platz war der Raum gefüllt, ja, an der Rückwand mussten gar etliche Zuhörer stehend auf den Dichterfürsten warten. Aus 150, aus 200 Kehlen dran-

gen nun bewundernde Oh- und Ah-Laute, als Heinrich
neben Geißler zum Podium schritt. Dann setzte der
Applaus ein, man erhob sich, von den Wänden schallte
es wider und eine Sturmflut der Ehrerbietung schlug
über den beiden Männern vorne am Podium zusammen. Nur zu deutlich genoss Geißler die Minuten, da
er sich im Licht des berühmten Dichters sonnen durfte.

Doch auch Heinrich war sichtlich bewegt. Das Lächeln, das er der Menge zuwarf, glich mehr einem ver-
legenen Grinsen, und voll Unbehagen fragte er sich, ob
seine Vorstellungen im Restaurant ihn tatsächlich angemessen auf diesen Auftritt vorbereitet hätten.

Schließlich legte sich der Beifall. Man nahm wieder
Platz und blickte gespannt auf Geißler, der nun hinter
dem Pult stand, um seinen Gast anzukündigen. Mit
erfurchtvollsten Worten drückte er sein Entzücken, seine Dankbarkeit aus, den großen Galvanius hier begrüßen zu dürfen. Er fügte auch noch etliche Fakten zum
Werdegang und Wirken des Dichters hinzu, die für
Heinrich vermutlich wesentlich mehr Neues enthielten
als für die meisten der Zuhörer, trat dann ein Stück
zurück und forderte Heinrich mit einer Handgeste auf,
nun selber an das Pult zu treten. Erneut hallte der Applaus durch den Saal, womöglich noch intensiver als
beim ersten Mal.

Deutlich spürte Heinrich, wie die lang unterdrückte
Nervosität nun doch in ihm aufstieg, sich gar an-
schickte, Besitz von ihm zu ergreifen. Er wiederholte
für sich nochmals die Worte, die er sich für die Be-
grüßung zurechtgelegt hatte, atmete dann etliche Male
tief ein und aus und schauderte dabei vor dem Augenblick, da der Applaus verebben würde und er das
Wort ergreifen müsste.

Allmählich wurde es dann ruhig und ruhiger in dem Saal. Die noch klatschenden Handpaare waren nun deutlich in der Minderzahl, die meisten lagen bereits artig auf den Schößen seiner ihn jetzt erwartungsvoll anblickenden Anhängerschar. Nun war es gleich soweit. Doch nein, dort hinten setzte noch jemand seine Hände in Bewegung, schien ihm noch eine kurze Galgenfrist gewähren zu wollen. Aber dann hielt auch er inne, als er bemerkte, dass bereits völlige Stille herrschte.

Heinrich war nun ganz allein. Einsam stand er hinter dem Pult und starrte in die Menge, als erwarte er, dass von dort nun jemand das Wort ergreife. Doch vor wie hinter ihm blieb nun alles still, und ihm wurde klar, dass er nun nicht länger schweigen konnte, sollte sein Dichterruhm nicht verwehen wie der Rauch seiner Zigarre, die er auf dem Weg zur Bücherei noch eilig gepafft hatte. Mühsam würgte er also die auswendig gelernten Begrüßungsfloskeln heraus. Sie kamen etwas stockend, hörten sich aber keineswegs so übel an, wie er befürchtet hatte. Erleichtert stellte er fest, dass seine Knie nicht mehr zitterten. Er hatte geplant, zunächst über seine Wanderjahre zu sprechen. Sollte er stecken bleiben, so konnte er immer noch zur Lesung aus dem Buch übergehen, das bereits aufgeschlagen vor ihm lag. Einfaches Vorlesen dürfte nicht zu schwer werden. Diese Aussicht verlieh ihm weitere Zuversicht, und er machte sich an seine Erzählung, wie er vor Jahren in die Ferne gezogen war. Die Worte kamen nun fließend, von Nervosität war bald nichts mehr in seiner Stimme zu hören. Er sprach im Prinzip über dieselben Dinge wie auch im Restaurant. Mit dem Thema war er also bestens vertraut. Immer leichter gingen ihm die Worte von der Zunge, ja, er meinte sogar, dass die große Anzahl an Zuhörern ihn eher noch beflügele als hemme. Seine Atemtechnik wurde mit jedem Satz besser, die korrekte Wort- und Satzintonation ergab sich bald ganz automatisch, ohne dass er bewusst darauf hätte achten müssen. Er legte nun gekonnt rhetorische Pausen ein, untermalte seine Worte eindrucksvoll mit Gesten und Mienenspiel. Er sprach und sprach ... und mit einem Male wurde ihm bewusst, dass all die Jahre tief in seinem Inneren ein Talent geschlummert und nur darauf gewartet hatte, sich entfalten zu dürfen: Er konnte reden! Nicht nur vor einzelnen Zuhörern, nein, vor ganzen Massen. Und gerade vor Massen schien sich sein rhetorisches Genie voll zu entfalten.

Er redete sich nun in einen regelrechten Rausch hinein und nahm die Zuhörer, die atemlos an seinen Lippen hingen, kaum noch wahr. Er erzählte von seinen Spaziergängen an der Seine, den Bauern in Flandern, die er bei der Feldarbeit beobachtet hatte, sprach von Dingen, die er nie gesehen, und gebrauchte Ausdrücke, die er nie gehört hatte, die ihm nun aber wie aus himmlischen Gefilden zuzufliegen schienen.

Das Publikum war wie hypnotisiert, Geißler wirkte geradezu erschlagen von Heinrichs Sprachgewalt und wurde klein und kleiner auf seinem Schemel, auf den er sich nach der Laudatio gesetzt hatte. Heinrich aber sprach, sprach von der großen, sprach von der kleinen Welt und schoss dabei mit geflügelten Wendungen wie Zeus mit seinen Blitzen.

Irgendwann jedoch war sein Vorrat an Anekdoten und Schwänken verbraucht und er griff also zu dem Buch, das noch immer aufgeschlagen vor ihm lag. Nach dem rhetorischen Feuerwerk, mit dem er seine Anhänger soeben beglückt hatte, wollte bloßes Vorlesen ihm als geradezu unter seiner Würde erscheinen, doch er gab auch hier sein Bestes und wusste erneut zu begeistern. In der Tat, der ständig zwischen Trunkenheit und Wahnsinn schwankende Maler schien die Gemüter ähnlich zu bewegen wie Heinrichs Wanderjahre.

Dann war die Lesung vollbracht. Erneut brach der Applaus los, den Heinrich mit männlicher Würde entgegennahm, wohlwollend zwar, aber doch auf eine gewisse Distanz zwischen sich und seinen Anhängern bedacht. Schließlich kam man zu den Fragen, die das Publikum an den Dichter richten durfte. Lange wartete er vergebens, doch dann meldete sich ein Herr in der letzten Reihe zu Wort und überraschte Heinrich mit einer Frage, an die er nie einen Gedanken verschwendet hatte, obschon sie eigentlich ganz naheliegend war. Ob die Wanderzeit denn etwas gebracht und die Muse endlich wieder bei ihm *eingeschlagen* habe, wollte der Mann wissen. Mit anderen Worten: ob er endlich wieder an einem Werk arbeite.

Viele der Anwesenden zeigten sich empört über die Ausdrucksweise des Herrn, hielten die Frage selber aber anscheinend für durchaus interessant. Heinrich hingegen verlor sogleich einen guten Teil seiner erst jüngst entdeckten Selbstsicherheit und spürte, wie seine Knie wieder zu zittern begannen. Irgendwo hatte er gelesen, dass es ratsam sei, in Situationen wie der vorliegenden zunächst einmal zu lächeln, nach Möglichkeit doppeldeutig zu lächeln. Er tat es also und legte so viel Doppeldeutigkeit in sein Lächeln, wie er in der kurzen Zeit eben aufbringen konnte. Offensichtlich hatte er Erfolg, denn die Spannung in den Gesichtern der Zuhörer steigerte sich nochmals. Stand also ein neues Meisterwerk zu erwarten?

»Tja, was soll ich sagen?«, begann er, noch immer lächelnd. »Verbringt man eine solch lange Zeit auf Wanderschaft, ohne dabei von der Muse besucht und geküsst zu werden?«

Sogleich wurde er mit weiteren Fragen bestürmt. Es stimme also? Er schreibe an einem neuen Werk? Wovon es denn handele? Doch Heinrich gab mit einer abwehrenden Geste zu verstehen, dass es nun der Fragen genug sei, und verabschiedete sich kurzerhand. Geißler war von diesem Abgang sichtlich begeistert und drückte ihm nochmals überschwänglich die Hand. Dann endlich war es vorbei.

In jener Nacht verwischte er dann auch die letzte Spur, die ihn noch mit seiner Vergangenheit verband. Bei der Heimkehr von der Bücherei bemerkte er, dass immer noch sein alter Name auf dem Briefkasten stand. Ohne sich lange zu besinnen, zog er das Kärtchen mit dem nichtssagenden *Heinrich Müller* aus der Halterung, wendete es und schrieb in geschwungenen Druckbuchstaben den Namen *Galvanius* darauf.

Am nächsten Tag berichteten die Zeitungen ausführlich und durchweg lobend von Heinrich – zumindest wir sollten es bei diesem Namen belassen – und seinem Vortrag. Es dauerte dann auch nicht lange, bis der Bürgermeister über den Restaurantbesitzer Döden anfragen ließ, ob Heinrich Zeit und Laune habe, in der kommenden Woche einen Vortrag in der Stadthalle zu halten. Heinrich hatte inzwischen erkannt, dass es seiner Wertschätzung kaum förderlich sein könne, wenn er jedes Angebot sofort akzeptierte, sich mithin wie eine Rummelhure dem erstbesten Freier an den Hals

warf. Er erbat sich also etwas Bedenkzeit, schließlich
habe er ja noch andere Verpflichtungen. Am folgenden
Tag ließ er dem Bürgermeister durch Döden dann
freilich sofort ausrichten, dass er die Einladung gern
annehme. Die Verpflichtungen, die er als Grund für die
Bedenkzeit genannt hatte, waren nun keineswegs ein
bloßer Vorwand. Nicht nur, dass sich die tägliche Auto-
grammstunde im Restaurant inzwischen auf den halben Tag ausgedehnt hatte, zudem wurde er fast jeden
Abend von einem Kollegen oder Bewunderer eingeladen und deren Bekannten dann wie ein Fabeltier vor-
geführt.

Als er eines Abends müde von einem seiner Besuche
heimgekehrt war, vernahm er plötzlich ein Pochen an
seiner Tür und dann die unwirsche Stimme seiner
Wirtin, die ihm verkündete, da sei jemand von der
Zeitung, der ihn sprechen wolle. Nun ja, von der Zeitung war der Herr, der sich als Köhler vorstellte, keineswegs, sondern vielmehr vom Verlagshaus Wagner,
bei dem, wie Heinrich mittlerweile wusste, Galvanius
seine Werke veröffentlicht hatte. Zu Heinrichs Erleichterung drückte Köhler sogleich beim Eintreten seine
Freude aus, den großen Galvanius endlich persönlich
kennenlernen zu dürfen. Die beiden waren sich also
noch nicht begegnet. Heinrich hieß seinen Gast herzlich
willkommen und zeigte sich gleichfalls erfreut, ihn,
den Abgesandten des guten alten Wagner'schen Ver-
lagshauses, bei sich begrüßen zu dürfen.

Wie es denn gehe, wie es stehe, erkundigte sich
Heinrich und war bemüht, seinem Gast das Wort zu
überlassen, bevor er sich selber durch eine unbedachte
Äußerung in Verlegenheit brachte.

»Also, Sie machen ja Sachen, Herr Galvanius. Sehr unkonventionell, aber natürlich genial. Wer wüsste nicht um die Faszination des Ungewissen.« Köhler zwinkerte ihm verschwörerisch zu. Dann jedoch kam er auf das Anliegen zu sprechen, das ihn in erster Linie zu Heinrich geführt hatte.

»Sie schreiben also an einem neuen Werk?«

Glücklicherweise saß Heinrich, sodass sich das Zittern seiner Knie in Grenzen hielt. Seine öffentliche Ankündigung, wenn auch nur indirekt gemacht, ließ sich nun schwer wieder rückgängig machen, und er nickte also. Was nun folgte, war recht leicht vorherzusehen.

Wovon das Werk denn handele, wollte Köhler wissen. Er wolle die Spannung nicht verderben, erwiderte Heinrich. Nur ein kleines Stichwort. Nichts zu machen. Ob er schon einen Verlag habe. Na ja, das nun nicht gerade. Ob er wieder bei Wagner publizieren wolle. Heinrich hob theatralisch die Augenbrauen und ließ durchblicken, dass diese Frage noch gänzlich offen sei.

Und da nun nannte Köhler eine Zahl, die wohl jedem Auge wie Gaumen wässrig gemacht hätte, für einen Kochgesellen aber, der seit mehr als zehn Jahren ein und denselben Ausgehanzug trug und sich bestenfalls eine warme Mahlzeit am Tag leisten konnte, geradezu wie aus einer anderen Welt stammend erscheinen musste. Die Hälfte des Betrages sollte er sofort erhalten, die andere bei Erscheinen des Buches, wenn er dem Wagner'schen Verlagshaus das ausschließliche Nutzungsrecht an demselben übertrug. Gänzlich benommen griff er nach dem vergoldeten Füllfederhalter, den Köhler ihm hinhielt, und setzte zu einem M an, bevor er sich besann und dann ein gut leserliches *Galvanius* unter den Vertrag setzte.

Minuten später nur war er dann allein in seinem Zimmer mit einer Tasche voll nagelneuer Banknoten und der vertraglichen Verpflichtung, innerhalb von zwölf Monaten ein literarisches Werk von mindestens 500 Seiten Umfang abzuliefern. Immerhin die Wahl des Themas war ihm überlassen.

Heinrich steuerte nun direkt auf den Höhepunkt seiner Karriere zu. Kaum hatte er das Haus verlassen, da fand er sich schon von einer Schar von Verehrern umringt, die ihm ein Autogramm abtrotzen oder sich mit ihm fotografieren lassen wollten. Da ließ sich leicht die lästige Stimme in seinem Inneren überhören, die ihn fragte, wie er, der bis zu seiner Ankunft in D. kaum mehr als hin und wieder ein Kochbuch gelesen hatte, nun ein Buch schreiben wollte, das sich auf dem Niveau des großen Galvanius bewegte. Nein, diese Stimme war bald ganz zum Schweigen gebracht.

Die einzige Person, die seinen Ruhm hartnäckig ignorierte, war seine Wirtin, die Witwe Himmelsbrück. Nicht nur weigerte sie sich, ihn mit Herr Galvanius anzureden, zu allem Überfluss begann sie auch noch, ihn zu duzen, wie sie ihm überhaupt in jeder Hinsicht das Gefühl vermittelte, er sei ein pflegebedürftiges Kleinkind statt des Dichterfürsten, der er doch nun einmal war.

Heinrich entschied, sie zu ignorieren, und bereitete sich auf seinen Auftritt in der Stadthalle vor, für den bereits an allen Ecken mit Aushängen geworben wurde.

Nervösität verspürte er dieses Mal überhaupt nicht, die Erregung, die er empfand, war rein freudiger Natur. Sein rhetorisches Genie, da war er sich gewiss, würde ihn auch nun jede Hürde nehmen lassen, die Verehrung, die man ihm zollte, alles Übrige tun. Nahezu beschwingt trat er auf die Bühne und badete sich in dem nicht enden wollenden Applaus. Wie nicht anders erwartet, war jeder Platz in der Halle besetzt. Die Laudatio des Bürgermeisters. Ehrfurchtsvoll, wenn auch an manchen Stellen vielleicht etwas zu nüchtern, doch alles in allem annehmbar. Der Händedruck. Heinrich klopfte dem Bürgermeister jovial auf die Schulter. Dann war er allein mit seinem Publikum.

Im Prinzip war der heutige Vortrag wie der in der Bücherei geplant. Zunächst die Wanderjahre, dann die Lesung aus seinem Werk, dieses Mal hingegen aus einer anderen Erzählung, abschließend die Fragen aus dem Publikum und vielleicht noch die eine oder andere Spekulation über seine neueste Schöpfung, um den Appetit anzuregen.

Dann fing er an. Sogleich fand er seinen Rhythmus und steigerte sich schon bald in jenen rauschähnlichen Zustand, den er seit seinem Auftritt in der Bücherei so schmerzlich vermisst hatte. Gerade setzte er zu einer seiner Anekdoten an, als er plötzlich alles Blut aus seinem Gesicht weichen spürte. Seine Knie wurden nicht nur weich, er knickte tatsächlich ein und musste sich am Pult festhalten, um nicht zu stürzen. Gleichzeitig hörte er sich nach Atem ringen, als hätte er soeben einen unerwarteten Schlag in die Magengrube erhalten. Dabei war das, was diesen Zusammenbruch bewirkt hatte, keineswegs unerwartet auf ihn gestoßen, wenn er auch jeden Gedanken daran stets erfolgreich verdrängt hatte.

Ganz hinten in der letzten Reihe saß er, aber doch in aller Deutlichkeit auch von der Bühne aus zu erkennen. Ganz unauffällig wie ein Dieb in der Nacht hatte er sich eingeschlichen, unbemerkt von allen außer dem einen, der sich nun leichenblass an das Pult klammerte. Kein Zweifel, aus der letzten Reihe starrte niemand anders als Galvanius persönlich zu seinem Doppelgänger herauf.

Als Heinrich das Pult umklammert hatte, war das Buch, aus dem er vorzulesen gedachte, zu Boden gefallen. Nun bückte er sich und nahm es umständlich wieder auf. Dann blätterte er darin, wollte die Stelle wiederfinden, die er zuvor aufgeschlagen hatte. Angestrengt versuchte er, seine Lage zu überdenken, doch seine Gedanken stoben in alle Richtungen davon. Er spürte, wie sich erste Schweißperlen auf seiner Stirn bildeten. Schließlich hatte er die Stelle gefunden und wagte nun wieder einen Blick von dem Buch zum Publikum, in die letzte Reihe. Was er sah, waren verwunderte, hier und dort auch besorgte Gesichter und … ein leerer Platz. Galvanius war verschwunden!

»Fühlen Sie sich nicht wohl?«, hörte er die Stimme des Bürgermeisters hinter sich.

Heinrich wandte ihm das bleiche Gesicht zu. »Ja … alles in Ordnung. Nur ein kleiner Schwindelanfall. Es geht schon wieder.«

Ohne weiter nachzudenken, begann er dann, aus der ausgewählten Erzählung vorzulesen.

Er las stockend, schielte immer wieder zur letzten Reihe, verlor wiederholt die Zeile, die er gerade gelesen hatte, und fand nie den hinreißenden Rhythmus, der seine Lesung in der Bücherei noch so ausgezeichnet hatte. Irgendwie brachte er die Sache dann aber doch zu Ende. Er entschuldigte sich, dass er für Fragen nicht mehr zur Verfügung stehen könne, denn ein Schwindelanfall habe ihm doch arg zugesetzt. Dann verließ er geradezu fluchtartig die Bühne und eilte durch Straßen und Gassen in sein Zimmer zurück.

Es braucht nicht betont zu werden, welche verheerende Wirkung dieses Erlebnis auf den armen Heinrich hatte. Sein Herz raste, er zitterte am ganzen Körper, Schweißperlen standen ihm auf der blassen Stirn und er war kaum in der Lage, einen klaren Gedanken zu fassen. So sehr er sich auch bemühte, die Situation zu überdenken, stets war dort das blasse Gesicht Galvanius', das ihn vorwurfsvoll aus der letzten Reihe der Stadthalle anblickte. Und nicht nur seine Miene war vorwurfsvoll gewesen. Trotz des Entsetzens, das Heinrich auf der Bühne überfallen hatte, war ihm sogleich aufgefallen, dass Galvanius einen fast identischen braunen Ledermantel trug, wie Heinrich ihn selber erst am Vortag gekauft hatte. Der Wink war nur zu deutlich: *Sieh her, ich weiß genau, was du mit dem Geld treibst, das du dir mit meinem Ruhm ergaunert hast!*

Ja, er war hier. Er war in D., in Heinrichs Stadt. Doch was hatte er im Sinn? Warum war er nicht einfach auf die Bühne gekommen und hatte Heinrich bloßgestellt?

Gegen seine Gewohnheit schlich Heinrich in die Wohnung seiner Wirtin und holte sich ein Glas Branntwein, um sich etwas zu beruhigen. Irgendwie gelang es ihm dann sogar, in einen unruhigen Schlummer zu gleiten, verfolgt von einem Mann mit blassem Gesicht und einem braunen Ledermantel.

Wie gerädert erwachte er in den frühen Morgenstunden. Einen Plan, wie er nun vorgehen sollte, hatte er nicht, und er entschied, einfach so weiterzumachen wie bisher. Irgendeine Lösung würde sich schon finden.

Er erschien also wie gewohnt im Restaurant und zeigte sich seinen Anhängern, die auch wieder in großer Zahl erschienen. Den verpatzten Auftritt in der Stadthalle wollte ihm niemand nachtragen. Dass ihn bei den Höhen, die er erklommen hatte, hin und wieder ein kleiner Schwindel befiel, das war schließlich nur zu verständlich. Rechten Genuss wollten ihm seine Autogrammstunden allerdings nicht mehr bereiten. Wann immer er das Restaurant betrat, glitt sein Blick zunächst nervös über die Tische, ob sich nicht irgendwo eine Menschentraube gebildet habe, in deren Mitte sich der wirkliche Galvanius befand, der Anekdoten aus seinen Wanderjahren erzählte. Auch auf der Straße sah er sich nun ständig um, und hatte er das Haus seiner Wirtin erreicht, so spähte er in die Einfahrten und durch die Fenster der Nachbarhäuser, um sich zu vergewissern, dass er nicht beobachtet werde.

Zu sehen bekam Heinrich Galvanius in der Woche nach der Lesung nicht mehr, aber dessen Präsens verfolgte ihn, wohin auch immer er gehen mochte. Ein besonders verstörendes Erlebnis hatte er in der Stadtbücherei. Geißler hatte ihn gebeten, seine Werke, die in der Bücherei auslagen, zu signieren. Als dies erledigt war, schlenderte Heinrich noch ein wenig zwischen den Bücherregalen umher, blätterte hier und dort in einem der Wälzer, und plötzlich entdeckte er Geißler im angeregten Gespräch mit einem Mann. Einem Mann in einem braunen Ledermantel. Sogleich spürte Heinrich, wie seine Knie nachgaben und ihm alles Blut aus den Wangen wich. Eilig zog er sich hinter eins der Regale zurück und versuchte dann, Geißler im weiten Bogen zu umgehen und irgendwie zum Ausgang zu gelangen. Er hatte die Tür auch schon fast erreicht, als er Geißlers Stimme hinter sich vernahm.

»Herr Galvanius! Warten Sie doch noch einen Augenblick. Ich möchte Ihnen jemanden vorstellen.«

Mit rasendem Herzen wandte Heinrich sich um. Auch der Mann in dem Ledermantel drehte sich nun um, und Heinrich atmete auf. Er wusste nicht, wer es war, aber Galvanius war es zumindest nicht. Er hörte auch kaum zu, als Geißler ihm den Mann als einen Bekannten vorstellte, der wohl irgendein Interesse an Literatur hegte, und hatte nur noch den Wunsch, die Bücherei so schnell wie möglich zu verlassen.

Es ist nicht weiter verwunderlich, dass Galvanius' Auftauchen in der Stadt ganz gewaltig an Heinrichs Nervenkostüm zerrte. Er wurde zusehends fahriger und unkonzentrierter, verhaspelte sich bei seinen Anekdoten, warf Namen von Bewunderern durcheinander, die ihn bereits zu sich eingeladen hatten. Und eines Nachts glaubte er dann, ihn an einer Straßenecke gesehen zu haben. Nein, er glaubte nicht, er war felsenfest überzeugt. Es war Galvanius. Wie es inzwischen Heinrichs Gewohnheit war, blickte er sich auch an jenem Abend ständig um, und da, kaum zwanzig Meter hinter ihm, erblickte er ihn. Er trug denselben braunen Ledermantel, war noch ebenso blass im Gesicht wie in der Stadthalle. Doch kaum hatten die beiden Männer sich erblickt, da drehte Galvanius sich um und verschwand in einer Nebenstraße. Heinrich aber beschleunigte seine Schritte und eilte mit pochendem Herzen nach Hause. Endlich hatte er die Tür hinter sich geschlossen, stieg die Treppe zu seinem Zimmer hinauf, da stand er plötzlich vor ihm. Heinrich war zu überwältigt, um sich fragen zu können, wie er es geschafft haben mochte, vor ihm in das Haus zu gelangen. Aber da war er nun, keine zwei Meter vor ihm stand er auf dem ersten Treppenabsatz und starrte Heinrich an. Doch nun, da er sich seinem Gegner direkt gegenübersah, ging eine merkwürdige Wandlung in Heinrich vor. War es Empörung, war es Wut, irgendetwas jedenfalls fegte allen Schrecken fort und ließ ihn mutig zum Angriff blasen.

»Werter Herr«, setzte er also an, »was immer Ihr Begehr sei, ich muss Sie doch darauf hinweisen, dass Sie sich hier auf meinem höchsteigenen Terrain befinden.«

Hier machte sich nun seine Lektüre bezahlt, der Satz war nämlich wortwörtlich einer von Galvanius' Erzählungen entnommen. Auf seinen Gegenüber schien er hingegen kaum Eindruck zu machen. Unbewegt stand dieser vor ihm und würdigte ihn keiner Antwort.

»Ich muss Sie ersuchen, unverzüglich dieses Haus zu verlassen und verbitte mir außerdem alle weiteren Nachstellungen von Ihrer Seite.«

Weder rührte sich der andere noch sprach er auch nur ein Wort.

»Zum Teufel, Sie sollen verschwinden!«, schrie er endlich.

»Bravo! Wirklich bühnenreif«, ertönte es plötzlich vom oberen Treppenabsatz. Einen Wäschekorb vor sich, blickte Frau Himmelsbrück zu ihm hinab und klatschte nun in die Hände. »Mit der Vorstellung treibst'e ihn bestimmt in die Flucht. Guck nur, wie käsig er schon aussieht und wie ihm die Knie schlottern.« Dann nahm sie den Wäschekorb und stieg die Treppe hinab zu ihm. »Nur an dem Mienenspiel solltest du vielleicht noch 'n bisschen arbeiten. Oder lernt man so was nicht auf der hohen Dichterschule?« Sie maß ihn im Vorbeigehen mit einem spöttischen Blick und verschwand dann in Richtung Keller.

Heinrich starrte der Frau mit offenem Mund nach, blickte nochmals auf sein Spiegelbild und eilte dann die Treppe hinauf. In seinem Zimmer angelangt, warf er die Tür hinter sich zu, schloss die Augen und atmete einige Mal tief durch. Dann ging er durch den Raum und setzte sich auf sein Bett. Verzweifelt war er bemüht, sich zu überzeugen, dass kein Grund zur Panik bestehe. Dass er das Fenster am ersten Treppenabsatz vergessen und versucht hatte, sein Spiegelbild mit Galvanius-Zitaten in die Flucht zu schlagen, das war peinlich, angesichts seiner momentanen Lage aber doch wohl verzeihlich. Doch auch wenn Galvanius nicht in sein Haus eingedrungen war, so hatte er ihn doch gerade eben erst wieder verfolgt. Und nun meinte er auch zu durchschauen, was Galvanius im Sinn hatte: Er wollte ihn zermürben, wollte ihn in die Enge treiben, ihn psychisch zerbrechen. Was sonst hätte er bezwecken wollen? Warum wendete er sich nicht einfach an die Behörden? Weil er seine ganz besondere Rache wollte! Ja, er wollte, dass Heinrich, vom Psychoterror erschöpft, freiwillig das Feld räume. Das wurde ihm nun klar.

Wieder und wieder erschien das blasse, vorwurfsvolle Gesicht vor Heinrichs geistigem Auge. In der Stadthalle, an der Straßenecke. Vorwurfsvoll und … Spiegelte sich da noch etwas anderes in diesem Gesicht wider? Sah es nicht irgendwie auch traurig oder gar verzweifelt aus? Schon möglich, dachte er. Wer wäre nicht traurig und verzweifelt, wenn er seit Jahren verschollen ist.

Und noch etwas wurde Heinrich an jenem Abend klar. Er musste raus aus diesem Haus, weg von dieser Frau, die ihm mit ihrer mütterlich-barschen Art seit Langem schon auf die Nerven fiel. Wozu war er schließlich ein reicher Mann?

Die Wohnungssuche und der folgende Umzug ließen ihm keine Zeit für trübselige Gedanken. Auch Galvanius ließ in dieser Zeit nichts von sich sehen.

Heinrichs neue Unterkunft war riesig und lag im zweiten Obergeschoss in einem der vornehmsten Häuser im besten Viertel der Stadt. Man gratulierte ihm zu dem Umzug. Endlich habe er eine seinem Rang angemessene Bleibe gefunden. Auch Heinrich war zufrieden. Er suchte weiterhin das Restaurant auf und beglückte die Gäste mit seiner Gegenwart, gab sich mittlerweile aber natürlich längst nicht mehr mit seinem Kochgehalt zufrieden. Den Großteil seiner Zeit verwendete er nun hingegen darauf, aus seiner Wohnung eine Art literarischen Salon zu machen. Der Vorschuss zu seinem – noch zu schreibenden – Werk hatte es ihm gestattet, die Räume, wenn auch nicht übermäßig geschmackvoll, so aber doch einigermaßen üppig auszustatten. Einmal, bisweilen auch mehrmals in der Woche veranstaltete er nun Soirees. Hierzu lud er die Honoratioren der Stadt ein, hin und wieder auch einige Nachwuchskünstler, die in kindlich-naiver Verehrung den großen Dichterfürsten anhimmelten. Man plauderte bei Kognak und erlesenen Zigarren über die großen Fragen der Zeit. Heinrich las aus seinem Werk und unterhielt seine Gäste mit seinen Anekdoten. Die freien Abende nutzte er dann, sich neue Anekdoten auszudenken, die bald zu einer solchen Masse angewachsen waren, dass zwei oder drei Leben notwendig gewesen wären, hätte eine Person allein alle darin geschilderten Geschichtchen selber erlebt haben wollen.

Galvanius tauchte in dieser Zeit nicht auf und war bald ganz aus Heinrichs Gedanken verschwunden.

Bis zu jener Nacht.

Heinrich befand sich gerade auf dem Heimweg nach einem Besuch bei einem seiner Verehrer, als er plötzlich Schritte hinter sich hörte. Es war bereits weit nach Mitternacht und er ging eben eine verlassene Seitenstraße nahe seiner Wohnung entlang. Er blieb stehen und drehte sich um, konnte aber niemanden entdecken. Kaum hatte er sich wieder in Bewegung gesetzt, da ertönten die Schritte hinter ihm erneut. Heinrich wirbelte herum und sah ihn. Im Schein einer Straßenlaterne war er deutlich zu erkennen. Der braune Ledermantel, das blasse Gesicht. Es war Galvanius. Einige Augenblicke standen die beiden Männer einfach da und starrten sich an. Dann setzte Heinrich sich in Bewegung und ging auf Galvanius zu. Was ihn hierzu trieb, das wusste er selber nicht. Er wusste nur, dass er es tun musste.

Galvanius aber drehte sich um und ging die Seitenstraße zurück. An der nächsten Ecke bog er nach rechts ab, und Heinrich beschleunigte seinen Gang. Er erreichte die Ecke und erblickte Galvanius ein ganzes Stück weiter voraus. Heinrich eilte ihm nach, nun im Laufschritt. Einige späte Passanten blickten dem elegant gekleideten Mann verwundert nach und schüttelten den Kopf. Galvanius überquerte indessen die Straße und verschwand dann in einer dunklen Gasse. Ohne auf möglichen Verkehr zu achten, hetzte auch

Heinrich über die Straße und bog in die Gasse. Diese war nur schwach beleuchtet, und Heinrich konnte Galvanius nicht mehr sehen. Er hielt inne und lauschte auf die Schritte, doch auch diese waren plötzlich verschwunden. Er ging weiter, suchte jeden Winkel der Gasse ab, doch es war vergebens. Galvanius war verschwunden.

Heinrich eilte in seine Wohnung, riss im Salon die Tür zu seiner Hausbar auf und griff mit zitternden Händen die Kognak-Flasche und leerte fast ein Drittel davon ohne abzusetzen. Ihn schwindelte, doch irgendwie half der Alkohol ihm zumindest über den schlimmsten Schrecken hinweg.

Und am nächsten Abend wiederholte sich der Vorgang. Heinrich befand sich gerade auf dem Weg vom Restaurant zu seiner Wohnung, als er plötzlich aus einer Seitengasse trat, ungefähr zwanzig Meter von Heinrich entfernt, das blasse Gesicht im Schein einer Straßenlampe nur zu deutlich zu erkennen. Er sagte nichts, stand einfach da und starrte Heinrich an. Dann kehrte er in die Seitengasse zurück und war verschwunden.

Heinrichs Zustand wurde nun immer bedenklicher. Er wurde mit jedem Tag nervöser und fahriger, schreckte beim geringsten Geräusch zusammen, glaubte in jeder Ecke einen Schatten lauern zu sehen. Und unbegründet war Heinrichs Nervosität nicht, denn kaum konnte er noch aus dem Haus treten, ohne dass Galvanius ihm nicht irgendwo nachgestellt hätte. Meistens nur ganz kurz zeigte er sich und war im nächsten Augenblick dann wieder verschwunden. Heinrich flüchtete sich in den Alkohol und in seine Abendgesellschaften, die nun oft in regelrechte Gelage

ausarteten. Doch waren dies nun die einzigen Gelegenheiten, wo er sich, im geschlossenen Kreise seiner
Bewunderer und auf eigenem Terrain, halbwegs sicher
fühlte.

Und auf einer dieser Gesellschaften war es gar noch
ausgelassener und feuchter zugegangen als sonst, und
als Heinrich weit nach Mitternacht den letzten seiner
Gäste zur Tür geleitet hatte, war er so betrunken, dass
er sich kaum noch auf den Beinen halten konnte. Er
torkelte in den Salon zurück, um sich noch ein Glas
Kognak einzuschenken, da bemerkte er, dass die Tür
zu seinem Balkon offen stand. Ohne an etwas Arges zu
denken, ging er auf die Tür zu, um sie zu schließen, da
sah er ihn plötzlich vor sich.

Dort stand er, an das Geländer des Balkons gelehnt,
und starrte Heinrich an. Galvanius stand einfach da
und sagte kein Wort. Heinrich war nun ebenso blass
wie sein ungeladener Gast, und er spürte, wie sein
Herzschlag aussetzte und seine Knie nachzugeben
drohten. Sein Mund öffnete sich und schloss sich wieder. Und dort standen sie nun, keine fünf Meter voneinander entfernt, und starrten einander an. Galvanius'
Miene wirkte zunächst unbewegt, doch dann meinte
Heinrich, den Anflug eines Lächelns um die Lippen
seines Gegenüber zu bemerken. »Du!«, brachte Heinrich schließlich hervor und wies mit dem Zeigefinger
auf ihn. »Du!« Und hier lachte Galvanius auf. Er lachte,
lachte aus voller Kehle und wies nun seinerseits mit
dem Zeigefinger auf den anderen. Und was es war, das
sein Entsetzen nun in Wut wandelte, das wusste Heinrich selber nicht. Vielleicht war es der Umstand, dass
der Feind ihm nun sogar in seiner eigenen Wohnung
nachstellte und ihn hier zudem noch auslachte, viel-

leicht war es der Alkohol, aber jedenfalls stürzte er nun auf den Balkon und fasste Galvanius mit Wutgebrüll am Kragen. Er schüttelte ihn, stieß ihn vor, zog ihn wieder zurück, und mit jedem Stoß lachte Galvanius nur umso lauter. Er lachte und lachte, es hallte in der Wohnung, es hallte auf der Straße von seinem Lachen wider. Und erst, als Heinrich den Kragen losließ und stattdessen seine Hände um Galvanius' Hals legte und zudrückte, ging das Lachen in ein Röcheln über. Und dann geschah es.

Das Haus war von edelster Bauart, aber alt, und bei den Renovierungsarbeiten hatte man das Geländer des Balkons wohl übersehen. Dünn nur und morsch zudem war das Holz, aus dem es gefertigt war, und mit solchem Ingrimm presste Heinrich seinen Feind nun dagegen, während er versuchte, ihm den Lebensodem aus dem Leib zu würgen, dass es schließlich dem Druck nachgab und krachend zerbrach. Und so sehr war Heinrich darauf fixiert, seinem Ebenbild das Leben zu nehmen, dass kein einziger Schrei sich seiner Kehle entrang, während er in die Tiefe stürzte.

Die Morgendämmerung war schon nicht mehr fern, als ein Ehepaar ihn schließlich fand. Als der Mann sich endlich ein Herz fasste und ihn auf den Rücken drehte, stieß die Frau einen Schrei aus beim Anblick des zerschmetterten Gesichtes. Der Mann fühlte seinen Puls und schüttelte den Kopf.

»Wer mag das nur sein?«, fragte die Frau.

Der Mann zuckte mit den Achseln.

***

Fatum

Vermutlich wollen Sie nun etwas über meine Kindheit hören. Mir ist nicht entgangen, mit welcher Leidenschaft Sie in den Schluchten meiner Seele wühlen; geradezu für einen Maulwurf könnte man Sie halten. Doch was immer Sie dort suchen mögen, finden werden Sie eh nichts. Rein gar nichts. Zudem erinnere ich mich kaum an meine Kindheit.

Das Bild meines Vaters ist sehr blass und hätte sich vermutlich bereits vollständig im Nebel meiner Kindheitserinnerungen aufgelöst, wäre es nicht von Zeit zu Zeit durch Fotografien aufgefrischt worden. Ich war drei Jahre alt, als er starb. Wesentlich lebendiger sind da schon die Erinnerungen an die beiden Männer, die in mein Leben traten, als ich zehn oder elf Lenze zählte. Der eine war K., der andere M. Beide waren über meinen Großonkel mit meiner Mutter bekannt geworden und begannen schon bald, um sie zu werben. Zunächst schien es, als würde M. das Rennen machen, und ich entsinne mich noch gut meiner Enttäuschung, als sie sich letztendlich doch für K. entschied. Denn M. war der einzige Mensch außerhalb meiner Verwandtschaft, zu dem ich mich damals hingezogen fühlte. Sein Draufgängertum und seine Abenteuerlust waren es wahrscheinlich, die so anziehend auf mich wirkten. O ja, noch genau erinnere ich mich an die Faszination, die seine Erzählungen aus dem fernen Afrika und Südamerika auf mich ausübten. Wiederholt hatte er an Großwildjagden in Afrika, die meisten davon illegal, teilgenommen, hatte sogar mehrmals als Söldner für irgendwelche Rebellentruppen gekämpft und eine längere Zeit in einem afrikanischen Gefängnis verbracht.

Vermutlich sah ich in ihm eine Art Ebenbild von mir oder ein Vorbild, denn in der Kindheit zeichnete auch mich eine gewisse Wildheit und Verachtung für bürgerliche Normen aus. Zwar hatte ich noch in keinem Gefängnis oder in einer vergleichbaren Anstalt für Kinder eingesessen, aber immerhin hatte mir meine Vorliebe für Prügeleien schon einen Schulverweis eingebracht.

Vermutlich waren es dieselben Eigenschaften, die mich an M. fesselten, die meine Mutter bewogen, doch lieber K. das Jawort zu geben. Aber faszinierend muss er auch auf sie gewirkt haben, denn mir blieb nicht verborgen, dass sie M. noch einige Male traf, als sie bereits mit K. verlobt war.

Meine Mutter und K. heirateten dann. Ich habe ihn nicht gehasst, wie Sie mir vielleicht vorhalten mögen, nein, gewiss nicht. Damals noch nicht. Aber er war eben nur zweite Wahl für mich und in seinem kleinbürgerlichen Streben nach Wohlstand und Ansehen irgendwie bemitleidenswert. Eine Bindung zwischen mir und ihm ist unter diesen Umständen natürlich niemals entstanden, aber zumindest musste ich anerkennen, dass er etwas vom Geldverdienen verstand. Es interessierte mich nie, was genau er beruflich machte. Er war eine Art Spekulant und handelte auch mit Immobilien, und das wohl recht erfolgreich, denn schon bald konnten wir das Haus meines Vaters durch einen ansehnlichen Anbau ergänzen, in dem in erster Linie Ks Geschäftsräume und ein Empfangssaal für Gäste untergebracht waren. Finanziell ging es uns also recht gut und ich nahm K. wohl oder übel hin.

M. sah ich damals noch einige Male, aber irgendwann brach der Kontakt dann ab. Später erfuhr ich, dass er in irgendeinem Bürgerkrieg in Afrika ums Leben gekommen war. Ob meine Mutter noch an ihn dachte, wusste ich nicht, doch glaube ich es eigentlich nicht. Sie schien mit K. recht zufrieden, vielleicht sogar glücklich zu sein.

Meine ursprüngliche Wildheit legte sich bald und ich hatte kaum noch Probleme in der Schule. Auch meine Noten wurden nun besser, sodass ich die Hochschulreife mit Auszeichnung schaffte. Schon während der letzten Schuljahre wurde mein Interesse, dann meine Leidenschaft für das Theater geweckt. Ich schrieb mich also an der Universität zu W. in Theaterwissenschaft ein und nahm Schauspielunterricht. Meine Karriere als Schauspieler müsste Ihnen bekannt sein, sodass ich hier nicht näher auf die einzelnen Stationen meiner Laufbahn eingehen muss. Während all dieser Zeit blieb mein Zimmer in unserem Haus stets für mich reserviert und wurde in den Semesterferien und zwischen meinen Theaterauftritten auch regelmäßig von mir bewohnt.

In unserem Haus hatten sich inzwischen einige Veränderungen ergeben. Zum einen brachten die geschäftlichen und gesellschaftlichen Verpflichtungen von K. es mit sich, dass etliche Bedienstete eingestellt werden mussten. Außerdem war meine Tante H., die Schwester meiner Mutter, nach einer kläglich gescheiterten Ehe der Einsamkeit müde geworden und so zu uns gezogen, als ich noch zur Schule ging.

Sie sehen also, dass sich mein Leben bis dahin kaum von dem anderer Menschen unterschied, sieht man einmal davon ab, dass es etwas erfolgreicher war als das der meisten anderen. Die grauen Wolken zogen sich erst im November vergangenen Jahres über mir zusammen, als ich nach einer anstrengenden Tournee zu einem mehrwöchigen Urlaub nach Hause zurückkehrte. Doch bevor ich auf die Ereignisse, die dann folgen sollten, zu sprechen komme, muss ich noch erwähnen, dass die Leidenschaft, die jene letztendlich hervorrief, bis in meine frühe Kindheit zurückreicht. Ich meine die Leidenschaft für Fotografien. Der Grund dafür ist mir nie klar geworden, vielleicht hängt er irgendwie mit meinem Künstlertum zusammen, aber jedenfalls entsinne ich mich nur zu gut, wie es mich bereits als Knabe faszinierte, im Wohnzimmer die alten Fotoalben durchzublättern, Menschen zu betrachten, die ich häufig gar nicht kannte, die aber bei irgendeinem zufälligen Ereignis auf einem Bild eingefangen worden waren und nun vor mir standen und, wie mir damals schien, auf ewig stehen würden. Eine Heuscheune, aufgenommen bei drückender Sommerhitze, ein Mann mit gehetztem Gesichtsausdruck, der in großer Eile gerade eine Straße überquert. Die Scheune mochte längst abgerissen und vom Erdboden verschwunden sein, die Gebeine des Mannes zu Staub zerfallen und in alle Winde verstreut sein, doch auf diesen Bildern waren sie noch vorhanden und erzählten mir eine Geschichte. Die Sorge oder die Aufgabe, die den Mann einst zur Eile getrieben hatten, waren längst vergessen und im Strudel der Geschichte untergegangen, aber hier, auf diesem Bild stellten sie die ganze Welt des Mannes dar, um sie drehte sich all sein Denken, ihretwegen nahm er sogar in Kauf, von einem unvorsichtigen Fahrzeugführer angefahren zu werden.

Ich weiß nicht, ob Sie mich verstehen. Vermutlich muss man etwas von einem Poeten in sich tragen, um meine Empfindungen nachvollziehen zu können. Doch jedenfalls trieb mich meine alte Leidenschaft in jenen verregneten Novembertagen wieder in unser Wohnzimmer und ließ mich in den alten Fotoalben blättern. Ein Bild fesselte ganz besonders meine Aufmerksamkeit und regte Empfindungen in mir, die ich nur schwer beschreiben und noch weniger erklären kann. Es zeigte M., K., meinen Großonkel und einen weiteren Mann, den ich nicht kannte, um einen Tisch sitzend und Karten spielend. Außerdem war ich dort zu sehen, hinter M. stehend und ihm über die Schulter auf sein Blatt spähend. M. hielt das Blatt in der linken Hand, mit der rechten hatte er eine Karte gezogen, die er gerade mit einiger Wucht auf den Tisch zu knallen im Begriff schien. Offensichtlich stand er kurz davor, einen wichtigen Stich zu machen, denn nur zu deutlich spiegelte sich eine freudige Erregtheit auf seinem Gesicht wider. Auch K., der ihm direkt gegenübersaß, schien davon auszugehen, dass dieser Stich an M. gehe, denn er schielte deutlich missvergnügt zu diesem herüber. Mein Großonkel dagegen schien mehr an seiner Zigarre, an der er gerade genüsslich zog, interessiert als an dem Spiel. Seine Augenbrauen waren leicht nach oben geschoben, ebenso wie sein rechter Lippenwinkel, und nur zu deutlich amüsierte er sich über etwas, doch war nicht zu erkennen, worüber. Vielleicht über den Spielzug, vielleicht über eine Bemerkung, die jemand zuvor gemacht hatte.

Das Bild ließ mich nicht mehr los. Ich betrachtete es wieder und wieder, zermarterte mir das Hirn, wann und wo es entstanden sein konnte. Mein Großonkel war kurz nach der zweiten Hochzeit meiner Mutter verstorben, und nach ihrer Vermählung verkehrte M. nicht mehr bei uns. Die Aufnahme musste also vor der

Hochzeit entstanden sein, vielleicht, als meine Mutter und K. bereits verlobt waren.

Was ging in K. vor, als er zu M. schielte? Sein Misswollen war deutlich zu erkennen, doch bezog es sich allein auf das Kartenspiel? Ließen sich seine Gesichtszüge nicht ebenso gut als Argwohn deuten? Argwohn, dass M. meine Mutter vielleicht doch noch nicht aufgegeben haben mochte? Über Stunden studierte ich die Körperhaltungen, die Gesichtsausdrücke der Spieler, grübelte über meine eigenen Empfindungen, die ich gehabt haben mochte, als ich M. über die Schulter sah. Von meinem Gesicht war nicht viel zu erkennen, da mein Kopf zum größten Teil hinter dem von M. verborgen war, als jemand, vielleicht sogar meine Mutter, den Abzug gedrückt hatte. Hatte ich damals mit ihm gefiebert, und zwar nicht nur bei dem Kartenspiel? Ich wusste es nicht mehr, über dreißig Jahre waren seit der Aufnahme schließlich verflossen.

K. begegnete ich in den ersten Tagen daheim nur selten. Fast wollte es mir scheinen, als gehe er mir aus dem Weg, und ich war nicht betrübt darüber. Ich verbrachte die Zeit mit meiner Mutter und meiner Tante oder aber grübelte auf langen Spaziergängen über das Bild aus meinen Kindertagen nach.

Es war am vierten Tag nach meiner Ankunft. Gegen Mitternacht begab ich mich zu Bett und fiel auch sogleich in einen tiefen Schlaf. Ich weiß nicht, ob Sie diese seltsame Verbindung zwischen Empfindung und Traumbildern kennen. Häufig begleiten unsere Empfindungen, seien diese nun düsterer oder heiterer Natur, die Traumbilder, bisweilen schreiten sie ihnen aber auch voran. Wir sind dann fröhlich oder erschrocken, ohne dass wir die dazugehörigen Bilder schauen, sondern diese bestenfalls erahnen können. So verhielt es sich auch in jener Nacht. Ich empfand eine gewisse Erregtheit, spürte, dass sich etwas Bedeutsames ereignen würde, ereignen musste, da es sich mir auf irgendeine Weise bereits angekündigt hatte. Noch bevor ich irgendetwas sah, war mir klar, welche Situation sich gleich vor mir abspielen würde, aus dem einfachen Grund schon, da ich den ganzen Tag über an kaum etwas anderes gedacht hatte. Dann war es da und ich erschrak. Noch nie war mir ein Traum so wirklich erschienen, hatten meine Sinne alles in solcher Klarheit wahrgenommen. Ich sah Ks Gesicht vor mir, wie ich es – in deutlich gealterter Form – erst am Nachmittag vor mir gesehen hatte. Ich hörte die Stimmen und die Musik, roch den Zigarrenrauch, den mein Großonkel gerade ausstieß, ja, fühlte sogar Ms Körper, dem ich gerade die Hand auf die Schulter legte! Ganz recht, ich fühlte seine Schulter. Ich betrachtete die Szenerie nicht als unbeteiligter Beobachter, ich steckte in meinem zehnjährigen Ich und war ein Teil des Schauspiels. O ja, ich war da. Ich befand mich bei jenem Kartenspiel vor mehr als dreißig Jahren, und ich sage bewusst, dass ich mich dort *befand*, denn alles um mich herum erweckte den Eindruck, ich sei in keinen Traum, sondern durch ein Zeitloch in die Vergangenheit gestürzt.

»Ha, da haben wir ihn ja endlich!«, rief M. und drosch eine Karte auf den Tisch. Während er die vier Karten umdrehte und dann zu sich schob, fiel mein Blick auf Ks Gesicht, und da erkannte ich mit Gewissheit, was ich bei der Betrachtung des Bildes bereits geahnt hatte. Es war nicht der verlorene Stich, der ihm Verdruss bereitete. O nein, es war Argwohn, der in dem Blick, den er M. nun zuwarf, zum Vorschein kam.

Nur zu offensichtlich quälte ihn die Ungewissheit darüber, was M. tatsächlich im Schilde führte. Hatte er sich geschlagen gegeben oder würde er versuchen, ihm die Beute noch irgendwie streitig zu machen?

Das Spiel nahm seinen Lauf. Ich wusste nicht, wie das Kartenspiel heißt, aber anscheinend lief es gut für M., der nun Stich um Stich gewann. Mein Großonkel nahm Ms Glückssträhne mit Gleichmut hin. Er zog an seiner Zigarre, und die ganze Zeit spielte ein Lächeln um seine Lippen, obwohl kaum jemand etwas sagte, worüber man hätte schmunzeln können. Ich war mir sicher, dass er sich über M. und K. amüsierte, die ihre Rivalität um Venus' Gunst nun hier auf den Spieltisch übertragen hatten.

Ich sah mich nun um und erkannte, dass wir uns in einem recht großen Tanzsaal befanden, an dessen Seiten drei Tischreihen aufgestellt waren. An manchen Tischen wurde Karten gespielt, an anderen war man in ausgelassene Unterhaltungen vertieft. Auf der Tanzfläche bewegten sich etwa ein Dutzend Paare zur Melodie eines Walzers, und nun entdeckte ich auch die Person, die das Foto geschossen hatte. Es war meine Großtante, die ich nun mit einer Kamera in der Hand zu einem der Nachbartische gehen sah. Auch mein Großonkel hatte sie entdeckt und sah ihr nach, und nun erinnerte ich mich auch an den Anlass, der uns hier zusammengeführt hatte. Der Geburtstag. Na klar, mein Großonkel war 70 Jahre alt geworden. Es sollte sein vorletzter Geburtstag sein; mit 71 starb er dann.

Dann war das Spiel vorüber. Der große Gewinner war M. In bester Laune nahm er seinen Gewinn entgegen. Mein Großonkel schob ihm zwei Geldmünzen herüber, ebenso der vierte Mann am Tisch. K. lächelte.

Es war ein erzwungenes Lächeln, doch schließlich schob auch er zwei Münzen zu M.

»Nun ja«, sagte er und sah M. direkt in die Augen. »Pech im Spiel, Glück in der Liebe.«

Ks Lächeln hatte sich nun zu einem Hohngrinsen verschoben, während sich Ms Miene versteinerte. Um seine gute Laune war es nun geschehen. Einen Augenblick starrte er K. aus feurigen Augen an und ich befürchtete … oder nein: ich hoffte, dass nun sein berüchtigtes Temperament mit ihm durchgehen werde. Doch dann lächelte er, aber es war nur zu offenkundig die Art Lächeln, die häufig einer handfesten Rauferei vorausgeht. Bevor sich die Situation hingegen zuspitzen konnte, hörte ich plötzlich die Stimme meiner Mutter.

»Jetzt wird's aber Zeit für's Bett!«

Ich weiß nicht, woher sie gekommen war; vermutlich von einem der anderen Tische. Und da stand sie nun, 30 Jahre jünger und fast noch in der Blüte ihrer Jahre, und ich erschrak. Dann mit einem Male wurde mir bewusst, dass ich sie wie auch die anderen Personen hier nicht als Zehnjähriger sah, sondern als erwachsener Mann, der bereits um etliche Jahre älter war, als es meine Mutter damals gewesen war. Ich sah sie an, sie sah mich an und nickte dann, wie um ihrer Forderung Nachdruck zu verleihen. Was immer der Knabe damals erwidert haben mochte, ich schwieg und starrte meine so jugendlich wirkende Mutter lediglich an. Ungeduldig wartete ich darauf, dass mein kindliches Ich nun das Wort ergreife und antworte. Meiner Mutter ging es offensichtlich ebenso, und ihrem Gesichtsausdruck konnte ich entnehmen, dass ihr mein Schweigen reichlich seltsam anmuten musste.

»Schatz?«

Und hier nun wurde mir vollends bewusst, was ich vermutlich die ganze Zeit schon geahnt hatte: dass ich nicht lediglich der Beobachter meines Traumes war, sondern aktiv in diesen eingreifen konnte, mithin nun antworten konnte, was immer mir in den Sinn kam.

Ich überlegte fieberhaft, was ich nun sagen solle. Was würde ein Zehnjähriger nun antworten? Wahrscheinlich maulen.

»Och, Mum«, hob ich also an. »Nur noch ′n paar Minuten.«

Meine Mutter wirkte erleichtert, mich nun doch endlich sprechen zu hören, schien aber gleichzeitig irgendwie irritiert. Auch K. und mein Großonkel sahen mich in einer Weise an, die ich nicht deuten konnte. Hatte ich etwas Verräterisches gesagt? Ich überlegte. War es womöglich die Anrede *Mum*? Aber natürlich, das war englisch. Und sogleich fiel mir ein, woher der Ausdruck stammte. Wir hatten vor Kurzem ein Stück aufgeführt, das in den USA spielte, und in der Rolle des kindlichen Protagonisten kam das Wort ständig vor.

Ich hielt es für ratsam, mich nun von dem Tisch zu entfernen und zu meiner Mutter zu gehen, bevor ich noch mehr Aufmerksamkeit auf mich zog. Fasziniert stellte ich fest, dass die Beine meines Traum-Ichs widerspruchslos meinem Willen gehorchten und ich einen Fuß vor den anderen setzen konnte, als befände ich mich im Wachzustand.

»Ich geh′ mir noch ein Bier holen«, hörte ich K. sagen, als ich meine Mutter schon fast erreicht hatte. Er erhob sich und schritt auf meine Mutter zu, gefolgt von den Blicken meines Großonkels und Ms. Meine Mutter hatte ihren Argwohn wohl abgelegt, denn sie lächelte und strich mir über den Kopf.

Dann hatte K. uns erreicht. Er lächelte. Lächelte das Lächeln des Siegers und des Jägers, der sich seiner Beute gewiss war und sie sich um nichts in der Welt mehr entreißen lassen würde. Angewidert musste ich miterleben, wie er meiner Mutter mitten auf den Mund küsste.

Ich sah zu M., der immer noch in unsere Richtung blickte, konnte sein Gesicht aber nur noch verschwommen erkennen. Die ganze Szene wurde nun sehr nebelhaft und ging dann in andere Traumbilder über, an die ich mich nicht mehr erinnere.

Der Traum vom Geburtstag aber blieb. Ihm fehlte völlig jene Eigenheit, die den meisten Träumen anhaftet, dass sie nämlich direkt nach dem Erwachen schon zu verblassen beginnen und sich nach wenigen Stunden ganz in Luft auflösen. Klar und deutlich stand er vor mir, ohne alle Entstellung und Unschärfe, so als spiele ein Miniaturensemble die Szene in meinem Kopf nach. Ich begab mich zum Frühstück in die Küche, in der ich meine Mutter, meine Tante und A., eine Bedienstete, vorfand. Mit Missvergnügen bemerkte ich die zahlreichen Falten unter den Augen und auf der Stirn meiner Mutter, die bei ihrem jugendlichen Traumbild, das ich nun direkt neben ihr schweben ließ, völlig gefehlt hatten. Ich begrüßte die drei Frauen und setzte mich an den Frühstückstisch.

Dann erschien auch K. Er wirkte aufgedunsen, hatte den Großteil seiner Haare eingebüßt und von der Siegesgewissheit, die er in meinem Traum noch zur Schau gestellt hatte, war nichts mehr geblieben; nichts mehr von dem Lächeln, das jedermann wissen ließ, dass ihm keine Beute entgehe, die er einmal in sein Jägerauge gefasst hatte. Die Beute war nun sein, die Jagd vorbei. Er war satt und der Erjagden wahrscheinlich schon überdrüssig. Ich sah die Traumszene, wie er meine Mutter vor Ms Augen auf den Mund küsste, und verabscheute ihn. Ja, ich bin mir sicher, dass dies der Augenblick war, da meine eher milde Abneigung in regelrechten Abscheu umschlug.

Ich kümmerte mich an jenem Tag nicht viel um die anderen, sondern hing auf langen Spaziergängen meinen Gedanken nach. Diese drehten sich natürlich in erster Linie um den Traum, der mir umso seltsamer erscheinen wollte, je länger ich über ihn nachdachte. Noch nie hatte ich es erlebt, dass ich bewusst in einen Traum eingreifen, selber eine Rolle in ihm spielen konnte. Wohl hatte ich schon wiederholt während eines Traumes dessen Traumcharakter erkannt und mich dann gemahnt, dem Ganzen nicht allzu viel Gewicht beizumessen, da ich ohnehin gleich aufwachen würde. Doch das hier war anders. Ich selber hatte die Schritte des Knaben gelenkt, ich selber hatte einen Ausdruck gebraucht, den ich als Zehnjähriger noch gar nicht kennen konnte. Aber gleichzeitig schien ich über das Wissen meines kindlichen Ichs zu verfügen, denn als Erwachsener, beim Betrachten des Bildes, hatte ich mich nicht erinnern können, bei welcher Gelegenheit das Foto entstanden war; als ich mich im Traum befand, wusste ich hingegen sehr wohl, dass es sich um den Geburtstag meines Großonkels handelte.

Die Erfahrung war neu für mich, und in der vagen Hoffnung auf ein ähnliches Traumerlebnis sah ich der Nacht entgegen. Kurz vor Mitternacht begab ich mich zu Bett, doch war ich zu erregt, um sogleich einschlafen

zu können, und wälzte mich wohl eine ganze Stunde
hin und her, bis ich schließlich in einen leichten
Schlummer sank. Es dauerte wohl eine ganze Zeit, bis
ich die ersten Traumbilder sah, unscharf, ohne Zusammenhang und nicht zum Geburtstag gehörig. Doch
dann mit einem Schlage war er da. Die Stimmen, die
Musik, der Zigarrenrauch. Die Szene war exakt identisch mit der aus der vergangenen Nacht: M. drosch die
Karte auf den Tisch, das Schmunzeln des Großonkels,
Ks argwöhnische Miene.

»Pech im Spiel, Glück in der Liebe.«

»Jetzt wird's aber Zeit für's Bett!«

Ich sah in das gütig lächelnde Gesicht meiner Mutter, dann zu K., um dessen Lippen noch das höhnische
Grinsen spielte, und der Entschluss war gefasst. Ich
weiß beim besten Willen nicht zu sagen, was mich
letztendlich dazu trieb. Vielleicht der Anblick von Ks
widerwärtigem Grinsen, vielleicht der Gedanke daran,
dass es sich nur um einen Traum handelte, der mit dem
ersten Hahnenschrei verschwinden würde.

Ich blickte erneut meine Mutter an.

»Ach, Mama, vorgestern Nacht, als Onkel M. bei uns
war, durfte ich auch viel länger aufbleiben!«

Ein Posaunenstoß hätte keine größere Wirkung
gehabt als meine Worte. Meine Mutter erstarrte und
wurde leichenblass. Ks Hohngrinsen verschwand so
abrupt, dass es fast komisch gewirkt hätte. Mit derselben Unmittelbarkeit verstummte die Unterhaltung an
unserem Tisch, ja, selbst am Nachbartisch hielt man
mitten in der Rede inne und starrte zu uns herüber,
und ich befürchtete, dass selbst die Musiker ihr Spiel
unterbrächen.

Meine Behauptung war nun keineswegs aus der Luft gegriffen. M. hatte uns in der Tat zwei Tage zuvor besucht, wenn ich auch etwas übertrieben hatte, als ich sagte, ich hätte an jenem Abend viel länger aufbleiben dürfen. Tatsächlich hatte mich meine Mutter recht früh ins Bett geschickt, wohl, um alleine mit M. sein zu können. Was genau sich damals zwischen den beiden abgespielt hatte, das wusste ich nicht. Aber entscheidend war, dass M. bis spät in die Nacht bei uns gewesen war, ohne dass K. darum gewusst hätte.

K. wurde nun ebenso bleich wie meine Mutter. Doch nur für einen kurzen Augenblick, dann stieg ihm scheinbar das gesamte Blut seines Körpers in den Kopf und gab diesem den Farbton einer Tomate. Wie es um Ms Mienenspiel bestellt war, konnte ich nicht erkennen, da ich hinter ihm stand. K. blickte mit wutverzerrtem Gesicht zu M., dann zu meiner Mutter. Er öffnete den Mund, doch da begannen seine Züge zu verschwimmen, die Szene löste sich auf und ich versank in tiefster Finsternis.

Wie lange dieser Zustand währte, weiß ich nicht. Irgendwann wachte ich dann auf. Es war bereits taghell in meinem Zimmer. Ich rieb mir die Augen und blickte mich um. Ich schloss die Augen wieder, rieb sie ein zweites Mal. Dann öffnete ich sie erneut, doch alles war unverändert. Ohne Zweifel wurde ich nun ähnlich blass wie meine Mutter zuvor in meinem Traum, als ich von Ms Besuch erzählt hatte. Ich wusste nicht, wo ich war, aber in meinem Zimmer war ich definitiv nicht. Der Raum war völlig ungeschmückt und wesentlich kleiner als mein Zimmer, von der Decke baumelte eine nackte Glühbirne, statt meines eichenhölzernen Nachttisches fand ich neben mir einen kleinen Rolltisch, den etliche Fläschchen und Pillen bedeckten. Dann blickte ich zu dem Fenster rechts von mir, das mehr einer Luke glich, und ich verstand: Ich befand mich in der Abstellkammer nur wenige Meter von meinem Zimmer entfernt! In der Abstellkammer, die man vom größten Gerümpel befreit und in die man dafür eine Art Feldbett gezwängt hatte! Ein Feldbett und mich dazu.

Ich sprang auf, und nun erkannte ich, dass man mir nicht einmal meinen Pyjama gelassen, sondern mich in eine Art Leichenhemd gesteckt hatte. So wie ich war, stürmte ich aus dem Raum, eilte den Flur entlang in die Küche. Dort fand ich weder meine Mutter noch jemanden von den Bediensteten vor, sondern nur meine Tante, die mit dem Rücken zu mir am Küchentisch saß.

»Was, zum Teufel, hat das zu bedeuten?«, fuhr ich sie an. »Wer hat mich in diese Rumpelkammer gesteckt?«

Sie zuckte vor Schreck über meinen Ausbruch zusammen, dann wandte sie sich langsam mir zu, und nun war ich es, der vor Schreck fast die Besinnung verloren hätte. Meine Tante war zwei Jahre jünger als meine Mutter, zählte jetzt 63 Lenze, die man ihr allerdings kaum ansah. Was ich nun vor mir erblickte, war hingegen eine Greisin. Es war meine Tante, kein Zweifel, aber bestimmt um zwanzig Jahre gealtert. Sie war vollständig ergraut, ihre Wangen, sonst immer rosig wie bei einem Kind, waren nun aschfahl und eingefallen, ihre Augen fast vollständig erloschen in tiefen Höhlen versunken, und die ganze Person wirkte so gramgebeugt und in sich gesunken, dass es einem das Herz zerreißen wollte.

»Was ist mit dir passiert?«, fragte ich. »Meine Güte, du siehst grauenvoll aus!«, fügte ich noch hinzu, bevor ich mich bedenken konnte.

Sie wandte sich wieder dem Tisch zu, und ich hörte sie leise schluchzen. Ich schloss die Augen und musste mich am Türrahmen festhalten. »Tut mir leid«, murmelte ich. »Tut mir leid.« Ich wusste nicht, was hier vor sich ging, ich wusste nur, dass ich jetzt meine Mutter sprechen musste. Ich trat also neben meine Tante an den Tisch. »Wo ist Mutter? Im Wohnzimmer?«, fragte ich, ohne sie anzublicken. Als Antwort brach sie vollends in Tränen aus. Ich hielt es nun nicht länger aus und eilte auf den Gang, der zu der Verbindungstür zum Anbau und zum Wohnzimmer führte. Im Wohnzimmer angelangt, musste ich mich erneut am Türrahmen festhalten, um nicht zusammenzubrechen. Was ich dort vor mir sah, ähnelte unserem Wohnzimmer in etwa so sehr wie die Rumpelkammer, in der ich erwacht war, meinem früheren Zimmer. Die Sessel schienen direkt vom Sperrmüll zu kommen, der Teppich war ausgetreten und befleckt wie eine Babywindel, Gardinen fehlten ganz und an der Rückwand, ja, an der Rückwand stand das widerwärtige orangefarbene Sofa, das meine Mutter gleich nach ihrer zweiten Hochzeit zu Brennholz hatte zerkleinern lassen. Dafür fehlte etwas anderes, und zwar die wertvolle Sophoklesbüste, die immer auf dem Kaminsims gestanden hatte.

Auf wankenden Beinen bewegte ich mich auf das Fenster zu, und was ich nun erblickte, drohte mich vollends in den Wahnsinn zu treiben. Dort, in östlicher Richtung, wo sich sonst unser Anbau mit dem Empfangssaal zu erstrecken pflegte, befand sich nun eine Müllhalde mit zwei ausgedienten Waschmaschinen, verrosteten Fahrradgestellen, einer durchlöcherten Schubkarre und einigen Sesseln, die denen nicht allzu unähnlich waren, die hier drinnen im Wohnzimmer standen.

Da plötzlich vernahm ich Stimmen. Sie schienen aus der Küche zu kommen. Ich eilte zurück. In der Küche angelangt, erblickte ich K. Er war noch so, wie ich ihn kannte, vielleicht etwas schlanker. Er stand neben meiner Tante, die immer noch bittere Tränen vergoss.

»Du«, presste er hervor, als er mich sah, und deutete mit dem Zeigefinger auf mich. »Du, irgendwann ist es genug. Irgendwann gebe ich denen Bescheid, und dann holen die dich wieder ab!«

Ich starrte ihn verständnislos an, blickte in seine Augen, die nun vor Wut funkelten. »Die holen dich wieder ab!« Seine Züge verschwammen, aber seine Stimme drohte weiter: »Die holen dich wieder ab!«, drohte sie und verfolgte mich in die Dunkelheit.

Irgendetwas schien mir in der Dunkelheit nachzusetzen, doch ich konnte es nicht erkennen. Dann schlug ich die Augen auf. Ein weiteres Mal. Ich spürte mein Herz aufgeregt in meiner Brust schlagen, und ich richtete mich auf und blickte mich um. Mein Zimmer! Mein Nachttisch aus Eichenholz. Mein Pyjama.

Ich atmete tief durch und ließ mich erleichtert auf das Kopfkissen fallen. Doch dann fuhr ich wieder hoch und spürte, wie mein Herz zu rasen begann. Was, wenn der Alptraum doch noch nicht vorbei war? Ich sprang aus dem Bett und zog mich an, dann eilte ich in die Küche, und dort saßen sie, fröhlich plaudernd, wie sie jeden Morgen am Küchentisch zu sitzen pflegten: meine Mutter, meine Tante, wieder 63 Jahre, wieder rosig und geradezu jugendlich; auch A, die Bedienstete, war wieder da und werkelte am Küchenherd herum. Wohl noch nie im Leben war ich so erfreut, jemanden zu sehen, und auch jetzt musste ich mich am Türrahmen festhalten, dieses Mal jedoch vor Erleichterung. Meine Gemütsverfassung stand mir wohl im Gesicht geschrieben.

»Was hast du denn?«, fragte meine Mutter leicht verwundert.

»Ach, nichts«, stammelte ich verlegen und hätte fast vor Freude losgeheult. »Es ist ein so schöner Morgen heute.«

Meine Mutter lächelte, immer noch etwas verwundert, aber wohl auch erfreut über meine gute Laune. Ebenso meine Tante, die sich gerade eine Tasse Kaffee eingoss.

»Ich bin gleich wieder da«, sagte ich und stürmte aus der Küche, den Gang entlang und ins Wohnzimmer. Und hier nun fand ich den letzten Beweis, dass alles wieder beim Alten war: unsere Einrichtung war wieder da, ebenso der Anbau, und auch Sophokles thronte wieder auf dem Kaminsims. Ja, der Alptraum war vorüber, und ich ging in die Küche zurück und setzte mich an den Küchentisch. Ich unterhielt mich mit den beiden Frauen, wir scherzten, sprachen von Dingen, die im Laufe des Tages zu erledigen waren, und das nächtliche Grauen begann bereits zu verblassen, da trat K. in die Küche und setzte sich an den Tisch. *Irgendwann gebe ich denen Bescheid, und dann holen die dich wieder ab!*

Wem wollte er Bescheid geben und wer sollte mich wieder abholen? Ich blickte K. an und mir war, als tauchte der Raum plötzlich in den Schatten meines Alptraumes. Vielleicht bildete ich es mir ein, aber er schien mir verändert, irgendwie seltsam. Während des

Frühstücks blieb er recht einsilbig. Das war im Grunde nicht ungewöhnlich, aber heute war er irgendwie besonders wortkarg. Ich schüttelte den Kopf und beschloss, das Ganze zu vergessen.

Aber das war natürlich unmöglich. Dazu war das nächtliche Erlebnis zu grauenhaft und vor allem zu intensiv. Wie die Arme eines Oktopus langte der Alptraum in mein Wachleben und fasste mich, wann immer ich glaubte, ihm entkommen zu sein. Die Rumpelkammer, meine Tante als Greisin, die Müllhalde, wo eigentlich der Anbau sein sollte, wie hartnäckige Gläubiger verfolgten diese Bilder mich durch den Tag, und mit immer größer werdendem Unwohlsein dachte ich an die Nacht, da das Grauen sich möglicherweise wiederholen mochte. Und nun kam mir auch eine Besonderheit des Traumes zu Bewusstsein, die mir bis dahin völlig fremd gewesen war. Es handelte sich hier um einen Traum innerhalb eines Traumes, denn der erste Traum war dem zweiten ja untergeordnet, da der Akteur des zweiten Traumes, also ich, ja gleichzeitig der Träumer des ersten Traumes war. Oder war ich lediglich von einem Traum in den nächsten hinübergeglitten?

Ich war verwirrt und sah der Nacht mit wachsendem Bangen entgegen. Endlich jedoch, es war bereits lange nach Mitternacht, wurden mir die Augen immer schwerer und ich ging zu Bett. Ich schlief ein und irgendwann begann ich dann zu träumen. Es war jedoch nicht die Geburtstagsfeier, auf der ich mich befand, sondern ich fiel direkt in den zweiten Traum. Allerdings war ich nicht in meinem Bett in der Rumpelkammer, sondern hatte gerade die Küche verlassen, aus der ich noch das Schluchzen meiner Tante hörte. Ich wollte zurückgehen, wollte sie trösten, ihr sagen, dass ich es nicht so gemeint habe, als ich sagte, sie sehe grauenvoll aus, doch mit Entsetzen musste ich feststellen, dass meine Füße meinem Willen nicht länger gehorchten, sondern mich geradewegs den Gang entlang und ins Wohnzimmer führten. Ich versuchte, mich zu wehren, wollte anhalten, zumindest aber meine Schritte verlangsamen, doch es war zwecklos, und es war schrecklich, von einer fremden Macht getrieben zu werden und sich dieser nicht entziehen zu können. Da stand ich also erneut im Wohnzimmer, sah den befleckten Teppich, das grässliche Sofa, die leere Stelle auf dem Kaminsims. Dann trieb es mich zum Fenster, zu der Müllhalde vor dem Haus. Alles war wie in der Nacht zuvor. Dann die Stimmen aus der Küche, und mit Grauen spürte ich, wie sich meine Füße gegen meinen Willen wieder in Bewegung setzten. Doch zumindest gelang es mir nun, einen Blick auf die Wand neben dem Kamin zu erhaschen, und da nun sah ich zwei Porträts, die ich bei meinem ersten Besuch übersehen hatte, gerahmt und schwarz umrandet: meine Mutter, etwa dreißig Jahre alt, daneben M., in demselben Alter. Ich starrte auf die Gesichter in den Porträts, in deren Blicken ich irgendwie – ich weiß nicht, weshalb – einen versteckten Vorwurf zu erkennen meinte, wollte sie genauer in Augenschein nehmen, doch meine Füße trugen mich hinfort. Den Gang entlang, in die Küche, Ks zornerfüllte Miene: »… gebe ich denen Bescheid, und dann holen die dich wieder ab!« Nebel, Finsternis. »… dann holen die dich wieder ab!«, schallte es noch hinter mir her, schon lange nachdem Tante, K. und Küche verschwunden waren.

Ich erwachte mit Schweißperlen auf der Stirn. Mein Herz raste, aber zumindest befand ich mich wieder in meinem Zimmer, in meinem Pyjama. Mühsam quälte ich mich aus dem Bett und kleidete mich an. In der Küche fand ich dieselbe Situation vor wie am Vortag. Meine Mutter und meine Tante saßen am Frühstückstisch und auch A. war wieder mit irgendeiner Tätigkeit beschäftigt. Ich begrüßte die drei und setzte mich. Irgendwann kam auch K. Er setzte sich und … er lächelte mich an. Wann hatte er mich jemals angelächelt? Ich betrachtete das Lächeln genauer und da nun erkannte ich: Er lächelte nicht, er grinste mich an! Wie, zum Teufel, kam der Kerl dazu, mich anzugrinsen nach solch einer Nacht!

Irgendwie schleppte ich mich durch den Tag, dann kam die Nacht, kam der Traum, wie in der Nacht zuvor. Das Gestoßenwerden gegen meinen Willen, Ks wutverzerrte Miene, die nun noch grimmiger wirkte, seine Drohung. Dann der Morgen, das Herzrasen, das Frühstück, das ich kaum noch hinunterbrachte, Ks seltsame Blicke, sein Grinsen. Und ich konnte einfach nicht durchschauen, was er spielte. Mit Gewissheit konnte ich nur sagen, dass sein Verhalten mir gegenüber mit jedem Tag seltsamer wurde, und bisweilen hatte ich den Eindruck, dass er irgendwie um meinen Traum wusste, oder aber, dass sein Verhalten in der Wirklichkeit irgendwie mit diesem zusammenhing. Aber das war natürlich Unsinn. Das war mir klar.

Ich brauche nicht zu betonen, dass es mir nun mit jedem Tag schlechter ging. Das nächtliche Grauen zerrte zunehmend an meinen Kräften. Während des Schlafes fand ich kaum noch Erquickung und morgens war ich erschöpfter als beim Zubettgehen. Auch wurde ich zusehends nervöser und schreckhafter. Wann immer ich meine Tante von hinten sah, erschauderte ich, weil ich befürchtete, eine Greisin zu erblicken, wenn sie sich umdrehte. Fiel mein Blick auf die Sophoklesbüste im Wohnzimmer, so war der Traum gleich wieder präsent und ich stellte die phantastischten Mutmaßungen darüber an, was wohl mit ihr geschehen sein mochte, obwohl ihr Fehlen doch eigentlich nicht weiter verwunderlich war, da so ziemlich alles Wertvolle aus dem Wohnzimmer in meinem Traum verschwunden war. Am meisten aber beschäftigten mich die beiden schwarzumrandeten Porträts. Meine Mutter, M. Sie waren demnach verstorben. Doch warum befand sich Ms Porträt dort? K. hätte doch nie im Leben das Porträt seines Rivalen in sein Wohnzimmer gehängt.

Ja, sowohl die Nächte als auch die Tage zerrten ganz arg an mir. Aber immerhin gelang es mir nun, zumindest teilweise die Gewalt über meinen Körper während des Traumes zurückzugewinnen. Wohl brachten mich noch immer meine Füße direkt in das Wohnzimmer, und sobald ich die Stimmen hörte, trieb es mich in die Küche, so wie der erste Hahnenschrei den Vampir in seine Gruft zwingt. Doch im Wohnzimmer selber lernte ich nach und nach, meinen Willen geltend zu machen. Ich konnte mich nun umsehen, wo ich wollte, und schaffte es sogar, zu dem hässlichen Sofa an der Rückwand zu gehen. Irgendwo musste es einen Hinweis geben, der diesen verrückten Alptraum erklärte.

Und eines Nachts nun fielen mir die Bilderalben ein, die sich in dem Schrank an der Seitenwand neben der Tür befinden mussten. Womöglich lieferten die Bilder einen Hinweis. Denn eins erkannte ich. Ich musste die

Sache aufklären und endlich aus diesem Traum fliehen, bevor er mich endgültig in den Wahnsinn trieb. Ich nahm also alle Willenskraft zusammen und lenkte meine Schritte zu dem Schrank. Es ging auch ganz gut. Ich hatte ihn erreicht und wollte gerade das unterste Schubfach öffnen, in dem ich die Alben wusste, als mein Blick auf ein Buch fiel, das weiter oben hinter einer verglasten Schranktür stand. Von dem Umschlag starrten mich zwei Augen an, die mir nur zu bekannt vorkamen. Ich öffnete die Schranktür und nahm das Buch heraus. Außer den Augen war nur noch die Stirn abgebildet. Über dem Bild stand der Titel des Buches: *Blick ins Hirn eines Psychopathen*. Unter dem Bild befand sich noch ein Untertitel: *Die Geschichte des Siegfried H.* Siegfried H., wie Sie wissen, das bin ich. Und auf dem Umschlag stand weiterhin der Name des Autors. Auch dieser war mir wohlbekannt. Es war G., der Junge, den ich auf der Grundschule dermaßen verprügelt hatte, dass ich einen Verweis erhielt.

Selbst im Traum zitterten meine Hände so stark, dass ich es kaum schaffte, das Buch aufzuschlagen. Doch gerade als ich zu lesen beginnen wollte, hörte ich die Stimmen und es trieb mich in die Küche.

Ich fluchte beim Erwachen. Verfluchte G., dass er es gewagt hatte, mich als Psychopathen zu betiteln, verfluchte die Stimmen, die mich abgehalten hatten, der Sache endlich auf den Grund zu gehen. Es dauerte vier Nächte, bis ich genug aus dem Buch gelesen hatte, um die Geschichte zu verstehen. Vier Nächte, die im Wettstreit miteinander gestanden hatten, welche von ihnen mir das größte Entsetzen einflößen könne.

Aus dem gehässigen, lediglich auf Rufschädigung abzielenden Machwerk ging hervor, dass meine Mutter nicht K., sondern M. geheiratet hatte. Über die Umstände der Hochzeit ließ G. sich nicht aus, beschrieb aber in aller Ausführlichkeit, wie sich M. schon bald in den Schrecken jeder Ehefrau verwandelte. Er schlug meine Mutter, schlug mich, trieb sich immer wieder in fernen Ländern herum, in denen er zahllose Liebschaften pflegte. Eines Tages, ich zählte gerade 16 Jahre, verprügelte er mich dann so sehr, dass ich eine Büste von Sophokles ergriff und dermaßen auf ihn einschlug, dass er später nurmehr an seinen Fingerabdrücken identifiziert werden konnte. Mich brachte man daraufhin für die nächsten zwanzig Jahre in einer psychiatrischen Anstalt unter. Ich galt als unheilbar, und erst nach etlichen Hirnoperationen gestattete man mir, wieder nach Hause zurückzukehren. Ein Pfleger kam regelmäßig nach mir sehen, der Sorge zu tragen hatte, dass ich meine Medikamente regelmäßig bekam. Meine Mutter war zu jenem Zeitpunkt bereits lange tot. Sie hatte sich kurz nach meiner Einweisung in die Klappsmühle vergiftet und meine Tante alleine zurückgelassen, die unter der Familientragödie gänzlich zerbrach und bei meiner Rückkehr auch noch mit einem *Irren*, ich zitiere hier lediglich G., unter einem Dach leben musste. Nur von K. erhielt sie von Zeit zu Zeit etwas Trost und Unterstützung.

Lange Zeit lag ich nach dem Erwachen noch grübelnd im Bett, nachdem ich endlich die ganze Geschichte erfahren hatte. Der Traum erzählte also, was geschehen wäre, hätte ich damals bei der Geburtstagsfeier Ms Besuch bei uns verraten. Trotz des Grauens, den mir das Ganze bereitete, musste ich doch den Geisteswitz bewundern, mit dem ich den Traum gestaltet hatte. So phantastisch, ja, geradezu toll die

Schlussfolgerungen im Einzelnen waren, in sich war die Geschichte durchaus schlüssig und folgerichtig. Hätte meine Mutter M. geheiratet, hätte sich dieser als Scheusal herausgestellt, hätte ich den Keim zu Mord und Wahnsinn in mir getragen …

Mit reichlicher Verspätung stand ich endlich auf. Das Rätsel war nun gelöst, der Traum hatte keinerlei Grund mehr, mir noch länger nachzustellen. Zum ersten Mal seit Wochen begab ich mich mit halbwegs leichtem Herzen in die Küche, in der ich lediglich die Frauen vorfand. K. hatte bereits gefrühstückt, und sein grimmiger Anblick sollte mir auch für den Rest des Tages erspart bleiben. Erstmals verbrachte ich wieder einige heitere Stunden bei einem Spaziergang im Park. Gedanken an den Traum kamen mir kaum, und wenn doch, so dünkten sie mir fremd und nebelhaft, wie aus einer fernen, versunkenen Welt stammend, der sie ja auch angehörten. Ja, es war vorbei, da war ich mir gewiss.

Wie groß war dann das Entsetzen, als ich mich nachts unmittelbar nach dem Einschlafen wieder in dem Gang zum Wohnzimmer befand!

Ich konnte es nicht glauben, wehrte mich mit aller Kraft, wollte brüllen, wollte schreien, doch meiner Kehle entrang sich kaum mehr als ein Seufzer. Und wieder schob es mich in das Wohnzimmer, wieder musste ich die Müllhalde ansehen, wieder warfen meine Mutter und M. mir vorwurfsvolle Blicke aus ihren Porträts zu. Und wieder die Stimmen, wieder die donnernd ausgestoßene Drohung von K. K., der sich nun wie der Höllenfürst persönlich gebarte, wenn er mit ausgestrecktem Zeigefinger auf mich wies!

Dann das Erwachen, der Gang in die Küche und schon wieder K.! K., wie er die Küche betrat, wie er sich neben meine Mutter setzte, mir diesen Blick zuwarf. O, dieser Blick! Ich spürte, wie sich alles in mir verkrampfte, als ich diesen Blick sah. Und ich wünschte, auch Sie hätten ihn sehen können, diesen Blick. Nur ein einziges Mal. Doch hier nun durchschaute ich ihn endlich, durchschaute ich seinen Blick, sein niederträchtiges Grinsen. Schon als er mich das erste Mal angegrinst hatte, war mir der Gedanke gekommen, dass er etwas vermuten könne. Nun aber erkannte ich: Er hatte keinen Verdacht, er *wusste* um meinen Traum! Genau das wollte er mir mit seinem Blick mitteilen: *Ein Psychopath also bist du, verrückt wie eine Klosettratte. Denn wer könnte schon solche Träume haben außer jemandem, der auch im Wachleben total meschugge ist!*

Und er weidete sich an meinen Qualen, denn eins steht ohne jeden Zweifel fest: Der Wunsch, mich einfach abholen zu lassen, war immer in ihm lebendig, ob in meinem Traum oder in der Wirklichkeit. All die Jahre war ich nichts als ein lästiges Anhängsel meiner Mutter, das er in Kauf nehmen musste. Wie gern hätte er mich schon als Kind auf irgendein Internat geschickt und später vielleicht in die Fremdenlegion, wo ich in irgendeinem Kolonialkrieg ums Leben kommen mochte, damit er endlich meine Mutter für sich alleine hätte. O ja, ich durchschaute ihn. Ich durchschaute seinen hasserfüllten Blick, wann immer ich als Erwachsener zu Besuch kam, mich wieder zwischen ihn und seine Beute drängte!

Und nun saß ich ihm gegenüber, starrte in seine Augen und spürte, wie sich meine Abneigung gegen ihn zu demselben Hass steigerte, den er auch mir gegenüber empfand. Vermutlich hatte er meine Gedanken und Empfindungen längst erraten, denn wie, um seine Besitzansprüche auf seine Beute zu untermauern, legte er nun seinen Arm um meine Mutter und küsste ihr auf die Wange. Ich brachte keinen Bissen hinunter und verließ die Küche.

Dann die Nacht, der Traum, das Ausgesetztsein, das Erwachen, und der Kreislauf begann von Neuem. Nacht um Nacht, Tag um Tag wiederholten sich meine Höllenqualen, und mit jedem Mal nahm K. diabolischere Züge an. Er verfolgte mich in der Nacht, er verfolgte mich am Tage mit seinem wissenden, seinem widerwärtigen und niederträchtigen Grinsen: *Na, wie geht es dir heute, Psycho? Hast du eine angenehme Nacht gehabt!*

Mein Zustand verschlechterte sich nun rapide. Ich konnte kaum noch etwas essen, wurde immer gereizter und nervöser. Meiner Mutter entging die Veränderung in mir natürlich nicht und sie schickte nach unserem Hausarzt. Dieser untersuchte mich dann auch eingehend und verordnete mir dringende Bettruhe und viel Schlaf!

Was dann geschah, wissen Sie besser als ich. Ich habe keinerlei Erinnerung daran. Erst als zwei Polizeibeamte in mein Zimmer stürmten, bemerkte ich, dass ich über und über mit Blut verschmiert war. Neben mir auf dem Bett lag die Sophoklesbüste, auch sie rotgefärbt. Als man mich abführte, konnte ich einen kurzen Blick in die Küche werfen, und dort sah ich K. dann vor dem gedeckten Frühstückstisch liegen. Wie er dort hingekommen war, das wusste ich allerdings nicht.

Ich frage mich, wo meine Mutter und meine Tante
sind. Seit jenem Morgen habe ich sie nicht mehr gesehen.

***

Im Hirn des Bösen

Die Idee ist mir wahrscheinlich ganz spontan gekommen. Ja. Ja, sogar ganz bestimmt. Völlig spontan wird sie gekommen sein und unmittelbar, so wie das bei großen Ideen stets der Fall zu sein pflegt. Nicht dass sie als bewusster Gedanke vor mir gestanden hätte, das heißt: vor meinem geistigen Auge. Nein, das nicht. Aber an die Pforte meines Bewusstseins wird sie ganz unmittelbar nach den Vorfällen gepocht haben, auch wenn ich nicht bereit war, sie sofort eintreten zu lassen.

Doch ich rede konfus. Ich muss versuchen, meine Gedanken zu ordnen. Schließlich bin ich Schriftsteller, und da darf man erwarten, dass ich in etwas strukturierterer Form darlege, was ich zu sagen habe, auch wenn dies keine Geschichte im herkömmlichen Sinne ist.

Ich erinnere mich noch gut an den ersten Mord. Es war ein Freitag, als man den Jungen vom Bäcker gefunden hat. Ich weiß nicht, wie er hieß, aber ich habe den kleinen Blondschopf einige Male gesehen, wenn ich im Laden seines Vaters Brötchen gekauft habe. Eigentlich hatte ich nicht viel mit der Familie zu tun. Man sah sich dann und wann in der Bäckerei, aber ansonsten haben sich unsere Wege kaum gekreuzt. Ich bin schließlich Schriftsteller und verkehre gewöhnlich in anderen Kreisen. Doch wie auch immer, von dem Mord habe ich natürlich sofort erfahren. Unser Dorf gehört nicht zu den größten, und Neuigkeiten solcher Art sprechen sich ja bekanntlich schnell herum. Es muss schrecklich gewesen sein. Die Abdrücke der brutalen Mörderhände waren noch deutlich an dem zarten Hals des Jungen zu sehen. Welche Qualen muss der

Knabe durchlitten haben, denn selbst im Tode noch hat sich das Grauen in seinen Augen widergespiegelt, die als Letztes das Antlitz des Mörders schauen mussten, um danach nie wieder etwas zu schauen.

Die Aufregung war natürlich enorm, und bald schon mischten sich Wut und Empörung in die Trauer. Wut auf das Scheusal, das zu solcher Tat fähig war, Wut auf die Behörden, die nicht in der Lage waren, den Mörder zu fassen und sich in Versprechungen ergingen, alles in ihrer Macht Stehende zu unternehmen, den Unhold hinter Gittern zu bringen. Die Gemüter hatten sich noch nicht beruhigt, da schlug der Mörder erneut zu. Dieses Mal war es der kleine Klaringer, den ein Spaziergänger nur wenige Meter entfernt von der Waldstelle entdeckte, wo man auch den Bäckerjungen gefunden hatte. Auch er wies die markanten Würgemale am Hals auf, und gewiss war er noch weniger imstande gewesen, seinem Angreifer nennenswerte Gegenwehr zu leisten, war er doch um einiges schmächtiger als das erste Opfer, obwohl er mit diesem in dieselbe Schulklasse ging.

Zwei Morde. Zwei Morde an unschuldigen Kindern in einem Dorf, das seit Jahrzehnten keine größeren Gewalttaten gekannt hatte als gelegentliche Prügeleien auf dem Schützenfest. Der Schock saß natürlich tief. Von nichts anderem hörte man die Leute sprechen. Wut, Angst und Misstrauen beherrschten das Miteinander der sonst so friedliebenden Dorfbewohner. Kaum ein Kind sah man mehr auf den Straßen oder den Feldern, und wenn, dann nur in Begleitung eines Elternteils oder Verwandten. Nachbarn, die sich seit Jahren kannten, trauten einander nicht mehr und fragten sich, bisweilen sogar laut, ob sich hinter der biederen Nachbarsfassade nicht mordlüsterne Abgründe befinden mochten. Und noch eine andere Frage schwebte wie eine Gewitterwolke über dem ganzen Dorf, auch wenn sich keiner traute, sie laut auszusprechen: Wer würde der Nächste sein?

Zweifelsohne war es für alle eine schwere Zeit. Ich hatte die beiden Knaben kaum gekannt. Insbesondere dem kleinen Klaringer, der mit seinem scheuen Lächeln immer so verschlossen, ja, geradezu melancholisch wirkte, war ich kaum je begegnet. Aber ich konnte mir vorstellen, was die Eltern gerade durchmachten, auch wenn ich selber keine Kinder habe, sieht man einmal von denen ab, die ich in meinen Geschichten erfunden habe. Auch ich war in dieser Zeit stark bewegt, doch merkte ich schon bald, dass es nicht allein Mitgefühl mit den Eltern und Abscheu über die grässlichen Morde waren, die sich in meinem Inneren regten. Dieses andere Gefühl war wesentlich intensiver und ausdauernder, als es bloßes Mitgefühl gemeinhin zu sein pflegt. Ich spürte, wie es in mir gärte und rumorte, wie sich etwas Gehör zu schaffen versuchte, zunächst noch zögerlich und leise klopfend, dann immer fordernder werdend, befehlend schließlich an meine Pforte hämmernd, bis ich keine ruhige Minute mehr hatte vor dem aufdringlichen Gesellen, den ich jetzt in aller Deutlichkeit erkannte. O ja, ich kannte ihn! Schon so manches Mal hatte ich mit ihm gerungen, allerdings nicht, um ihn abzuwehren, sondern um ihn aus den Tiefen meiner Seele ans Tageslicht zu zerren. Und nun kam er ganz ohne Aufforderung und pochte mit einer Ausdauer wie der hartnäckigste Gläubiger.

Eine neue Geschichte war im Entstehen begriffen! Ja, tief in meinem Inneren lag sie vielleicht schon fertig vor und wartete nur darauf, endlich niedergeschrieben zu werden. In diesem Augenblick wusste ich, dass ich über die Morde schreiben musste.

Ich sage *musste*, und ich habe den Ausdruck ganz bewusst gewählt, denn man sollte sich vor der Annahme hüten, wir Künstler seien frei in unserem Schaffen. O nein, werter Leser, glauben Sie das nicht. Ein Schriftsteller mag sich hinsetzen und über eine Geschichte nachgrübeln, vielleicht dann auch die eine oder andere Seite mit Tinte füllen; ein Maler mag seine Staffelei nehmen und ein Monument malen, weil es eben berühmt und bedeutsam sei. Ja, alles möglich. So etwas gibt es. Aber das Resultat ist regelmäßig so armselig, dass es dem Kenner kaum mehr als ein müdes Lächeln entlockt. Wahre Kunst nämlich kommt von innen, und zwar *nur* von innen. Im Busen des Dichters ziehen sich die Gewitterwolken zusammen, türmen sich übereinander und drohen, gleich schwarzen Gebirgen alles unter sich zu zermalmen, bis endlich die geballte Naturgewalt mit einem Urschrei aus ihnen hervorbricht und alles mit sich fortreißt, was sich ihr in den Weg stellt. Und dieses Wüten stürzt nun auf den Poeten ein, versucht ihn zu zerdrücken und wird ihn auch zerdrücken, wenn er seine Schreibfeder nicht wie einen Zauberstab zu nutzen und die Stürme in das zu verwandeln weiß, was von allem Anfang an ihre Bestimmung ist: in göttliche Poesie!

Ich weiß nicht, ob Sie mich verstehen. Wohl niemand, der diese Stürme nicht in seinem Inneren hat toben spüren, wird wirklich nachvollziehen können, was ich meine. Aber ich versichere Ihnen, dass es diese Stürme, diese musischen Feuerwerke gibt. Sie sind großartig in ihrer Pracht und ihrer Kraft, aber wie alles

Großartige auch zerstörerisch für den, der sie nicht zu bändigen weiß.

Ich musste also über die Morde schreiben, so viel stand fest. Unverzüglich machte ich mich also ans Werk. Der erste Entwurf war dann auch bald fertig gestellt. Ich hielt mich grundsätzlich an Fakten, sofern mir diese bekannt waren, änderte aber natürlich die Namen und hervorstechende Charakteristika, an denen man die Betreffenden hätte identifizieren können wie etwa die Sommersprossen des Klaringer-Jungen. Ich brachte auch bald das erste Kapitel zu Papier und ... erschrak. Es war geradezu unheimlich, wie blass und kraftlos das Ganze geblieben war. Von all den Stürmen, die zuvor in meiner Brust getobt hatten, war kaum mehr als ein müder Hauch geblieben, nun, da sie durch meine Feder geströmt waren. Ich schrieb das Kapitel um, verwendete ausdrucksstarke Adjektive, experimentierte mit dem Stil, doch es wollte alles nichts fruchten. Nicht einmal einen matten Abglanz meiner ursprünglichen Leidenschaft konnte ich zwischen den Zeilen entdecken. Ich jagte das Geschreibsel durch den Kamin, und nicht einmal hier wollte es zu einem anständigen Feuer taugen. Dann begann ich von vorn, schrieb Seite um Seite, warf Seite um Seite in den Kamin.

Es war zum Verzweifeln. Ich war ratlos, bis mir nach und nach klar wurde, dass mein Feuer wahrscheinlich hauptsächlich aus dem Mitleid für die Opfer gespeist war, weniger aus einem Interesse oder gar einer Faszination für den Mörder. Ich geriet ins Grübeln und, ja, so muss es gewesen sein. Nun, da ich darüber nachdachte, wollte es mir auch scheinen, dass es in erster Linie die Passagen über den Mörder waren, die so matt und farblos wirkten. Ich hatte es an keiner Stelle wirklich geschafft, dem Monstrum den infernalischen Lebensodem einzuhauchen, der es erst zu einem Monstrum machen würde. Und wie hätte ich das auch anstellen sollen? Schon seit Kindertagen war ich für mein sanftes und friedliebendes Wesen bekannt. Raufereien auf dem Schulhof war ich stets aus dem Weg gegangen und hatte jede Art von Gewalt immer verabscheut, was mich nicht selten den Spötteleien meiner Kameraden ausgesetzt hatte. Gewiss wird der eine oder andere Dorfbewohner, der mit mir zur Schule gegangen ist, sich dessen erinnern. Wie sollte also gerade ich mich nun in die Seele eines brutalen Kindermörders hineinversetzen können?

Zunächst versuchte ich es mit Lektüre. Ich besorgte mir Bücher über die rohesten und gefährlichsten Mörder, die je auf der Erde gewandelt waren, vornehmlich über Kindermörder. Doch wie ich bereits befürchtet hatte, blieb der Erfolg aus. Wenn man die Anlage eines Unholdes nicht im Herzen trägt, wird es einem nie gelingen, in die Abgründe seiner Seele hinabzutauchen.

So verstrichen die Wochen und Monate. Die Unruhe im Dorf legte sich allmählich, obwohl man den Mörder nicht gefasst hatte, und mich zwangen die Umstände zu einer längeren Reise, sodass ich das Unternehmen vorläufig auf Eis legen musste, obgleich es mich nie gänzlich losließ und ich regelmäßig darüber nachdachte, wie ich es noch zu einem erfolgreichen Abschluss bringen konnte.

So ging die Zeit dahin. Ich hatte inzwischen einige literarische Projekte abgeschlossen und kehrte endlich in unser Dorf zurück. Kaum dass ich die vertrauten

Straßen wiedersah, auf den Wegen meiner Kindheit
wandelte, da spürte ich die alte Unruhe wieder von mir
Besitz ergreifen, fühlte, wie es wieder zu brodeln und
zu gären begann. Gleichzeitig erkannte ich, dass ich
den Dämon nur in die Hölle zurücktreiben konnte,
wenn ich die vermaledeite Geschichte endlich zu Papier bringen würde. Sollte das Ganze noch so fade und
blass werden, es musste nun einen Abschluss finden,
und sei es auch nur um meines eigenen Friedens willen. Ich griff also wieder zur Feder und schrieb. Es
nahm sich anfangs nicht schlecht aus. Die Beschreibung
unseres Dorfes und die Schilderung der Familienver-
hältnisse, in denen die Mordopfer aufwuchsen, wollten
mir gar nicht schlecht gefallen. Doch sobald ich auf den
Mörder zu sprechen kam, versuchte, die Abgründe seiner Seele zu beleuchten, da war es vorbei. Sofort spürte
ich, wie jeder Elan von mir wich und die Feder zu
stocken begann. Einige Seiten quälte ich mir noch ab,
dann legte ich den Schreibblock beiseite. Es war mir
einfach unmöglich, in die Seele eines Kindermörders
hinabzutauchen! Doch sollte ich an dieser Stelle vielleicht zunächst etwas Grundsätzliches einschieben.
Selbstverständlich ist es für einen Normalbürger unmöglich, sich die Abscheulichkeiten eines Mordes auszumalen und wirklich nachzuvollziehen, was in einem
solchen Scheusal vor sich geht. Wir befinden uns hier
schließlich in einem Gefilde, das weit außerhalb unseres Moralkodexes liegt. Diese Einschränkung darf jedoch nicht für den Künstler gelten. Wahres Künstlertum besteht ja nun gerade darin, Dinge aus den Seelen-
schluchten ans Tageslicht und zum Ausdruck zu bringen, die der Normalsterbliche bestenfalls erahnen
kann. Ich musste also einen Weg finden. Wenn mein

sanftmütiges Wesen auch voll Abscheu davor zurückschreckte, in die Seele eines Mörders einzutauchen, so durfte ich doch nie vergessen, dass ich Künstler und somit Idealen verpflichtet war, die weit über persönliche Interessen hinausgehen.

Ich ging also erneut ans Werk. Zunächst versuchte ich es mit Meditation, wollte mich im Gedanken mit dem Unhold aus meiner Geschichte identifizieren, wollte verstehen, was ihn trieb, versuchte nachzuempfinden, was in ihm vorging, wenn sich die brutalen Hände um die zarten Knabenhälse legten, zudrückten, wieder losließen, erneut drückten, wenn er mit den Opfern spielte, sich an ihrer Todesangst weidete, das Gefühl der Allmacht genoss, die er über die armen Kreaturen hatte.

Doch vergebens, es wollte nicht gelingen.

Dann kam mir eine andere Idee. Ich hatte irgendwo gelesen, dass Mörder in der Kindheit häufig durch Tierquälereien auffällig geworden seien. Es war für mich gut vorstellbar, dass Quälereien insbesondere an kleineren Tieren eine Vorstufe zu späteren Grausamkeiten an Menschen darstellen mochten. Sollte es möglich sein, dass man auf diese Weise eine Art Vorgeschmack des Mordens erhält? War es denkbar, dass ich ähnliche Regungen in mir hervorrufen konnte, wie sie der Mörder in einem frühen Stadium seiner Laufbahn empfunden hatte, indem ich kleine Tiere quälte? Denn darin lag ja gerade die Kunst. Es reichte nicht hin, die Motive und seelischen Abgründe rational erklären zu können. Nein, das ist die Aufgabe des Psychoanalytikers. Der Künstler muss *nachempfinden* können, was in dem kranken Hirn eines Gewaltverbrechers vor sich geht, muss mithin selber ein wenig zum Mörder werden, will er die Abscheulichkeiten eines solchen Menschen glaubhaft in ein Kunstwerk bannen.

Ich begann also, Fliegen zu fangen. Zunächst riss ich ihnen die Flügel aus und ließ sie dann über meinen Schreibtisch laufen. Waren sie an einem Ende angekommen, so trieb ich sie zurück, scheuchte sie hin und her, bis sie ermüdeten, immer langsamer wurden und irgendwann gar nicht mehr liefen, sodass sie sich willenlos hierhin oder dorthin schieben ließen. Der Vorgang dauerte mir aber zu lange und ich besorgte mir eins der Klebebänder, mit denen man Fliegen fangen kann. Ich musste die Fliegen nun nicht mehr selbst jagen, sie verfingen sich früher oder später alleine an dem Band und versuchten dann verzweifelt, ihre kleinen Existenzen aus der klebrigen Masse zu befreien. Ich setzte mich nun dazu und beobachtete den Kampf, von dem natürlich jeder bereits wusste, wie er ausgehen würde. Gewiss auch die Fliege. Sie muss gewusst, zumindest aber geahnt haben, dass es kein Entkommen gab, dass der Tod bereits seine Arme nach ihr ausgestreckt hatte. Aber dennoch kämpfte sie mit aller Macht, oder vielleicht auch gerade deshalb. Wahrscheinlich wusste sie um ihr Ende, und lehnte sich aus genau diesem Grund gegen das Schicksal auf, bot ihm die Stirn, wie um ihm zu zeigen, dass selbst ihr Fliegendasein den Kampf wert war! Je wilder sie strampelte und zappelte, desto tiefer versank sie in der Klebemasse. Die Bewegungen wurden bald schwächer, noch schwächer, und endlich war der Kampf vorüber.

Als Nächstes fing ich Motten, die in recht großer Zahl auf meinem Dachboden lebten und von denen einige einen Durchmesser von gut zehn Zentimetern aufwiesen. Zunächst benutzte ich eine Stricknadel und spießte sie daran auf, doch erwies sich diese Methode als sehr unbefriedigend, da die Motten fast sofort tot waren, kaum dass sie auf der Nadel steckten. Etwas Dünneres musste her. Ich nahm also eine Nähnadel, und hier nun machte ich eine unglaubliche Entdeckung. Die Motten schrien, wenn ich sie aufspießte! Vermutlich werden Sie es mir nicht glauben, aber ich versichere Ihnen, sie schrien auf vor Schmerz! Es war ein fiependes, ein recht leises, aber doch schrilles Geräusch, das unmöglich zu überhören war und selbst noch die panischen Flügelschläge übertönte. Ich schwöre bei allem, was mir heilig ist: Der Schrei war lauter als der Flügelschlag! O ja, sie schrie. Rasend vor Schmerz und Wut schlug sie um sich und stieß dabei ihr Geschrei, nein, ihr *Gebrüll* aus und versuchte, mit aller Macht, sich von der Nadel zu befreien. Dabei schien sie gar nicht zu bemerken, dass ihre Wunde mit jedem Flügelschlag nur noch weiter aufgerissen wurde. Einen rationalen Gedanken zu fassen, dazu war sie nun schon nicht mehr in der Lage.

Ich musste nun natürlich aufpassen, dass sie nicht durch den Schwung ihres Flügelschlages über die Nadelspitze hinaus geschleudert wurde, und steckte ein kleines Radiergummi auf die Spitze. Nun war sie also gefangen. Doch sie kämpfte weiter, stieß noch immer ihr Kriegsgebrüll aus, schlug auch wiederholt an das Radiergummi, doch hatte ich dieses tief genug aufgespießt. Nein, ein Entkommen gab es nun nicht mehr. Wie nicht anders zu erwarten, wurden ihre Bewegungen irgendwann schwächer. Die Nadel hatte ihren Leib mittlerweile deutlich aufgerissen. Lange konnte sie nicht mehr durchhalten, obwohl ihre Ausdauer wirklich erstaunlich war.

Dann war sie tot, und ich warf sie zusammen mit der Nadel in den Müll.

In der Hoffnung, nun endlich einen Blick in die abnorme Seele eines Mörders erheischt zu haben, machte ich mich frohen Mutes an die Arbeit. Ich setzte mich an meinen Schreibtisch und schloss die Augen, versuchte mich zu sammeln, suchte nach verdächtigen Regungen, die meinem eigenen Wesen fremd waren und somit zu irgendeinem Unhold gehören mussten, der sich bei mir einquartieren wollte. Ich machte die alte Meditationsübung, beschwor die bösen Geister von Fritz Haarmann und anderen Scheusalen, hielt mir nochmals die verendende Motte vor Augen, suchte nach irgendwelchen entarteten Gelüsten, die sich dabei regen mochten, und da war ... nichts!

Absolut nichts. Ich war genau so weit wie zuvor. Ich hatte noch immer nicht die geringste Vorstellung, was in einem Mörder vorgehen mochte. Es war zum Auswachsen, doch mir kam ein Gedanke. Fliegen. Eine Motte. Welche Bedeutung hat dieses Ungeziefer für einen normalen Menschen? Gar keine. Insekten eben, unpersönlich, unbedeutend. Man zerdrückt sie und vergisst sie. Ich musste mein Experiment mit einem Objekt wiederholen, das über mehr Persönlichkeit verfügte, das man gern haben, mit dem man sich identifizieren konnte.

Ich dachte nach, doch bevor ich zu irgendeinem Schluss kommen konnte, lief mir das Gewünschte geradezu vor die Füße. Schon wiederholt war mir ein brauner Dackel aufgefallen, der sich in der Nachbarschaft herumtrieb und auch schon in meinem Garten herumgeschnüffelt hatte. Ich wusste nicht, ob er jemandem gehörte, vermutete aber, dass er ein Streuner war.

So begann ich also, ihn zu füttern. Besonders hungrig schien er nicht zu sein, aber dennoch fraß er und fasste bald Zutrauen zu mir, sodass ich ihn streicheln konnte. Doch ich überstürzte nichts. O nein, ich ließ durch nichts erkennen, dass ich einen ganz bestimmten Zweck mit ihm verfolgte, dass er mithin als Trittbrett zu einem Kunstwerk dienen sollte. Ich streichelte ihn und sagte ihm, er möge nun heimgehen. Gewiss erwarte man ihn schon. Und nichts deutete darauf hin, dass er auch nur den geringsten Verdacht über meine geheimen Absichten gehegt hätte.

Wie ich vermutet hatte, erschien er am nächsten Tag erneut. Schwanzwedelnd stand er in meinem Garten und gab mir mit Blick und Mienenspiel zu verstehen, dass es nun an der Zeit für den täglichen Imbiss sei. Ich musste lächeln und bedeutete ihm, er möge doch eintreten. Denn die Küche sei doch ein weitaus angemessenerer Ort für eine Mahlzeit als der Garten. Er schien derselben Ansicht zu sein, denn tatsächlich trat er über die Schwelle meines Hauses und trabte hinter mir her in den Flur. Ich öffnete die Tür zum Keller und sagte ihm, dort, dort unten warte seine Mahlzeit auf ihn. Eine köstliche Mahlzeit, nur vom Besten. Er zögerte, wirkte misstrauisch. Auch wollten ihm die Treppenstufen etwas zu groß für seine kleinen Beine scheinen, doch endlich überwand die Fressgier alle Bedenken und er kämpfte sich die Treppe hinab. Kaum war er unten angekommen, da fasste ich ihn und packte ihn in einen Umzugskarton, dessen Seitenwände so hoch waren, dass er unmöglich alleine wieder herauskommen konnte.

Da war er nun von einem riesigen Berg aus Pappe umgeben und blickte mich fragend an. Die veränderte

Situation hatte ihn ohne Zweifel überrascht, doch wirkte er nicht verängstigt. Im Gegenteil, er wedelte sogar mit dem Schwanz und schien wissen zu wollen, wann es denn nun endlich etwas zu fressen gebe. Ich lächelte ihm zu und nickte. Dann nahm ich eine Holzplatte und legte diese auf den Umzugskarton, sodass der Hund nun im Dunkeln war.

Gewiss wedelte er nun nicht mehr, und auch seine Hoffnungen auf eine Mahlzeit werden jetzt wohl zerstoben sein. Er war plötzlich im Dunkeln. Und das am hellichten Tage! Er begann zu jaulen, kläffte dann. Noch nicht ängstlich, sondern vielmehr empört. Immerhin war er ja Gast in meinem Haus, und da wird er nun in einen Karton eingesperrt! Er kläffte erneut, und ich trommelte mit den Fingern auf die Holzplatte. Jaul, jaul. Kläff, kläff. Ich trommelte erneut, dann begann ich zu klopfen, klopfte lauter und hämmerte schließlich auf die Platte, dass die Seitenwände einzubrechen drohten. Dann hielt ich inne und lauschte. Es war still. In dem Karton rührte sich nicht ein Laut. Sollte er bereits vor Schreck gestorben sein? Unmöglich konnte ihn dieser Lärm unbeeindruckt gelassen haben. Wenn er noch lebte, müsste er eine Reaktion zeigen. Vorsichtig schob ich die Platte ein Stück zurück, und da! Ha, ich hätte es ahnen müssen! Mit einem Satz, den ich dem Vieh niemals zugetraut hätte, versuchte er aus dem Karton zu springen, stieß dabei allerdings mit dem Kopf an die Holzplatte und fiel jaulend wieder zurück. Ich zog die Platte wieder vor. Wer hätte das gedacht! Er lebte also noch und war in heller Panik. Ja, ohne Zweifel wusste er nun, dass sich dort gerade dunkelste Wolken über seinem Haupt zusammenzogen, aus denen jeden Augenblick tödliche Blitze geschleudert werden konnten.

Ich lehnte mich mit dem Oberkörper auf die Holzplatte und überlegte. Der Hund fiepte ein wenig, schien
aber noch betäubt von dem Zusammenprall mit der
Platte. Ich überlegte und entschied, ein wenig zu warten, bis er wieder klar bei Verstand war.

Ich wartete also. Schließlich begann er wieder zu
jaulen und zu bellen. O, nur zu deutlich hörte ich das
Entsetzen, hörte die Todesangst aus diesem Jaulen
heraus. Es war das elende Wimmern des zum Tode
Verurteilten, der seinen Henker zu erweichen sucht,
doch Gnade walten zu lassen, ein unwürdiges Leben
zu verschonen, und sei es nur des eigenen Seelenheils
willen.

Ich erhob mich und trat mit dem Fuß gegen den
Karton, sodass die Seitenwand einbeulte. Er fiepte und
heulte, und ich trat erneut zu. Dann fasste ich den Karton und schüttelte ihn, schleifte ihn über den Boden
und spürte, wie der Hund hin und her geschleudert
wurde, gegen die Seitenwand prallte, aufheulte, gegen
die andere Wand stieß. Ich hielt inne und lauschte. Es
war still, aber ich spürte seine Todesqualen, spürte sein
Herz rasen, schneller und schneller, es musste jeden
Augenblick bersten, und gewiss flehte er gerade sämt-
liche Hundegötter an, sie möchten doch ein Einsehen
haben und seinen Qualen ein Ende bereiten. Doch so
weit war es noch nicht. Ich griff nach der Kneifzange,
die ich mir auf einem der Regale zurechtgelegt hatte,
und schob langsam die Platte zurück. Ich erwartete einen weiteren Fluchtversuch, doch er lag nur regungslos
in einer der Ecken des Kartons und blickte mich an.
Alle Kampfeslust, alle Lebensgeister schienen bereits
aus ihm gewichen. Ich schob die Platte weiter zurück.
Vorsichtig. Ganz vorsichtig, denn noch musste ich mit

einer weiteren Finte des Kläffers rechnen. Wer wusste schon, was er jetzt im Schilde führte. Ein weiteres Stück schob ich die Platte zurück, doch es tat sich nichts. Er lag einfach da und starrte mich an. Ergeben in sein Schicksal. Schon fast erloschen. Mit einer raschen Bewegung fasste ich ihn im Nacken und hielt ihn fest. Seine Lebensgeister regten sich nun erneut, wilder und entschlossener fast noch als zuvor. Er strampelte, wollte beißen, schnappte aber natürlich ins Leere, und in Blitzeseile war sie da. Ehe er sich noch versehen konnte, hatte ich schon seinen linken Eckzahn mit der Zange erwischt und zog. Er quiekte, er jaulte, er schrie. Und der Zahn saß fest! Ich drehte hin, ich drehte her, rüttelte und zog, aber das Ding wollte und wollte nicht heraus! Dann mit aller Kraft, ein Knacken endlich, und ein blutiger Zahnstumpf kullerte über den Kartonboden.

Ich ließ den Hund los und betrachtete den Zahn. So klein und unscheinbar lag er da und hatte doch so fest gesessen, dass ein erwachsener Mann Mühe hatte, ihn herauszuziehen. Seltsam, welchen Aufwand die Natur für einen einfachen Zahn betreibt. Unterdessen tobte der Dackel wie ein Berserker in dem Karton hin und her, stieß ein ohrenbetäubendes Geheul aus, und ich griff erneut zu, umfasste seinen Hals und drückte zu. Bald schon war Ruhe, ich warf ihn auf den Komposthaufen hinter meinem Haus und machte mich an die Arbeit.

Ich machte wieder alle Übungen wie beim letzten Experiment. Ich sammelte mich, meditierte, grübelte mir die Hirnwindungen heiß, sammelte mich erneut und … Sie werden es bereits ahnen: nichts. Absolut nichts. Es war zum Verzweifeln. Ich stampfte in meinem Arbeitszimmer auf und ab, raufte mir die Haare, brüllte und schrie, doch es war nichts zu machen. Wann immer ich mich bemühte, in den Geist eines Mörders zu schlüpfen, zu empfinden versuchte, was er empfinden musste, die Dämonen beschwören wollte, die ihn heimsuchen und beherrschen mussten, immer war da nur diese Leere. Ich setzte mich an meinen Schreibtisch, schrieb darauf los, wollte zumindest sein äußeres Erscheinungsbild beschreiben, doch es war vergebens. Meine Schilderungen hätten weit besser zu einem rheumatischen Buchhalter gepasst als zu einem wahnsinnigen Kindermörder. Ich schleuderte meinen Schreibblock durch das Zimmer, verbrannte das Ganze dann und wollte die Sache ganz einfach vergessen, doch war mir natürlich sofort klar, dass es so nicht gehen würde. Die Geschichte würde mich quälen, bis ich sie entweder ans Licht der Welt gebracht hätte oder aber selber gestorben wäre.

Ich versuchte, mich irgendwie abzulenken, schrieb über unverfängliche Dinge, arbeitete im Garten, machte Spaziergänge, und eines Tages fragte mich ein Nachbar, ob ich seinem Sohn nicht ein wenig im Fach Deutsch unter die Arme greifen könne. Insbesondere an der Rechtschreibung und Grammatik mangele es, und da sei ich als Schriftsteller doch wohl genau der richtige Mann.

Ich willigte ein, hoffte, auf diese Weise meine Gedanken zumindest vorübergehend von der leidigen Geschichte abzulenken. Wir machten uns also an die Arbeit, und schon bald war mir klar, dass der Junge ein ausgesprochener Dodel war, der weitaus mehr als meinen Unterricht benötigte, wenn er jemals halbwegs korrektes Deutsch sprechen und schreiben wollte. Wir trafen uns nun regelmäßig in meinem Haus, und ich bemühte mich vergebens, ihm den Unterschied zwischen Dativ und Akkusativ zu erklären. Ich wollte das Ganze schon abbrechen, als mir ein Gedanke kam. Wenn ich ihm schon nicht helfen konnte, womöglich war er in der Lage, mir bei meiner Geschichte behilflich zu sein.

Wir schrieben mittlerweile Oktober, und wie jedes Jahr vor Halloween hatte ich eine Hexenmaske über einen Besenstil gestülpt und diesen neben meiner Haustür aufgestellt. Diese Maske übte eine ganz besondere Faszination auf den Jungen aus, wie es ja nur ganz natürlich für einen Elfjährigen ist. Das Gesicht der Hexe war gänzlich grün bis auf eine schwarze Warze am Kinn. Nur zu deutlich merkte ich, wie er sich vor ihr fürchtete, wann immer er beim Kommen oder Gehen an ihr vorbeischritt. Doch war es nicht Furcht allein. Irgendetwas schien ihn zu bewegen, ja, direkt zu zwingen, kurz innezuhalten und sich der Hexenmaske zu nähern, sie mit dem Finger anzustoßen oder sie gar in die Nase zu zwicken, nur um sich dann kichernd davonzumachen.

Kein Zweifel. Er hatte eine Heidenangst vor der Maske und gleichzeitig liebte er sie.

Während des Unterrichtes fragte ich ihn dann, ob er die Maske einmal aus der Nähe betrachten wolle, und seine Augen begannen zu leuchten. Er brauche sich nicht zu fürchten, schließlich sei ich ja dabei, und er nickte. Ich ging also vor die Haustür und zog mir die Maske über den Kopf. Als ich in die Küche trat, wo wir unseren Unterricht abzuhalten pflegten, stieß ich einen Heullaut aus und kam mit ausgestreckten Armen auf ihn zu. Er hielt die Hände vor den halb geöffneten

Mund und starrte mich aus weit aufgerissenen Augen an. Und sein Blick verriet alles, zeigte mir den Zwiespalt, der in seiner Brust tobte. Er fürchtete sich, wäre am liebsten aus der Küche gestürmt, heim, in die sicheren Arme seiner Mutter, aber gleichzeitig musste er die Fratze anstarren, hätte nun um keinen Preis die Augen abwenden können, selbst wenn ihn der Anblick versteinert hätte.

»Zeig mir deinen Daumen«, forderte ich ihn auf. »Ich will sehen, ob ich dich schon fressen kann.« Er kicherte, hielt dabei noch immer die Hände vor den Mund. Ich näherte mich, trat an den Tisch, an dem er saß.

Dabei beließ ich es. Ich setzte die Maske ab und brachte sie wieder nach draußen, wo ich sie über den Besenstil stülpte. Er schien erleichtert, dass die Hexe nun weg war, wirkte aber gleichzeitig enttäuscht. Ich erwähnte nun die Maske nicht mehr und wir machten mit dem Unterricht weiter.

Beim nächsten Mal schien er verändert. Von Zeit zu Zeit warf er mir ein verschwörerisches Lächeln zu, als verbinde uns ein Geheimnis, das nur uns beiden bekannt war. Ich verstand und lächelte zurück. Nach geraumer Zeit entfernte ich mich unter einem Vorwand aus der Küche und ging vor die Haustür, um die Maske zu holen. Ich setzte sie auf und *Buuh!* stürmte ich in die Küche. Gewiss hatte der Knabe etwas in der Art erwartet, aber dennoch weiteten sich seine Augen, spiegelte sich in ihnen diese Mischung aus Angst und Verlangen, wie sie nur Kinderaugen zustande bringen. Ich eilte auf ihn zu, und er sprang auf. Mit Buuh-Lauten jagte ich ihn durch die Küche, er kicherte und schrie zugleich. Dann ahmte ich das kreischende Gelächter eines alten Weibes nach, und er schrie noch lauter. Von der Küche flüchtete er nun in das Wohnzimmer. Ich folgte ihm, ließ aber immer genug Abstand zwischen uns, dass ich ihn nicht fassen konnte. Er warf eine Tischlampe um und stürzte zurück in die Küche, umrundete den Tisch. Ich ihm hinterher, noch immer kreischend und drohend. Er dann in mein Schlafzimmer. Ich folgte ihm und … fand den Raum verlassen. Wo war er? Dann bemerkte ich, dass die Bettdecke leicht verrutscht und verdächtig ausgebeult war.

»Ja, wo ist das kleine Schweinchen denn?«, kreischte ich und näherte mich dem Bett. »Ach, wie hungrig bin ich heute. Jetzt ein saftiger Schweinebraten, das wäre was!« Ich beugte mich über die Bettdecke und lauschte. Wohl eine ganze Minute stand ich da und rührte keinen Muskel. Dann vernahm ich einen Laut. Er keuchte. O ja, ich hörte und spürte es. Sein Herz raste, durch den offenen Mund sog er die Luft ein. Alte, abgestandene Luft, die kaum Sauerstoff enthielt. Er glaubte zu ersticken, wagte aber nicht, sich zu bewegen, denn draußen, wo frische, köstliche Luft wehte, da war ja ich, da lauerte die Hexe!

Ich tastete die Bettdecke ab. »Ist mein kleines Schweinchen vielleicht hier?

Keine Antwort. Kein Laut. Selbst zu keuchen wagte er nun nicht mehr.

Ich drückte die Decke ein Stück hinunter. »Ist mein Schweinchen unter der Decke?« Ich drückte fester, spürte nun die Umrisse des Jungen, fühlte seinen Kopf, seine Arme. Noch fester. Jetzt begann er, sich zu regen. Er rang nach Atem, wollte jetzt unter der Decke hervor, und wenn ein Dutzend Hexen vor dem Bett gelauert hätten! So groß war sein Entsetzen, war seine Todesangst bereits. Ich fühlte seinen Kopf und presste ihn auf die Matratze. Er schrie. Der Laut drang nur schwach, gedämpft unter der Decke hervor. Aber er schrie, er strampelte, kämpfte sich in wilder Panik frei und stürzte auf den Boden meines Schlafzimmers. Er stürmte aus dem Raum und aus dem Haus, noch bevor ich ihm sagen konnte, dass alles nur ein Scherz sei, oder genauer: ein Experiment. Denn er wusste doch gewiss, dass ich Schriftsteller bin.

Was dann geschah, ist Ihnen bekannt. Es dauerte kaum eine halbe Stunde, da stürmte schon eine aufgebrachte Meute mein Haus, und noch bevor ich den Sachverhalt erklären konnte, spürte ich einen Schlag auf dem Kopf und verlor das Bewusstsein. Wo ich jetzt bin, das ist mir nicht bekannt.

Mir ist klar, dass Sie außer sich sind, und ich weiß es zu schätzen, dass Sie mir die Gelegenheit gegeben haben, mich in diesem Bericht zu rechtfertigen; in einem Bericht, der die Wahrheit und nichts als die Wahrheit enthält. Ich weiß, was Sie empfinden, verstehe Ihren Zorn. Auch ich würde den Mörder meiner Kinder gehängt sehen wollen. Ich flehe Sie nicht meines Lebens willen an, aber ich flehe Sie Ihres eigenen Seelenfriedens willen an. Sie werden einen Unschuldigen hinrichten, Lynchjustiz verüben, denn ich schwöre, dass ich weder die Morde vor zwei Jahren begangen habe noch überhaupt irgendjemandem etwas Böses zufügen könnte. Denken Sie an den Tag, da Sie vor den unsterblichen Göttern Rechenschaft ablegen müssen. Denken Sie nicht an mich, denken Sie an Ihr Seelenheil. Ich bitte Sie.

Doch wenn Sie mein Flehen nicht erweichen sollte, so bewahren Sie der Nachwelt wenigstens diesen Be-

richt, der ihr als Zeuge meiner Unschuld dienen möge;
der Unschuld eines Mannes, der nichts weiter als ein
Künstler war und sein wollte.

***

Der Gärtner

Verlässt man das Städtlein N. in nördliche Richtung, so erblickt man gut zwei Kilometer hinter dem Ortsausgang die mächtige Fassade des Anwesens der Brandsteins. Und mächtig und erhaben erscheint sie dem Außenstehenden in der Tat, die Fassade, wie sie dort vor dem Hintergrund ausgedehnter Wälder in den Himmel ragt, verziert noch durch zwei vorgelagerte Säulengänge rechts und links vom Eingang. Den Grundstein für den Reichtum der Brandsteins hatte der vor nunmehr sechs Jahren verstorbene Alfons Brandstein gelegt, der als junger Mann einige glückliche Spekulationen getätigt und es bald zu einem der erfolgreichsten Unternehmer der Gegend gebracht hatte. Ausgebaut worden war der Reichtum dann von seinem Sohn Herbert, der sich hauptsächlich auf den Handel mit Immobilien verlegt und das Vermögen der Familie in recht kurzer Zeit hatte verdreifachen können. Und zeichneten sich auch Vater und Sohn durch eine ausgeprägte Geschäftstüchtigkeit aus, so konnten die beiden doch kaum unterschiedlicher sein. Bei allem Erfolg hatte Alfons es doch stets vermocht, eine in seinem Tätigkeitsfeld recht untypische Warmherzigkeit und Fairness zu bewahren, sodass er zwar stets Konkurrenten, aber doch nie wirkliche Feinde hatte. Selbst seine unterlegenen Widersacher hatten nie einen wirklichen Groll gegen ihn gehegt und gestanden nach einer geschäftlichen Niederlage zumeist offen ein, dass Alfons eben der Bessere gewesen sei, und nichts spricht wohl beredter von seinem Ansehen als der Umstand, dass ihm auf seiner Beerdigung sowohl seine Geschäftspartner wie auch seine Geschäftswidersacher die letzte Ehre erwiesen hatten. Ganz anders der Sohn. Waren es beim Vater feines Gespür und eine gehörige Portion Wagemut gewesen, die für seinen Erfolg verantwortlich schrieben, so zeichnete den Sohn ein schon historisch zu nennender Mangel an Skrupel und Gewissen aus, der ihn auch im ganz wörtlichen Sinne über Leichen hätte gehen lassen, hätte der Gesetzeshüter aufgrund gewisser Machenschaften von seiner Seite nicht ohnehin schon ein wachsames Auge auf ihn gehabt. Und nicht nur seine geschäftlichen, auch seine privaten Gewohnheiten waren dermaßen abstoßend, dass er gewiss bald völlig vereinsamt dagestanden hätte, hätte die Zusammenarbeit mit ihm nicht zumindest einen finanziellen Vorteil geboten. Denn was, so frage ich Sie, soll man von einem Mann halten, der blaugrün-karierte Unterhosen trug, den Rasierschaum mit keinem Pinsel, sondern mit der bloßen Hand im Gesicht verteilte und es zudem fertig brachte, sich mittelscharfen Senf auf ein Käsebrot zu schmieren? Man versuche nur, sich dies vorzustellen: Senf auf Käse!

All diese abstoßenden, um nicht zu sagen: barbarischen Eigenschaften hatte Herbert Brandstein gewiss von seiner Mutter geerbt, die im Hause die unumschränkte Herrschaft ausübte und mit eifersüchtigem Geiz das Vermögen der Familie zusammenhielt. Und damit sind auch schon die beiden alles bestimmenden Charakterzüge dieser Frau genannt: Geiz und Herrschsucht. Sie führte ihr Regiment vom Obergeschoss des Anwesens aus, das sie ganz alleine bewohnte, umsorgt einzig von einer alten Zofe, die wohl nur deshalb ihr volles Vertrauen genoss, da sie fast noch kaltherziger war als ihre Herrin selbst. Zwei aufgewärmte Würstchen. Und eine Tasse lauwarmen Tee. Das war alles, was sie mittags zu sich nahm, während sie auf das Frühstück grundsätzlich ganz verzichtete. Und damit schien sie den Maßstab vorgeben zu wollen, der für den gesamten Haushalt zu gelten hatte. Denn es ist nur zu bekannt, dass jeder vorbildliche Tyrann die Gesetze selber lebt, die er seinen Untergebenen vorschreibt. Und wie jeder Tyrann fürchtete auch die Mutter stets den Zorn der Unterdrückten, denn immer befand sich in ihrem Nachttisch ein geladener Revolver, in dessen Gebrauch sie sich regelmäßig übte, auch als sie die siebzig bereits überschritten hatte. Ob sich ihr Argwohn gegen jemanden im Besonderen richtete oder mehr allgemeiner Natur war, das weiß ich nicht, aber an der beständigen Furcht um ihr Leben kann doch nicht der geringste Zweifel bestehen.

Herberts erste Frau war bei einem Autounfall ums Leben gekommen, und aus dieser Ehe stammte ein nun zwölfjähriger Sohn namens Ferdinand, der bereits in diesem zarten Alter das genaue Ebenbild seines Vaters war. An Rücksichtslosigkeit und Arroganz seinen Erzeuger gar noch übertreffend lebte er einzig für den eigenen Vorteil und die Befriedigung seiner Begierden, die bisweilen direkt krankhafte Züge annahmen. Und gewiss wäre er in gänzlicher Einsamkeit aufgewachsen, hätten nicht der Luxus und die Annehmlichkeiten des Anwesens immer wieder weniger begüterte Kinder aus dem Ort hierher gelockt. Denn wenn die Argusaugen der Mutter auch stets wachsam waren, so blieb der Enkel vom Geiz der Großmutter doch weitgehend verschont. Was der Grund hierfür war, ob womöglich tief in dem verhärmten Busen Reste von großmütterlichen Empfindungen schlummerten, das weiß ich nicht zu sagen. Es lässt sich aber nicht leugnen, dass sich die alte Frau dem Enkel gegenüber bisweilen regelrecht großzügig zeigte, während der Geiz und ihre Unnachgiebigkeit den Angestellten und der zweiten Ehefrau ihres Sohnes gegenüber immer tollere Blüten trieb.

Und damit komme ich nun zum einzigen Lichtblick, der sich auf dem Anwesen der Brandsteins ausmachen ließ. Ich meine Herberts zweite Ehefrau Christina. Sie war … ja, sie war eine außergewöhnliche Frau, in jeder Hinsicht das genaue Gegenteil ihres Mannes, und es ist eine Tragödie, ja, eine Tragödie im wahrsten Sinne des Wortes, dass sie gerade in die Klauen dieses Unholdes hatte geraten müssen. Wie ihr Mann, so hatte auch sie einen Sohn, der in demselben Alter wie Ferdinand war, also zwölf Jahre zählte. Jedoch war er, der den Namen Konrad trug, kein eheliches Kind. Kurz nach seiner Geburt hatte sein Vater die Mutter verlassen, sodass Christina den Sohn fortan irgendwie alleine hatte durchbringen müssen, was sie, die völlig mittellose, die über keinerlei berufliche Ausbildung verfügte, gewiss an den Rand der Leidensfähigkeit gebracht hatte. Wie ein Segen des Allmächtigen musste es ihr da erschienen sein, als eines Tages der gewandte und steinreiche Herbert Brandstein um sie geworben und ihr den Himmel auf Erden versprochen hatte. O ja, den Himmel auf Erden hatte sie erhofft, diese herzensgute, naive Frau, die doch nur an das Wohlergehen ihres Sohnes gedacht hatte, und stattdessen war sie …

Doch Sie fragen sich, woher ich das alles weiß.

Warum ich mich so gut auskenne mit den Brandsteins.

Man nennt mich Waldemar, obwohl ich in Wirklichkeit Waldemar Ortegirus heiße. Ortegirus ist ein guter alter Name, auch wenn das kaum jemand weiß.

Und ich war der Gärtner bei den Brandsteins.

Beginnen möchte ich meine Erzählung mit einem Ereignis, das sich während einer Grillpartie zutrug, zu der Herbert Brandstein einige seiner Geschäftspartner eingeladen hatte, da es nur zu deutlich dessen Charakter offenbarte und zeigte, was seine bedauernswerte Frau in diesem Haus auszustehen hatte.

Adrett war er anzuschauen, als er seine Geschäftspartner und deren weibliche Begleitung in dem Garten vor dem Anwesen empfing, ganz der weltgewandte Geschäftsmann, den er nach außen so gerne hervorkehrte. Es wurde gelacht, man nahm einen ersten Aperitif, der Gastgeber beeindruckte durch einige Anekdoten, mit denen er wohl seinen Geisteswitz unter Beweis stellen wollte. Man zeigte sich beeindruckt, war es vermutlich sogar, denn ich brauche ja wohl kaum hervorzuheben, dass Menschen, die sich freiwillig in die Gesellschaft von Herbert Brandstein begeben, selber von ganz ähnlicher Gesinnungsart sein müssen. Christina stand dabei, versuchte die charmante Gastgeberin zu spielen, doch war es nur zu offensichtlich, wie unwohl sie sich hier fühlte. Auch fand sie nur wenig Beachtung von den anderen, da diesen natürlich deren Herkunft nur zu gut bekannt war, sodass sie sie mit einer Mischung aus Neid und Geringschätzung als Eindringling in eine Welt betrachteten, die nun einmal von ihnen beherrscht wurde. Und über dem ganzen Treiben, den Ehrenplatz am Kopfende des Tisches einnehmend, thronte sie, die Mutter, mit ihren stets wachsamen Argusaugen jedes Getränk zählend, das ausgeschenkt wurde, jedes Fleischstück, das vom Grill auf einen der Teller wanderte. Und für die Arbeit am Grill und das Servieren hatte man natürlich mich, den

Gärtner, eingeteilt, um die Personalkosten so gering wie möglich zu halten, wenn man schon solche Unsummen für Getränke und Fleisch hatte ausgeben müssen. Und natürlich habe ich für diese Extraarbeit nicht einen Pfennig gesehen, obwohl die Veranstaltung an einem Sonntag, meinem freien Tag, stattfand!

Ich wendete also die Steaks und Schnitzel, servierte und hörte mir das geistlose Geschwätz von Brandstein und seinen Kumpanen an, von denen vermutlich jeder Einzelne an einem Tag mehr zusammenschacherte, als ich in einem ganzen Monat verdiente. Doch ich beklagte mich nicht, ließ mir meinen Abscheu nicht anmerken, während ich die Grillzange schwang. Immer öfter aber wanderte mein Blick zu Christina, die immer stiller und zurückhaltender wurde, je mehr von meinen Steaks die Mägen des Haufens füllte und je ausgelassener die Stimmung wurde. Bisweilen wechselte sie einige Worte mit Konrad, ihrem Sohn, der brav neben ihr saß und an dem Trubel ebenso wenig Gefallen zu finden schien wie seine Mutter und ich. Dann jedoch, als sie bemerkte, dass das Glas ihres Gegenübers leer war, wagte sie einen Vorstoß. »Vielleicht sollten Sie den Branntwein«, so sprach sie, »mit einem Schuss Cola mischen. Das schmeckt ganz ausgezeichnet.«

Als sei hiermit ein geheimes Stichwort gegeben, so verstummte hier von einem Augenblick zum anderen jede Unterhaltung und alle Blicke waren nun auf sie gerichtet. Hier und dort sah man ein mitleidiges Lächeln auf den Gesichtern, manche schüttelten einfach den Kopf. Herberts Stirn zog sich zunächst in Falten, dann aber lachte er auf. »Nehmen Sie es ihr nicht übel«, sagte er, »aber meine Frau kommt vom Lande. Dort mischt man alles Mögliche, solange es nur flüssig ist.«

Diese Bemerkung löste allgemeine Heiterkeit aus. Man lachte, ja, man lachte über Christina, und ich musste alle Willenskraft aufbringen, dem Halunken nicht einige glühende Kohlen in die blau-grün-karierte Unterhose zu stecken! Er hatte es nötig, über andere zu spotten, er, der sich nicht scheute, ein Käsebrot mit Senf zu bestreichen. Ich blickte zu Christina. Ihre Wangen waren leicht gerötet, aber sie lächelte. Ja, sie zeigte sich tapfer, versuchte über den Spott ihres Mannes, der gesamten Gesellschaft zu lachen, aber natürlich erkannte ich, was gerade in ihr vorging. Ihr erster Blick, nachdem diese herzlose Bemerkung gefallen war, hatte mir gezeigt, wie tief verletzt sie war, verletzt sein musste. O, dieses Lachen. Und dieser triumphierende Blick der Mutter, deren verhärmtes Herz vor Genugtuung geradezu gerast haben musste, als sie die Schwiegertochter vor Gram nahezu vergehen sah. Denn selbstverständlich sah auch sie wie die gesamte Gesellschaft an dem Tisch in ihr nichts als einen Eindringling, den einzig die Hoffnung auf Reichtum und Luxus in die Arme ihres Sohnes getrieben hatte. Ach, wie mir das Herz blutete, als ich Zeuge dieses Schauspiels werden musste.

Die nächsten beiden Tage bekam ich Christina nicht zu Gesicht. Vermutlich verbrachte sie die ganze Zeit auf ihrem Zimmer und gab sich ihrem Gram hin. Am Mittwoch dann aber erblickte ich sie in den Abendstunden in dem Säulengang neben dem Eingang des Anwesens, wo man eine kleine Terrasse eingerichtet hatte. Das Gärtnerhäuschen, mehr eine Hütte, in dem ich lebte, befand sich gut fünfzig Meter südöstlich vom Anwesen fast am Rande des Waldes, und vom Fenster meiner Küche aus hatte man einen direkten Blick auf den Eingang des Anwesens. Ich holte meinen Feldstecher – und es war ein guter Feldstecher, der noch von meinem Vater stammte – und Momente später nur war es, als säße sie direkt vor mir auf ihrem Schaukelstuhl, den melancholischen Blick auf die untergehende Abendsonne gerichtet. Wie schön sie war in ihrem Kummer. Ja, ich war mir sicher. So seltsam es sich auch anhören mag, aber die Pein und der Gram schienen sie in der Tat noch schöner gemacht zu haben. So saß sie da, und welche Gedanken mochten ihr wohl durch den Kopf gegangen sein, als sie der sinkenden Sonne nachschaute? Wo mochte sie nun weilen? An dem Ort ihrer Kindheit, als sie sich noch in die tröstenden Arme der Mutter hatte fliehen können? Flüchten konnte vor der Grausamkeit der Welt? Wohl eine halbe Stunde stand ich dort am Fenster meiner Küche und beobachtete sie. Nur Heiner, der Dackel, leistete ihr Gesellschaft, der an Christina mit innigerer Hingabe hing als an jedem anderen auf dem Anwesen. Und das war gewiss kein Zufall. O nein, ohne Zweifel erkennt ein primitives Tier ein gutes Herz weitaus besser als es ein Mensch vermag. Wie beglückt er zu ihr aufsah, wann immer ihre Hand liebkosend über seinen Kopf fuhr. Dann ging sie in das Anwesen zurück, und noch eine weitere halbe Stunde stand ich an meinem Küchenfenster und blickte tief im Gedanken versunken zu der Terrasse.

Am nächsten Tag dann beschnitt ich die Rosenhecke, die ich ein Stück vor dem linken Säulengang angelegt hatte. Ich war so sehr in meine Arbeit vertieft, dass ich gar nicht die Schritte bemerkte, die sich mir von hinten näherten.

»Sie sind wunderschön«, sprach es plötzlich von hinter mir und ich fuhr erschrocken zusammen.

»O, das tut mir leid. Ich wollte Sie nicht erschrecken, Herr Ortegirus.«

Es war Christina. Sie lächelte.

»O, das macht doch nichts«, erwiderte ich und grinste vermutlich reichlich dämlich. Ich hatte nicht damit gerechnet, sie hier zu sehen und war einigermaßen verlegen. Vielleicht bemerkte sie meine Verlegenheit, denn sie wandte sich nun den Rosen zu und betrachtete die Stelle, die ich gerade beschnitt.

»Sie sind wunderschön«, wiederholte sie. »Sie haben sich dieses Jahr wirklich selber übertroffen.«

Vermutlich errötete ich hier. Wenn auch nur ein wenig. Aber sie hatte natürlich Recht. Die Rosen waren wirklich wunderschön. Sie beugte sich ein Stück vor und roch an einer der Rosenblüten, dabei huschte ein verzücktes Lächeln über ihre Lippen, während sie genießerisch die Augen schloss.

»Es freut mich, dass sie Ihnen gefallen«, brachte ich schließlich hervor. Sie wandte sich wieder mir zu und sah mich an. Für einige Augenblicke, vielleicht nur einen kurzen Moment, standen wir nun da und sahen uns in die Augen. Es schien, als wolle sie etwas sagen. Nein, ich war mir ganz sicher, dass sie etwas sagen wollte, und schon stand ich im Begriff, zu fragen. Zu fragen, was sie sagen wollte, ob ich ihr irgendwie behilflich sein konnte. Doch dann wandte sie den Blick ab, schaute zum Eingang des Anwesens, und der Zauber war gebrochen.

»Doch ich will Sie nicht länger aufhalten. Sie haben schließlich zu tun«, sagte sie und Momente später war sie in dem Anwesen verschwunden.

Herr Ortegirus. Stets redete sie mich mit Herr Ortegirus an. Nicht einfach mit Waldemar, wie es ihr Mann zu tun pflegte, der mich zu allem Überfluss auch noch duzte, aber gleichzeitig darauf bestand, dass ich ihn mit Herr Brandstein und Sie ansprach. Ja, einen Sklaven kann man halt duzen. Und sein Früchten trieb es ebenso. Bei einer Gelegenheit hatte er mich gar Waldi gerufen! Waldi, als wäre ich ein Hund. Ich hatte gespürt, wie sich meine Fäuste ballten, doch dann atmete ich tief durch und bezwang mich. »Herr Ortegirus heiße ich für dich!«, beschied ich ihm, doch er hatte nur gelacht und war dann weggelaufen. Und ich frage Sie: Was geht in einem Bengel vor, der einen erwachsenen Mann mit Waldi anspricht, nur weil er nicht zum Geldadel gehört, sondern seinen Lebensunterhalt mit ehrlicher Arbeit verdienen muss?

Aber nicht so Christina. Sie sprach mich mit Herr Ortegirus an. Sie hatte Respekt, hatte Achtung vor mir. Ja, und vermutlich spürte sie schon damals, dass wir beide in dieser Welt ganz natürliche Verbündete waren, auf derselben Seite stehen mussten.

Die Begegnung wollte mir nicht mehr aus dem Kopf gehen. Ich grübelte lange darüber nach, ich grübelte mit Ausdauer. Ich bin überhaupt ein Mensch, der sehr viel und sehr tief nachgrübelt. Ha, da sollten sie doch spotten und lästern, nur weil ich nie eine Universität besucht habe. Ich versichere Ihnen, dass meine Grübeleien tiefsinniger und schonungsloser sind als alles, was ein Herbert Brandstein sich je zusammengrübeln mochte. Wenn er denn überhaupt jemals grübelte. Auch am nächsten Abend war ich noch tief in meine Grübeleien versunken, als ich auf dem Weg vom Geräteschuppen zu meinem Gärtnerhäuschen war. Hierbei ging ich den Pfad entlang, der ganz in der Nähe an der Längsseite des Anwesens vorbeiführte, als ich plötzlich eine erhobene Männerstimme hörte. Sie kam aus dem Anwesen. Und wieder ertönte es. Die Stimme brüllte geradezu und ohne jeden Zweifel gehörte sie zu Herbert Brandstein. Ich schlich zu dem Fenster, von wo das Brüllen ertönt war, und spähte hindurch. Es war das Esszimmer. Die auf den Gang führende Tür war angelehnt, aber in dem Raum befand sich keine Menschenseele. Ich schaute nach rechts, nach links. Nichts. Aber Herbert Brandstein musste sich eben noch hier aufgehalten haben, nur zu deutlich hatte ich seine Stimme erkannt. Ich schüttelte den Kopf und machte mich auf in meine Unterkunft. Und ich grübelte. Wen mochte er dort im Esszimmer angeschrien haben? Im Grunde kam nur eine Person in Frage. Natürlich, wen sonst als seine Frau, als Christina, konnte er so unbeherrscht angeschrien haben? Ich grübelte und grübelte, während ich in meiner Küche auf und ab marschierte, immer wieder zu dem Anwesen hinüberspähend, das nun allmählich in der Dämmerung versank. Natürlich hatte er sie angeschrien, und ich hatte auch schon so eine Vorstellung, worum es gegangen sein konnte. Ich hatte gesehen, dass Christina am Nachmittag mit ihrem Wagen weggefahren war. Vermutlich in die Stadt, nach N. Und den Argusaugen der Mutter entging nichts. O nein, sie wird gesehen haben, wie ihre Schwiegertochter weggefahren war, wieder teures Benzin verfuhr und wer weiß wie viel beim Einkaufsbummel verschleuderte. Und gab es etwas Dringlicheres, als ihren Sohn davon in Kenntnis zu setzen, sobald er nach Hause kam? Durfte man eine Gelegenheit ungenutzt lassen, einen Keil zwischen die beiden zu treiben, damit die Schmarotzerin eines Tages vielleicht doch noch vom Anwesen gejagt wurde! O ja, ich kannte die Gedanken dieses Basilisken, ich wusste, worauf all ihr Trachten gerichtet war. Und nur zu bereitwillig griff Herbert die Verleumdungen seiner Mutter auf. Ich konnte ihn direkt vor mir sehen, wie er sich in Rage redete, immer ausfallender wurde, er, der den ganzen Tag im Schweiße seines Angesichts arbeitete, während sie das Geld mit vollen Händen aus dem Fenster warf! Ha, der Gauner und im Schweiße seines Angesichts arbeiten, dass ich nicht lache! Aber so wird es gewesen sein. So und nicht anders.

Ich marschierte und grübelte, grübelte und marschierte, an Schlaf war nicht zu denken, denn immer wieder tauchte ihr Blick auf, den sie mir am Tag zuvor an der Hecke zugeworfen hatte, und mit einem Male wurde mir klar, was sie damit zum Ausdruck bringen wollte: Sie bat, nein: sie flehte mich um Hilfe an! Ich schlug mir an die Stirn. Aber natürlich. Wie hatte ich die ganze Zeit nur so blind sein können? Schon lange musste sie in mir weit mehr als einen einfachen Gärtner gesehen haben, denn war ich nicht ebenso ein Ausgestoßener wie sie? Hatte ich nicht unter denselben Ungerechtigkeiten zu leiden wie sie? Und hatte ich nicht erst wenige Tage zuvor ihre Demütigung miterleben müssen? Ich marschierte weiter und grübelte und bald schon wurde mir klar, dass ich nicht eher würde Frieden finden können, bevor ich nicht nach ihr gesehen und mich davon überzeugt hatte, dass es ihr gut ging.

Es war schon weit nach Mitternacht und im Anwesen waren bereits alle Lichter erloschen. Ich steckte einen Spachtel ein und machte mich auf den Weg. Fast hätte ich aufgelacht, als ich auf die Terrasse hinter dem

Säulengang zuging. Für etliche Millionen hatten sich diese Supereichen diesen Kasten hier hingesetzt, aber für Sicherheitsfenster war plötzlich kein Geld mehr da. Mir war natürlich bekannt, dass man den Verschluss der Fenster ganz einfach mit einem länglichen und flachen Gegenstand öffnen konnte. Ich fuhr also mit dem Spachtel ganz vorsichtig in den Spalt zwischen den beiden Fensterflügeln und schob ihn nach oben, bis ich einen Widerstand spürte. Der Verschluss. Nun weiter, etwas fester, aber ganz vorsichtig, und bald schon hörte ich es klicken und das Fenster sprang auf. Und hier nun lachte ich tatsächlich auf. Ich steckte den Spachtel ein und stieg durch das Fenster. Ich befand mich nun im Eingangsbereich des Anwesens. Der Mond hatte sich bereits zur Hälfte gefüllt und so war es hell genug, dass ich deutlich die marmorne Freitreppe mit den weißen Stufen sah, die hinauf ins Obergeschoss, ins Reich der Mutter führte. Ich hatte die Treppe gerade erreicht, als es ein Stück neben mir plötzlich wie wild losbellte. Heiner! Zum Teufel, was hatte der Dackel hier zu suchen? Sein Körbchen stand in einem Zimmer, das in einem ganz anderen Teil des Anwesens lag. Was hatte der Hund also mit einem Male hier zu suchen? Und er kläffte. Es war ein hohes, ein schrilles Kläffen, das durch den Eingangssaal, die Gänge peitschte und mein Blut gefrieren ließ.

»Heiner, sei ruhig, ich bin's!«, rief ich, doch er kläffte und kläffte, als hinge sein Seelenheil davon ab. Ich schnellte hinab, packte ihn, fasste seine Schnauze, fast hätte er mich gebissen, doch dann bekam ich seine Schnauze voll zu fassen und drückte sie zu.

Da nun endlich war Ruhe. Nur ein leises Fiepen war noch zu hören. Und womöglich mein Herz, das nun wie rasend pochte, als wolle es mir aus der Brust springen. So hockte ich also da, die Schnauze des Hundes, der mich noch immer nicht zu erkennen schien, umfasst und lauschte. Fest rechnete ich damit, dass die direkt hinter der Marmortreppe gelegene Tür, die zum Salon der Mutter führte, sich öffnen würde. Ihr Schlafzimmer lag zwar erst von hier aus gesehen hinter dem Salon, aber gewiss war das Gekläffe selbst bis dahin gedrungen. Bei den anderen hatte ich weniger Bedenken, deren Zimmer lagen fast auf der anderen Seite des Anwesens und die Zofe war zudem stark schwerhörig. Aber die Mutter, o, gewiss waren ihre Ohren ebenso scharf wie ihre Augen. Und ich lauschte, zitterte und lauschte. Da mit einem Male hörte ich ein Knacken. Zunächst wusste ich nicht, woher das Geräusch gekommen war, doch dann bemerkte ich, dass sich Heiner gar nicht mehr rührte. »Heiner?«, flüsterte ich und löste den Griff um seine Schnauze. Doch er regte sich nicht mehr. Sollte ich in meiner Anspannung zu stark zugedrückt haben und ihm das ...? O Gott, ich wagte kaum, den Gedanken zu Ende zu denken, und schon spürte ich, wie heiße Tränen meine Wangen hinabliefen. Sie liefen, sie strömten und bald schon schluchzte ich haltlos über dem kleinen leblosen Körper. Ich war am Boden zerstört. Ein einziges anständiges Lebewesen hatte es neben Christina und ihrem Sohn auf diesem Anwesen gegeben, und ich hatte es getötet! Ohne jede Absicht wohl getötet, aber trotzdem klebte sein unschuldiges Blut nun an meinen Händen. Ach, ich glaubte, ich würde vergehen, und lauter noch als Heiners Bellen schallte nun mein Schluchzen durch den Saal. Wohl eine ganze Stunde kniete ich neben dem Leichnam und war unfähig, auch nur einen Muskel zu rühren. Doch endlich besann ich mich. Ich musste nun stark sein, wollte ich zu Ende bringen, was mich hierher geführt hatte. Ich presste einen leidenschaftlichen Kuss auf die Stirn des Tieres, dann erhob ich mich und machte mich auf zum Schlafzimmer von Herbert und Christina. Wie gesagt, dieses lag fast am anderen Ende des Anwesens und ich musste durch etliche Gänge und Korridore, bis ich endlich mein Ziel erreicht hatte. Vorsichtig, ganz vorsichtig drückte ich die Klinke hinunter in der Erwartung, dort Herbert alleine vorzufinden. Gewiss hatte er sie nach seinem Ausfall ins Gästezimmer verbannt, das nur drei Türen entfernt war. Doch zu meiner nicht geringen Überraschung sah ich dort zwei Körper in dem Bett liegen. Ich öffnete den Spalt ein Stück weiter, trat gar in den Raum, um besser sehen zu können. Zunächst hatte ich vermutet, die weibliche Person mochte vielleicht eine Geliebte sein. O, ich kann Ihnen versichern, man hörte da so einiges! Doch nein, es war Christina. Deutlich meinte ich, in ihrer Körperhaltung eine gewisse Reserviertheit, ja, gar eine gewisse Abneigung zu erkennen, als habe sie sich nur höchst widerwillig neben ihren Gemahl gelegt. Doch hier war sie und schlummerte tief und fest. Ich war verwirrt. Sollte er sie mit einer Drohung gezwungen haben, das eheliche Bett mit ihm zu teilen? Ich wusste es nicht, hielt es aber für wahrscheinlich. Ich schüttelte den Kopf und verschloss die Tür wieder, dann begab ich mich in den Eingangssaal zurück. Auf dem Weg dorthin versuchte ich mich in die Wunschvorstellung zu flüchten, der Vorfall mit Heiner sei nur ein Traum gewesen, der sich nun, sobald ich den Eingangssaal betrat, in Luft auflösen würde. Doch es war kein Traum. Dort lag er. Noch so leblos, wie ich ihn zurückgelassen hatte. So sanft wie möglich nahm ich den leblosen Tierkörper auf und verließ mit ihm durch das Fenster das Anwesen.

Wieder in meinem Häuschen angekommen, suchte ich einen Pappkarton hervor und legte diesen mit Watte aus. Und auf diese Watte bettete ich dann Heiners Leichnam. Ihn nun einfach zu begraben, das brachte ich nicht übers Herz. Drei Tage noch, während derer ich kaum imstande war, meinen Verpflichtungen nachzukommen, bewahrte ich den Karton in meinem Schlafzimmer auf, sprach abends vor dem Schlafengehen noch ein Gebet darüber, dann erst begrub ich ihn nachts in dem Wald hinter meinem Häuschen.

Wie vorherzusehen gewesen war, waren es in erster Linie Christina und Konrad, die unter Heiners Verlust litten. Eine ganze Woche lang suchten die beiden die Umgebung nach dem Hund ab, bevor sie sich schweren Herzens eingestehen mussten, dass er wohl für immer gegangen sei. Wie er überhaupt aus dem Haus gekommen sei, das konnte man sich nur schwer erklären. »So ein Hund findet doch immer einen Weg«, stellte Herbert lediglich fest, und damit war die Sache für ihn erledigt. Und so sah man von weiteren Nachforschungen ab. Konrad aber sah ich nur noch mit hängendem Kopf, so sehr hatte ihn der Verlust des Spielkameraden mitgenommen.

»Hallo, Waldemar«, hörte ich es plötzlich hinter mir, als ich vor dem Geräteschuppen gerade den Rasenmäher reinigte, mit dem ich soeben den Rasen neben dem Anwesen gemäht hatte. Es war Konrad. Ja, er sprach mich mit Waldemar an, auch duzte er mich, aber nie hatte er mich Waldi genannt. Nie. Und bei ihm hatte ich gegen die Anrede mit Vornamen auch nichts einzuwenden, denn bei ihm entsprang sie keinem Hohn und keiner Verachtung mir gegenüber, wie dies bei Ferdinand und seinem Vater der Fall war. Nein, Konrad sah einen Verbündeten in mir, das spürte ich ganz genau. Einen Verbündeten in einer feindlichen Umgebung. Ich grüßte zurück. Und sofort bemerkte ich, dass ihn etwas bedrückte.

»Nimm dir das mit Heiner nicht so zu Herzen«, sagte ich also. »Vermutlich ist er weggelaufen und lebt jetzt bei einer anderen Familie.« Doch es stellte sich heraus, dass es nicht Heiners Verschwinden alleine war, das ihn betrübte. Eine ganze Zeit wiegte er sich hin und her, wollte nicht recht heraus mit der Sprache, aber ich ließ nicht locker und drang in ihn. Und schließlich erfuhr ich, dass es Ferdinand und seine Clique war, die ihm das Leben schwer machten. Ferdinand also wieder. Ich spürte, wie sich meine Fäuste ballten. Ich konnte nichts dagegen tun, es geschah ganz automatisch. Und ich hatte schon vermutet, dass er dahinter steckte. Was denn geschehen sei, wollte ich wissen, und schließlich erzählte er. Erzählte, wie Ferdinand und seine Bande ihm in der Schule nachstellten, ihm das Frühstücksgeld abpressten, dass sie ihm den Vorderreifen seines Fahrrades zerstochen hatten und er den gesamten Weg von der Schule, immerhin über fünf Kilometer, hatte schieben müssen. Und dann, vor zwei Tagen erst, hatten sie ihm auf dem Heimweg aufgelauert, hatten ihn vom Fahrrad gezerrt und ihm unter schallendem Gelächter einen lebenden Frosch vorne in die Hose gesteckt! Ich musste mich beherrschen, dass ich nicht Tränen des Mitleids und des Zorns geheult hätte.

»Hast du´s der Mutter gesagt?«, fragte ich, doch er
verneinte. Nein, die Mutter wollte er nicht mit seinen
Problemen belasten, und nun lief mir doch eine Träne
der Rührung über die Wange. Ach, dieser gute und
tapfere Junge. Ja, natürlich spürte er, was seine Mutter
hier auszustehen hatte, und da wollte er ihren Kummer
nicht noch vergrößern. Ich strich ihm mit der Hand
über den Kopf und versprach ihm, dass ich mir etwas
ausdenken würde, wie ich ihm helfen konnte. Und
schließlich hatte ich eine Idee. Vor Jahren schon hatte
ich mir ein Jagdmesser gekauft, das ich kaum jemals
benutzte. Als ich Konrad am nächsten Tag auf der
Terrasse sah, winkte ich ihm zu und rief, er solle doch
kurz einmal kommen. »Ich habe etwas für dich«, sagte
ich, ging in meine Küche und holte das Jagdmesser.
»Ich denke, das wird deine Probleme lösen.«

Geradezu ehrfürchtig zog er das Messer aus der
Scheide und ich sah, wie seine Augen zu leuchten begannen, als er die blanke Schärfe in der Sonne blitzen
sah.

»Ist das für mich?«, fragte er mit ungläubigem Gesichtsausdruck.

»Ja, das ist für dich. Doch komm, ich muss dir noch
zeigen, wie man damit umgeht.« Ich führte ihn zu dem
Geräteschuppen, in dem es, ich weiß nicht warum, von
Ratten nur so wimmelte. Es waren fette, widerwärtige
Viecher, manche noch größer als Heiner. Ich hatte et-
liche Fallen aufgestellt, keine Schnappfallen, sondern
Käfige, in die die Ratten durch eine Öffnung hinein-
krochen, dann aber nicht mehr herauskamen. Erst am
Morgen war eins der Biester in eine dieser Fallen
geraten, und ich war noch nicht dazu gekommen, es zu

entsorgen. Ich führte Konrad also in den Schuppen und zeigte ihm die Falle mit der Ratte.

»Ja, ekelhaft, nicht wahr?«, sagte ich, als ich seine angewiderte Miene sah. »Jetzt pass gut auf.« Ich zog mir einen Arbeitshandschuh über, öffnete die Falle und packte die wie irre fiepende und um sich beißende Ratte. »Gib mir das Messer!«, forderte ich und er reichte es mir. »Schau her, so bringt man seinen Feinden Manieren bei!« Und hier stieß ich zu, rammte das Messer in den Brustkorb der Ratte und schlitzte sie dann bis unten hin auf. O nein! Nicht dass Sie jetzt einen falschen Eindruck erhalten. Keineswegs wollte ich hiermit andeuten, dass Konrad seine Probleme mit Gewalt lösen solle. Nein, gewiss nicht. Nichts lag mir ferner, als ihn zu einem Ebenbild seines Stiefvaters zu machen. Ich wollte ihn nicht zur Anwendung von Gewalt verleiten, nein, ganz im Gegenteil wollte ich ihm zeigen, wie man durch die Demonstration von Macht Gewalt verhindern kann. Die alten Römer oder Griechen hatten da so einen schlauen Spruch, der hieß *si willst peacem, para kriegum* oder so ähnlich. Das heißt, wenn du Frieden willst, dann bereite den Krieg vor. Und das machte ich ihm auch ganz unmissverständlich klar. Er solle das Messer nie, aber auch wirklich niemals gegen einen Menschen einsetzen. Nein, einzig zur Abschreckung dürfe er es gebrauchen. Aber um glaubhaft abschrecken zu können, muss man eben wissen, wie man eine Waffe benutzt. »Aus diesem Grund habe ich dir gezeigt, wie man eine Ratte tötet. Das siehst du doch ein?«

Er nickte, und ich reichte ihm also das Messer. »Was hast du?«

Er war plötzlich sehr blass und wich einen Schritt zurück. »Ich glaube, ich will das Messer nicht mehr«, stammelte er.

»Warum nicht?«, fragte ich. »Es ist ein gutes Messer.« Ich hielt es ihm hin, aber er wich nur noch einen Schritt zurück. Statt es anzunehmen, gab er mir die Scheide zurück und eilte aus dem Schuppen. Ich blickte ihm nach, wie er über den Rasen zum Eingang des Anwesens lief. Hatte ich einen Fehler gemacht? Ich hatte es doch nur gut gemeint. Das musste er doch verstehen. Er musste doch einsehen, dass ich ihm nur helfen wollte, dass wir letztlich doch auf ein und derselben Seite standen. Warum also lief er weg? Ich begann zu grübeln. Was sollte ich tun? Ich hatte ihn erschreckt. Ja, daran zweifelte ich nun nicht mehr. Und dabei hatte ich ihm doch nur helfen wollen, sich in der Welt Respekt zu verschaffen. Die Sache ging mir nicht mehr aus dem Kopf. Wenn er nun seiner Mutter davon erzählte. Womöglich würde sie die Sache ebenso missverstehen. Ich grübelte, ich suchte nach dem Jungen, doch fast schien es, als ginge er mir aus dem Weg. Ich war verzweifelt. Was sollte ich tun, wenn er Christina davon erzählte und diese mich dann zur Rede stellte?

Doch glücklicherweise tat er das nicht. Zumindest glaube ich das nicht. Christina jedenfalls sagte nichts. Im Gegenteil. Schon von Weitem winkte sie mir am nächsten Tag zu, als sie mich am Geräteschuppen erblickte, herzlicher noch, als sie es sonst zu tun pflegte. Nein, er hatte nichts gesagt, da war ich mir nun gewiss, und ich atmete erleichtert auf.

In den nächsten Tagen ereignete sich nichts Erwähnenswertes. Konrad bekam ich kaum zu Gesicht, wohl aber Christina. Sie begrüßte mich in der herzlichen

Weise, wie ich es von ihr gewohnt war, nannte mich beim Namen. Herr Ortegirus, obwohl ich mich nicht beklagt hätte, wenn sie mich beim Vornamen genannt hätte. Nein, bei ihr hätte ich es gerne geduldet, so wie ich es bei ihrem Sohn tat. Sie lachte, sie scherzte, doch erkannte ich an ihrem Blick nur zu genau, dass sie irgendetwas betrübte. Und natürlich wusste ich, was dieses Etwas war. Aber sie war tapfer, zeigte sich stark. O ja, und stark musste sie sein, und sei es auch nur für ihren Sohn.

Und dann kam der Tag, an dem Ferdinand seinen dreizehnten Geburtstag feierte.

Es war ein herrlicher Sommertag. Seine ganze Clique war eingeladen und tollte ausgelassen in und vor dem Anwesen umher. Konrad war natürlich nicht eingeladen, zumindest aber habe ich ihn nicht mit den anderen Kindern zusammen gesehen. Irgendwann verschwand die Bande dann hinter der Westseite des Anwesens, wo ich sie von dem Blumenbeet aus, an dem ich gerade arbeitete, nicht sehen konnte. Doch den Geräuschen nach, die aus der Richtung drangen, vergnügten sie sich nun in dem Schwimmbecken, das dort angelegt war. Ich hörte es lachen und herumtollen, und mit einem Mal schwoll das Lachen an, wollte mir nun geradezu obszön scheinen. Ich blickte zur Westseite des Anwesens und da nun sah ich Christina. Sie kam von der Westseite. Was sie dort getan hatte, das wusste ich nicht. Vielleicht wollte sie einfach nach dem Rechten sehen. Und nun eilte sie an der Rosenhecke vorbei auf den Eingang des Anwesens zu. Und sie weinte. Zwar war ich gute dreißig Meter von ihr entfernt, doch ich sah es genau. Es gab keinen Zweifel. Sie rieb sich die Augen, sie weinte. Undeutlich meinte ich sie sogar schluchzen gehört zu haben. Christina!, hätte ich fast gerufen, doch besann ich mich im letzten Moment. »Frau Brandstein!« Doch sie hörte mich nicht oder wollte mich nicht hören. Und im nächsten Augenblick war sie im Anwesen verschwunden. Ich spürte, wie sich meine Fäuste ballten. Zwar wusste ich nicht, was genau vorgefallen war, doch war das auch gar nicht wichtig. Es gab ja so viele Wege, diese arme Frau zu kränken. Vermutlich hatte der kleine Satansbraten eine hässliche Bemerkung über ihre Herkunft gemacht oder hatte gar ihren Vorschlag erwähnt, Branntwein mit Cola zu mischen! Und sie lachten. Ja, sie lachten und lachten, während ihr die Schamröte ins Gesicht stieg und ihr endlich heiße Tränen über die Wangen liefen. Ach, wie gerne wäre ich nun zur Westseite geeilt und hätte die ganze Bande in dem Schwimmbecken ersäuft!

Doch ich zwang mich zur Ruhe. O ja, und das gelang mir sogar ausgezeichnet. Mir war klar, dass ich die Sache vollkommen ruhig und gelassen angehen musste. Und an dieser Stelle will ich etwas Grundsätzliches festhalten: dass ich nämlich ein zutiefst harmoniebedürftiger Mensch bin. Ich hasse Streit und Zank und jede Art von Auseinandersetzungen. Nur zu genau erinnere ich mich noch, welche Qualen ich litt, wenn meine Eltern sich zankten, sich anschrien und schließlich wie von Sinnen aufeinander eindroschen. O ja, noch immer steigen die Bilder aus den Abgründen meiner Alpträume hervor, wie ich unter meinem Bett kauere, die Hände an die Ohren gepresst, damit ich die Schreie, das Gebrüll, o, dieses fürchterliche Gebrüll nicht mehr hören musste. Doch es wurde lauter, lauter, immer lauter, bis ich glaubte, mein Kopf müsse bersten, und dann schrie ich. Ja, ich schrie, ich brüllte, vielleicht sogar noch lauter als meine Eltern, ich musste schreien! Verstehen Sie das? Ich musste einfach schreien, musste meine Qualen, mein Entsetzen hinausschreien, weil sie mich sonst in den Wahnsinn getrieben hätten! Ja, gewiss wäre ich …

Ich zwang mich also zur Ruhe. Auf keinen Fall wollte ich einen Streit provozieren. Die Sache ließ sich gewiss auch im Guten, im Einvernehmlichen klären, ohne dass die eine oder andere Seite die Stimme hätte erheben müssen. »Ferdinand«, rief ich also in vollkommen ruhiger, freundlicher Stimme, als ich den Jungen am nächsten Abend am Geräteschuppen, in dem ich gerade beschäftigt war, vorbeigehen sah.

»Was ist?«, erwiderte er in äußerst übellaunigem Ton. In jenem arroganten Ton, der nur zu deutlich seine Empörung darüber zum Ausdruck bringen sollte, dass ein einfacher Gärtner wie ich es wagte, ihn anzusprechen. Doch ich blieb ruhig, vollkommen ruhig. Ja, ich lächelte ihn sogar an, als ich ihm mitteilte, dass ich ihn auf ein Wort sprechen wollte.

»Keine Zeit«, entgegnete er.

»Ich kann die Sache auch gleich mit deiner Großmutter besprechen. Die wird sich gewiss interessieren, was ihr Enkel alles so in seiner Freizeit treibt.« Und noch immer lächelte ich und sprach in gänzlich ruhigem Tonfall. Natürlich war mir klar, dass diese Drohung Eindruck auf ihn machen musste, denn wenn es jemanden gab, vor dem er Respekt, vielleicht sogar Angst hatte, so war es seine Großmutter. Und in der Tat blieb er nun stehen und blickte mich aus argwöhnischen Augen an. Ich lächelte noch immer und bedeutete ihm mit einer Handbewegung, er solle zu mir in den Geräteschuppen kommen. Einen Moment noch zögerte er, dann aber kam er meiner Aufforderung nach.

»Also, was ist?«, fragte er, und ich kam direkt zur Sache. Was er mit Christina, das heißt: mit Frau Brandstein angestellt habe am Tag zuvor, dass diese weinend ins Anwesen geeilt war, wollte ich wissen.

»Vielleicht hat sie ja Sand unter ihre Kontaktlinsen bekommen«, höhnte er und bedachte mich mit jenem arroganten, hochmütigen, ekelhaften Grinsen der Superreichen. Ja, ekelhaft, das ist der einzig passende Ausdruck für dieses Grinsen, und ich frage Sie: Haben Sie jemals dieses ekelhafte, dieses widerwärtige Grinsen eines Superreichen gesehen, der glaubt, dass Sie nicht einmal das Recht hätten, dieselbe Luft zu atmen wie er selber! Haben Sie das? Doch ich blieb ganz ruhig. Gleichwohl erkannte ich, dass ich so nicht weiterkommen würde. Also brachte ich zur Sprache, was er und seine Bande mit Konrad angestellt hatten. Und hier grinste er nicht nur, hier lachte er mir offen ins Gesicht. »Und was willst du jetzt machen, Waldi? Mich anzeigen?«

Und ich lächelte noch immer. O nein, glauben Sie nicht, dass ich mich hätte provozieren lassen. Ich ging in den Nebenraum des Schuppens, in dem die Rattenfallen standen. In einer davon saß eine besonders fette, widerwärtige Ratte. Ich holte sie, und – Gott möge mir vergeben – ich genoss den Schrecken in seinen Augen, als er den wütend fiependen Nager erblickte.

»Was hältst du davon, wenn ich dir den Burschen einmal vorne in die Hose stecke? Was glaubst du, was der wohl mit deinem Zipfelchen anstellt?« Ich zog mir einen Arbeitshandschuh über und machte Anstalten, die Falle zu öffnen.

»Ich warne dich!« Er heulte nun fast und wollte aus dem Schuppen, doch ich verstellte ihm den Weg. »Wenn ich das meinem Vater sage, dann schmeißt er dich raus, der bringt dich ins Gefängnis.«

Und ich lächelte noch immer, als er nun begann, mich zu beschimpfen. Ob ich denn nicht wüsste, wer sein Vater sei (O ja, das wusste ich: ein elender Halunke!), ich solle dankbar sein, dass ich hier überhaupt arbeiten dürfte. Der Schock über den Anblick der Ratte war nun verflogen. Er fühlte sich nun wieder überlegen und er beschimpfte mich, nannte mich Waldi, einen Hungerleider und mit jedem Satz wurde er beleidigender und ausfallender.

Mir war klar, dass ich einen kühlen Kopf bewahren musste. Ich beschloss, den Sauhund noch an demselben Abend im Wald neben Heiner zu verbuddeln. Herbert und seine Mutter waren mit dem Wagen weggefahren. Christina und Konrad befanden sich gewiss im westlichen Teil des Anwesens, ebenso die Zofe. Die Gelegenheit war also günstig. Erst zwei Stunden zuvor hatte ich den Rasen hinter dem Anwesen gemäht, war aber noch nicht dazu gekommen, das Gras wegzuschaffen. Ich nahm also die Schubkarre und schob sie zu der gemähten Rasenfläche und füllte sie dort zur Hälfte mit Gras. Dann fuhr ich damit zum Schuppen zurück, verbarg den Jungen zusammen mit einer Schaufel unter der Grasschicht und transportierte das Ganze in den Wald. In knapp einer Stunde war die Sache erledigt.

Im Grunde war die Angelegenheit ein Unfall. Kein Richter würde in diesem Fall von einem Mord sprechen. O nein. Ich habe gesagt, dass ich vollkommen ruhig und beherrscht war. Man werfe mir also nicht vor, ich sei etwa jähzornig oder dergleichen. Nein, ich bin ein zutiefst harmoniebedürftiger Mensch, der keiner Fliege etwas zuleide tun könnte. Ich glaube, das sagte ich bereits. Aber wenn man mich provoziert, mich beleidigt, mich mit den widerwärtigsten Schimpfwörtern überhäuft – Hungerleider!! –, dann kommt bei mir irgendwann ein Punkt, wo ich nicht mehr weiß, was ich tue. Warum nannte er mich Waldi? Einen Krautbock? Einen Versager? Einen Trottel! Darf eine Rotznase wie dieser Bettnässer einen erwachsenen Mann wie mich als Trottel bezeichnen, nur weil er keinen Schulabschluss hat? Zumindest keinen so richtigen. Darf er das, so frage ich Sie! Wird ein Mensch erst zum Menschen, wenn er Millionen auf dem Konto oder wenigstens einen Doktortitel hat?

Nein, er durfte sich nicht beschweren. Was geschehen war, das hatte er einzig sich selber zuzuschreiben.

Arme Christina. Was musste sie nun wieder durchstehen. Die Polizei ging ein und aus, stellte Untersuchungen an, organisierte irgendwelche Suchen, die jedoch alle ins Leere liefen, stellte Fragen, machte sich Notizen. Auch ich wurde befragt. Doch was konnte ich schon aussagen? Und was hatte Christina erst auszustehen, sie mit ihrem sensiblen und gutherzigen Gemüt. Als wenn der Ärger mit ihrem Mann und ihrer Schwiegermutter nicht gereicht hätte, wurde sie nun auch noch von der Polizei vernommen. Und ich wusste, was für Fragen diese Burschen zu stellen pflegten. Hochnotpeinliche Fragen. Am Ende konnte bei ihr noch der Eindruck entstehen, dass man sie verdächtige, etwas mit dem Verschwinden des Jungen zu tun zu haben. Und sie litt. Ich sah es an ihrer Miene, an ihren Augen, wann immer ich ihr begegnete. Ach, die Ärmste, was musste sie nur ertragen. Und war die

Polizei endlich verschwunden, dann wurde es sogar noch schlimmer, nun, da sie mit ihrem Mann und der Schwiegermutter alleine war. Ja, sie hatte den Stiefsohn doch nie geliebt, hatte doch stets nur an ihren leiblichen Sohn und an ihr eigenes Wohlergehen gedacht. Und wahrscheinlich war sie sogar froh, dass Ferdinand nun endlich fort war, denn würde nun nicht ihr eigener Sohn alleiniger Erbe des Brandstein-Vermögens? Ja, solche Anschuldigungen wird sie sich jeden Tag angehört haben müssen. Selbstverständlich waren Herbert und seine Mutter verzweifelt über das Verschwinden von Ferdinand, niemand konnte das besser nachvollziehen als ich, aber war das ein Grund, nun alle Verzweiflung, allen Schmerz an Christina abzureagieren? Wäre es nicht weit angemessener, nein: wäre es nicht die *Pflicht* der Familie gewesen, nun zusammenzustehen und einander Beistand zu leisten?

Die Mutter. Ja, die Mutter war die treibende Kraft, das erkannte ich in aller Deutlichkeit. Wann immer ich das Anwesen beobachtete, so wirbelte sie wie ein Derwisch durch die Gänge und Flure, und zwar durch die des Untergeschosses, wo sie doch eigentlich gar nichts zu suchen hatte. Vom Geräteschuppen aus hatte ich durch meinen Feldstecher den Gang, der zum Salon führte, ausgezeichnet im Blick. Und jeden Tag sah ich sie mehrmals dorthin eilen, meistens noch mit der Zofe im Gefolge. Und oftmals blieb sie dann den ganzen Abend dort, was sie sonst nie zu tun pflegte. Und es bedurfte nicht allzu großer Phantasie, um sich vorzustellen, was sie dort so trieb. Wie sie der Schwiegertochter Vorhaltungen machte, wie sie ihren Sohn aufstachelte, die Unwürdige doch endlich aus dem Haus zu werfen. Und nicht nur im Salon, auch in dessen Arbeitszimmer suchte sie ihren Sohn auf, um gegen Christina zu hetzen. Das Arbeitszimmer lag auf der anderen, der westlichen Seite des Anwesens, und in der davor gelegenen Tannenschonung hatte ich einen Baum gefunden, von dem aus man das Arbeitszimmer wunderbar einsehen konnte. Dort ging sie dann vor dem schweren Eichenholzschreibtisch auf und ab, bisweilen wild mit den Armen gestikulierend, während der Sohn auf seinem Diwan oder seinem Schreibtischstuhl saß und zumeist brütend vor sich hin starrte. Bei einer Gelegenheit hatte ich sie gar noch kurz vor Mitternacht dort gesehen, während Christina sich im Zimmer ihres Sohnes aufhielt.

Irgendwann konnte ich das Elend nicht mehr länger mit ansehen. Von meinem Häuschen aus sah ich, wie sich Christina auf die Terrasse setzte, den Blick wieder starr auf die untergehende Sonne gerichtet. Einige Male atmete ich tief durch, dann nahm ich meine Heckenschere und begab mich zu der Rosenhecke. Sie war eigentlich schon fertig geschnitten, doch ich gab vor, noch die eine oder andere Ausbesserung vornehmen zu müssen. »Ich hoffe, ich störe Sie nicht«, sagte ich, und erstmals seit langer Zeit bemerkte ich, wie ein Lächeln über ihre Lippen huschte. Ein schwaches Lächeln nur, für das ungeübte Auge kaum zu erkennen, doch ohne jeden Zweifel vorhanden.

»Nein, überhaupt nicht«, sagte sie. »Machen Sie nur.«

Ich nickte und machte mich ans Werk. Ich schnippelte hier ein bisschen, dort ein bisschen, immer wieder aber wanderte mein Blick zu ihr, zu diesen traurigen Augen, die da in eine Ferne starrten, in der es keine Sorgen, weder herzlose Schwiegermütter noch aufbrausende Ehemänner gab. Endlich ertrug ich es nicht länger. Ich atmete tief durch, nahm allen Mut zusammen. »Es tut mir leid«, sagte ich. »Na, Sie wissen schon. Also … also, wenn ich Ihnen irgendwie helfen kann …«

Sie blickte mich an, und ich erstarrte. Ich spürte, wie alle Kraft aus mir wich. Meine Arme erschlafften, fast wäre mir die Heckenschere aus den Händen gefallen. Ach, dieser Blick. Mehr als tausend Gedichte sprach aus diesem Blick. Und ich schmolz dahin, ich verging. Welch ein Blick. Es ist unmöglich, ihn mit Worten zu beschreiben. So viel war in ihm vereint. Traurigkeit, Pein, Entsetzen, Dankbarkeit und Flehen. Ja, Flehen. Und das Flehen war es, das alles andere überschattete. Sie flehte mich an, ihr beizustehen, sie zu halten, ihr Kraft zu geben in einem Unglück, an dem auch die stärkste Natur hätte zerbrechen müssen. »Danke. Das ist lieb von Ihnen, Waldemar«, sagte sie. »Das ist wirklich lieb von Ihnen.« So sprach sie. Und lange Sekunden, vielleicht eine ganze Ewigkeit lang, blieben wir vereint durch diesen Blick. Eine kurze Ewigkeit der Verbundenheit, der Sehnsucht, der … der Liebe. Dann ertrug sie es nicht länger, sie entschuldigte sich und ging ins Anwesen zurück. Ich aber blieb und starrte wie in Trance zu der Tür, hinter der sie eben verschwunden war.

Es musste etwas geschehen. Ich musste handeln. Also grübelte ich. Marschierte in meiner Küche auf und ab und grübelte. Doch im Grunde gab es nicht viel zu grübeln. Ich kannte die Wurzel allen Übels. Sie war es. Ja, bei ihr liefen alle Stränge zusammen, sie führte das Regiment, sie entschied über Leben und Vergehen. Ich musste mit ihr reden. Reden. Ja, ich wusste, was momentan in ihr vorgehen musste, wusste, dass sie vor

Sorge oder Trauer um den Enkelsohn wie von Sinnen war. Das war mir bekannt und ich hatte tiefstes Mitgefühl mit ihr. Aber war das ein Grund, die Schwiegertochter in ein noch größeres Unglück zu stoßen, als sie es ohnehin schon durchleiden musste? Sie musste ihr Unrecht doch einsehen. Denn wenn sie auch ein Basilisk war, so zeigte ihre Trauer um den Enkel doch, dass sie zu menschlichen Empfindungen in der Lage war. Sie würde es einsehen.

Ich wartete also bis weit nach Mitternacht, und als endlich alle Lichter im Anwesen erloschen waren, nahm ich meinen Spachtel.

Nur gut, dass ich die Schaufel noch nicht weggeräumt hatte.

Ich kann nicht ausschließen, dass die alte Dame dachte, sie würde überfallen. Doch das war natürlich blanker Unsinn, was ich ihr auch in aller Deutlichkeit gesagt habe. Aber ich musste ihr den Mund zuhalten, damit sie nicht schreit, denn die Unterhaltung sollte ja privat sein. Ja, das möchte ich hier unmissverständlich klarstellen, dass ich nämlich eine offene Aussprache unter Einschluss der anderen Familienmitglieder zu diesem Zeitpunkt für unangemessen hielt und noch immer halte. Nein, mit ihr, mit ihr alleine musste die Sache zunächst besprochen werden, denn wenn man auch mildernde Umstände geltend machen konnte, so war doch sie die Hauptverantwortliche. Ich sagte also: »Werte Frau Brandstein, wir müssen miteinander reden.« So sagte ich, und allein hieraus war doch schon ohne Weiteres ersichtlich, dass meine Absichten rein friedlicher Natur waren. Warum also wehrte sie sich immer noch und versuchte, nach mir zu schlagen? »Frau Brandstein«, wiederholte ich, »so beruhigen Sie sich doch. Ich will ja nur mit Ihnen reden. Denn sehen Sie, ich habe ja vollstes Verständnis, dass Sie momentan aufgebracht sind. Ihres Enkels wegen. Aber ist das denn ein Grund ... Na, jetzt geben Sie endlich Frieden. Wollen Sie mich gar noch beißen!«

Ich bin ein sehr kräftiger Mann. Meine Hände sind stark und können zupacken. O, Sie müssten mich einmal sehen, wie ich arbeiten kann. Bisweilen habe ich sogar Bäume gefällt in dem Wald und ... Vielleicht ... ja, vielleicht war es wie bei Heiner. Auf einmal bewegte sie sich jedenfalls nicht mehr. Ich tätschelte ihre Wange, dann versetzte ich ihr einige Ohrfeigen. Aber nichts. Keine Reaktion. Und wenn Sie wüssten, was das für eine Plackerei war, sie durch das Anwesen zu tragen und durch das Fenster zu bekommen! Und ich musste ja vollkommen still dabei sein. Aber irgendwann war es dann geschafft, und als ich sie endlich neben ihrem Enkel vergraben hatte, da fing es bereits an zu dämmern.

Wieder in meinem Häuschen angekommen, marschierte ich in meiner Küche auf und ab und grübelte. Ich grübelte und grübelte, schon glaubte ich, mein Kopf müsste rauchen oder gar Feuer fangen. Denn schon als ich aus dem Wald zurückkehrte, da drang ein Gedanke in mein Hirn und ließ mich nicht mehr los. Was sollte nun geschehen? Was würde passieren, wenn man das Verschwinden der alten Frau bemerkte? Natürlich würde die Polizei hier wieder auftauchen, würde ihre unverschämten Fragen stellen, ihre Untersuchungen anstellen. Und wer würde im Mittelpunkt der Ermittlungen stehen? Natürlich Christina. Es war ja auch zu seltsam. Zuerst verschwindet Ferdinand, dann dessen Großmutter, und jeder auf dem Anwesen wusste, dass Christina mit beiden auf Kriegsfuß stand. Natürlich, man würde sie verdächtigen, würde sie festnehmen, sie mir wegnehmen. Ich musste handeln, und zwar schnell. Ich musste unverzüglich etwas tun, und schon stand ich im Begriff, in das Anwesen zu stürmen, sie an mich zu reißen und hinfortzubringen, irgendwohin, wo sie in Sicherheit war. Doch dann besann ich mich. O, es war wichtig, einen kühlen Kopf zu bewahren. Ich durfte nichts überstürzen. Ich musste schnell und entschlossen handeln, ja, aber überstürzen durfte ich nichts. Ich zwang mich also zur Ruhe und dachte nach. Und schon wurden meine Gedanken viel klarer, nun da ich ruhig war. Vermutlich würde Herbert bald in die Stadt fahren. Zwar fuhr er nicht jeden Tag weg, aber ich hatte über Jahre hinweg schon eine Statistik erstellt und ich wusste daher ... nein, ich wusste nicht, aber mit hoher Wahrscheinlichkeit würde er heute in die Stadt in sein Büro fahren. Und zwar aller Wahrscheinlichkeit nach um 7:30 Uhr. Die Mutter schlief immer recht lange, meistens bis 9 Uhr. Ich hatte also etwa 90 Minuten Zeit, Christina aus ihrer Hölle zu befreien, bevor man das Verschwinden der alten Frau bemerken würde. Das war viel, das war fast eine Ewigkeit. Ja, aber bis dahin musste ich mich gedulden, mich gedulden und einen Plan schmieden. Wohin sollte ich mit ihr gehen? Aber das war ja im Grunde völlig belanglos. Irgendwohin würden wir fliehen, wo wir leben und glücklich sein konnten. Ich hatte etwas gespart, nicht viel, aber für eine geraume Zeit würde es schon reichen Und ich würde arbeiten, zur Not würde ich auch zwei Stellen annehmen, denn auf keinen Fall sollte Christina arbeiten. Das ist überhaupt eine Unsitte. Dass Frauen arbeiten gehen, meine ich. Wozu soll das wohl gut sein, frage ich Sie. Hat eine Frau denn in der Küche nicht genug zu tun? Nein, sie würde zu Hause bleiben und sich um Konrad kümmern. Und richtig, Konrad, den mussten wir natürlich auch mitnehmen. Ich überlegte, wie groß der Kofferraum von Christinas Wagen sein mochte. Würden Konrads Spielsachen dort hineinpassen? Wir könnten natürlich einiges auf dem Rücksitz abstellen, aber Christinas und meine Sachen mussten ja auch noch mit. Zum Teufel, was man alles bedenken musste bei so einer Flucht! Doch egal, es würde schon gehen. Zur Not würde ich eben einige meiner Sachen hier lassen. Die Fallen, das ganze Zeug, das ich zum Schlachten und Gerben brauchte. Was sollte ich damit? Wenn wir in die Stadt zogen, würde ich eh keine Fallen aufstellen können. Dann … Doch da mit einem Male hörte ich ein Motorengeräusch. Ich eilte ans Fenster. Es war Herbert! Ich jubilierte, doch im nächsten Moment erstarrte ich. Neben ihm auf dem Beifahrersitz saß Konrad. Zum Geier noch mal! Das hatte ich ganz vergessen. Er brachte Konrad in der letzten Zeit ja immer mit dem Wagen zur Schule, warum auch immer. Was nun? Egal, wir mussten ihn eben später nachholen. Ich sah auf die Uhr. Es war 7:35 Uhr. Jetzt aber los. Ich war so aufgeregt, dass ich den Spachtel einsteckte, obwohl ich den doch jetzt gar nicht brauchte, weil die Eingangstür ja eh offen war. Mit pochendem Herzen überquerte ich die Rasenfläche, vor der Treppe, die zu den beiden Säulenreihen führte, blieb ich stehen und blickte mich um. Herbert war weg. Wir waren alleine. Ein letztes Mal atmete ich tief durch, dann eilte ich die Stufen hinauf und trat durch die Eingangstür ins Anwesen. In der Küche. Ja, vielleicht war sie in der Küche. Oder im Esszimmer beim Frühstück. Ja, ganz recht, immer öfter frühstückte sie in der letzten Zeit alleine. Das wusste ich genau. Aber damit würde es bald vorbei sein. Ich wandte mich also nach rechts und eilte den Gang zur Küche entlang. »Christina!«, rief ich, doch sie war nicht dort. Dann im Esszimmer. Auch nicht. Zum Teufel, wo war sie? Ich hatte wahrlich keine Zeit, sie jetzt noch Stunden zu suchen! Also wieder zurück, an der Marmortreppe vorbei in den Gang, der zum Schlafzimmer führte. Vielleicht hatte sie sich ja nochmals hingelegt. Auch das kam vor. Von meinem Ausguckposten in der Tannenschonung aus hatte ich schon wiederholt beobachtet, dass sie sich nochmals ins Bett gelegt hatte, nachdem ihr Mann und die Kinder das Haus verlassen hatten. Ich war fast wahnsinnig vor Aufregung und Anspannung, als ich mich der Tür zum Schlafzimmer näherte. Mein Herz raste, mir schwindelte und fast glaubte ich, im nächsten Moment ohnmächtig zu werden. Und in all diesem Durcheinander vergaß ich doch gar, anzuklopfen und stürmte einfach in das Zimmer!

Und da war sie. Sie lag nicht im Bett, sondern stand vor dem Kleiderschrank, gerade im Begriff, ihr Nachthemd auszuziehen und sich anzukleiden, schöner noch als die Sonne, die dort irgendwo hinter den Wäldern gerade aufgehen musste. Ich stand einfach da und starrte sie an, wie gebannt von ihrer Schönheit, unfähig, auch nur einen Muskel zu rühren. Auch sie stand da, mitten in der Bewegung innehaltend und mich nun aus ihren rehbraunen Augen anstarrend. Endlich dann überwand ich mich und löste mich aus dem Bann, denn natürlich wusste ich, dass uns nicht viel Zeit blieb.

»Ich weiß, was Sie jetzt denken«, begann ich. »Dass ich hier so einfach hineinstürme, ohne zu klopfen …

aber das müssen Sie mir schon verzeihen … ich war ja so aufgeregt. Ach, und dann habe ich auch noch den ganzen Dreck aus dem Wald an der Hose.« Und tatsächlich bemerkte ich erst jetzt, wie verdreckt meine Hose war. Ich schüttelte sie aus und einige Tannennadeln fielen auf den Fußboden. »O, das macht gar nichts. Der Staubsauger schafft das im Nu wieder weg. Wenn Sie wollen, mache ich es sofort.« Ich sah mich nach einem Staubsauger oder einem Besen um, konnte jedoch nichts dergleichen entdecken. Doch sie schien die Tannennadeln gar nicht zu bemerken. Sie hielt die Arme vor der Brust verschränkt, als gelte es, irgendetwas vor mir zu verbergen. »Aber Sie brauchen sich doch nicht vor mir zu schämen. Ich weiß doch längst, dass … na, du weißt schon, was ich meine.« Und hier zwinkerte ich ihr zu. Sie schien nicht zu verstehen. Aber das war jetzt nicht wichtig. »Wir haben nicht viel Zeit«, fuhr ich fort. »Wir müssen fliehen. Du bist nämlich in großer Gefahr, du musst ...«

»Herr Ortegirus«, unterbrach sie mich hier. »Was machen Sie hier in meinem Schlafzimmer?« Und sie presste ihre Arme nur noch fester an ihren Oberkörper.

»Aber du brauchst dich doch nicht zu genieren. Das ist ja nur ganz natürlich«, sagte ich. »Doch du musst dich nun beeilen, liebste Christina, denn bald schon wird die Polizei hier sein und dich verhaften.« Doch sie starrte mich nur an. »Denn sieh diese Hände«, sagte ich, während ich meine Hände erhob, und ich erschrak. Ich starrte auf meine Hände. »Diese Hände, die können zupacken, das weißt du ja. Du hast gesehen, wie ich arbeiten kann. O ja, es sind starke Hände … Das musst du verstehen, ich wollte doch nur reden. Das verstehst du doch? Und alles das habe ich doch nur für dich getan.« Ich zeigte in Richtung auf das Obergeschoss, und ich war mir sicher, dass ich das Richtige tat. O ja, unmöglich konnte ich unsere Beziehung mit einer Lüge beginnen lassen. »Sieh, wir gehen fort, bevor es jemand merkt, bevor die Polizei kommt und dich verhaftet. Denn das werden sie tun. Sie kennen ja die wahren Umstände nicht. Also beeil dich. Pack nur das Nötigste zusammen, aber vergiss Konrads Spielsachen nicht. Den müssen wir halt später nachholen. Das wird schon. Und jetzt schnell, wir müssen uns beeilen.«

Sie wich vor mir zurück, stand nun neben dem Bett, die Arme noch immer vor der Brust verschränkt. »Herr Ortegirus, ich möchte, dass Sie jetzt mein Schlafzimmer verlassen.« Sie schien noch immer nicht zu verstehen. Sie wich weiter vor mir zurück, und mir kam eine Idee. Ich hätte mich ohrfeigen können, dass ich nicht schon früher darauf gekommen war.

»Wir werden ein Kind haben«, rief ich also aus, während sie auf das Bett stieg. »Konrad wird ein Brüderchen oder auch ein Schwesterchen haben, dann sind wir eine Familie. Und zwar eine richtige. Es gibt da nämlich eine Studie, dass Einzelkinder sich nicht so gut entwickeln. Ja, wir werden ihm einen Bruder schenken, mit dem er spielen kann. Ja, einen Bruder … denn wenn ich mir das recht überlege, ist ein Bruder doch besser als eine Schwester. Nicht dass ich was gegen Mädchen hätte, o nein, versteh das bitte nicht falsch, aber ein Bruder … na, ein Bruder ist doch ganz was anderes für einen Jungen.«

Sie hüpfte über das Bett, sprang am anderen Ende hinunter und verschwand dann durch die Tür. »Christina!«, rief ich ihr hinterher, rief ihren Namen, aber sie rannte, rannte, als wäre ich ihr Feind und nicht dieses unselige Anwesen. Wir eilten durch die Gänge und Flure.

»Bitte, bitte!«, schrie sie.

»Aber ich bin doch hier!«

Schließlich hatte sie den Eingangssaal erreicht und eilte, nur in ihrem Nachthemd und ihren Pantoffeln bekleidet, zur Tür, riss diese auf und …

Ich rief ihr noch nach, sie solle vorsichtig sein. Die Stufen, sie konnten so glatt sein, und sie nur in diesen Pantoffeln. Und es war … Ja, vielleicht kennen Sie dieses Gefühl. Wie ein Donnerschlag überfällt es einen. Mit einem Mal ist es da, und man weiß, dass etwas Grauenvolles geschehen wird.

Und da war es auch schon geschehen. Wie in Zeitlupe schien sie dahinzugleiten, die Arme hoben sich, ruderten umher, die Hände fassten zu, schienen irgendwo einen unsichtbaren Halt zu suchen. Doch sie fassten ins Leere. Nichts war da, das ihren Sturz hätte aufhalten können, und dabei war ich doch nur wenige Meter entfernt von ihr. Ich stürzte durch die Tür und bevor ich ihren regungslosen Körper an der untersten Stufe erreicht hatte, wusste ich, dass ich zu spät gekommen war.

Ich kann nicht beschreiben, was dann geschah. Ich weiß es nicht. Ich weiß nur noch, dass mir schon damals irgendwie dämmerte, dass nun alles vorbei war. Ob ich geweint habe? Nicht einmal das vermag ich zu sagen. Ich schien in einen Strudel geraten, der mich hinabzog, immer tiefer und tiefer hinab in Vergessen und Gnade bringende Finsternis. Irgendwie muss ich die Kanister mit dem Benzin für den Rasenmäher aus dem Geräteschuppen geholt haben. Muss das Benzin irgendwo im Anwesen verschüttet und dann entzündet haben. Aber wie ich Christina schließlich von den Stufen aufnahm und zu ihrem Wagen trug, daran erinnere ich mich noch genau. Ich bettete sie auf den Rücksitz und hauchte ihr einen leidenschaftlichen Kuss auf die blutüberströmte Stirn. Ob der Schlüssel steckte oder ob ich ihn irgendwo aus dem Anwesen geholt habe, das weiß ich auch nicht mehr. Aber jedenfalls startete ich den Motor. Die Flammen schlugen bereits mächtig aus den Fenstern im Untergeschoss des Anwesens, als ich die Ausfahrt des Grundstückes erreichte. Einen letzten Blick warf ich noch zurück, dann verließ ich das Anwesen der Brandsteins für immer.

***

Der Rausch

Haben Sie schon einmal auf dem Dach eines Hochhauses gestanden und dann den unwiderstehlichen Trieb verspürt, direkt am äußersten Rand des Daches entlangzujonglieren, und haben Sie sich dabei ausgemalt, dass die kleinste Unaufmerksamkeit, der geringste Windstoß Sie unweigerlich in den Abgrund stürzen müsste? Und sind Sie dann tatsächlich an den Rand getreten und haben sich an der Ästhetik des Anblicks und an der Erhabenheit des Augenblicks berauscht, da ein einziger Schritt nur Sie vom Verderben getrennt hat? Oder haben Sie je einen Revolver mit nur einer oder auch zwei Kugeln in der Trommel vor sich liegen gehabt? Und haben Sie dann mit zitternder Hand nach der Waffe gegriffen, sich den Lauf an die Schläfe gesetzt und langsam, ganz langsam mit Ihrem Finger den Druck auf den Abzug erhöht? Sind Sie dann in jenen aus Entsetzen und Ekstase gespeisten Rauschzustand geraten, der Sie jeden freien Willens beraubt und Sie gedrängt, nein: *gezwungen* hat, den Abzug bis zum Anschlag durchzuziehen, obschon Sie rein theoretisch jederzeit den Revolver aus der Hand legen und sich und Ihre Narretei einfach hätten auslachen können?

Haben Sie derartiges bereits erlebt? Nein? Nun, vermutlich werden Sie dann Probleme haben, mich und meine Geschichte zu verstehen. Doch will ich gleich vorab bemerken, dass ich nicht lebensmüde bin und auch nicht … Wie soll ich sagen? Ich bin vermutlich ein ganz normaler Mensch, und wenn Sie sich die Mühe machen, meine Geschichte aufmerksam und ohne Vorurteile zu lesen, so werden Sie gewiss zu demselben Urteil kommen.

Wann genau die Geschichte begann, das kann ich unmöglich bestimmen.

Ich pflege mit meinem Motorrad zur Arbeit zu fahren. Es ist ein schnelles Motorrad. Sehr schnell sogar. Ein Stück vor dem Ortsausgang führt mein Weg über eine Anhöhe, an deren Fuße die letzten Häuser unseres Dorfes liegen. Hinter dem letzten Haus beschreibt die Straße eine leichte Rechtsbiegung und führt dann durch ein Waldstück hindurch direkt an eine Bundesstraße, die zwei benachbarte Orte miteinander verbindet. Diese Bundesstraße muss ich auf meinem Weg zur Arbeit überqueren. Jeden Morgen stoppte ich ein Stück hinter dem Stoppschild und hielt in beide Richtungen der Bundesstraße nach möglichem Verkehr Ausschau. Dieses Unterfangen war nie ganz problemlos, da die Sicht zur rechten Seite hin durch einige vorstehende Äste stark eingeschränkt war. Zudem ist die Bundesstraße auf der rechten Seite nur auf gut fünfzig Meter einsehbar, da sie danach in eine leichte Rechtskurve übergeht. In den Wintermonaten, wenn es morgens noch dunkel ist, stellt diese Unübersichtlichkeit kein Problem dar, da man die Scheinwerfer anderer Fahrzeuge rechtzeitig erkennen kann, im Sommer aber fällt diese Hilfe natürlich weg, und auch auf mein Gehör kann ich mich unter dem Sturzhelm und bei laufendem Motor dann nicht verlassen.

Ich näherte mich also auch in diesem Sommer Morgen für Morgen mit leichtem Unbehagen dem Stoppschild und atmete erleichtert auf, wenn ich die Bundesstraße unbeschadet überquert hatte. Die Straße, auf der ich mich dann befand, war von Feldern und Wiesen umgeben, sodass die Bundesstraße von hier aus ohne Schwierigkeiten einsehbar war.

Die Unruhe, die mich ergriff, wann immer ich mich vom Ortsausgang her der Kreuzung näherte, war also durchaus verständlich und gewiss nicht ungewöhnlich. Irgendwann jedoch, ganz allmählich, begannen sich meine Empfindungen der Kreuzung gegenüber zu ändern. Diese Änderung spiegelte sich in einem Verhalten wider, dem ich vermutlich bereits eine ganze Weile angehangen hatte, bevor es mir endlich voll zu Bewusstsein kam. In der zweiten Hälfte der langen Geraden, die durch den Wald direkt auf das Stoppschild zuführt, beschleunigte ich die Maschine nun gegen jede Gewohnheit, bremste aber bald wieder ab, um rechtzeitig an der Kreuzung zum Stehen zu kommen. Ich wunderte mich über dieses seltsame Gebaren nicht gering, behielt es aber nichtsdestotrotz bei. Jeden Morgen beschleunigte ich die Maschine auf der Geraden ein Stückchen mehr und wurde dabei von einer Erregung erfasst, die mit jedem Tag stärker wurde. Hatte ich mir dann hinter dem Stoppschild den Hals verrenkt, um nach dem Verkehr Ausschau zu halten, und die Kreuzung dann überquert, so flaute die Erregung bald wieder ab und war vergessen, sobald ich bei meinem Arbeitsplatz angekommen war. Am nächsten Tag aber war sie wieder da und zwang mich, Gas zu geben, mehr, noch etwas mehr, um im letzten Augenblick das Bremspedal zu treten und die Maschine am Stoppschild zum Stehen zu bringen, bis eines Morgens eine Stimme in meinem Kopf die Frage ausrief, die unterschwellig wahrscheinlich schon seit Wochen in meinem Geist herumgespukt hatte: *Was wäre, wenn ich nicht vom Gas gehe und einfach so über die Kreuzung rase?*

Ich fuhr gerade die Anhöhe zum Ortsausgang hinab, und da stand die Frage nun vor mir, klar und deutlich und nicht mehr zu übersehen oder zu verdrängen. *Was wäre, wenn …?* Ich passierte das letzte Haus des Dorfes und nahm nun die Biegung auf die Gerade zu, an deren Ende sich das Stoppschild befindet. *Was wäre, wenn … ?* Ich hatte die Hälfte der Strecke hinter mir und beschleunigte, beschleunigte etwas mehr, ging noch immer nicht vom Gas. Mein Herz raste, meine Augen weiteten sich, als ich das Schild näher und näher kommen sah. Dann ging ich auf die Bremse, benutzte Hand- und Fußbremse zugleich, und endlich stand ich. Direkt am Stoppschild.

Ich nahm den Gang heraus und atmete einige Male tief durch. Mein Herz ging noch immer rasend, und wohl ein Dutzend widerstreitender Gefühle stürzte auf mich ein. Endlich hatte ich mich einigermaßen beruhigt und tastete mich vorsichtig vor. Es war frei. Es wäre nichts passiert.

Ich fuhr weiter zur Arbeit, doch dieses Mal fiel die Fahrt nicht von mir ab, kaum dass ich meine Arbeitskleidung angezogen hatte. Wieder und wieder schweiften meine Gedanken zu der Geraden, zu dem Stoppschild, zu der Kreuzung. Mir schauderte bei der Vorstellung, ohne abzubremsen einfach über die Kreuzung zu rasen, aber gleichzeitig empfand ich eine Erregung, die schon fast einem Wonnegefühl glich. Mir graute vor dem Augenblick, wenn ich die lange Gerade erneut vor mir sehen würde, und gleichzeitig verging ich fast vor Verlangen, endlich wieder den Motor aufheulen zu hören und das Stoppschild auf mich zurasen zu sehen.

Die Unruhe ließ nun keinen Moment mehr von mir. Auch zu Hause konnte ich an nichts anderes als an die morgendliche Fahrt denken, und selbst im Schlaf sah ich die Kreuzung nun vor mir. Meine Gedanken waren konfus, und nie ist es mir gelungen, irgendeine Ordnung in meine Empfindungen zu bringen. Was sollte das Ganze? Warum war ich plötzlich dermaßen von dem Gedanken besessen, über eine Kreuzung zu rasen, ohne zuvor nach dem Verkehr Ausschau gehalten zu haben?

Ich wusste es nicht. Ohne einen Bissen hinuntergebracht zu haben, ging ich am nächsten Morgen mit rasendem Herzen in die Garage und holte die Maschine heraus. Ich versuchte, meine Gedanken irgendwie zu ordnen, herauszufinden, was ich eigentlich vorhatte, doch es gelang mir nicht. Ich war gänzlich außerstande, auch nur einen klaren Gedanken zu fassen. So startete ich also einfach den Motor und machte mich auf den Weg.

Wie betäubt fuhr ich durch das Dorf, auf Straßen, auf denen ich mich seit Kindertagen bewegte, an Häusern und Bäumen vorbei, die ich jeden Tag, Woche für Woche, Monat für Monat passierte, die mir nun aber erscheinen wollten, als sähe ich sie zum ersten Mal in meinem Leben. Ich war verwirrt. Irgendjemand winkte mir zu. Vor einem der Häuser, auf der Straße. Ich weiß es nicht. Ich wollte umdrehen. Wollte die Maschine einfach wenden und wieder nach Hause fahren. Mich wieder ins Bett legen oder mich betrinken. Aber das war natürlich unmöglich. Ich spürte, wie mein Herz zu rasen begann. Vermutlich bildeten sich auch erste Schweißperlen auf meiner Stirn. Das Stoppschild, die Kreuzung erschienen vor meinem Geist, und alle Kraft wich aus meinen Gliedern, aus meinen Armen, meinen Beinen, und wahrscheinlich wäre ich hingefallen, hätte ich nicht gesessen. Die Kreuzung. Das Stoppschild. *Was wäre, wenn …?*

Und plötzlich, ich befand mich gerade auf der Anhöhe vor dem Ortsausgang, verstand ich es. Alle Benommenheit war mit einem Male verflogen, gleißend und blendend wie ein Blitz stand es vor mir: Was fühlt man, wenn man die Kontrolle abgegeben hat? Wie ist es, wenn ich weiß, dass ich die Maschine nicht mehr vor dem Stoppschild werde anhalten können? Wenn ich erkenne, dass mein Sein oder Nicht-Sein nichts weiter mehr ist als ein Spielball auf dem Feld der Wahrscheinlichkeitsrechnung? Ja, nun erkannte ich, dass all dieser Gefühlsaufruhr nur um diese eine Frage kreiste und dass ich niemals meinen Frieden finden würde, bevor ich nicht die Antwort kannte!

Ich passierte das letzte Haus, ging in die Rechtsbiegung und da lag sie vor mir, die lange Gerade. Wenn eine Steigerung überhaupt noch möglich war, so raste mein Herz jetzt wahrscheinlich noch einen Tick schneller in meiner Brust. Fast glaubte ich, es müsste bersten. Am Ende der Geraden, noch undeutlich, erkannte ich das Stoppschild. Es schien mir zuzuraunen. *Nun komm schon. Hier bin ich. Hast du den Schneid, einfach an mir vorbeizurasen?* O, wie schnell flog die Gerade dahin. Schon lag die Hälfte der Strecke fast hinter mir. Ach, wenn das Benzin nun verbraucht wäre! Oder ein Getriebeschaden. Irgendetwas. Doch der Motor lief, brüllte auf wie ein Tiger, als ich nun beschleunigte. Ich sah nicht auf den Tacho, ich starrte nur geradeaus. Sah nur das Stoppschild, sah die Kreuzung, die dahinter weiterführende Straße, die ich entweder als Held oder gar nicht erreichen sollte. Das Stoppschild raste auf mich zu. Ich wollte schreien, wollte die Augen schließen, konnte weder das eine noch das andere.

Wie weit noch?

Noch …

Ich trat auf die Bremse. Mit dem ganzen Gewicht meines Körpers drückte ich das Pedal nach unten. Das Hinterrad blockierte, der Reifen kreischte auf. Die Maschine stellte sich quer, und, ich weiß nicht mehr wie, aber irgendwie brachte ich sie unter Kontrolle und kam direkt am Seitenstreifen zum Stehen.

Ich stand nun parallel zur Bundesstraße, zur linken Seite hin ausgerichtet. Ich befand mich weit genug auf der Straße, um das Dach des Hauses zu sehen, das etwa hundert Meter von mir entfernt zwischen den Baumstämmen hindurchschimmerte. Dann blickte ich mich um und sah einen Sattelschlepper von rechts die Bundesstraße entlangkommen. Der Fahrer schüttelte den Kopf, als er mich in solch ungewöhnlicher Stellung am Straßenrand stehen sah. Aus den Bäumen vor mir flog irgendein Vogel auf. Ich blickte dem Sattelschlepper nach und drehte mich dann zu dem Stoppschild um, das mir verächtlich den Rücken zugewandt hatte. Mit zitternden Knien schob ich die Maschine auf die Dorfstraße zurück. Mein Herz ging noch immer rasend, begann nun aber, sich zu beruhigen. Von rechts kam ein weiteres Fahrzeug. Ein PKW. Auch von links näherte sich mir nun jemand. Ich aber saß einfach da, über das Lenkrad gebeugt, und starrte auf die Felder auf der gegenüberliegenden Seite. Mein Herz schlug jetzt wieder fast normal, auch die Erregung schwand und machte einer Leere Platz, wie ich sie noch nie im Leben verspürt hatte. Die Felder wirkten so grau und trostlos. Ich hätte nie geglaubt, dass Felder trostlos wirken könnten.

Eine ganze Zeit verweilte ich noch, blickte bald auf die Felder, sah bald dem Verkehr nach. Irgendwann startete ich die Maschine dann wieder und fuhr zur Arbeit. Lustlos und übelgelaunt brachte ich den Tag irgendwie hin. Ich versuchte, mich auf meine Aufgaben zu konzentrieren, aber früher oder später, meistens früher als später, kehrten meine Gedanken wieder zu der Kreuzung und dem Vorfall zurück. Zu Hause angelangt nahm ich mir ein Buch und versuchte, mich von der leidigen Sache abzulenken, aber wie man sich bereits wird denken können, hielt sich der Erfolg in Grenzen. Ich schalt mich, wie unsinnig mein Verhalten, dieses Grübeln über die Kreuzung und das Stoppschild sei, doch es war zwecklos. Im Traum sah ich mich wiederholt die Anhöhe hinabfahren und dann auf der Geraden mit pochendem Herzen beschleunigen. Ich sah das Stoppschild auf mich zufliegen, hörte mich schreien, doch bevor ich die Kreuzung erreichte, brach der Traum stets ab, nur um dann irgendwann von Neuem zu beginnen.

Schweißgebadet wachte ich auf und quälte mich aus dem Bett. Dusche. Frühstück. Die Garage. Das Motorrad. Ich setzte den Helm auf und ließ den Motor an. Mit aller Gewalt versuchte ich, jeden Gedanken an die Kreuzung zu verdrängen. Ich würde einfach losfahren und mich zu meiner Arbeitsstelle begeben, wie ich es vor noch gar nicht allzu langer Zeit jeden Morgen getan hatte.

Dieser gute Vorsatz hielt, bis ich mich auf der Anhöhe befand. Ich hatte an die Aufgaben gedacht, die ich während der Arbeit zu erledigen haben würde, hatte versucht, ein Gedicht aufzusagen, das ich irgendwann einmal gelernt hatte. Doch dann war ich auf der Anhöhe und blickte auf die Biegung hinab, hinter der die Gerade und das Stoppschild auf mich warteten. Sogleich spürte ich es in meinem Magen rumoren, und um meine innere Ruhe war es geschehen. Mein Herz begann zu rasen, meine Hände zitterten und ich spannte die Muskeln an, um das Lenkrad ruhig zu halten. Und der alte Widerstreit tobte in jeder Fiber meines Körpers. Der Wunsch, einfach umzukehren, zurück ins traute Heim, diese teuflische Erregtheit, die mich trieb, immer weiter trieb zum Stoppschild, zur Bundesstraße.

Dann die Biegung und die Gerade. Zunächst noch in gemäßigtem Tempo, dann beschleunigend. Die Hälfte der Strecke lag hinter mir, und ich drehte auf, beschleunigte, und dann die Stelle, an der ich gestern abgebremst hatte. Doch ich beschleunigte weiter, drehte auf bis zum Anschlag, wagte einen kurzen Blick auf den Tacho, dessen Zeiger gerade die 140 überschritt, und dann war er da! Der Augenblick, von dem ab es kein Zurück mehr gab. Was immer auch geschehen mochte, ich würde fahren, mit gut 150 km/h an dem Stoppschild vorbeirasen!

Mein Gott, auch der sprachgewaltigste Poet könnte nicht in Worte fassen, was dann geschah. Es dauerte nur Sekunden, Sekunden jedoch, die hinreichen würden, ein ganzes Leben zu füllen. Alle Alltagssorgen, die ganze Welt, wie ich sie bisher gekannt hatte, lagen mit einem Male hinter mir. Selbst das Stoppschild und die Kreuzung verblassten, und ich erkannte, dass auch sie lediglich Figuren in einem Spiel waren, das von Mächten gespielt wurde, die weit oberhalb allen Irdischen herrschten. Ich war der Welt nun entrückt. Es gab nur noch den Tod, das Schicksal und mich. O ja, ich hatte die beiden herausgefordert. Ich hatte nicht gewartet, bis das Schicksal über mich entscheiden und Gevatter Tod zu mir schicken würde, ich hatte selber zum Angriff geblasen! Ich stand ihnen gegenüber. Für Sekunden hatte ich mich vom Getriebe der Welt befreit; für Sekunden war ich Alexander, Caesar und Napoleon in einer Person, und für einen winzigen Moment schien es mir gar, als könnte ich einen kurzen Blick hinter den Vorhang auf das gewaltigste aller Mysterien werfen!

Dann war es vorbei.

Ich ging vom Gas, bremste ab und hielt. Das Gefühl war zu erhaben, als dass ich es in seinem ganzen Ausmaß über die Kreuzung hinweg hätte retten können. Aber einen Abglanz davon zumindest bewahrte ich mir und ergötzte mich den ganzen Tag daran. Ich hatte es getan. Ich hatte erfahren, wie es sich anfühlt, wenn es kein Zurück mehr gibt, wenn man sich aus freien Stücken seinem Schicksal stellt. Dieses Gefühl, es liegt jenseits jeder sinnlichen Erfahrung, sodass man eigentlich gar nicht von einem Gefühl sprechen kann. Aber was immer es ist, es ist großartig, es ist herrlich.

Ich glaubte, dass es nun vorbei sei. Ich hatte meinem Dämon nachgegeben, hatte die Erfahrung aller Erfahrungen gemacht. Damit sollte es nun doch eigentlich sein Bewenden haben. Doch ich hatte mich getäuscht.

Kaum dass ich am folgenden Morgen die Anhöhe erreicht hatte, da spürte ich es wieder rumoren. Meine Hände begannen erneut zu zittern und ich klammerte mich krampfhaft an den Lenker. Die Biegung, die Gerade, ich beschleunigte. Doch nein, der Ausdruck trifft es eigentlich nicht. Ich beschleunigte nicht, ich *wurde* beschleunigt! Als ich die Hälfte der Geraden just hinter mir hatte, wurde mir klar, dass ich gar keine Wahl hatte, dass ich beschleunigen *musste*, dass ich nicht umhin kam, mich wieder meinem Schicksal zu stellen. Das Gefühl, als ich über die Kreuzung raste, war ähnlich großartig wie am Vortag, aber auch um einiges erschreckender. Erschreckend nicht so sehr, weil ich erneut der sehr realen Möglichkeit meines Todes ins Auge gesehen hatte, sondern weil ich kaum Herr meines eigenen Willens gewesen war.

Der Vorgang wiederholte sich am nächsten, wiederholte sich auch am über- und am überübernächsten Tag. Das Gefühl war herrlich, und ich weiß nicht, wie ich die Tage ohne die morgendliche Herausforderung hätte überstehen können. Kaum war ich auf der Arbeit angekommen und hatte sich die Erregung gelegt, da fieberte ich bereits dem nächsten Morgen entgegen, und mit Entsetzen musste ich mir eingestehen, dass ich längst nicht mehr Herr der Lage war. Ich konnte mich nun kaum noch auf meine Arbeit konzentrieren; mein Todesritt verfolgte mich bei Tag und bei Nacht, und ich konnte an fast nichts anderes mehr denken als an den nächsten Morgen, wenn ich erneut meinem Schicksal entgegenstürmen würde. Nun konnte ich nachempfinden, was in einem Serienmörder vorgehen muss, wenn er es in sich gären spürt, kaum dass der letzte Blutrausch verflogen ist. So süß ist das Gift, das durch unsere Adern fließt, und so schrecklich. Vermutlich ist sich ein Serienmörder bewusst, dass er erst aufhören wird, wenn er entweder gefasst wird oder aber stirbt. Ich war erschrocken über die Sachlichkeit, mit der ich mir eingestand, dass auch mein Treiben nur mit meinem Tod enden kann. Mehr noch aber erschreckte mich die Erkenntnis, dass nun nicht mehr ich es war, der das Schicksal herausforderte, dass vielmehr das Schicksal mittlerweile die Kontrolle übernommen hatte, mit mir spielte und nur auf den passenden Moment wartete, mich dem Sensenmann zu überlassen.

Ich versuchte nun, mir vorzustellen, wie der Fahrer wohl aussehen mochte, der mich auf der Bundesstraße zerquetschen würde. Vermutlich würde es ein Lastwagenfahrer sein. Lastwagen verkehren auf der Bundesstraße sehr häufig. Stieg ich am Morgen auf mein Motorrad, so malte ich mir aus, was er wohl gerade machte. Womöglich hatte er soeben einen Kaffee in dem Imbiss im Nachbardorf getrunken und setzte sich nun hinter das Lenkrad seines Zwanzigtonners. Er würde den Motor starten, das Radio anschalten, die Masse seines Gefährts dann in Bewegung setzen. Der Diesel würde protestierend schnaufen und dann aufbrüllen, schwerfällig in Fahrt kommen. Irgendwann aber würde er in Fahrt sein und dann unaufhaltsam den Weg entlangdonnern, den das Schicksal ihm vorgezeichnet hat und der ihn geradewegs an die Kreuzung bringen würde, wo ihm ein unscheinbares, aber blitzschnelles Motorrad in die Seite schießt.

Viereinhalb Wochen ging das Spiel. An fünf Tagen in der Woche durchlebte ich die höchsten Stufen der Ekstase und des Entsetzens, durchlitt an vier Wochenenden die schrecklichsten Entzugserscheinungen, denn, seltsam genug, ich brachte es nie über mich, mich außerhalb der Arbeitstage auf mein Höllengefährt zu schwingen.

Viereinhalb Wochen bis zum heutigen Morgen. Gerade hatte ich das Stoppschild passiert, da bemerkte ich etwas Großes, etwas Riesiges im rechten Augenwinkel.

Es mag unglaubwürdig erscheinen, aber für den Bruchteil einer Sekunde fand ich sogar noch Gelegenheit, mich auf das Ende einzustellen. Gleich würde nur noch blutiger Matsch von mir übrig sein. Ich nahm sogar wahr, wie der Schemen noch größer wurde, als er ohnehin schon war.

Dann befand ich mich auf der anderen Seite der Kreuzung. Er muss mich um nur Zentimeter verfehlt haben. Ich bremste, und als ich mich umblickte, sah ich, wie ein Sattelschlepper einen entgegenkommenden PKW in Stücke zerfetzte, dann von der Straße abkam und in die Fassade des Hauses krachte, das sich direkt an der Bundesstraße befand. Der Fahrer hatte wohl reflexartig im letzten Augenblick noch das Lenkrad herumgerissen.

Minuten stand ich da und bewunderte die Urkraft, die mit einem Male aus dem Sattelschlepper hervorgebrochen war und alles niedergewälzt hatte, was sich ihr in den Weg stellte. Fasziniert beobachtete ich, wie das Dach über dem Sattelschlepper und den Überresten des Hauses einstürzte. Dann machte ich mich auf den Weg zur Arbeit. Auch zu meinem Betrieb drang bald die Nachricht von dem Unfall. Soweit man wusste, hatte es weder im Haus noch in den Fahrzeugen Überlebende gegeben.

Es ist schon seltsam, welche Späßchen das Schicksal manchmal treibt.

Wie es nun weitergeht? Wer weiß. Wenn mich die vergangenen Wochen etwas gelehrt haben, dann, dass sich das Schicksal nicht in die Karten schauen lässt. Warten wir den kommenden Tag ab.

***

Um 3 Uhr

Vermutlich wird es schwer, die Gemütsverfassung, in der sich Adalbert von Grahnheim in jener Nacht befand, mit angemessenen Worten zu schildern. Wer nie zur Feder gegriffen, um zunächst in freudiger Erwartung, dann mit beginnender Ungeduld und schließlich in verzweifeltem Überdruss darauf zu warten, dass ihr ein Vers oder gleich eine Strophe entspringe, wer diese Erfahrung nie gemacht hat, dem wird sich kaum erschließen, welche Qualen Adalbert von Grahnheim litt, als er nun bereits die elfte Stunde, eingeschlossen in seinem Turmzimmer, über seinem Schreibblock saß. Nicht dass es ihm an Erfahrungen gemangelt hätte, da er ins Stocken geraten und dann ganz steckengeblieben war. Wie durch einen Vorhang meinte er dann, den Gesang der Musen zwar nicht zu hören, aber doch zu spüren, und wenn er aus jener Welt auch nichts mit hinübernehmen konnte, so fühlte er doch immerhin deren Existenz und durfte hoffen, wenn nicht heute, so doch morgen einen Blick hinter den Vorhang werfen zu dürfen. Doch in jener Nacht war es anders. Weder hörte noch sah oder spürte er irgendetwas, das einer Inspiration auch nur nahe gekommen wäre. Bald starrte er in die Flammen des Kamins, die nur noch vereinzelt durch die Asche züngelten, bald sah er durch das Fenster in die wolkenverhangene Nacht oder schritt unruhig in dem Zimmer auf und ab. Das Blatt jedoch blieb weiß, das Tintenfass ungeöffnet.

Er betrachtete das Weinglas vor ihm einen Augenblick, dann leerte er es in einem Zug. Damit war nun auch die zweite Flasche edelsten Weins verbraucht, die ihn jedoch so wenig inspirieren wollte wie die erste. Er

fuhr sich mit der Hand durch das schon angegraute
Haar und wollte gerade die Feder endgültig aus der
Hand legen, als er aus dem Augenwinkel heraus eine
Bewegung wahrzunehmen meinte. Er sah sich um. Sein
Blick wanderte über die mit einem Gobelin ge-
schmückte Wand in seinem Rücken, den Bücherschrank, die davor stehende Chaiselongue und, links
davon, den Sockel mit der Shakespeare-Büste. Der
Raum war durch nur zwei Kerzen auf dem Schreibtisch
des Dichters und der Glut aus den Resten des Kamin-
feuers erhellt, die längst nicht jeden Teil des Zimmers
ausleuchteten. Er nahm den Schatten der Büste näher
in Augenschein, in dem er die Bewegung, irgendetwas
Dahingleitendes, bemerkt zu haben glaubte. Doch da
war nichts. Wahrscheinlich war das Kaminfeuer durch
einen Holzrest kurz zu neuem Leben erwacht und hatte
einen zusätzlichen Schatten hinter der Büste verur-
sacht, den seine übernächtigten Sinne als Bewegung gedeutet hatten.

Er schüttelte den Kopf, drehte sich wieder zu seinem
Schreibtisch und wollte sich gerade erheben, da überkam ihn ein Gefühl, das ihn entfernt an den Moment
erinnerte, wenn ein Vers nach langem Grübeln in seinem Gemüt endlich Gestalt annahm und seiner Niederschrift entgegendrängte. Doch war dieses Gefühl nun
ein weitaus fordernderes, geradezu befehlendes, das
weder Aufschub noch Widerrede duldete. Auch war
dieses Gefühl mit keinem Empfinden freudiger Erwartung gepaart, wie er es sonst beim Dichten gewohnt
war; etwas Finsteres und Drohendes schien sich nun
vielmehr seiner Brust entwinden zu wollen.

von Grahnheim spürte, wie sein Herz zu hämmern
begann, mit einer fahrigen Bewegung wollte er zur Fe-

der greifen, bis er bemerkte, dass er sie noch in der zitternden Hand hielt. Er öffnete das Tintenfass, tauchte die Feder ein und schrieb:

> Hat die dritte Stund' geschlagen, welche Freude, welche Lust,
> Endlich wirst auch du dich laben an der Musen holden Brust.

Sein Herzschlag beruhigte sich wieder, auch das Zittern der Hände ließ nach. Die Früchte seiner Eingebung waren nun vollständig auf dem Papier. Lange saß er über den beiden Versen, las sie wohl ein Dutzend Mal. Erst dann schien ihm der Sinn aufzugehen und er blickte zu der eichenen Standuhr neben dem Kamin. Es war Viertel vor drei in der Früh. Er legte die Feder neben dem Papier ab und starrte auf die letzten Holzscheite, die noch inmitten der Asche glühten, lauschte dabei aber dem Takt des Pendels, das unter dem Zifferblatt hin und her schlug.

Die Inspiration war so schnell gegangen, wie sie gekommen war, und hatte seltsam verworrenen Gedanken Platz gemacht, in die von Grahnheim nur schwer irgendeinen Sinn bringen konnte. Wie jeder Dichter, so kannte auch er die Launen von Eingebung und Inspiration, die oft wochen- und monatelang auf sich warten ließen, nur um dann in den unpassendsten Momenten mit viel Getöse auf ihn einzustürzen. von Grahnheim hatte in diesem Punkt viel Erfahrung und hatte daher sogleich erkannt, dass sich diese Eingebung auffallend von allen früheren unterschied. Auch wenn Verse oder gar ganze Strophen nicht selten plötzlich vollständig ausformuliert vor ihm standen und nur noch darauf warteten, niedergeschrieben zu werden, so hatte er sie doch stets als Geschöpfe seines eigenen Geistes erkannt. Bisweilen verriet ihm ein Versmaß, das er besonders schätzte, eine Alliteration oder auch ein Thema, über das er zuvor nachgegrübelt hatte, dass letztendlich er der Vater dieser Geistesfrucht war. Hier aber war es gänzlich anders. Alles war ihm fremd an diesen Versen. Er konnte sich nicht entsinnen, überhaupt schon einmal einen achthebigen Vers komponiert zu haben, auch hatte er seit Stunden nicht auf die Uhr gesehen und wusste daher nicht, dass es bald drei Uhr war.

Er wendete den Blick vom Kamin ab und gerade, als er sich die geheimnisvollen Verse nochmals durchlesen wollte, nahm er erneut etwas aus dem Augenwinkel wahr. Er fuhr herum. Wie beim ersten Mal war es hinter der Büste. Eine Bewegung vom Fenster her hinter der Büste auf den Bücherschrank zu. Was sich dort bewegt hatte, wusste er hingegen nicht zu sagen. In jenen Teil des Zimmers fiel kaum Licht und das meiste lag im Schatten, den die Büste und die Chaiselongue warfen. Fast wollte ihm scheinen, der Schatten selber habe sich bewegt, aber das war natürlich Unsinn. Er nahm eine der beiden Kerzen und stand auf. Am ausgestreckten Arm hielt er die Kerze vor und leuchtete den Teil des Raumes zwischen Bücherschrank und Fenster aus. Nichts. Er kehrte zum Schreibtisch zurück und stellte die Kerze wieder ab. Gewiss war dieses Mal keine Flamme aus dem Kamin aufgestiegen und hatte einen zusätzlichen Schatten geworfen, das wäre ihm aufgefallen. Er hatte gerade noch in den Kamin gestarrt. Auch die beiden Kerzenflammen hatten sich bestimmt nicht bewegt. Ein Vogel, ging es ihm dann durch den Kopf. Ein Vogel oder wahrscheinlicher noch eine Fledermaus war am Fenster vorbeigeflogen und deren Umriss hatte er gesehen, aber natürlich nicht hinter der Büste, sondern am Fenster. Seine überreizte Phantasie musste die Bewegung dann dorthin projiziert haben, wo er auch die erste gesehen hatte.

Er erhob sich und ging zum Fenster. Undeutlich sah er in der Dunkelheit, wie die Umrisse der Birken vor dem Anwesen in der aufkommenden Brise hin und her wogten. Wohl einige Minuten stand er so da, ohne zu wissen, wonach er eigentlich Ausschau hielt. Dann wandte er sich ab und ging vor seinem Schreibtisch auf und ab, die Hände hinter dem Rücken verschränkt. Hin und wieder fiel sein Blick auf die alte Standuhr, die mittlerweile sieben Minuten vor drei anzeigte. Mit einem Male hielt er inne und lauschte.

Noch bevor er das Geräusch zum zweiten Mal hörte, es schien halb Stöhnen und halb Kichern, spürte er, wie sich sein Herzschlag erneut beschleunigte. Deutlich fühlte er, wie eine zweite Eingebung in ihm aufstieg und sich noch befehlender ankündigte als beim ersten Mal. Er eilte zum Schreibtisch und griff mit zitternder Hand die Feder:

Wie das Pendel, Fatums Helfer, durch der Zeiten
    Lauf sich schwingt,
So gewiss die dritte Stunde dich ins Reich der Musen
    bringt.

Er ließ die Feder fallen und starrte auf die beiden Verse, die dieser soeben entsprungen waren. Ein Blick zur Uhr: Es war fünf Minuten vor drei. Er stützte sich mit den Händen ab und wollte sich erheben, doch da griff er wie im Fieber erneut zur Feder und begann in hektischen Bewegungen etwas niederzukritzeln. Dieses Mal waren es keine Verse, sondern nur einzelne Worte:

Tick tack, tick tack

Er schleuderte die Feder von sich und sprang auf. Mit schreckensstarren Augen durchforschte er jeden Winkel des Raumes, eilte von einem Ende zum anderen, doch was auch immer er suchte, finden tat er nichts. Endlich beruhigte er sich ein wenig und ging zu der Chaiselongue. Mit einem Seufzer ließ er sich auf sie fallen. Er schloss die Augen und grübelte, versuchte, irgendeinen Sinn in die wundersamen Verse zu bringen, sich überhaupt irgendwie Klarheit darüber zu verschaffen, was gerade mit ihm geschehen war. Doch all seine Bemühungen fuhren ins Leere, und er fühlte, wie eine ihm gänzlich fremde Unruhe ihn zu durchdringen begann. Sein Herzschlag beschleunigte sich erneut und endlich hielt es ihn nicht mehr auf der Chaiselongue und er sprang auf. Mit weiten Schritten marschierte er im Zimmer auf und ab, warf immer wieder einen Blick auf die Standuhr. Noch drei Minuten. Zwei Minuten. Tick tack, tick tack. Er marschierte weiter, die Hände bald hinter dem Rücken verschränkt, bald hin und her baumelnd, dann aneinanderreibend, als fröstele ihn. Plötzlich bemerkte er, dass er seinen Schritt unbewusst dem Sekundentakt des Pendels angepasst hatte, und blieb stehen. Erneut fiel sein Blick auf die Uhr. Noch eine Minute. Mit geöffnetem Mund starrte er auf das Pendel, verfolgte dessen Schwingen, hin und her, hin und her. Und ganz plötzlich durchdrang ihn der Wunsch, das Pendel möge aufhören zu schwingen. So stark, so machtvoll war das Verlangen, dass er ihm ein-

fach nachgeben musste. Schon wollte er zu der Standuhr eilen und das Pendel anhalten, ja, das ganze Teu-
felswerk in Stücke schlagen, da vernahm er ein Knis-
tern aus dem Kamin. Es war wohl nichts. War wohl nur
der letzte Rest der Glut aus einem der Scheite, die nun
auch ihren letzten Odem ausgehaucht hatte. Doch beim
Anblick der grauen Aschenmasse verflogen mit einem
Male alle Lebensgeister und auch die Unruhe und jedes
Verlangen, die Uhr zum Schweigen zu bringen, und
machten einer Mattigkeit Platz, die nun all seine Glie-
der durchdrang.

Auf schwachen Beinen schleppte er sich zur Chaiselongue, und kaum hatte er diese erreicht und sich da-
niedergelegt, da begann die Uhr, die dritte Stunde zu
schlagen. Finster und finstrer ward es nun um Adalbert
von Grahnheim und mit dem dritten Schlag schwanden ihm die Sinne endlich ganz.

***

Sankt-Bärbels-Tag

Der Mann mochte die Fünfzig bereits überschritten haben, konnte aber auch wesentlich jünger oder etwas älter sein. Wer wüsste das schon zu sagen? Die Falten, die das hagere und unrasierte Gesicht durchzogen, konnten die Frucht langjährigen Grübelns darstellen oder auch ganz einfach auf einen unsteten Lebenswandel zurückgehen, das ließ sich ebenfalls unmöglich mit Gewissheit feststellen, wenn mir Letzteres auch wesentlich wahrscheinlicher schien. Die abgetragene Weste, die alte Cordhose, die an den Beinen viel zu weit war, wie auch das ungepflegte, in grauen Strähnen auf die Schultern fallende Haar, das alles verlieh diesem befremdlichen Mann den Anschein des Heruntergekommenen und Verwahrlosten, der es aber nicht allein war, der die Menschen unseres Städtleins von Anfang an irritierte.

Hinzu kam noch, dass der Mann keine grüne Armbinde trug. Es war nämlich Sankt-Bärbels-Tag. Und an diesem Tag trug jeder in unserer Stadt eine grüne Armbinde. Zum Andenken an die heilige Bärbel.

Unsere Stadt ist ein besinnlicher, ist ein ruhiger Ort. Und wenn ihn auch so manch ein Außenstehender als verschlafen und provinziell abtut, so hat doch auch bei uns längst die Moderne in Form moderner und modernster Kommunikationsmittel triumphalen Einzug gehalten. So war es also nicht weiter verwunderlich, dass die Kunde vom Ereignis, wo immer diese ihren Ursprung gehabt haben mochte, bald die Runde machte und auch mich erreichte, als ich mich gerade in einem Café in der Sankt-Höss-Straße befand. Der Sankt-Bärbels-Tag fällt stets auf den zweiten Sonntag im August; der leichte Nebel, der noch am Morgen die Straßen durchzogen hatte, war längst der in unverminderter Glut brennenden Sonne gewichen, die die Stadt seit Wochen schon in hochsommerliche Hitze tauchte. Gleichzeitig wehte eine leichte Brise, die die Temperatur halbwegs erträglich machte und jedenfalls das Ungeziefer fernhielt. Es bestanden also ideale Bedingungen für ein Volksfest.

Ich brauchte nicht lange zu warten, als ich auch schon den Zug von der Stadtmitte kommend in die Sankt-Höss-Straße einbiegen sah. Es herrschte kaum Verkehr, sodass ein Teil der Menge gefahrlos vom Gehweg auf die Straße ausweichen konnte. Einige Passanten auf der gegenüberliegenden Seite überquerten die Straße und schlossen sich dem Zug an. Als man das Café erreichte, in dem ich gerade saß, zählte die Menge bereits fünf oder sechs Dutzend Menschen. Die Anteilnahme war verständlicherweise groß, wenn ein Ereignis auf den Sankt-Bärbels-Tag fiel.

Ich überquerte die Straße und schloss mich der Menge an. Einige Teilnehmer hatten noch die Zeit gefunden, ihre Sonntagsanzüge anzulegen, und diese sahen mit deutlicher Herablassung auf die Gestalt, die wenige Schritte vor ihnen mit hängenden Schultern, den Blick starr auf das Pflaster gerichtet, über den Gehweg schlenderte. Andere waren in den Alltagskleidern gekommen, die sie gerade getragen hatten, doch auch etliche von ihnen betrachteten den Mann mit sichtbarer Befremdung, als schwante ihnen schon da, dass mit ihm irgendetwas nicht stimme. Die Stimmung der meisten hingegen war ungetrübt von Bedenken jeder Art. Hinter mir hörte ich, wie erste Wetten abgeschlossen wurden, ob er in die Dachauer-Allee oder zur Greifer-Brücke gehe.

»Greifer-Brücke«, verkündete die selbstgewisse Stimme eines jungen Mannes, der dicht neben mir ging. »Jede Wette, er geht zur Greifer-Brücke.«

Ein Herr, der passend zu seiner grünen Armbinde noch einen grünen Jägerhut trug, bedachte den jungen Mann mit einem ähnlich herablassenden Blick wie dem, mit dem er zuvor die heruntergekommene Gestalt in der Cordhose betrachtet hatte. »Nie und nimmer nimmt der die Brücke«, ließ er dann nicht minder selbstsicher verlauten.

»Zur Greifer-Brücke«, beharrte der junge Mann und sah den Herrn herausfordernd an. »Wollen Sie's auf 'ne Wette ankommen lassen?«

Der Herr mit dem Jägerhut überlegte eine Weile, dann nickte er. »Ich setzte einen Zehner.«

»Abgemacht«, entgegnete der junge Mann und hielt die Hand hin.

Der Herr zögerte einen Moment, dann schlug er in die dargereichte Hand ein und besiegelte die Wette.

Nun ging es nach rechts in die Wagner-Straße, an deren Ende es sich entscheiden würde, ob die Dachauer-Allee oder die Greifer-Brücke der Ort war, an dem das heutige Ereignis stattfinden sollte. Am Ende der Wagner-Straße befand sich eine Kreuzung. Bog man dort nach rechts ab, so gelangte man auf die Pleszow-Straße, die nach gut 300 Metern direkt zur Greifer-Brücke führte. Links ging es zur Dachauer-Allee mit der alten Ziegelei. Überquerte man die Kreuzung in Marschrichtung, so kam man in eine völlig uninteressante Sackgasse, die niemand in seine Berechnungen einbezog.

Nun zogen wir also die Wagner-Straße entlang. Wohl drei weitere Dutzend hatten sich uns inzwischen angeschlossen, sodass der Zug nun eine ganz beträchtliche Masse umfasste. Es wurden weitere Wetten abgeschlossen, doch wenn auch die Argwöhnischen mittlerweile stark in der Minderzahl waren, so wollten doch nur wenige darauf wetten, dass er den anspruchsvolleren Weg zur Greifer-Brücke einschlage.

Der Mann indessen ging ungeachtet des Trubels hinter ihm den Gehweg entlang, die Schultern hängend, den Blick nach wie vor zu Boden gesenkt. Ich ging ein Stück vor, um von seitlich einen Blick auf sein Gesicht zu erhaschen. Viel konnte ich nicht erkennen. Er wirkte verschlossen, seine Augen waren leicht glasig. Er ging ohne Eile, nahezu gemächlich, als befinde er sich auf einem Spaziergang, schien sein Ziel aber genau zu kennen. Alles in allem war nichts Auffälliges an dem Mann, sieht man von der fehlenden Armbinde ab, aber das Befremden, das ich sogleich bei seinem ersten Anblick verspürt hatte, es wollte auch jetzt nicht recht weichen.

Schließlich war die Kreuzung erreicht und es geschah, womit wohl nur wenige gerechnet hatten: Er schlug den Weg nach rechts in die Pleszow-Straße ein. Es ging also doch zur Greifer-Brücke. Aus der Menge waren anerkennende Pfiffe zu vernehmen, jemand rief »Bravo!«, und der junge Mann wendete sich an den Herrn mit dem Jägerhut, um seinen Wettgewinn einzufordern. Die Menge folgte dem Mann, nun munter plaudernd und sachkundige Kommentare gebend. Etliche Fahrer stellten ihre Fahrzeuge am Straßenrand ab und schlossen sich dem Zug an. Entsprach mein Befremden und auch das der anderen bislang mehr einem

Gefühl, einer diffusen Ahnung, so trat der Mann nun den unumstößlichen Beweis an, dass mit ihm tatsächlich etwas nicht stimmte. Fast als habe er die Aufmerksamkeit und die Anerkennung als Provokation empfunden, so zog er just in dem Moment, da der Letzte im Zug in die Pleszow-Straße eingebogen war, eine Zigarette aus der Westentasche und brannte sie vor aller Augen an! Völlig ungeniert stieß er dichte Rauchwolken aus, als sei es das Allernormalste auf der Welt. Der Zug stockte mit einem Male spürbar, mit offenen Mündern starrte man dem Wesen nach. Eine Mutter hielt ihrem Sohn die Augen zu. Nur zu spürbar kehrte sich die mühsam erworbene Achtung in Ablehnung und Empörung. Unmutsäußerungen wurden gemurmelt, man schüttelte den Kopf, und schon glaubte ich, der Zug wolle den Mann ziehen lassen, mithin das Ereignis einfach Ereignis sein lassen. Doch dann setzte sich die vorderste Reihe wieder in Bewegung und der Zug folgte unter deutlich vernehmbarem Protestgemurmel.

Wir hatten die Sonne nun im Rücken, deutlich sah man die Schatten der gekrümmten Gestalt und der Rauchschwaden über den Gehweg gleiten. Das Gemurmel verstummte nun, bis auf die Schritte hörte man jetzt kaum einen Laut auf der Straße. Alle Augen waren auf den Mann gerichtet, und manch einer wird sich gefragt haben, was ihm wohl als Nächstes in den Sinn kommen mochte. Einmal hielt er kurz an und starrte in eins der Schaufenster. Halb geraucht warf er endlich die Kippe in einen Gully, nachdem er einen langen, letzten Zug getan hatte. Schließlich kam die Brücke in Sicht, gute 200 Meter lang, mit mächtigen Stützpfeilern. Ich drehte mich um und bemerkte, dass unser Zug inzwischen nicht mehr nach Dutzenden, sondern nach Hunderten zählte. Gewaltig war der Strom aus grünen Armbinden, der sich unaufhaltsam durch die Stadt wand. Noch gut fünfzig Meter, dann mussten wir die Pleszow-Straße überqueren, hinüber auf den Fahrradweg, der direkt über die Brücke führte. Doch vermutlich konnten wir auch die Straße benutzen; der ohnehin träge Verkehr war in der brütenden Augusthitze fast vollständig zum Erliegen gekommen, und die wenigen Fahrzeuge wurden meist hastig irgendwo geparkt, woraufhin sich die Fahrer eilenden Schrittes unserem Zug anschlossen. Der Mann hatte nun die Stelle, kurz vor einer Nebengasse, erreicht, wo er die Straße überqueren musste, um zur Brücke zu gelangen. Ich spürte, wie die Menge gespannt den Atem anhielt und schließlich erleichtert aufatmete, als der Mann tatsächlich den Gehweg verließ, die Pleszow-Straße überquerte und auf der anderen Seite auf dem Radweg weitermarschierte. Schon bald hatte er die Biegung erreicht, die direkt zur Brücke führte. Ungehindert von irgendwelchen Fahrzeugen folgten wir ihm. Sogleich zeigte sich, dass der Radweg viel zu schmal für den Zug war, sodass der Großteil der Menge auf der Straße marschierte. Nun kam auch der Fluss in Sicht, der eine lange Strecke von einer Baumreihe entlang der Pleszow-Straße verdeckt gewesen war und erst jetzt, da auch wir die Biegung genommen hatten und uns direkt auf die Brücke zubewegten, voll einsehbar war. Der Mann war nun gut zwanzig Meter vor uns. Noch etwa fünfzig Meter und er würde die eigentliche Brücke erreicht haben, würde sich über dem Ufer, dann über dem Fluss befinden. Seine Schritte, so wollte mir scheinen, wurden nun schneller, obwohl der Weg hier eine deutlich spürbare Steigung nahm. Auch der Zug marschierte nun geschwinder, der Anspannung musste mit rascherer Bewegung Luft gemacht werden. Dann nun endlich befand er sich über dem Ufer, die Schultern noch immer hängend, den Blick noch immer starr zu Boden gerichtet. Auf der anderen Seite bogen einige Fahrzeuge auf die Brücke ein und blieben auf etwa halber Strecke stehen, nachdem die Fahrer uns gesichtet hatten. Die Brücke begann nun, sich zu füllen. Von der einen Seite kamen wir, von der anderen die Fahrer und Beifahrer, deren Fahrzeuge jetzt verwaist in der grellen Sonne standen. Dazwischen aber ging der Mann, der nun gut ein Drittel des Flusses überquert hatte, das hagere Gesicht jetzt nicht mehr zu Boden gerichtet, sondern in die nassen Fluten, die unter ihm vorüberströmten.

Plötzlich hielt er an.

Auf beiden Seiten der Brücke tat man es ihm gleich. Die Fahrer befanden sich in etwa zwanzig Metern Entfernung, wir waren wesentlich näher, vielleicht fünf Meter entfernt. Der Mann wendete sich nun zum Wasser und trat langsam an das Geländer. Er befand sich jetzt gut zwanzig Meter über dem Fluss. Der Schornstein der alten Ziegelei in der Dachauer-Allee ist nur unwesentlich höher, vielleicht fünfundzwanzig Meter, endet aber unten in einem Betonboden, nachdem man den Heizkessel entfernt hat. Ein Sprung von der obersten der Stufen, die im Inneren des Schornsteins nach oben führen, ist zwar eine todsichere, aber eben auch sehr introvertierte Angelegenheit. Bei der Brücke verhält es sich anders. Der Aufschlag allein reicht nur in den seltensten Fällen, die eigentliche Arbeit ist dann erst noch zu tun. Der Strom zieht die

Strampelnden dahin, taucht sie bald unter, bringt sie bald wieder an die Oberfläche. Noch hundert Meter hinter der Brücke sieht man den Kopf bisweilen aus dem Wasser ragen, manchmal noch einen Arm in die Höhe schießen, bis sich die grünen Fluten dann endgültig über dem Dahinscheidenden schließen. Mit vollem Recht also dürfen diejenigen, die sich von der Brücke stürzen, weitaus größeren Respekt für sich beanspruchen als die Eigenbrötler, die sich einfach vom Schornstein der Ziegelei stürzen und sich für ihren Abgang mithin verkriechen. So schienen denn auch viele gewillt, über das ungebührliche Benehmen des Mannes auf der Pleszow-Straße hinwegzusehen, nun, da er mit den Händen die obere Querstange des Geländers umfasste und gleichzeitig den rechten Fuß auf die unterste Stange setzte. Der Zug hatte inzwischen seine alte Formation aufgelöst und bildete jetzt zusammen mit den Fahrern einen Halbkreis um den Mann, der sich nun vorbeugte und die Stelle direkt unter sich, an der er gleich aufschlagen würde, in Augenschein nahm. Es herrschte nun feierliche Stille, während alle Blicke auf die Gestalt am Geländer gerichtet waren. Und überhaupt meine ich, dass die Stille kurz davor, die Erhabenheit des letzten Augenblickes, mit zu den Höhepunkten eines jeden Ereignisses zählen. Der Mann stand also da, neigte sich vor, dann wieder zurück, setzte auch den linken Fuß auf die Querstange des Geländers, und dann nun …

Ja, ich sehe es noch heute vor mir, wie er langsam den Kopf drehte, uns das hagere Gesicht zuwandte und grinste. Er grinste. Nur ganz kurz grinste er sein hochmütiges Grinsen, in das er alle Verachtung, zu der er fähig, zu legen schien. Dann war's gewesen. Er stieg vom Geländer und trat den Rückweg an. Die auf dem Radweg Versammelten machten ihm Platz und ließen ihn in ungläubigem Schweigen passieren. Es dauerte eine Weile, bis er das Knäuel durchschritten hatte, dann lag die Brücke frei vor ihm. Noch immer befand sich die Menge in einem schockähnlichen Zustand, und er war schon gut zwanzig Meter entfernt, als ihn plötzlich ein Stein am Kopf traf. Ich weiß nicht, aus welcher Richtung dieser geschleudert worden war, aber jedenfalls wirkte der Wurf wie eine Art Fanal. Ein aufgeregtes Raunen ging durch die Menge, sogleich flog ein weiterer Stein, von denen einige am Rande des Radweges lagen, und traf den Taumelnden an der Schulter. Nun stürzte sich alles auf ihn. Ich konnte nicht erkennen, was genau geschah, aber ich vermute, man trat und schlug auf ihn ein. Wahrscheinlich hatte er bereits die Besinnung verloren, als man ihn über das Geländer warf, denn er fiel so, wie er den ganzen Weg über marschiert war: schweigend.

***

Eine vergessene Geschichte

Nicht wenige Menschen blicken mit einem gewissen Neid auf den Beruf des Schriftstellers. Wir schüfen uns unsere Welten, in denen wir unsere Wünsche, unsere Träume verwirklichen und uns unseren Ängsten stellen könnten. Drohe die graue Wirklichkeit, uns in ihrer Tristesse und Eintönigkeit zu erdrücken, so flüchteten wir ganz einfach in unsere Traumwelten, und verstünden wir etwas von unserem Beruf, so würden wir, so ganz nebenbei, auch noch berühmt und reich. Und sollte uns eine unserer Geschichten, mithin eine unserer Welten, nicht mehr gefallen, so legten wir die Schreibfeder ganz einfach zur Seite, überantworteten das Manuskript dem Kaminfeuer und wandten uns wieder der Wirklichkeit oder einer anderen Geschichte zu. Schon sei das Problem gelöst.

Hängen Sie ebenfalls dieser landläufigen Auffassung an?

Nun ja, in diesem Fall muss ich Ihnen bescheinigen, dass Sie vermutlich nicht die geringste Ahnung von der verzehrenden Leidenschaft, dem Feuer, den Qualen haben, die die Kreation eines wahrhaft großen Werkes notwendig begleiten. Sie meinen, man setzte sich einfach hin und erschaffe ein wahrhaftiges Kunstwerk, ja, man könne gar bewusst und nach eigenem Gutdünken den Schaffensprozess gestalten? O nein, ich versichere Ihnen, selbst das Genie, nein: *gerade* das Genie ist viel weniger frei in seinem Schaffen, als man es sich gemeinhin denkt. Wahrhaft Großes entsteht nur dort, wo der Dichter von jenem Feuer in seinem Busen, von jener Glut gleichsam verzehrt wird, sich hinabziehen lässt in Gefilde, die weder bewusstes Wollen noch

Aufbegehren mehr kennen, wo der Dichter sich selber aufgibt und eins wird mit seiner Geschichte, seinen Geschöpfen. Ich will Ihnen gerne eingestehen, dass auch in meinen Hirnwindungen so manche Welt entstanden ist, die ich ganz bewusst gestaltet habe und in die ich vor der Wirklichkeit geflüchtet bin und in der ich Trost und Zuflucht gefunden habe. Doch handelte es sich hierbei lediglich um Spielereien und Kurzweil. Meine großen Werke aber stammen ausnahmslos aus den tiefsten Abgründen meiner Seele, in die noch nie ein Lichtstrahl meines bewussten Denkens vorgedrungen ist, ja, so manch eine meiner Geschichten mag gar direkt aus der Hölle stammen. Doch ich will hier nicht unnötig viele Worte machen. Vermutlich verstehen Sie weitaus besser, was ich meine, wenn ich ihnen ganz einfach meine Geschichte erzähle.

Und meine Geschichte handelt von einer Geschichte.

Wann und unter welchen Umständen die Geschichte in meinem Geist Gestalt anzunehmen begann, das weiß ich nicht mehr genau. Vermutlich eine ganze Zeit, bevor ich mit der Niederschrift begann. Die Handlung war recht einfach, und ich vermute, dass mir ihre Bausteine hier und dort zugeflogen waren, also durch ganz alltägliche Beobachtungen inspiriert worden waren.

Es ging um einen hochtalentierten Arzt, der in einer Universitätsklinik eine Forschungsabteilung leitete, die bei vielen seiner Kollegen jedoch recht umstritten war. Insbesondere eine Ärztin, die den Helden der Geschichte um dessen Talent beneidet, setzt all ihren Ehrgeiz daran, die Abteilung irgendwie schließen zu lassen. Der Arzt nun ist mit einer jungen Frau verlobt, die an einer schweren Lebererkrankung leidet. Ohne eine Transplantation, das ist sowohl ihrem Verlobten wie auch ihren Angehörigen klar, würde sie binnen Monatsfrist sterben. Die junge Frau lebt noch bei ihrer Mutter und ihrem Bruder, die den Arzt nun bestürmen, das Leben ihrer Tochter und Schwester zu retten. Der Arzt ist verzweifelt. Tatenlos muss er das Dahinsiechen seiner Verlobten ansehen, muss miterleben, wie Schönheit und Jugend mit jedem Tag mehr aus ihr weichen. Doch was soll er tun? Rettung kann nur eine neue Leber bringen, doch woher eine solche nehmen? Da erfährt er durch einen Zufall, dass die verhasste Arztkollegin genau dieselbe Blutgruppe wie seine Verlobte hat. Er teilt diese Information der Verlobten und deren Familie mit und lässt sich schließlich das Versprechen abringen, die Kollegin zu töten und mit deren Leber die Verlobte zu retten.

Mit der Geschichte wollte ich das ethische Dilemma eines Arztes schildern, der hin und her gerissen war zwischen der Liebe zu seiner Verlobten und seinem Eid, Leben zu erhalten statt es zu vernichten. Der Anfang ging mir dann auch recht flüssig von der Hand, obwohl das Ganze auch in der schriftlichen Form noch deutlich genug das Gepräge des Vorläufigen trug. So blieb ich an vielen Stellen recht vage und hatte mir noch nicht einmal Namen für die Protagonisten ausgedacht. In dieser Weise beschrieb ich also die Lebensumstände des Arztes, der als Ich-Erzähler die Geschichte aus seiner Perspektive wiedergab, das Verhältnis zu seiner Verlobten und deren Familie, auch die Arbeitsbedingungen im Krankenhaus schilderte ich ziemlich lebendig. Dann jedoch begann mir die Schreibfeder immer öfter zu stocken. Ich musste mir nun jeden Satz abringen und endlich legte ich das Manuskript ganz beiseite. Nur zu gut spürte ich, dass mir die Feuerglut

in meinem Inneren fehlte, die mir bei meinen großen
Werken die Feder führte, die mich mitriss und die Geschichte fast ganz ohne mein bewusstes Zutun alleine
gestaltete. Es war mir unmöglich, mich in die Geschichte einzuleben, mich mit den Protagonisten zu
identifizieren. Hinzu kam noch, dass ich zu jener Zeit
gänzlich abstinent lebte und auf jede Art von flüssiger
Inspirationshilfe verzichten musste. Nein, die Sache
würde eine reine Kopfgeburt ohne jede Feuerglut und
völlig wertlos werden

Ich nahm mir damals vor, die Geschichte irgendwann fertigzustellen, zumindest aber, darüber nachzudenken, insgeheim aber hatte ich die Sache wohl schon
abgeschrieben.

Es spielten aber noch andere Gründe mit hinein,
weshalb ich die Niederschrift abbrach. Zum einen
fehlte mir das nötige medizinische Wissen. Ich hatte
nur recht vage Vorstellungen davon, welche Symptome
ein Leberleiden mit sich brachte, wusste also nicht, wie
sich das Siechtum der Verlobten hätte ausnehmen können, und von Lebertransplantationen hatte ich überhaupt keine Ahnung. Um die Geschichte halbwegs
glaubwürdig zu machen, hätte ich mich also durch ein
Dutzend Medizinwälzer kämpfen müssen, wozu mir
ganz einfach die Lust fehlte. Dann kamen noch private
Probleme hinzu. Ich lebte damals bereits getrennt von
meiner Frau, und sie hatte bereits die Scheidung
eingereicht. Wir stritten erbittert um das Sorgerecht für
unsere beiden Kinder, die damals bei meiner Nochfrau
lebten. Diese Scherereien, die ständigen Termine bei
meinem Anwalt, ließen mir kaum die Muße, mich
konzentriert an meine Arbeit zu machen.

Ich hatte nun also genügend Zeit, mich wieder voll meinen anderen Problemen zu widmen. An erster Stelle standen natürlich die Sorgen um meine Kinder. Wir haben einen Jungen und ein Mädchen, zehn und elf Jahre alt. Ich war nun regelmäßig bei meinem Anwalt. Hoffnungen auf das volle Sorgerecht machte ich mir kaum noch, aber zumindest an den Wochenenden wollte ich die Kinder für mich haben. Mein Anwalt sagte mir zu, alles in seiner Macht Stehende zu unternehmen, wollte mir aber nichts versprechen, zumal ja, wie er sich ausdrückte, gewisse Umstände nicht gerade für mich sprächen. Ich verstand, worauf er anspielte. Aber das war natürlich Unsinn. Ich war nie ein regelrechter Alkoholiker gewesen und in der letzten Zeit hatte ich kaum einen Tropfen angerührt. Und auch der andere Umstand, den meine Frau als meine *Unausgeglichenheit* zu bezeichnen pflegte, war ausgemachter Unsinn. Was verstand eine Flachbirne wie meine Frau vom Schaffensprozess eines dichterischen Genies? Selbstverständlich musste ihr alles als unausgeglichen gelten, was ihren Hausfrauenverstand überstieg. Doch wie dem auch war, die Gegenseite versuchte selbstverständlich, diese Punkte gegen mich auszuspielen.

So gingen etwa zwei Wochen dahin, bis ich mich zu einer kurzen Mahlzeit in einen Imbiss begab. Ich saß an meinem Stammplatz am Fenster und hatte mein Steak bereits zur Hälfte verzerrt, als sich ein Mann mir gegenüber an meinen Tisch setzte, obwohl noch etliche andere Tische gänzlich frei waren. Er nickte mir zu, und ich nickte zurück. Für kurze Zeit sah er dann aus dem Fenster, blickte dann aber wieder mich an. Ich überlegte, ob ich das Gesicht schon irgendwo einmal gesehen hatte, konnte mich aber nicht erinnern. Irgendwie bekannt kam es mir aber vor. Er war um die dreißig Jahre alt, trug ein kariertes Baumwollhemd und machte den Eindruck eines Bauarbeiters. Irgendwann stellte die Kellnerin eine Tasse Kaffee vor ihm auf den Tisch und er bedankte sich höflich. Als die Kellnerin wieder gegangen war, erhob sich der Mann und ging zu einem Wasserspender an der Rückwand des Imbisses. Er nahm einen Pappbecher und füllte ihn zur Hälfte mit Wasser. Wieder an meinem Tisch angelangt, entleerte er den Inhalt seiner Kaffeetasse etwa zu einem Drittel in einen Blumentopf, der auf der Fensterbank stand, und füllte die Tasse dann mit dem Wasser aus dem Pappbecher auf.

»Das Zeug ist doch wirklich nicht zu genießen, wenn es so heiß ist«, erklärte er, als er meinen verwunderten Gesichtsausdruck sah. Dann gab er Zucker und Milch in den nunmehr doch arg verdünnten Kaffee, machte aber keine Anstalten, davon zu trinken, sondern blickte mich nur an. Ich hatte über dieses wundersame Gebaren mein Steak gänzlich vergessen und starrte nun meinerseits auf den Mann vor mir. Noch immer versuchte ich krampfhaft, das Gesicht irgendwo unterzubringen, doch bevor ich zu irgendeinem Schluss kommen konnte, erhob er sich und ging, raunte mir im Vorbeigehen aber noch zu: »Denken Sie an Ihr Versprechen.«

Bevor ich ihn fragen konnte, was er denn meine, war er hingegen schon verschwunden. Welches Versprechen? Was wollte der Mann von mir?

Eine Zeit lang ging der merkwürdige Geselle mir noch im Kopf herum, dann wurde er bald von anderen Sorgen verdrängt. Zwei Tage später hatte ich einen weiteren Termin bei meinem Anwalt. Dieser war noch mit einem anderen Klienten beschäftigt, sodass man mich bat, zunächst im Wartezimmer Platz zu nehmen. Dort befand sich bereits eine ältere Frau, die in einer Illustrierten las. Sie warf mir hin und wieder einen Blick zu und irgendwie kamen wir ins Gespräch.

»Bestimmt Ärger mit einer Frau«, mutmaßte sie, obschon ich mit keinem Wort den Grund meines Besuches bei meinem Anwalt erwähnt hatte. Ich nickte, und da mir die Wartezeit recht lang wurde, erzählte ich ihr, dass ich mich gerade von meiner Frau scheiden ließe. Ich erwähnte auch den Streit um das Sorgerecht für unsere Kinder, und sie nickte mir verständnisvoll zu, als könne sie meine Lage nur zu gut nachvollziehen.

»Es gibt nichts Schlimmeres für eine Mutter, als ihre Kinder zu verlieren.«

Diese einseitige Sichtweise schien mir nun doch mehr als ungerecht und ich protestierte, dass mir das Wohlergehen meiner Kinder nicht weniger am Herzen liege, nur weil ich der Vater bin. Und ich versichere Ihnen, dass dies nichts als die Wahrheit war. Ich liebe meine Kinder über alles und nichts belastete mich damals mehr als die Aussicht, diese vielleicht nicht mehr sehen zu dürfen. Sie wirkte nicht verärgert über meinen Widerspruch, aber ihr Gesicht nahm mit einem Male solch kummervolle Züge an, dass sie um Jahre gealtert schien.

»Gewiss liegt Ihnen das Wohl Ihrer Kinder am Herzen. Aber Ihre Kinder werden leben, auch wenn sie Ihrer Frau zugesprochen werden.«

Mit diesem sibyllinischen Ausspruch erhob sie sich und verließ das Wartezimmer. Mit offenem Mund starrte ich auf die Tür, die sich gerade hinter ihr geschlossen hatte, und versuchte zu erraten, was hiermit nun gemeint sein mochte. Allzu weit kam ich mit meinen Überlegungen hingegen nicht, denn kurz darauf öffnete sich die Tür erneut und ich wurde zu meinem Anwalt gebeten.

Der Vorfall ging dann bald im Getriebe meiner Alltagsgeschäfte unter, bis ich wenige Tage später einen Spaziergang durch den Stadtpark machte. Das Wetter war schön und ich setzte mich auf eine Bank am Stadtsee. Ich ließ mir die Sonne aufs Gesicht scheinen und beobachtete die Schwäne auf dem See. Plötzlich trat eine Frau ans Ufer des Sees und schien ebenfalls die anmutigen Bewegungen der Schwäne zu bewundern. Ich konnte sie nur von hinten sehen, doch wirkte sie recht attraktiv. Schulterlanges, braunes Haar, schlank, großgewachsen. Ich ließ mir den Anblick wohl gefallen, zumal ich in dieser Hinsicht in letzter Zeit nicht gerade verwöhnt worden war. Dann wandte sie sich um, und mir wurde schwarz vor Augen. Vermutlich war die Frau einmal recht schön gewesen, doch was hier nun auf mich zugewankt kam, schien direkt einem meiner Alpträume entsprungen. Ihre Augen lagen tief in den Höhlen, ihre Wangen waren so stark eingefallen, dass ihr Mund wie der Schnabel eines Raubvogels vorstand, der im Begriff stand, nach seiner Beute zu schnappen. Am verstörendsten aber war der Farbton der wie Pergament auf den Gesichtsknochen liegenden Haut. Es war ein Gelbton, wie ich ihn noch nie zuvor bei einem Menschen gesehen hatte.

Sie schien sich nur mit Mühe bewegen zu können. Mit schleppenden Schritten kam sie auf mich zu und setzte sich neben mich auf die Bank. Unwillkürlich rückte ich ein Stück zur Seite, bereute es aber sogleich, als ich ihren verletzten Gesichtsausdruck bemerkte. Sie starrte auf den Boden vor sich und saß einfach nur da, während ich mich weit, sehr weit weg wünschte.

»Entschuldigung«, sagte sie dann. »Ich weiß, wie ich aussehe.«

Ich erschrak erneut, denn ihre Stimme besaß einen Wohlklang, wie ich ihn bei ihrem Äußeren niemals erwartet hätte.

»Nein, nein«, stammelte ich. »Ich muss mich entschuldigen. Es tut mir leid.«

»Ich weiß, wie schwer es für dich ist«, sagte sie und sah mich nun direkt an. Dann hob sie ihre linke Hand, die ebenso knöchern war wie ihr Gesicht, und machte Anstalten, mir durch das Haar zu streichen.

Ich sprang auf und stolperte einige Schritte zurück. Bei allem Mitgefühl, aber dass diese gelb bandagierte Mumie mich einfach duzte und dann auch noch versuchte, mich zu begrapschen, das war nun doch etwas mehr, als ich mir hätte bieten lassen müssen. Ich drehte mich um und lief, nur weg von dieser Person oder dem, was davon noch übrig geblieben war.

»Denk daran, was du versprochen hast«, rief sie mir nach und ich blieb wie erstarrt stehen. Ich wandte mich erneut um und sah sie an. Ich weiß nicht, was aus diesen eingesunkenen Augen zu mir sprach, ob Sehnsucht, Traurigkeit, Verzweiflung oder ob alles zusammen, aber es wollte mir schier das Herz zerreißen, und fast wäre ich zurückgegangen. Doch dann überwog doch mein Entsetzen und ich machte mich davon.

Dieses Erlebnis ließ sich nicht so leicht verdrängen, und nun kamen mir auch die anderen Vorfälle wieder ins Gedächtnis. Die ältere Frau beim Anwalt, der junge Mann im Imbiss. Die Bilder der drei verfolgten mich nun Tag und Nacht, und ich zermarterte mir das Hirn, was sie mir hatten sagen wollen. *Denk daran, was du versprochen hast.* Was sollte ich versprochen haben? Mehr noch als diese ominöse Mahnung an ein Versprechen aber beschäftigten mich die Gesichter des Mannes und der jungen Frau. Ich war mir nun fast gewiss, dass ich sie schon irgendwann einmal gesehen hatte. Der Frau muss ich wohl begegnet sein, bevor sie von ihrer Krankheit dahingerafft worden war, denn dieser Anblick wäre mir bestimmt im Gedächtnis geblieben. Aber wann und wo?

Zu den Sorgen um meine Kinder kamen nun also noch diese drei Erscheinungen hinzu, und ich brauche wohl kaum zu betonen, dass der nächtliche Schlaf nun sehr lange auf sich warten ließ.

Irgendwie trieb es mich wieder zu dem Imbiss zurück. Ein Gefühl sagte mir, dass ich den Mann am ehesten dort wiedertreffen würde. Und in der Tat, mein Gefühl hatte mich nicht getäuscht. Kaum hatte ich den Imbiss betreten, da sah ich ihn, genau an demselben Platz wie beim letzten Mal. Er schien keineswegs überrascht, als er mich nahen sah, schien mich vielmehr erwartet zu haben. Vor ihm stand eine Tasse Kaffee, daneben ein Pappbecher mit Wasser.

Ich setzte mich ihm gegenüber und schaute ihm direkt in die Augen. Er wich meinem Blick nicht aus.

»Wer sind Sie?«, fragte ich dann geradeheraus.

Er zuckte mit den Schultern. »Keine Ahnung. Sie haben mir nie einen Namen gegeben.«

Ich starrte ihn verständnislos an, doch bevor ich etwas sagen konnte, erschien die Kellnerin und fragte, was ich wünschte. Ich bestellte ebenfalls einen Kaffee.

»Warum haben Sie sich das letzte Mal zu mir gesetzt? Sie wollten doch etwas oder wissen etwas«, hakte ich nach, als die Kellnerin wieder verschwunden war.

»Ich will in der Tat etwas«, erwiderte er und blickte auf seine Kaffeetasse. »Sind Sie Gott?«, fragte er dann, und ich zog die Augenbrauen zusammen.

»Nein, wohl nicht«, beantwortete er seine Frage selber. »Der alte Meister da oben liebt es, seine Spielzeuge in die Welt zu setzen und sich dann daran zu ergötzen, wie sie sich gegenseitig zerfleischen. Und zur Belohnung schickt er sie dann in die Hölle. Soll der Teufel sich mit ihnen amüsieren. Nein, so sarkastisch sind Sie nicht. Sie sind Vater, Sie wissen, was Verantwortung bedeutet, oder sollten es zumindest.«

»Woher wissen Sie, dass ich Vater bin?«

»Ich weiß einiges über dich.«

Jetzt fing dieser Bursche auch noch an, mich zu duzen.

»Du bist Vater, du weißt, dass man als Schöpfer die Verantwortung für seine Geschöpfe trägt. Es reicht nicht, sie einfach in die Welt zu setzen. Es reicht auch nicht, ihnen irgendwelche Tricks oder Schrullen beizubringen und zuzusehen, was sie damit anstellen. Nein, deine Verantwortung reicht wesentlich weiter.«

Hier nahm er seine Kaffeetasse und leerte wie beim ersten Mal gut ein Drittel des Inhalts in den Blumentopf, daraufhin füllte er sie mit Wasser auf.

»Glaubst du, es macht mir Spaß, mich von den Leuten angaffen zu lassen, wann immer ich dieses idiotische Ritual durchführe? Glaubst du, dass es meiner Schwester Freude macht, wie eine Mumie herumzulaufen und nur darauf zu warten, bis ihre Leber endgültig den Geist aufgibt?«

Er starrte mich so eindringlich an, dass ich zurückschreckte. »Ihre Schwester?«

»Ja, meine Schwester. Du bist ihr im Park begegnet. Sieht sie nicht nett aus? Dein Werk! Du hast sie als wandelnde Mumie erschaffen. Du hast mich erschaffen, du hast uns alle erschaffen. Du überlegst doch schon die ganze Zeit, wo du uns bereits gesehen hast. Weißt du es jetzt? In deinem Kopf hast du uns gesehen!«

»Okay, das reicht.« Ich war nun überzeugt, einen komplett Wahnsinnigen vor mir zu haben, und wollte mich erheben, doch er fasste meinen Arm.

»Bleib sitzen. Ich wiederhole, du hast uns erschaffen. Du hast uns in diese Geschichte geworfen, und du hast versprochen, dass meine Schwester eine neue Leber bekommt. Und jetzt legst du die Schreibfeder einfach zur Seite und lässt uns in der Luft hängen. Du musst die Geschichte zu Ende schreiben, und zwar schnell, meiner Schwester bleibt nicht mehr viel Zeit!«

Hier nun ließ er meinen Arm los, und ich stürzte aus dem Imbiss. Meine Gedanken gingen rasend, schossen von einer Ecke meines Hirns in die andere, und auch als ich endlich zu Hause ankam, war ich kaum in der Lage, klar zu denken. Erst ganz allmählich beruhigte ich mich wieder, und mein erster zusammenhängender Gedanke galt dem Manuskript. Ich eilte in mein Arbeitszimmer und riss die untere Schublade meines Schreibtisches auf. Da lag es und setzte langsam Staub an. Ich hatte fest damit gerechnet, dass es verschwunden sei. Aber auch, wenn es noch da war, irgendjemand musste es gelesen haben. Irgendjemand kannte den Inhalt der angefangenen Geschichte und führte nun diese teuflische Komödie auf. Doch wer wusste um diese Geschichte? Wusste, wo sie aufbewahrt war? Und wie hätte jemand ungesehen ins Haus kommen können? Ich schloss grundsätzlich ab. Doch dann kam mir ein Gedanke. Meine Frau! Aber natürlich, sie musste den Inhalt der Geschichte kennen. Wohl war sie bereits ausgezogen, als ich mit der Niederschrift begann, aber ich pflegte ihr von all meinen Geschichten zu erzählen, noch während sie Gestalt annahmen. Sobald die ersten Entwürfe in meinem Kopf entstanden waren, legte ich ihr am Kaminfeuer die Handlung auseinander, stellte ihr die Charaktere vor, diskutierte mit ihr deren Eigenschaften. Irgendein Nutzen war in der Regel nicht aus ihren Kommentaren zu ziehen, ja, bisweilen brachte mich der Stuss, den sie bei diesen Gelegenheiten von sich gab, dermaßen in Rage, dass ich ihr am liebsten den Hals umgedreht hätte. Aber ich hatte mich daran gewöhnt, mich mit ihr über mein künstlerisches Schaffen zu unterhalten. Wie man sich eben an so vieles gewöhnt. Und auch diese Geschichte hatte ich mit ihr besprochen, denn ich erinnere mich noch genau, wie sie mir ihr Weinglas an den Kopf warf, nachdem ich ihr erzählt hatte, dass sie es gewesen war, die mich zu der neidischen und hinterhältigen Ärztin inspiriert hatte.

Ja, sie war der einzige Mensch, der von der Geschichte wusste, nur sie konnte von der Marotte des Bruders wissen, den Kaffee mit Wasser zu verdünnen. Der Bruder hasste nämlich heißen Kaffee und pflegte also ein Drittel des Inhalts durch Wasser zu ersetzen, um ihn abzukühlen. Diese Eigenschaft hatte lediglich in meiner Phantasie bestanden und kam im Manuskript gar nicht vor, ja, ich war mir nicht einmal sicher, ob ich sie beibehalten wollte, da sie mir im Nachhinein doch recht albern erschien. Mit meiner Frau hingegen

298

hatte ich diese Grille bestimmt besprochen. Nur sie wusste darum. Und nun verstand ich auch, was sie im Schilde führte. Aber natürlich: die Kinder, das Sorgerecht. Sie hatte diese drei Schmierenkomödianten angeheuert, um mich in den Wahnsinn zu treiben. Denn welcher Richter würde das Sorgerecht für zwei Kinder einem Mann übertragen, der an Wahnvorstellungen leidet und glaubt, seine literarischen Geschöpfe würden durch die Weltgeschichte spazieren und ihn verfolgen! Und nicht nur das Sorgerecht, auf das ich eh keine große Hoffnungen mehr hegte, könnte ich in diesem Fall vergessen, man würde mir gänzlich verbieten, die Kinder zu sehen.

Das also war ihr Plan. Davon war und davon bin ich noch immer überzeugt.

Doch was sollte ich nun tun? Ich entschied, niemandem, auch meinem Anwalt nicht, von der Sache zu erzählen und zunächst einmal abzuwarten.

Lange zu warten brauchte ich nicht. Bereits am nächsten Tag nahm das Schauspiel seine Fortsetzung. Dieses Mal war es die Mutter. Ich ging gerade eine belebte Straße entlang, als ich sie vor einem Schaufenster stehend entdeckte. Sie warf mir einen vorwurfsvollen und gleichzeitig flehenden Blick zu, der kaum misszudeuten war. Ich eilte auf sie zu, wollte sie zur Rede stellen, doch sie wandte sich um und verschwand in der Masse der Passanten. Ich setzte ihr nach, rempelte einige Passanten an, doch ich hatte sie verloren.

Als Nächstes folgte wieder ein Auftritt des Bruders. Ich saß auf meinem Stammplatz im Imbiss, doch dieses Mal setzte er sich nicht zu mir an den Tisch, sondern blickte von draußen durch das Fenster zu mir. Er zog die Augenbrauen hoch, als ich ihn erblickte, und wies dann mit dem Zeigefinger auf seine Armbanduhr. Ich eilte aus dem Imbiss, um ihn zu stellen, doch auch er war mit einem Male spurlos verschwunden.

Danach ließen sie mich für ganze zwei Tage in Ruhe, und am dritten Tag war dann die Reihe an der Tochter. Ich ging gerade vom Bürgersteig in die Auffahrt zu meinem Haus, da trat sie plötzlich hinter der Hecke hervor und stellte sich mir in den Weg.

»Ich sterbe.«

Nur diese zwei Worte sprach sie und blickte mich dabei aus diesen Augen an, die bereits so tief in ihren Höhlen versunken lagen, dass man sie kaum noch erkennen konnte. Mir drohten die Sinne zu schwinden, und gleichzeitig wollte ich vor Mitleid vergehen. Bis heute grübele ich über die schauspielerische Raffinesse, nein: das schauspielerische Genie, mit der die Person vor mir es schaffte, allen Schmerz und alle Qualen dieser Welt in diese zwei Worte: *ich sterbe*, zum Ausdruck zu bringen. Waren es diese erlöschenden Augen, die vertrockneten, um den spitzen Mund gezogenen Lippen, die in solch groteskem Widerspruch zu den süßen Lauten standen, die sie hervorbrachten? Ich weiß es nicht. Und in jenem Augenblick war ich auch nicht in der Lage, darüber nachzusinnen.

Sie schritt dann einfach an mir vorbei und ging den Bürgersteig entlang, bis sie irgendwann meinen Blicken entschwand. In dem Zustand, in dem ich mich befand, war ich gänzlich außerstande, ihr nachzueilen und dann gar noch Drohungen gegen sie auszustoßen. Ich ging also ins Haus und trank erstmals seit langer Zeit wieder ein Bier. Dazu noch ein Glas Whisky. Oder auch zwei.

Wenn das satanische Quartett beabsichtigte, mich psychisch zu zermürben, so waren ihre Anstrengungen nicht ohne Erfolg. Mit Grauen versuchte ich mir auszumalen, was noch kommen mochte. Nur zu gut konnte ich mir vorstellen, wie die drei nun bei meiner Frau saßen und den nächsten Schritt berieten.

Wie dieser aussah, das sollte ich am Nachmittag des folgenden Tages erfahren. Ich war gerade von einem Spaziergang heimgekehrt und trat in mein Wohnzimmer, da sah ich sie, alle drei, nebeneinander auch der Couch sitzend.

»Wie, zum Teufel, kommen Sie hier rein?«, fuhr ich auf.

»Beschwören Sie nicht den Verfluchten und Verstoßenen«, erwiderte die Mutter. »Die Lage ist auch so schon ernst genug. Setzen Sie sich, damit wir uns wie zivilisierte Menschen unterhalten können.«

Mit solcher Würde war die Zurechtweisung gesprochen, dass ich nicht anders konnte, als der Aufforderung nachzukommen. Ich setzte mich also ihnen gegenüber auf einen Sessel und betrachtete meine drei ungebetenen Gäste, schauderte, wie stets, wenn ich die Tochter erblickte.

»Vor fünf Jahren ist mein Mann verstorben«, ergriff die Mutter nun wieder das Wort. »Ich wäre damals fast zerbrochen und wäre auch zerbrochen, wenn ich nicht Trost bei meinen beiden Kindern gefunden hätte.«

Der Vater war also verstorben? Diesen Teil der Geschichte hatte ich vollkommen vergessen.

»Können Sie den Schmerz ermessen, den der Verlust eines geliebten Menschen hinterlässt? Können Sie diese grauenvolle Leere nachempfinden, die einen jeden Morgen beim Erwachen zu verschlingen droht, wenn man den Platz neben sich, den seit über dreißig Jahren der Ehepartner eingenommen hat, nun verwaist vorfindet? Können Sie das?«

Ich wich ihrem Blick aus und sah zu Boden.

»Nein, das können Sie nicht. Sie haben nur gelernt, anderen Leid durch ihre Schreibfeder zuzufügen. Anderen Menschen, die Sie erschaffen haben. Glauben Sie, dass wir keine Menschen sind? Dass wir die Leiden und Schrecken, mit denen Sie uns überhäufen, nicht empfinden? Sie nicht empfinden können, nur weil unsere Existenz auf den Rahmen beschränkt ist, in den Sie uns hineingepresst haben?«

Hier hielt sie kurz inne und blickte von mir zu ihren Kindern, dann fixierte sie wieder mich.

»Ja, ich habe meinen Mann verloren und diesen Schlag irgendwie überlebt. Und nun wollen Sie mir meine Tochter rauben und mich sogar noch größeren Schmerzen aussetzen. Denn gibt es einen größeren Schmerz als den einer Mutter, die ihr eigen Fleisch und Blut zu Grabe tragen muss? Herr F., Sie haben einen der erhabensten Berufe auf Erden. Sie sind mithin Gott unter den Menschen. Sie erschaffen. Sie erschaffen neue Welten, Sie bestimmen mit Ihrer Schreibfeder Schicksale, Sie lassen lieben und hassen, leben und sterben, Sie sind, ja, Sie sind allmächtig. Und nun schauen Sie sich meine Tochter an.«

Ich brachte es nicht über mich und senkte den Blick wieder zum Boden.

»Schauen Sie sie an!«, wiederholte sie. Ich überwand mich und sah in ihr gepeinigtes und flehendes Gesicht. Ja, sie litt. Sie starb. Und irgendwie war sie immer noch schön.

»Ist sie nichts als ein namenloses Geschöpf? Ein namenloses Geschöpf, dem Sie mit nicht einmal Grundkenntnissen in Pathologie die Hölle auf Erden bereiten. Hat sie nicht das Mitgefühl ihres Schöpfers verdient?«

»Und was hast du dabei zu verlieren?«, wandte sich nun der Bruder an mich. »Du schreibst die Geschichte zu Ende und dann bist du uns los. Du bist kein schlechter Mensch, das fühle ich. Und du hast es versprochen. Du hast versprochen, dass meiner Schwester geholfen wird.«

»Nun ja«, erlaubte ich mir an dieser Stelle zu bemerken, »genau genommen war es ja der Arzt, also der Verlobte Ihrer Schwester, der dieses Versprechen gegeben hat, nicht ich.«

»Das ist jetzt kaum der passende Augenblick für Scherze«, wies mich die Mutter zurecht. »Sie wissen ganz genau, dass Sie als der Schöpfer des Arztes die Verantwortung für das Versprechen tragen, sonst niemand. Und diese Verantwortung haben Sie auch ganz offiziell anerkannt, indem Sie den Arzt als Ich-Erzähler auftreten lassen, ihm also mithin Ihren eigenen Mund leihen.«

So konnte man es natürlich auch sehen. Ich machte eine beschwichtigende Handbewegung und dann trat eine Pause ein, die wohl eine ganze Minute währte.

»Sie werden es also tun?«, fragte die Mutter dann.

Ich seufzte. Und schließlich nickte ich.

Deutlich hörte ich die Tochter aufatmen. Die Tochter, die trotz der Krankheit, die in ihrem Inneren wütete, noch immer einen Teil ihrer jugendlichen Schönheit bewahrt hatte; die noch nicht einmal einen Namen hatte, den man auf ihren Grabstein hätte schreiben können.

Die drei erhoben sich und verließen das Haus. Ich war allein und hatte nun endlich Gelegenheit zum Nachdenken. Was mir im Einzelnen alles durch den Kopf ging, das kann ich unmöglich hier wiedergeben. Schließlich begab ich mich jedenfalls in mein Arbeitszimmer und holte das Manuskript hervor. Seite um Seite las ich, und mit jeder Seite spürte ich deutlicher, dass die Geschichte kaum jemals imstande sein würde, das Feuer in mir zu entfachen, das für große Werke unabdingbar ist. Doch ich versuchte es und griff zur Feder. Ich wollte schreiben, irgendetwas schreiben. Sollte die Tochter ihre Leber bekommen und dann glücklich werden. Ihr Verlobter, der Arzt, musste also zum Skalpell greifen, die verhasste Kollegin beseitigen und dann die Transplantation vornehmen.

Irgendwie mühte ich mir die ersten Sätze ab, aber dann war es vorbei. Ich hatte eine totale Schreibblockade, wie ich sie noch nie in meiner Laufbahn erlebt hatte. Ich kann es nicht erklären. Vielleicht widerte mich einfach die Vorstellung an, mich an dieser Posse zu beteiligen und den dreien, und somit auch meiner Frau, zu Willen zu sein. Wie dem auch sei, ich brachte jedenfalls nichts zu Papier. Wollte ich eine Dialogszene mit der Tochter schreiben, so erschien sogleich deren mumienartiges Gesicht vor meinen Augen und alles verkrampfte sich in mir. Ebenso erging es mir mit der Mutter, die mir nun wesentlich herrischer erscheinen wollte, als sie sich vorhin vermutlich benommen hatte. Es ging einfach nicht, ich konnte die Geschichte nicht schreiben und schleuderte das Manuskript vom Schreibtisch.

»Verflucht!«, brüllte ich. »Was mache ich hier eigentlich? Ich lasse mich von den Henkersknechten meiner

Alten einschüchtern und mache jetzt brav wie ein Schulknabe meine Strafarbeit!«

Wutschnaubend stampfte ich in das Wohnzimmer und riss die Schranktür zu meiner Hausbar auf.

Ich weiß nicht mehr, wie lange ich bereits getrunken hatte, aber als dann irgendwann am Abend die Klingel schellte, konnte ich mich kaum mehr auf den Beinen halten. Es war meine Frau mit ihrem Anwalt. Was die beiden wollten und was dann geschah, daran erinnere ich mich nicht mehr. Meinem Anwalt zufolge, der mich am nächsten Tag recht verstimmt zu sich zitierte, bin ich wohl etwas grob geworden. Der Anwalt meiner Frau hatte sogleich eine richterliche Verfügung erwirkt, die es mir fortan verbot, mich meiner Frau und meinen Kindern zu nähern. Was immer die beiden dem Richter erzählt haben mochten, sie hatten gewiss übertrieben. Dass ich tatsächlich handgreiflich geworden war, das ist völlig ausgeschlossen. Nie im Leben. Mein Anwalt ging recht hart mit mir ins Gericht, erinnerte mich an meine Zusage, zumindest während der Scheidungsphase nicht zu trinken. Hinsichtlich des Sorgerechtes oder auch nur des Rechtes, die Kinder besuchen zu dürfen, sah er jetzt natürlich schwarz.

Noch immer verkatert vom letzten Abend verließ ich die Kanzlei und machte mich auf den Heimweg. Mein Tabakvorrat war fast verbraucht und ich hielt vor dem Kiosk, in dem ich meine Zigarren zu kaufen pflegte. Ich weiß nicht, ob Sie auch schon einmal eine innere Stimme gehört haben, die Sie vor einer Gefahr gewarnt hat. Es ist keine direkte Stimme, die mit Worten spricht, sondern mehr ein Gefühl, das aber keineswegs ausdrucksärmer ist als eine Stimme. Bisweilen warnt es uns, eine Straße zu überqueren, obwohl keinerlei Verkehr zu sehen ist. Oder es rät uns ab, einen Zugwagon zu besteigen, der dann auch prompt entgleist. Vermutlich verlassen sich Tiere ständig auf solch ein Gefühl und tun auch gut daran. Die meisten Menschen hingegen ignorieren diesen Schutzschild der Natur, und so auch ich, als ich den Kiosk betrat, obwohl mir mein Gefühl deutlich davon abgeraten hatte.

Die Verkäuferin kannte mich und zog zwei Packungen meiner Marke aus dem Regal, als sie mich sah. Hierbei benahm sie sich allerdings recht ungeschickt und ließ eine der Packungen fallen. »Hoppla«, sagte sie und bückte sich, um sie aufzuheben. Dann erhob sie sich, und ich stürmte schreiend aus dem Kiosk.

Es war sie! Sie. Das verzweifelte, sehnende Gesicht der Tochter war es, das mich plötzlich von hinter dem Tresen aus anstarrte, wo doch eigentlich die Verkäuferin hätte erscheinen sollen. Ich lief, lief um mein Leben, rempelte etliche Passanten an und wollte nur weg, weit weg von diesem Kiosk und diesem Gesicht.

Zu Hause angelangt, stürzte ich sogleich zur Hausbar und schenkte mir einen doppelten Whisky ein. Mein Herz raste. Ohne recht zu wissen, was ich tat, nahm ich die Flasche und das Glas und ging in mein Arbeitszimmer. Ich suchte das Manuskript auf, das im ganzen Raum verstreut lag, setzte mich an meinen Schreibtisch und griff nach dem Füllfederhalter. Das Glas in der linken, den Füller in der rechten Hand, begann ich zu schreiben. Ich schrieb. Ich wusste nicht, wie mir geschah, aber ich schrieb! Was immer es bewirkt haben mochte, aber alle Hemmungen, alle Unlust waren plötzlich verweht. Ich schrieb! Und wie ich schrieb. Wie das Feuer plötzlich in mir loderte. Ich brauchte kaum über die Sätze nachzudenken, irgendetwas im Kopf vorzuformulieren, alles flog mir mit einem Male zu. Ich war inspiriert wie noch nie im Leben, füllte Seite um Seite, leerte Glas um Glas, schrieb mich nun in einen Rausch und wusste kaum noch, wer ich war und wo ich mich befand. Alles um mich herum versank. Es gab nur noch die Geschichte, gab nur noch den Bruder, die Mutter, die teuflische Kollegin ... die Tochter: Leon, Patricia, Xanthippe ... Emily. Ich schrieb und musste schreiben und hätte nun um nichts in der Welt mehr aufhören können!

Doch irgendwann erwachte ich aus meinem Rausch. Kalt und grau drang die Welt durch die zarten Nebelschleier, die überall um mich herum nun aufrissen und sich auflösten. Ich sah auf und bemerkte meine Kinder, blickte an mir herab und entdeckte das Blut. Auf meinem Hemd, an meinen Händen. Dann blickte ich mich um. Ich schien mich im Wohnzimmer zu befinden. Allerdings nicht in meinem. In dem meiner Frau. Auf dem Wohnzimmertisch lagen einige Küchenmesser, daneben ein Stück Fleisch. Ich betrachtete das Fleischstück näher und musste mein medizinisch-anatomisches Geschick bewundern. Denn ohne allen Zweifel war das, was dort fein säuberlich auf der Tischdecke ausgebreitet lag, eine menschliche Leber. Und Sie müssen mir glauben, dass ich nie Medizin studiert oder auch nur medizinische Bücher gelesen hätte. Meine Frau lag ein Stück hinter dem Tisch auf dem Fußboden – und wäre gewiss stolz auf mich gewesen. Ich ging zu meinen Kindern und schloss sie in die Arme.

Kinder brauchen ihre Väter.

***

Der Einflüsterer

Ich liebe Zahlen.

Doch vielleicht ist *lieben* nicht der passende Ausdruck. Zumindest nicht, wenn man ihn im landläufigen Sinne auffasst. Denn gewiss geht meiner Beziehung zu Zahlen die Leidenschaft ab, die das Verhältnis zwischen gewöhnlichen Liebhabern und Geliebten kennzeichnet. Nein, in diesem Sinne liebe ich Zahlen nicht. Ganz und gar nicht. Angebrachter ist da schon der Vergleich mit einem alten Ehepaar, das die Stürme jugendlicher Leidenschaft bereits lange hinter sich gelassen hat, dafür aber in einer umso tieferen Zuneigung miteinander verbunden ist, die ihren Grund weniger im rein Sinnlichen hat, sondern vielmehr in dem Gefühl, nein: in der Gewissheit, dass nur der jeweils andere der Garant für den eigenen Seelenfrieden sein könne. Ja, und in diesem Sinne darf ich behaupten, ohne mich der Gefahr auszusetzen, Missverständnisse hervorzurufen, dass ich Zahlen liebe. Ich liebe es, die Posten einer Gewinn- und Verlustrechnung zusammenzufassen, liebe es, die Aktiva und Passiva einer Bilanz zu addieren, die Zahlen der monatlichen Bilanzen in die Jahresbilanz zu übertragen, Erstere zu addieren und dann mit Letzterer zu vergleichen. Denn werfen Sie einen Blick auf das Getriebe eines Unternehmens, auf die Tausenden von Faktoren, die dessen Gedeih und Verderb bestimmen, auf die Unwägbarkeiten und Ungewissheiten, das Chaos, die Wirrnisse, die einen in den Wahnsinn trieben, wäre da nicht ein einziger Lichtblick, eine Konstante, eine Macht, die all diesem Ungesäumten die Zügel anlegte: die Zahl. Jawohl, erst die Zahl vermag zu ordnen, was einem ansonsten heillos über den Kopf wachsen und, ja, so wage ich zu behaupten, dem sensiblen Gemüt den Seelenfrieden rauben müsste.

Und noch eine andere Eigenschaft gibt es, die der Zahl zum Lobe, ja, ich möchte sagen: zum Ruhme gereicht und die so manchem Vertreter der Gattung homo sapiens abgeht. Natürlich meine ich deren Beständigkeit, die allen Stürmen der Leidenschaft, allen Irrungen und Wirrungen der Menschheitsgeschichte trotzt, mithin den einsamen Fels im Meer einer immerwährenden Vergänglichkeit darstellt. Eine 7 bleibt eine 7, ob es regnet oder schneit, sie will sich weder vermehren noch vermindern, kennt weder Neid auf ihre Nachbarn noch Niedertracht, ist vielmehr Frieden durch und durch. Und Sie dürfen mir glauben, dass ich weiß, wovon ich spreche.

Ich bin nämlich Buchhalter. Und ich liebe meinen Beruf. Ich wollte nie etwas anderes sein als ein Buchhalter und gäbe mein Seelenheil, könnte ich es auch bis ans Ende meiner Tage sein. Ehrgeiz ist mir stets fremd gewesen, nie habe ich den Trieb verspürt, aufsteigen zu wollen, es gar zum Abteilungsleiter zu bringen. Nein, ein einfacher Buchhalter wollte ich sein und wollte ich bleiben. Darin allein bestand meine ganze Glückseligkeit.

Bestand. Bis zu dem Tage, da meine Geschichte, die ich mich gezwungen sehe hier niederzuschreiben, ihren Anfang nahm.

Wir arbeiteten in einem Großraumbüro, und wir, das waren Grabowskie, Meier, Homburg und ich. Bisweilen stand uns noch der eine oder andere Lehrbursche zur Seite, die aber nie für längere Zeit blieben, sondern bald in andere Abteilungen gingen, um ihre Ausbildung dort fortzusetzen. Und dann war da noch Herr

Rölling, unser Abteilungsleiter, der hingegen nicht mit uns in dem Großraumbüro arbeitete, sondern in einem separaten Büro, das direkt neben dem unsrigen lag und durch eine Tür mit einem Glasfenster betreten werden konnte. Es liegt mir fern, meine Rolle in unserer Abteilung überzubewerten. Ich bin ein bescheidener, bodenständiger Angestellter, der seinen Platz und seine Pflichten kennt. Aber ich möchte doch nicht verschweigen, dass ich den Respekt sowohl meiner Kollegen als auch Herrn Röllings genoss, und zwar gerade weil ich bescheiden und bodenständig bin und über keinerlei Ehrgeiz verfüge. Solche Eigenschaften werden in jedem Unternehmen geschätzt. Und meine Kollegen schätzten mich. Und Herr Rölling schätzte mich ganz besonders.

Aber Herr Rölling hatte einen Hund. Einen braunen Dackel.

Und einen Enkel von fünf Jahren.

An dem Tag nun, da meine Geschichte begann, hatte Herr Rölling nicht nur seinen Dackel, sondern auch seinen Enkel mit zur Arbeit genommen, damit dieser einen Eindruck davon erhalte, wie der Großpapa denn so sein Geld verdiene. Und wie Jungen in diesem Alter nun einmal sind, so tollte er in dem Büro herum, spielte mit dem Dackel, trieb so manchen Schabernack, den wir jedoch gerne leiden wollten, da er uns kaum ernsthaft bei der Arbeit störte, der Junge zudem einen Scharm verströmte, dem man schwer nur widerstehen konnte. Am Nachmittag jenes Tages nun bat mich Herr Rölling, ich möchte ihm aus dem Archiv eine Akte holen, die er für irgendeine Berechnung benötigte. Das Archiv befand sich nur wenige Räume von unserem Büro entfernt und war stets unverschlossen, da es auch von anderen Abteilungen benutzt wurde. Ich eilte also ins Archiv, und wen fand ich dort vor? Den Enkel von Herrn Rölling. Ich musste lächeln. Da saß er in seiner kindlichen Unschuld und baute aus leeren Aktenordnern etwas, was wohl eine Art Gebäude darstellen sollte.

»Was machst du denn da, mein Kleiner?«, fragte ich ihn, und er warf mir ein spitzbübisches Lächeln zu.

»Ich baue eine Burg«, erwiderte er. Ich betrachtete das Gebilde näher, konnte in dem Durcheinander aber auch bei aller Phantasie keine Burg erkennen. Doch er erklärte mir mit einer Begeisterung, wie nur Kinder sie aufzubringen vermögen, wo der Turm, wo das Tor sei, wo der König seine Gemächer habe. Ich lobte ihn, gab dann aber doch zu bedenken, dass ein Archiv kein rechter Ort für einen kleinen Jungen zum Spielen sei. Die Regale seien alt, sie könnten brechen, die Akten herabfallen, ihm den Schädel einschlagen. Ob ihm das denn wohl gefallen würde. Er schüttelte den Kopf und sah mich aus erschrockenen Augen an. Ach, sogleich bereute ich meine Worte. Ich wollte den armen Lausejungen doch nicht verängstigen. Sofort versicherte ich ihm also, es sei nicht so schlimm, zum Glück sei ja nichts geschehen, und strich ihm mit der Hand durch den blonden Wuschelkopf. Und in diesem Augenblick vernahm ich hinter mir ein Knurren. Ich drehte mich um und sah den Dackel. Dort stand er in der Tür und knurrte, und nur zu deutlich war ich es, dem sein Knurren galt.

»Eberhardt«, sagte ich. »Was hast du denn?« Doch statt ihn zu beruhigen, machten meine Worte ihn nur noch wütender. Er knurrte und fletschte dazu nun auch noch die Zähne. Ich blickte von dem Hund zu dem Knaben, dann wieder zu dem Hund. »Du glaubst doch wohl nicht etwa ... Also, hör mal!« Ich tat empört, doch der Dackel begann nun auch noch, zu bellen.

»Was hat der Eberhardt denn?«, fragte der Junge mit zitternder Stimme.

»Der Eberhardt ist dumm«, sagte ich, wollte ihn beruhigen, dass er sich nicht zu fürchten brauche, wagte aber nicht, ihn nochmals zu berühren. Ich nahm die Akte, drängte mich dann an dem sich noch immer wie toll gebarenden Hund vorbei aus dem Archiv und kehrte an meinen Arbeitsplatz zurück.

Wieder an meinem Schreibtisch, versuchte ich, den Vorfall zu vergessen. Ich nahm meinen Füllfederhalter und machte mich an die Bilanz des vergangenen Monats, an der ich gerade arbeitete. Ich schrieb, ich rechnete. Und eine Weile kam ich auch recht gut voran, doch dann erschienen mit einem Male die gefletschten Zähne vor meinem geistigen Auge. Ich hörte es knurren. Sollte der Hund mir etwa vorhalten wollen ...? Ich ballte die Fäuste und zwang mich zur Konzentration. Ich schrieb, ich rechnete, ich verschrieb mich. Die Zahlen begannen, vor meinen Augen zu tanzen, ich wollte die Zahlen addieren, schaffte es aber nicht. Ich nahm einen Zettel, rechnete schriftlich, zerfetzte den Zettel. Zum Teufel! Mit meiner in der ganzen Firma bekannten Gemütsruhe war es vorbei. Ja, kein Zweifel, der Köter warf mir vor, dass gerade ich ... dass ich ...

Ich hatte davon gelesen. Ja, die Zeitungen waren voll davon. Aber nun hatte man den Schurken ja glücklicherweise gefasst. Aber das war drüben in Amerika. Weit entfernt. Doch wie das so ist, wenn solche Sachen geschehen, dann spricht ja die ganze Welt davon. Schlimm. Wirklich schlimm. Fast scheint es, dass dort drüben nur Verrückte leben. Und der Kerl hatte sich nicht einmal gescheut, in aller Öffentlichkeit davon zu reden. Wie er die Jungen in seine Wohnung gelockt hatte. Ach, es ist ja so leicht, Kindern etwas vorzugaukeln. Meistens reichen ja schon Süßigkeiten, oder man verspricht Geschenke, die in der Wohnung auf die Kleinen warten würden, und schon sitzen sie in der Falle. Aber der Bursche in Amerika hatte behauptet, er habe in seiner Wohnung ein Pony, auf dem die Kinder reiten dürften. Man stelle sich vor, ein Pony in der Wohnung in einer Stadt! Aber der Glaube eines Kindes erschließt Welten, die jedem Erwachsenen verwehrt sind. Im Nu also waren die Kinder in seiner Wohnung, und dann dauerte es nicht mehr lange. Schon legten sich die rauen Hände um den zarten Hals, drückten zu, spielerisch zunächst, ja, er spiele doch nur! Habe der Knabe denn noch nie auf dem Schulhof gerauft und einen Kameraden zum Spaße gewürgt? Beim nächsten Mal dann drangen die Klauen schon tiefer in das weiche Fleisch, und zwei Herzen gleich pochten in trauter Harmonie. Das eine vor Entsetzen, das andere von krankhaften Gelüsten erregt. Und wie ein Vampir das Blut aus den Adern seines Opfers, so saugte der Unhold die Todesfurcht des Jungen in sich auf, durchlebte Wonnen, die umso intensiver wurden, je verzweifelter jener um sein Leben rang, bis er schließlich, kurz bevor der Knabe den letzten Atem ausgehaucht hätte, von ihm abließ. Ja, die Klauen lösten sich wieder von dem Halse, er ließ den Röchelnden nun wieder frischen Atem, neue Hoffnung schöpfen, dass vielleicht doch noch alles ein gutes Ende nehme. Schon will das Entsetzen aus den Augen des Kindes weichen, wollen sich auf den Lippen Worte bilden, die an das Mitgefühl des

Ungeheuers appellieren sollen, da blitzt die blanke Schärfe auf und dringt in den zarten Hals.

Ich schauderte vor Entsetzen bei dem Gedanken an diese Schandtaten, dann vor Empörung, als mir bewusst wurde, dass ein unwissendes Tier nun mir unterstellte, Sklave derselben Gelüste zu sein wie dieser amerikanische Irre! Ja, um meine Gemütsruhe war es geschehen, an konzentriertes Arbeiten war nicht mehr zu denken und ich brachte den Rest des Nachmittags damit hin, irgendwelche niederen Tätigkeiten zu verrichten, die keinerlei Denkaktivitäten verlangten.

Die Minuten und Stunden quälten sich dahin, aber schließlich zeigte die Uhr über der Tür zu Herrn Röllings Büro dann doch die fünfte Stunde an. Für gewöhnlich arbeitete ich noch eine halbe oder auch eine ganze Stunde über den Feierabend hinaus, doch jetzt packte ich pünktlich meine Sachen zusammen und verließ das Büro. Doch auch zu Hause marschierte ich noch für Stunden ruhelos durch meine Wohnung, und erst einige Gläser Wein vermochten, die Empörung in mir über diese ebenso ungeheuerlichen wie lachhaften Anschuldigungen des Hundes zu betäuben und mir einige Stunden unruhigen Schlafes zu verschaffen.

Am nächsten Morgen erwachte ich mit leichten Kopfschmerzen, denn ich vertrage keinen Alkohol. Schon geringe Mengen machen mich müde, und ich trinke gewöhnlich überhaupt nicht, zumindest nicht in der Woche, wenn ich arbeiten muss. Doch immerhin verdrängten die Kopfschmerzen die Erinnerungen an den Vortag und so begab ich mich halbwegs gefasst ins Büro. Ich begrüßte meine Kollegen, und auch diese wünschten mir einen guten Morgen. Ich machte mich sogleich an die noch nicht vollendete Bilanz und kam auch recht gut voran. Wohl konnte ich die Zahlen nicht so mühelos im Kopf addieren, wie ich es gewohnt war, doch lag das an dem Wein vom Vorabend und hatte nichts mit dem Vorfall im Archiv zu tun. Bald war ich so in meine Arbeit vertieft, dass ich nur ganz am Rande das Eintreffen von Herrn Rölling bemerkte. Ich rechnete und schrieb und war dermaßen in meine Welt der Zahlen versunken, dass mich weder die gedämpften Unterhaltungen der Kollegen noch irgendwelche unliebsamen Erinnerungen erreichen konnten. Da mit einem Male stellte mein Füllfederhalter den Dienst ein. Ich untersuchte den Tintenbehälter und stellte fest, dass dieser leer war. Auch das Tintenfass auf meinem Schreibtisch war leer, und so begab ich mich mit diesem zu dem Schrank mit den Tintenvorräten, um es aufzufüllen. Der Schrank befand sich direkt neben der Eingangstür zu unserem Großraumbüro. Und gerade als ich an der Tür vorbeigehen wollte, stand er vor mir.

Da stand er, direkt auf der Schwelle, die hasserfüllten Augen direkt auf mich gerichtet, die Lefzen zurückgezogen, zunächst ein leises Knurren ausstoßend, das kaum zu hören war. Das Knurren schwoll an, bis auch meine Kollegen es hörten und die Blicke auf mich richteten. Und dann kläffte er los! Es war ein schrilles, ein piepsiges Kläffen, das bis in jeden Winkel des Büros, des gesamten Unternehmens drang, und fast wäre mir das Tintenfass aus der Hand geglitten. Ich redete beruhigend auf ihn ein, doch er kläffte und kläffte nur umso wilder und toller, machte gar Anstalten, auf mich loszugehen! Und dann öffnete sich die Tür zur Herrn Röllings Büro. «Eberhardt!«, fuhr der Abteilungsleiter den Köter mit einiger Schärfe an. »Was machst du hier für einen Radau? Komm sofort hierher!« Und als er die Stimme seines Herrn hörte, da verstummte er sogleich und dackelte in dessen Büro, nicht jedoch, ohne mir vorher noch einen garstigen Blick zugeworfen zu haben.

»Es tut mir leid, Herr S.«, sagte Herr Rölling zu mir, und ich nickte nur. Dann schloss er die Tür.

Mit zitternden Händen öffnete ich die Schranktür und hatte beim Nachfüllen der Tinte die größte Mühe, nicht die Hälfte zu verschütten. Als ich an meinen Platz zurückging, spürte ich die Blicke der Kollegen auf mir ruhen.

»Was hat er denn gehabt?«, fragte Grabowskie, dessen Schreibtisch nur ein Stück neben dem meinigen stand.

Ich schüttelte den Kopf. »Keine Ahnung. Wer weiß schon, was in dem Hirn von so einem Tier vor sich geht.« Ich lachte, spürte aber sofort, wie gezwungen mein Lachen klang, und verstummte wieder. Dann füllte ich meinen Füllfederhalter auf und versuchte, mich erneut an meine Arbeit zu machen. Arbeit. Zahlen. Ja, ich verspürte nun ein unbändiges Verlangen nach Zahlen. Ich wollte sie vor mir sehen, wollte sie berühren, sie liebkosen, in ihnen baden und mich in ihnen verlieren. Doch wie am Vortag begannen die Zahlen nun wieder, vor meinen Augen zu verschwimmen, ich scheiterte an den einfachsten Additionen, verschrieb mich, und immer wieder, als lenkte eine dämonische Kraft meine Gedanken in genau diese Richtung, sah ich die zurückgezogenen Lefzen, blickte in diese hasserfüllten Augen, hörte ich das Knurren, das Bellen, dieses schrille, piepsige, widerwärtige Bellen, das mir das Blut in den Adern gefrieren ließ, bis ich fast zwanghaft, nein, nicht *fast*, es war ein Zwang, der mich immer wieder nötigte, nach rechts, nach links zu blicken, um mich zu vergewissern, ob mein Peiniger nicht direkt neben mir stand!

Ich brauche nicht zu betonen, dass ich mit meiner Arbeit kaum weiterkam. Irgendwann wurde es dann Mittag, und meine Kollegen machten sich auf in den Aufenthaltsraum, in dem wir unsere Mahlzeiten einzunehmen pflegten. Herr Rölling befand sich noch in seinem Büro, und ich beeilte mich, meinen Kollegen zu folgen, bevor sich auch der Abteilungsleiter zum Mittagsmahl begeben und ich möglicherweise nochmals dem Hund begegnen würde.

In dem Aufenthaltsraum waren nur meine Kollegen, also Grabowskie, Meier und Homburg, und ich. Wir verzerrten die belegten Bütterbrote, die wir uns von zu Hause mitgebracht hatten. Gesprochen wurde nur wenig. Das war nicht ungewöhnlich, denn beim Essen pflegten wir nicht viel zu reden. Und überhaupt war niemand von uns übermäßig gesprächig. An jenem Tag jedoch, so wollte es mir scheinen, ging es selbst für unsere Verhältnisse ungewöhnlich ruhig zu. Wohl machte man die eine oder andere Bemerkung zu einer dienstlichen Angelegenheit, doch auch diese wenigen Bemerkungen schienen gezwungen und kaum einem wirklichen Interesse zu entspringen. Dann bemerkte ich, wie Homburg, der mir direkt gegenübersaß, an mir vorbei zur Tür blickte. Er nickte mir zu und ich drehte mich um.

Und da stand er. Auf der Schwelle der Tür. Er stand einfach da und starrte mich an. Er knurrte nicht, hatte nicht die Lefzen zurückgezogen. Nein, er stand einfach da und starrte mich aus diesen durchdringenden Augen an. Die anderen schienen für ihn gar nicht zu existieren. Einzig auf mich war sein Blick, war seine Aufmerksamkeit gerichtet. Ich atmete tief durch und fühlte, wie sich mein Herzschlag beschleunigte. Die anderen blickten bald auf den Hund, bald auf mich. Das spürte, nein: das wusste ich, obwohl ich ihnen den Rücken zugewandt hatte. Und mir kam eine Idee. Fast hätte ich aufgelacht, ja, hätte gelacht über meine Torheit, dass ich mir meine Gemütsruhe von einem Tier rauben ließ. Zum Teufel, es war ein Hund, ein triebgesteuertes Tier, das sein Dasein einzig zu dem zweifachen Zwecke führte, zu fressen und sich zu paaren. Was weiß schon ein Tier! Was versteht es schon davon, was in einem Menschengeist vor sich geht? Nichts, rein gar nichts. Fressen, darauf ist sein Trachten gerichtet, und an genau diesen Instinkt würde ich nun appellieren. Ich riss also ein Stück von meinem Butterbrot ab und warf es ihm hin. Das würde ihn beschwichtigen, würde all den Groll, den er warum auch immer gegen mich empfinden mochte, hinwegfegen wie ein Herbststurm das Laub von den Bäumen. Ich warf ihm das Brot also hin und lachte ihn voll Siegeszuversicht an.

Kurz blickte er auf den Bissen. Dann kläffte er los! Nicht einmal beschnuppert hatte er das Brot, sondern kläffte, knurrte und kläffte sein schrilles, piepsiges Kläffen, als glaubte er, ich wollte ihn vergiften!

Dann war er verschwunden. Einen letzten hasserfüllten Blick noch hatte er mir zugeworfen, dann hatte er sich umgedreht und war gegangen. In dem Aufenthaltsraum regte sich nun kein Laut. Auch ohne mich umzuschauen, wusste ich, dass alle nun mich anstarrten. »Die Leberwurst ist aber auch wirklich zu miserabel«, versuchte ich zu scherzen, als ich mich wieder meinen Kollegen zuwandte. Doch niemand lachte.

Grabowskie zwängte sich ein Lächeln ab, das hingegen mehr zu einer Grimasse geriet. Dann füllte er sich aus seiner Thermosflasche Kaffee nach. Ich starrte auf mein Butterbrot, brachte aber keinen Bissen mehr hinunter.

Für den Rest des Tages bekam ich das Vieh glücklicherweise nicht mehr zu sehen, aber auch so war es schlimm genug. Wie eine Gewitterwolke schwebte der Vorfall über unseren Köpfen. Kaum ein Wort wurde gesprochen, aber ich spürte ihre Blicke, meinte sogar, ihre Gedanken zu hören, wie sie sich wunderten über das seltsame Gebaren des Hundes, der doch sonst so friedfertig war, keiner Seele etwas zu Leide tun konnte. Was mochte dieser Herr S. wohl mit ihm angestellt haben? Ja, diese Frage stellte sich ihnen wieder und immer wieder. Was mochte ich mit dem Hund angestellt haben.

Ich weiß nicht mehr, wie ich den Nachmittag überstand. Irgendwann jedenfalls war er vorüber und ich eilte nach Hause. Wie ich den Abend verbrachte, das kann ich ebenfalls nicht mehr sagen. Ich weiß nur noch, dass ich fast eine ganze Flasche Wein benötigte, um mich zumindest so weit zu benebeln, dass ich für einige Stunden in einen unruhigen Schlaf versank. Und am nächsten Morgen, zum ersten Mal in all meinen Jahren als Buchhalter, wünschte ich, einfach wieder ins Bett zu gehen, den Tag zu verschlafen irgendwo fernab von dem Ort, der mir stets Lebenselixier gewesen war. Ja, Sie werden es nicht glauben, aber ich stand wahrhaftig im Begriff, irgendeine Krankheit vorzutäuschen, den Nachbarjungen mit einer Botschaft zu Herrn Rölling zu schicken, dass mich ganz plötzlich ein Fieberanfall gepackt habe, dass ich unmöglich zur Arbeit erscheinen könne. Und vermutlich wäre das nicht einmal gelogen gewesen, denn in der Tat meinte ich, eine leicht überhöhte Temperatur zu haben. Aber dann schüttelte ich den Kopf, teils aus Pflichtbewusstsein, teils aus Trotz. Nein, ich würde doch vor einem dummen Tier nicht kapitulieren! Ich würde kämpfen.

Und so machte ich mich also auf. Mein Kopf schmerzte, und ich wusste, dass ich auch heute kaum meine gewohnte Arbeitsleistung würde erbringen können. Vorsichtig spähte ich von der Schwelle in unser Büro und atmete auf. Das Büro von Herrn Rölling war noch leer. Er war noch nicht da. Und sein Köter also ebenfalls nicht. Durch diesen Aufschub mit frischem Mut beseelt begrüßte ich meine Kollegen. Grabowskie murmelte etwas, Homburg nickte nur kurz, Meier machte sich nicht einmal die Mühe, überhaupt aufzublicken. Doch ich achtete nicht weiter auf sie und begab mich an meinen Schreibtisch. Mechanisch schlug ich die Bilanz auf, mit der ich bereits zwei Tage zuvor begonnen hatte. Wie ich erwartet hatte, begannen die Zahlen bald, vor meinen Augen auf und ab zu tanzen, und ich beschränkte mich fortan darauf, zumindest den Anschein zu erwecken, ich würde arbeiten. Und dann erschien Herr Rölling. Und mit ihm *er*. Mit seinen kurzen Beinen tippelte er daher. Den Kopf erhoben, weder nach rechts noch nach links blickend, als sei es unter seiner Würde, uns auch nur die geringste Aufmerksamkeit zu schenken. Als sei er der heimliche Herrscher in diesen Hallen, dem sich alles und alle unterzuordnen hätten. Dann schloss sich die Tür und er war verschwunden.

Ich saß da, über meine Bilanz gebeugt, die ich kaum wahrnahm, als sich die Tür wieder öffnete und Herr Rölling mich zu sich ins Büro bat. Ich erschrak und mein Herz begann zu pochen. »Ja, sofort«, versicherte ich und sprang von meinem Stuhl auf. Fast hätte ich ihn umgestoßen, im letzten Moment aber konnte ich ihn noch fassen. Ich eilte also in das Büro. Herr Rölling hatte inzwischen wieder hinter seinem Schreibtisch Platz genommen und musterte mich über den Rand seiner Brille. Er lächelte. Ich blickte ihn an, womöglich starrte ich ihn gar an, und versuchte, hinter das Lächeln zu dringen auf der Suche nach etwas Hintergründigem, Zweideutigem. Doch es war nur ein Lächeln. Ja, kein Zweifel, er lächelte mich einfach an. Doch muss er meine plötzliche Erleichterung bemerkt haben, denn nun bildeten sich einige Falten auf seiner Stirn. »Ist alles in Ordnung?«, fragte er, und ich versicherte ihm, ja, alles sei in bester Ordnung, welch herrlicher Tag doch heute sei. Meine Antwort schien ihn zu befriedigen, denn er blickte nun auf eine Akte, die vor ihm auf dem Tisch lag. »Nur eine kleine Sache«, sagte er dann. »Es geht um die Rechnung der Firma H. Sie sind im Bilde?« Aber natürlich war ich im Bilde, schließlich hatte ich sie selber bearbeitet. »Ich habe da nur ein paar kleine Fragen.« Und er fragte. In der Tat wies die Rechnung einige Besonderheiten auf, die allerdings einzig durch die Art des Geschäftsabschlusses bedingt waren, nicht etwa durch einen Fehler meinerseits. Ich antwortete also auf seine Fragen. Und ich antwortete ruhig und mit Sachverstand, wie er es ja auch von mir gewohnt war. Zunächst sprach ich wohl ein wenig stockend, doch je länger ich redete, desto sicherer wurde ich, und nach einer Weile war ich von meinen Ausführungen solchermaßen hingerissen, dass ich den Hund, den Enkel, alles um mich herum vergaß. Herr Rölling war beeindruckt. Beeindruckt von meinem

Sachverstand, meiner Kompetenz. Er dankte mir. Ich versicherte, es sei gern geschehen. Es sei schließlich meine Aufgabe, solche Fragen zu klären. Gerade wandte ich mich zum Gehen, da sah ich ihn. Fast schien es, als habe er nur darauf gewartet, dass ich das Büro verlassen wollte, um mir dann, im allerletzten Moment, noch einen Beweis seiner Allgegenwart zu liefern. Am rechten Bein des Schreibtisches kauerte, lauerte er, den Blick auf mich gerichtet, die Miene heiter. Ja, er wirkte heiter, er lachte mich sogar beinahe an, nur um ganz unvermittelt, als ich schon den Fuß auf die Schwelle setzte, die Lefzen zurückzuziehen und mir zu zeigen, dass nichts, aber auch gar nichts vergessen sei!

Ich spürte meinen Puls beschleunigen, es begann zu brodeln in mir, und viel fehlte nicht und ich hätte dem Köter einen Tritt versetzt! Doch ich zwang mich zur Ruhe, schloss die Tür hinter mir so sanft als möglich und begab mich an meinen Schreibtisch zurück.

Und wieder gab ich mir den Anschein, als arbeite ich angestrengt. Doch statt der Bilanz hätte auch mein Butterbrotpapier vor mir liegen können und ich hätte den Unterschied nicht bemerkt. Beständig wanderte mein Blick nun zum Büro von Herrn Rölling. Durch das Glasfenster in der Tür beobachtete ich, wie er bald in einer Akte las, bald zum Füllfederhalter griff und etwas schrieb, immer häufiger aber sich zur Seite beugte und zu jemandem sprach, der sich auf dem Fußboden befinden musste. Wer dieser jemand war, das stand natürlich außer Frage. Nun brannte er sich eine Zigarre an, tat aber nur einige Züge und legte sie dann in den Aschenbecher, um sich erneut seinem Gesprächspartner am Boden zuzuwenden. Er sprach, er hörte zu. Bisweilen nickte er auch. Und immer länger wurden die Perioden, da war ich mir völlig sicher, in denen er kein Wort sagte, sondern einfach nur zuhörte. Ja, mit solcher Hingabe lauschte er den Einflüsterungen, dass er darüber ganz seine Zigarre vergaß, die inzwischen völlig erkaltet war. Endlich richtete er sich dann doch wieder auf, und ich wandte mich geschwind meiner Bilanz zu.

Tausend Empfindungen und Gedanken stürzten auf mich ein, die ich weder ordnen noch verarbeiten konnte. Was, zum Teufel, hatten die beiden da zu besprechen? Ich spürte, wie sich mein Atem beschleunigte und sich feine Schweißperlen auf meiner Stirn bildeten. Da mit einem Male ging die Tür auf und Herr Rölling rief Homburg zu sich ins Büro. Beide traten sie hinter den Schreibtisch und beugten sich über ein Schriftstück. Herr Rölling sprach. Dann Homburg. Ich spitzte die Ohren, um ein, um zumindest ein einziges Wort zu verstehen, doch es war zwecklos. Die Wand und auch die Tür waren stabil gebaut. Und sie sprachen, wie Vorgesetzte und Untergebene auf der ganzen Welt eben miteinander sprechen. Nichts Ungewöhnliches war an dem Ganzen und doch spürte ich … spürte ich, dass … Und da – mein Herz setzte aus! – da blickten sie auf und sahen … sahen genau zu mir! Ganz beiläufig natürlich und so, als hätten sie rein zufällig in meine Richtung gesehen, aber mich konnten sie nicht narren, ich hatte sie ertappt. Sie sprachen über mich! Ja, über mich. Gaben sich den Anschein, als diskutierten sie über eine Akte, aber in Wirklichkeit lästerten sie nur über mich. Denn warum, so darf ich doch wohl fragen, warum schauten sie sogleich wieder weg, als sie meinen Blick auf sich ruhen sahen? Nein, es gab keinen

Zweifel, man redete über mich. Und ich hatte auch schon eine Ahnung, was da so über mich geredet wurde.

Mein Verdacht erhärtete sich beim Mittagsessen. Mit eisigem Schweigen begrüßte man mich. Nicht ein einziges Wort wurde während der gesamten Mahlzeit gesprochen und geradezu krampfhaft vermied man es, mich anzublicken. Und nach und nach nahm meine Ahnung nun konkrete Gestalt an. Ja, ich meinte nun zu wissen, was dort über mich geredet wurde. Zunächst hatte ich die Idee noch zurückgewiesen. Ein solches Ausmaß an Niedertracht überstieg einfach meine Vorstellungskraft. Je länger ich jedoch darüber nachdachte, desto fester wurde meine Überzeugung, dass es sich so, dass es sich *nur* so verhalten könne: Der Köter hatte Herrn Rölling erzählt, was er im Archiv gesehen hatte, und Herr Rölling posaunte dieses Lügenmärchen jetzt in der ganzen Firma heraus! O, lachen Sie nicht. Und unterschätzen Sie nicht die Fähigkeit eines Tieres, sich seinem Herrchen mitzuteilen. Ich könnte Ihnen Geschichten erzählen, Sie würden Ihren Ohren nicht trauen! Und glauben Sie mir, dass niemand geschwätziger und hinterhältiger ist als ein Dackel. Ja, je kleiner desto schlimmer.

Am Nachmittag räumte das kleine Drecksvieh dann auch den letzten Zweifel aus, den es an meinem Verdacht noch hätte geben können. Glauben Sie, dass der Köter mich noch angebellt oder angeknurrt hätte? Ha, es stünde schlecht um Ihren Scharfsinn, wenn Sie das glaubten. Er hatte sein Ziel ja jetzt erreicht. Die ganze Abteilung war nun gegen mich aufgebracht, man glaubte, ich wäre … ja, was auch immer, und ich, der ich der sanfteste und friedfertigste Mensch auf Erden bin, ich würde … Sollte er jetzt noch kläffen? Wozu denn? Er sah sich ja bereits als Sieger und mich im Staub liegen. Wie anders sollte er nun seinen Triumph auskosten, wenn nicht dadurch, dass er mir offen ins Gesicht lachte und mir so zu verstehen gab, dass er, dass nur er für meinen Untergang verantwortlich schrieb!

Ganz genau so nämlich tat er es. Schwanzwedelnd kam er an meinen Schreibtisch, lachte mir seinen Hohn, seine Verachtung ins Gesicht und – ja, Gipfel aller Niedertracht und Verkommenheit! – und blickte mich dabei aus treuherzigen Augen an, als könne er keiner Fliege auch nur ein Leids antun!

Ich schäumte, ich bebte, ich kochte! Was sollte ich tun? Ich spürte, wie mir das Blut ins Gesicht stieg. Gewiss leuchtete ich nun wie eine Tomate. Meine linke Hand verkrampfte sich, etwas barst. Doch ich merkte es kaum, wie die Tinte auf meinen Schreibtisch tropfte, da ich nämlich meinen Füllfederhalter zermalmt hatte. Und er wedelte und er lachte. Lachte mir ins Gesicht, mir, der ich schon dieser Firma gedient hatte, als er noch nicht einmal geboren war. Und die Blicke. Ja, ich spürte die Blicke auf mir. Nun nicht mehr heimlich und verstohlen, nein, ohne jede Zurückhaltung starrten sie mich an, freuten sich mit diesem kleinen Satansbraten über meine Schmach, meine Niederlage, meinen Untergang. Ja, insbesondere über die Schmach, mit der man solche Männer überschüttet. Und wie sollten sie auch nicht? Waren sie denn nicht geradezu wahnsinnig vor Neid? Vor Neid auf meinen Sachverstand, auf meine Position? Und er lachte. Der kleine Bastard wedelte, ich schäumte, er lachte, ich raste. Und endlich hielt es mich nicht mehr. Ich griff den Brieföffner auf meinem

Schreibtisch, sprang auf, brüllte, stürzte mich auf diese Ausgeburt der Hölle und stach zu. Ich brüllte und stach, stach und brüllte! Und ich lachte. Ja, nun lachte *ich*! So schnell also wendet sich das Blatt, du Sauköter! Immer wieder drang der blanke Stahl in den Unhold, und ich lachte, ich brüllte, während ich seine Innereien in Stücke zerfetzte und sich der Boden rot färbte.

Irgendwann ließ ich den Brieföffner erschöpft aus der Hand gleiten und betrachtete die Überreste meines Feindes, die bis an das Fenster der Tür zum Büro von Herrn Rölling gespritzt waren.

Noch immer waren alle Blicke auf mich gerichtet.

Aber lachen tat nun niemand mehr.

***

Bettelheim

Vorwort

Nicht nur in Wissenschaft und Philosophie ist der Grundsatz, dass jede Wirkung eine Ursache voraussetze, geradezu zum Dogma erhoben, dem jeder zu huldigen habe, der in Gelehrtenkreisen ernst genommen zu werden wünscht. Auch im alltäglichen Leben sind wir gewohnt, jede noch so belanglose Begebenheit zu Ereignissen in Beziehung zu setzen, die jene direkt oder indirekt bewirkt haben mochten, und frönen der Suche nach Zusammenhängen mit einer Lust, die bisweilen schon die Grenze zur Besessenheit überschreitet. Ich will das Kausalitätsprinzip nicht in Frage stellen und gedenke auch nicht, darauf näher einzugehen, dies ist schließlich keine philosophische Abhandlung. Aber doch so viel muss ich hier anmerken, dass wir immer wieder mit Ereignissen konfrontiert werden, deren kausalen Hintergrund zu entwirren auch dem scharfsinnigsten Geist nicht glücken will. Wie vom Himmel gefallen stehen sie plötzlich vor uns und versetzen uns in das höchste Erstaunen, ja, rufen nicht selten den Zorn der Gerechten hervor, da sie sich nicht dem Kausalitätsprinzip, mithin der Grundlage unseres Denkens, beugen wollen.

Eine Reihe solcher Ereignisse bilden den Fall des Heinrich Bettelheim, dessen Bericht, Lebensbeichte oder wie auch immer man es nennen will, hier im Anschluss der Öffentlichkeit vorgelegt werden soll. Nichts in seiner Biographie lässt die Vorfälle erahnen, die ihn mit etwa dreißig Jahren aus der Bahn werfen und ins Verderben stürzen sollten. Sie waren einfach da und passten zu der durch und durch bürgerlichen Lebensgeschichte Bettelheims wie ein Bierzeltmusikant zu den Wiener Philharmonikern passen würde.

Bettelheim wuchs als Einzelkind in einer anständigen und geachteten Familie auf, die zwar nicht über umfangreiche Mittel verfügte, aber doch ihr Auskommen hatte. Heinrich wird als folgsames und stets fleißiges Kind beschrieben, das in der Schule gute Leistungen erbrachte und schließlich das Gymnasium besuchte, das es dann auch mit Erfolg abschloss. Die einzigen bekannten Differenzen zwischen Vater und Sohn betrafen den Berufswunsch des Jünglings. Heinrich war musisch begabt, wollte die Kunstgeschichte zu seinem Lebensinhalt machen und ein entsprechendes Studium beginnen. Der Vater, ein wohlwollender, aber sehr praktisch veranlagter Mann, konnte den musischen Ambitionen des Sohnes nichts abgewinnen und sah sich zudem außerstande, ein Studium finanziell zu unterstützen. So begann Bettelheim denn eine Lehre in der Spedition des Herrn N., eines Schulkameraden seines Vaters, der seinem alten Freund gerne einen Gefallen tat und dessen Sohn bei sich ausbildete.

Heinrich fügte sich dem Wunsch des Vaters und zeigte in der Spedition bald denselben Fleiß und Eifer wie in der Schule, sodass man ihn nach der Lehrzeit gerne übernahm. Der Firmeninhaber, Herr N., schätze den jungen Heinrich sehr, doch war dessen feines und scheues Wesen wenig dazu angetan, den Respekt der Kollegen zu erwerben und sich in der Betriebshierachie zu behaupten. Selbst als er bereits ausgebildeter Spediteur war, nahmen sich die Lehrbuben ihm gegenüber bisweilen Freiheiten heraus, die andere Mitarbeiter mit einer schroffen Zurechtweisung geahndet hätten. Heinrich aber klagte nie und schien mit seiner Stellung in der Firma die ganzen Jahre über durchaus zufrieden gewesen zu sein.

Und in diese gutbürgerliche Existenz brachen mit einem Male die Stürme, die Bettelheim selber in allen Einzelheiten beschrieben hat. Ich habe bereits angedeutet, dass die Klassifizierung seiner Schrift nicht unproblematisch ist. Er beschreibt mit einer Offenheit auch intimste Bereiche seines Innenlebens, dass man meinen könnte, seine Schilderung sei lediglich zum privaten Gebrauche bestimmt. Zu behaupten, er habe sich die Qualen, die in seiner Brust schwelten, einfach von der Seele schreiben wollen, erklärt allerdings wahrscheinlich nur zum Teil seinen Griff zur Feder. Die Ausführlichkeit, mit der er bestimmte Begebenheiten schildert, legt doch nahe, dass er für die Öffentlichkeit geschrieben hat, die nicht mit seinen persönlichen und den innerbetrieblichen Verhältnissen vertraut ist. Auch der Aufbau der Schrift, die doch mehr oder weniger im Stile einer Erzählung verfasst ist, spricht hierfür. Wenn ich also meine, es verantworten zu können, seine Schilderung hier publik zu machen, dann aus dem Grund, dass es so wahrscheinlich in Bettelheims Sinne ist.

***

Die denkwürdigen Enthüllungen des Heinrich Bettelheim

Den Mantel bereits in der Hand stand ich am Fenster des Büroraumes in der zweiten Etage der Speditionsfirma N. und blickte den schwarzen Regenwolken nach, die von einem kühlen Ostwind durch die einbrechende Abenddämmerung gejagt wurden. Wie fast jeden Mittwoch hatten mich diverse Abrechnungen über die gewöhnliche Arbeitszeit hinaus in Anspruch genommen und länger als meine Kollegen im Büro festgehalten. Es war nun 19:45 Uhr und ich befand mich alleine in dem Raum. Ich wendete mich vom Fenster ab, wollte gerade nach meiner Tasche greifen, da fiel mein Blick auf die Tür, die das Büro meines Chefs, Herrn Ns, von dem Großraumbüro der Angestellten trennte. Ich weiß heute auch beim besten Willen nicht zu sagen, was meine Aufmerksamkeit an jenem Abend, und zwar gerade an jenem Abend, auf die Tür lenkte. Denn wie gesagt, ich war regelmäßig länger als meine Kollegen im Büro beschäftigt und nie hatte ich der Tür oder dem dahinter liegenden Raum die geringste Beachtung geschenkt, den ich während meiner zehnjährigen Arbeit in der Firma eh kaum mehr als ein Dutzend Mal betreten hatte. Warum also gerade an jenem Mittwochabend? Bitte verstehen Sie mich nicht falsch, ich versuche gewiss nicht, die Verantwortung für das Folgende auf mysteriöse Schicksalsmächte abzuwälzen, die meine Schritte geleitet und mich blind in mein Verderben stolpern gelassen hätten. Nein, an solche Mächte glaube ich nicht; aber ich möchte doch hervorheben, dass ich keinen Vorsatz, keinerlei bewusste

Absicht in mir trug, als ich meinen Mantel wieder ablegte und langsam zu jener Tür schritt.

Ich klopfte. Doch wie zu erwarten stand, antwortete niemand. Zu dieser Zeit war der Chef, ein gemütlicher Herr deutlich über fünfzig Jahre, in der Regel bereits im trauten Heim anzutreffen. Ich drückte die Klinke hinunter und erschrak nicht wenig, als sich die Tür tatsächlich öffnete.

Wenn ich versuche, die Ereignisse vorbehaltlos zu überdenken und zu beurteilen, so muss ich mir eingestehen, dass mich in den folgenden Tagen bisweilen ein vages Gefühl, eine Ahnung heimsuchte, die mich mahnte, nicht erst an jenem regenverhangenen Mittwoch habe mein Verhängnis seinen Anfang genommen, sondern bereits drei Wochen zuvor, an einem Dienstag, als ich die unselige Geldkassette zum ersten Mal gesehen hatte. Doch was immer jene Ahnung mir einflüstern mochte, ein kausales Verhältnis zwischen jenem Dienstag und dem, was dann drei Wochen später am Mittwochabend geschah, bestand definitiv nicht. Wenn zwischen den beiden Tagen ein Zusammenhang bestand, dann höchsten insofern, als mich der Dienstag gelehrt hatte, wo ein Verbrechen, rein theoretisch, begangen werden könnte. Der Tat selber aber war keinerlei Planung vorausgegangen, diese war vielmehr ganz spontan, in einem Anflug von Unzurechnungsfähigkeit geschehen, die ein Richter gewiss als mildernden Umstand anerkennen wird.

Doch was war nun geschehen an jenem Dienstagabend drei Wochen vor dem Tag, an dem ich alles fortwarf, was bis dahin mein Leben ausgemacht hatte?

Schon rein äußerlich unterschied sich das Büro des Chefs von dem direkt angrenzenden Büroraum der

Angestellten und verlieh dem Eintretenden durch die Ausstattung und die Gestaltung allein schon die Gewissheit, sich nicht nur in einem anderen Raum, sondern vielmehr auf einer höheren Ebene der Firmenhierachie zu befinden, mithin im Zentrum der Macht. Schmückte die Wände des Angestelltenbüros eine nüchterne Raufasertapete, so empfing im Büro des Chefs den Besucher eine Eichentäfelung, die farblich geschmackvoll mit dem nussbraunen Schreibtisch und dem weinroten Leder des davor stehenden Chefsessels abgestimmt war. Hinzu kam die stets milde, in ihrer altehrwürdigen Gesetztheit aber doch respektgebietende Miene des Firmeneigentümers N., die bei den Angestellten regelmäßig eine gewisse Befangenheit bewirkte, wann immer sie das Allerheiligste des Unternehmens betraten. So war es auch mir stets ergangen, wenn ich zu unterschiedlichen Anlässen bei N. vorsprechen musste. Doch will ich gerne eingestehen, dass es in meinem Fall weniger die Eleganz des Büros war, die so einschüchternd auf mich wirkte, sondern fast ausschließlich die Persönlichkeit Ns. Es mag sich seltsam anhören, und wahrscheinlich ist es auch seltsam und in hohem Maße verwunderlich, aber in all den zehn Jahren meiner Tätigkeit in der Firma konnte ich nie mit mir ins Reine kommen, was ich diesem Mann gegenüber denn nun eigentlich empfand. Ob ich ihn fürchtete, verehrte, ihn liebte oder hasste oder aber alles zusammen, mir darüber Klarheit zu verschaffen, das gelang mir in all den Jahren nie. Und bitte glauben Sie mir, wenn sich tief in meinem Gemüt jemals der – nie bis ins bewusste Denken vorgedrungene – Wunsch geregt haben mochte, einmal allein im Büro des Chefs zu walten und in dessen Sessel zu sitzen, so war dieser gewiss in keinem krankhaften Ehrgeiz begründet, sondern einzig darin, dass ich nur ein einziges Mal in die intimste Sphäre des Mannes eindringen wollte, der dieses Wirrwarr an Empfindungen in mir hervorrief. Urteilen Sie selbst, aber ich denke doch, dass man diesen Wunsch nur als legitim bezeichnen kann. Wie dem auch sei, ich will gar nicht versuchen, die Faszination zu leugnen, die das Büro des Chefs auf mich ausübte. Nur zu deutlich konnte ich die inneren Kämpfe des ägyptischen Priesters nachempfinden, der an der Tür zum Allerheiligsten des Amun lauschte, die zu öffnen doch nur dem Hohepriester gestattet war.

Eines Tages nun, es war eben jener Dienstagabend, hatten mich diverse Verpflichtungen erneut über die gewohnte Zeit hinaus an meinen Arbeitsplatz gebunden. Meine Kollegen waren längst gegangen, im Gebäude herrschte feierabendliche Stille. Ich saß konzentriert über meine Abrechnungen gebeugt, addierte, subtrahierte, strich eine Zahl durch, blickte bisweilen zur Decke, wenn es ein anspruchsvolles Problem zu lösen galt. Schließlich jedoch ertappte ich mich immer häufiger, dass ich von der Arbeit aufsah, auch wenn es gar nichts zu durchgrübeln gab. Ich war plötzlich schrecklich unkonzentriert, mir schien, irgendetwas im Raum müsse mich ablenken, doch konnte ich beim besten Willen nicht sagen, was dieses Etwas sei. Gleichzeitig empfand ich eine vertraute Erregtheit, die nur eine Sache im Büro hervorzurufen vermochte, und da nun entdeckte ich es. Wiederholt schon musste mein Auge über den winzigen Spalt zwischen Tür und Türrahmen geglitten sein, ohne dass dieses Detail bis zu meinem Bewusstsein vorgedrungen wäre. Doch nun erkannte ich es genau: Die Tür zum Büro des Chefs war lediglich angelehnt, nicht verschlossen. Ich spürte, wie die süße, aus Angst und Begehren gespeiste Erregung meinen Herzschlag beschleunigte, und bevor noch mein bewusstes Denken einen Einspruch hätte formulieren können, stand ich bereits an der Tür und wäre in den Raum gestürmt, wäre mir im letzten Augenblick nicht die zweite, zum Gang hinausgehende Tür eingefallen. Zwar verließ und betrat der Chef sein Reich gewöhnlich durch das Angestelltenbüro, aber er könnte ja dieses eine Mal direkt vom Gang her eingetreten sein. Ich klopfte also, und erst als ich von innen keine Antwort hörte, trat ich ein. Da stand ich nun, allein, und überblickte den Raum wie ein Feldherr das jüngst eroberte Territorium. Dann trat ich weiter ein, schritt am Schreibtisch vorbei und ging bis zur Büste des Firmengründers, Ns Vater, die auf einer Vitrine nahe dem Fenster ruhte. Dort machte ich Halt und blickte zum Schreibtisch zurück. Den Lichtschalter zu betätigen und dem Glanz meines Triumphs auf elektrischem Wege auch äußeren Ausdruck zu verleihen, das freilich ließ eine innere Stimme mir als nicht geraten erscheinen. Nur das Licht also, das aus dem Angestelltenbüro drang, beschien mich matt, wie ich nun vor Ehrfurcht und Entzücken bebend auf den Schreibtisch zuging. Wohl eine ganze Minute stand ich so da, hinter dem Chefsessel, mit den Fingern das weiche Leder liebkosend, und kostete mit süßem Schauder die widersprüchlichsten Regungen, die aus den Tiefen meiner Brust emporwallten. Langsam ebbte die Erregung schließlich ab und ich hätte den Raum nun wieder verlassen können, ohne dass irgendein Schaden entstanden wäre. Doch da ich nun schon einmal hier sei, so flüsterte mir etwas ein, sei es doch nur angebracht, wenn ich den Sessel nicht nur schüchtern befühle, sondern auch einmal ausprobiere. Ich zog ihn also ein Stück zurück und nahm Platz. Sogleich spürte ich, wie sich mein Puls wieder regte. Die Faszination des Verbotenen, die mich schon beim Eintreten umweht hatte, fand erst jetzt ihre höchste Stufe, da ich mich zurücklehnte und genießerisch die Luft einsog. Ich schlug die Beine übereinander und sonnte mich in dem Gefühl, auf dem allerheiligsten aller Sitzmöbel zu thronen, ohne dass dessen rechtmäßiger Eigentümer auch nur etwas ahnte von diesem Frevel. Fast wünschte ich nun, auf dem Gang auch noch Schritte zu hören, um die Spannung und den Genuss nochmals zu steigern. Da jedoch weder Schritte noch sonst etwas Verdächtiges zu hören war, entschloss ich, mir durch die Erkundung weiteren geheiligten Grundes einen neuen Nervenkitzel zu verschaffen, und begann, mit zitternden Händen in den Schubläden zu stöbern. Dokumente, eine Pfeife, die ich mir sogleich in den Mund steckte, einige ältere Zeitschriften ... und dann, in der untersten Lade der rechten Seite, die Geldkassette.

Völlig unscheinbar lag sie da. Eine Geldkassette eben, wie es sie zu Hunderten gibt. Was mich letztendlich dazu veranlasste, sie anzuheben, weiß ich nicht. Ich schüttelte sie, versuchte sie zu öffnen, doch sie war verschlossen. Der meiste Geldverkehr in der Firma erfolgte bargeldlos, und es stand zu vermuten, dass sich eh nur ein geringer Betrag in der Kassette befand, etwa zur Bezahlung kleinerer Reparaturen an den Fahrzeugen. Ich warf die Kassette wieder in die Lade zurück, mir war plötzlich, als sei sie glühend heiß und verbrenne mir die Finger. Ich stürmte aus dem Büro, und erst, als ich bei meinem eigenen Schreibtisch stand, bemerkte ich, dass ich die Pfeife noch im Munde trug. Ich schaffte sie eilends an ihren Platz zurück und verließ das Gebäude.

Mein Verhalten dünkt Ihnen seltsam? Ich will es Ihnen nicht verdenken. Warum, so werden Sie denken, glaubt er plötzlich, sich an der Kassette die Finger zu verbrennen und flüchtet panisch aus dem Büro, wenn er nicht sofort den Trieb verspürt hätte, deren Inhalt zu entwenden, und dann verzweifelt versucht hätte, seinem Verhängnis noch irgendwie zu entkommen? Ich kann Ihre Gedankengänge nachvollziehen, und doch versichere ich Ihnen, dass sie falsch, dass sie grundlegend falsch sind. Weder an jenem Dienstagabend noch in den folgenden Tagen kam mir etwas in den Sinn, was einem Diebstahl auch nur nahegekommen wäre. Ja, ich verschwendete weder an die Kassette noch an mein Eindringen in das Büro des Chefs auch nur den geringsten Gedanken. Bisweilen mag sich die Erinnerung daran heimlich angeschlichen, vielleicht auch ihren Weg in meine Träume gefunden haben, doch bis in mein bewusstes Denken drang nichts davon vor. So viel ist gewiss.

Schließlich kam besagter Mittwochabend drei Wochen später.

Kaum hatte ich die Klinke hinuntergedrückt und den Raum betreten, da saß ich auch schon zum zweiten Mal hinter dem Schreibtisch des Firmeninhabers. Ich öffnete die untere Lade, holte die Kassette hervor und durchsuchte den Schreibtisch nach dem Schlüssel. Wenn ich an irgendwelche Schicksalsmächte glaubte, so müsste ich nun aufs Schärfste mit ihnen ins Gericht gehen. Denn hätte nicht wenigstens einer der unsterblichen Götter dafür sorgen können, dass der Chef den

Schlüssel mit nach Hause nehme, statt ihn einfach in den hölzernen Stifthalter zu legen, wo er – für jeden klar und deutlich zu sehen – neben einigen Büroklammern und Münzen ruhte? Dort nämlich fand ich ihn. Mit zitternden Fingern führte ich ihn in das Schloss der Kassette, öffnete diese und starrte auf die bunte Ansammlung von Geldscheinen: Hunderter, Fünfziger, Zwanziger und sogar ein Fünfhunderter.

Ich trinke nicht, spiele nicht, habe keine Schulden und kann meine Miete bezahlen. Mit rationalen Mitteln ist also nicht zu erklären, was mich nun trieb. Mein Herz raste, feine Schweißperlen rannen mir von der Stirn, und vielleicht wäre alles ganz anders gekommen, wäre ich nun kurz in mich gegangen, denn tief in meinem Inneren spürte ich wahrscheinlich sehr wohl, dass die Erregung, die jede Fiber meines Leibes schüttelte, weitaus mehr nach Tragödie und Verderben schmeckte als nach Triumph.

Ich fuhr mit den Fingern über die Scheine, blickte kurz in den angrenzenden Büroraum, dann zog ich aufs Geratewohl einen Schein aus dem Haufen, der sich später als Fünfziger herausstellte, und steckte ihn in die Hemdtasche, verschloss die Kassette, legte alles wieder an seinen Platz und verließ das Gebäude.

Was nun folgte, war wahrscheinlich noch erschreckender als der Diebstahl selbst. Ich bin bestimmt nicht stolz darauf, ganz bestimmt nicht. Aber es verhielt sich nun einmal so, und ich kann und will hier nichts anderes tun als darlegen, wie es sich verhalten hat. Hatte während des Vorfalles und auch noch auf einem Teil des Rückweges eine zarte Stimme verzweifelt versucht, sich Gehör zu verschaffen und mich von meinem Frevel abzuhalten, so war diese vollends verstummt, als ich mich endlich im Hause befand. Nahezu beschwingt, ja, ich gestehe es ein, beschwingt eilte ich die Treppe zu meiner Wohnung hinauf und riss, kaum dass ich die Tür hinter mir verschlossen hatte, die Beute aus der Brusttasche meines Hemdes. Ich befühlte den Schein, betrachtete die Vorder-, die Rückseite, strich dann geradezu liebkosend über dessen Oberfläche und atmete auf, als sei eine jahrelang mit mir herumgetragene Last plötzlich von mir genommen. Zu dieser fehlgeleiteten Erleichterung mengte sich eine Freude, die ein Kind über ein lang ersehntes Weihnachtsgeschenk verspüren mochte. Ich ging in mein Schlafzimmer und platzierte den Schein wie eine Trophäe auf den Nachttisch neben meinem Bett. Sollte sich jene Stimme wieder zu Wort gemeldet und mich an die Absonderlichkeit meines Gebarens gemahnt haben, so hatte ich diese schnell und gründlich wieder zum Schweigen gebracht. Ja, in meiner für mich gänzlich untypischen Ausgelassenheit öffnete ich gar eine Flasche kostbaren Rotweins und leerte diese im Laufe des Abends bis zur Hälfte, obwohl ich genau um die verheerende Wirkung wusste, die Alkohol im Allgemeinen auf mich hat.

Wie gesagt, ich bin nicht stolz auf mein Verhalten. Doch bevor Sie mich als Ausbund aller Lasterhaftigkeit verdammen, berücksichtigen Sie bitte, dass ich an jenem Tag nicht ich selbst war. Wie es geschehen konnte, dass sich mein Wesen innerhalb weniger Stunden so grundlegend wandelte, ist mit unserer Schulweisheit kaum zu erklären. Irgendwelche Mächte müssen auf mich eingewirkt haben, denen zu widerstehen auch stärkeren Persönlichkeiten als mir kaum geglückt wäre.

Die Hochstimmung hielt auch noch den ganzen folgenden Tag an, war nun aber von ganz anderer Art und äußerte sich in einem für mich eigentlich ganz ungewohnten Überlegenheitsgefühl meinen Kollegen gegenüber. Es gab deren im Büro insgesamt sieben, von denen drei älter waren als ich und vier jünger, zwei von ihnen befanden sich noch in der Ausbildung. Über meine Stellung in der innerbetrieblichen Hackordnung mache ich mir wenig Illusionen. Mir ist klar, dass nur wenig an mir dazu angetan ist, bei anderen Menschen ein Übermaß an Respekt und Achtung hervorzurufen, und bei meinen Kollegen durfte ich wohl mit kaum mehr als einem mitfühlenden Wohlwollen rechnen. Ich spürte es an der Weise, wie sie mich ansahen, mit mir redeten oder über mich redeten. Doch im Grunde war es mir egal, ich tat meine Arbeit und kümmerte mich nicht darum. Nun aber mit einem Male war alles anders. Jetzt war ich es, der den anderen überlegen war, der um ein Geheimnis wusste, das so großartig und schrecklich war, dass alles um mich herum klein und belanglos wurde. Ich, Heinrich Bettelheim, hatte das Allerheiligste nicht nur betreten, ich hatte es auch entweiht und geplündert! Wann immer ein Kollege einen Scherz machte, so lachte ich und tat geradezu fürstlich amüsiert, während ich mich heimlich an dem Gedanken weidete, dass ich in Wirklichkeit über sie, über diese Kleingeister mit ihrer Ignoranz lachte. Ich reichte einem der Lehrlinge eine bereits bearbeitete Abrechnung und versicherte ihm mit einem hintergründigen Lächeln, dass er gewiss wesentlich besser als ich *wisse*, wie weiter mit dem Formular zu verfahren sei, wobei ich das Wort *wisse* in einer solch ironischen Weise betonte, dass auch die anderen Kollegen auf meine Darbietung aufmerksam wurden und verständnislose Blicke wechselten. In dieser Weise trieb ich es noch den ganzen Tag, sodass Herr F., der älteste unter meinen Kollegen, sich schließlich bei mir erkundigte, ob denn alles in Ordnung sei. O ja, in bester Ordnung, versicherte ich ihm, alles sei in bester Ordnung, und bedachte auch ihn mit jenem hintergründigen Lächeln, mit dem ich bereits den begriffsstutzigen Lehrling verwirrt hatte.

Die Hochstimmung flaute am nächsten Tag deutlich ab. Wohl hatte ich den Geldschein, der noch seinen Ehrenplatz auf dem Nachttisch innehatte, beim Aufstehen noch mit demselben Wohlwollen betrachtet wie beim Zubettgehen, doch auf die tiefsinnigen Späße mit den Kollegen verzichtete ich nun. Der Gedanke, mein Verbrechen könne mittlerweile entdeckt sein und ich bereits unter Verdacht stehen, kam mir unterdessen nicht. Am vorherigen Tag hatte ich den Chef überhaupt nicht gesehen, möglicherweise war er gar nicht in der Firma gewesen. Heute Vormittag hatte er wohl das Büro durch das Angestelltenbüro betreten, war aber nach einer halben Stunde wieder gegangen und seitdem nicht mehr aufgetaucht.

Die Mittagspause kam und ging, die ersten Nachmittagsstunden verflossen, ohne dass ein besonderes Vorkommnis den gewohnten Lauf der Dinge gestört hätte, als sich plötzlich die Tür zum Chefbüro öffnete und mein Kollege F. heraustrat. Ich hatte weder bemerkt, wie der Chef zurückgekehrt noch wie mein Kollege zu diesem ins Büro getreten war. Möglicherweise hatten sie beide die zum Gang führende Tür benutzt. Was noch übrig war von meiner Hochstimmung, verflog im Nu, als ich F. auf mich zuschreiten sah und dieser mir dann mit undurchsichtiger Miene eröffnete, der Chef wünsche mich zu sprechen. Worum es denn gehe, fragte ich, noch bevor das plötzliche Rumoren in meiner Magengegend mir voll zu Bewusstsein gekommen war. F. zog lediglich die Augenbrauen hoch und überließ es mir, diese Geste zu deuten.

Zum Rumoren im Magen gesellte sich nun noch kalter Schweiß, der meine Handinnenflächen befeuchtete und womöglich auch bald auf meine Stirn treten würde. Gleichzeitig spürte ich meinen Herzschlag beschleunigen und wünschte mir etwas Zeit zur Vorbereitung, die ich aber nun einmal nicht hatte. Ich beschloss, mich so natürlich wie möglich zu geben, und ging zu der Tür, klopfte an und wenige Augenblicke später stand ich vor dem Mann, mit dem mich nun eine Art Schicksalsgemeinschaft verband.

Der Chef äußerte einige Begrüßungsfloskeln, die ich artig erwiderte, und lud mich dann mit einer Handgeste ein, vor dem Schreibtisch Platz zu nehmen. Er platzierte die Hände gefaltet auf seinem Wohlstandsbäuchlein und lächelte mich an. Dann nickte er mir zu, wohlwollend, wie ich meinte. Wie es denn gehe, erkundigte er sich schließlich, wobei das milde Lächeln weiter um seine Lippen spielte. Gut, es gehe sogar ganz ausgezeichnet, antwortete ich rein reflexartig, bevor ich noch darüber nachsinnen konnte, worauf er mit dieser Frage abziele. Sollte dem Alten mein seltsames Gebaren vom Vortage zu Ohren gekommen sein? Ich begann, mich ein wenig zu entkrampfen. Nichts, das habe doch gar nichts zu bedeuten. Ein wenig locker hätte ich mich zeigen wollen, demonstrieren, dass ich nicht so humorlos sei, wie man gemeinhin denke. Doch selbstverständlich würde ich mein Benehmen sogleich wieder ändern, sollte jemand Anstoß daran genommen haben. So in etwa hatte ich es mir als Antwort zurechtgelegt, sollte seine nächste Frage in diese Richtung zielen. Doch der Chef lächelte nur sein mildes Lächeln und nickte erneut. Wie es denn zu Hause gehe, fragte er dann. Ob Vater und Mutter wohlauf seien. Natürlich, alles stehe zum Besten, es gebe keinerlei Grund zu Klage oder Besorgnis. Er nickte erneut und schien aufrichtig erfreut, meinen Vater, der immerhin ein alter Schulkamerad von ihm war, bei guter Gesundheit zu wissen.

»Wir haben uns schon lange nicht mehr unterhalten, so unter vier Augen. Dann und wann sollte man sich die Zeit zu solchen Gesprächen wirklich nehmen.«

Ich nickte. In der Tat konnte ich mich nicht entsinnen, in diesem Jahr schon einmal allein mit dem Chef gewesen zu sein.

»Wie gefällt es Ihnen eigentlich bei uns?«

Hier nun horchte ich auf und musterte den Alten. Ich versuchte an seiner Miene herauszufinden, was mit dieser Frage gemeint war. Warum wollte er wissen, ob es mir hier gefalle? Warum sollte dies nicht der Fall sein? Oder war die Frage vielleicht noch zu ergänzen mit: *Gedenken Sie auch weiterhin hier zu arbeiten?* Hatte das ganze Geplänkel mit der Erkundigung nach meinem Befinden nichts anderes bezweckt, als mich in trügerischer Sicherheit zu wiegen, nur damit er dann, mit einem Schlage und in bester Überrumpelungstaktik die Frage vorbrachte, die er von allem Anfang an im Sinn gehabt hatte: *Willst du noch länger hier arbeiten, nachdem du mich auf so schamlose Weise beklaut hast, du Hurensohn?*

Mein Herz setzte einige Schläge aus, nur um dann in umso größerer Hast fortzuschlagen, als gelte es, das Versäumte um jeden Preis nachzuholen. Ich spürte, wie das Blut aus meinem Gesicht wich. Auch der Alte schien zu bemerken, dass ich plötzlich jede Farbe aus dem Gesicht verlor, und hob die Augenbrauen. Ob mir nicht wohl sei, fragte er in einem Ton, aus dem wahre Besorgnis zu sprechen schien. Ich schüttelte den Kopf. Nein, nein, das heiße, doch, natürlich gefalle es mir hier, nirgendwo anders wünschte ich zu arbeiten.

Der Alte gab sich, wie es scheinen wollte, beruhigt und ließ wieder sein sanftes Lächeln um die Lippen spielen. Ich starrte den alten Mann an, musterte die Lippen, wendete alle Konzentration, allen Scharfsinn auf, das geheimnisvolle Lächeln zu enträtseln, und erschrak. Hatte ich nicht selbst erst am Vortage dieses Lächeln zur Schau getragen, als ich mich dank meines geheimen Wissens den Kollegen so maßlos überlegen dünkte? Denn waren es tatsächlich Milde und Wohlwollen, die sich in diesen Lippen spiegelten? Ließen sich die feinen Linien in den Mundwinkeln des Alten, wenn aus entsprechender Perspektive betrachtet, nicht ebenso gut als Anflug eines Hohngrinsens deuten?

Ich zwang mich zu Ruhe und Besonnenheit und kehrte im Geiste zum Mittwochabend zurück. Konnte es irgendwelche Beweise geben? Hatte ich die Kassette möglicherweise falsch platziert oder gar vergessen, sie wieder abzuschließen? Nein, hatte ich nicht. Ich hatte den Chefsessel wieder so hingerückt, wie er gestanden hatte, hatte die Tür geschlossen. Hatte er das Geld nachgezählt, vielleicht im Rahmen irgendeiner Inventur, von der ich nichts wusste? Blödsinn, alles Unsinn, es gab keine geheimen Inventuren. Der alte Sklaven-

schinder hatte das Geld nicht nachgezählt und konnte
gar nichts wissen!

Ich blickte ihm direkt in die Augen und erwiderte
sein Lächeln. Ich hielt den Blick ganz ruhig, blinzelte
nicht ein einziges Mal und versuchte, in mein Lächeln
dieselbe Doppeldeutigkeit zu legen, die ohne Zweifel
auch in seinem lag. Er nickte erneut, dann machte er
sich in einer der Laden seines Schreibtisches zu schaffen und brachte endlich eine bereits gestopfte Pfeife
zum Vorschein, die er nun umständlich mit einem
Streichholz entzündete. Natürlich war es *die* Pfeife, die
ich gute drei Wochen zuvor in der einsamen Stunde
meines Triumphs selber zwischen den Zähnen gehalten
und dann in meiner Panik fast mit nach Hause genommen hätte.

»Ich hoffe, es stört Sie nicht.« Der Alte kicherte. »Ich
weiß, eine schlechte Angewohnheit. Aber wie das so
mit schlechten Angewohnheiten ist, man wird sie nicht
mehr los.«

Auch jetzt, wo ich die Situation im Rückblick be-
trachte, bin ich erstaunt über meine Abgebrühtheit, wie
gelassen ich nicken und lächeln konnte, nun, da jeder
Verdacht zur Gewissheit geworden und ich wusste,
dass ich überführt war. Doch gerade jetzt, da alles
verloren schien, spürte ich eine Kühnheit in mir wallen,
von deren Existenz ich bis dahin nicht die geringste
Kenntnis gehabt hatte. Ich weiß nicht, was genau mich
in jenem Augenblick ritt, womöglich wollte ich meinem
Untergang eine letzte Note tragischer Größe beigeben,
aber jedenfalls lehnte ich mich nun vor und blickte dem
Heuchler direkt in die Augen: »Eine wunderschöne
Pfeife haben Sie da!«

Der Alte schien über meinen Vorstoß nicht wenig erstaunt, behielt sein süßliches Lächeln samt der wohlwollenden Miene aber unverändert bei. »Ja, Sie haben Recht.« Er betrachtete die Pfeife versonnen und tat dann einige Züge. »Sie ist ein Erbstück von meinem Vater.« Er ließ den Blick zur Decke schweifen, schien nostalgisch in irgendwelchen Erinnerungen zu schwelgen, erhob sich dann ganz abrupt und streckte mir die Hand entgegen. »Ich möchte Sie nicht länger aufhalten. Sie haben gewiss noch zu tun.«

Ich starrte auf die dargebotene Hand, dann zu dem Alten. Einige Augenblicke dauerte es, bis ich die veränderte Situation erfasste, wenn auch noch nicht verstand, dann erhob ich mich und ergriff zögernd die Hand. Mit einem Kopfnicken entließ er mich, und mit betäubten Sinnen trat ich aus dem Büro.

***

Irgendwie ging der Nachmittag dahin. Ich zählte die Stunden, die Minuten, arbeitete unkonzentriert; zweimal erschien F. an meinem Schreibtisch und reichte mir mit vorwurfsvollem Kopfschütteln eine fehlerhafte Abrechnung zurück. Endlich war es 17 Uhr und ich verließ entgegen meiner Gewohnheit als Erster das Büro und marschierte mit wirrem Kopf nach Hause. Auch in meiner Wohnung gelang es mir nicht sogleich, über das mysteriöse Ereignis nachzudenken, sondern ich musste mich zunächst an das Puzzle von Tizians *Zinsgroschen* setzen, an dem ich bereits seit einigen Wochen arbeitete. Doch wie schon auf der Arbeit konnte ich mich auch hier kaum konzentrieren und ließ Tizian bald beiseite, um mich zu einem kleinen Imbiss in die Küche zu begeben.

Während ich ohne großen Appetit an einer Schnitte kaute, ging ich das Gespräch mit dem Alten nochmals durch, rief mir jedes Detail ins Gedächtnis, wendete es hin und her, durchgrübelte jede seiner Gesten, jede Äußerung, die er getan oder, noch wichtiger, unterlassen hatte. Mein Kopf begann zu schmerzen. Ich ließ den Imbiss halb gegessen liegen und begab mich ins Wohnzimmer, wo ich nun wie gehetzt auf und ab marschierte. Bald trat ich ans Fenster und starrte in die wolkenverhangene Nacht, bald marschierte ich rastlos weiter und versuchte, das Pochen in meinen Schläfen zu ignorieren. Schon wollte ich mich in die tröstliche Vorstellung flüchten, ich hätte mir alles nur eingebildet, der Alte wisse von nichts, da drängte sich mir wieder die Pfeife auf und das Gespräch als solches. Warum hatte er mich, entgegen jeder Gewohnheit, zu sich gebeten und mit derart nichtigem Gefasel von der Arbeit abgehalten, wenn er nicht irgendeinen Zweck damit verfolgte? Ich entschied, die Frage vorerst unentschieden zu lassen, von nun an aber auf der Hut zu sein. So ging ich in mein Schlafzimmer und nahm den unseligen Geldschein vom Nachttisch. Ich überlegte, begab mich dann in die Küche und steckte ihn in eine Vase mit Kunststoffblumen, holte ihn aber gleich wieder heraus und legte ihn dann unter eine Gemüseschachtel im Gefrierfach des Kühlschranks. Dort blieb er nun; ich bereitete mich auf die Nachtruhe vor und tröstete mich mit der Aussicht auf das Wochenende, an dem ich weder Chef noch Betrieb sehen musste.

Am folgenden Vormittag beschloss ich, die leidige Angelegenheit zumindest für die beiden freien Tage zu

verdrängen, und entschied, meinen Zigarrenvorrat auf-
zufrischen. Auf dem Weg zu meinem Stammkiosk jedoch drängte sich mir ein Gedanke auf, der schon am
Vortage wiederholt versucht hatte, in mein Blickfeld zu
treten, den ich da aber noch erfolgreich ausgeblendet
hatte: der Gedanke, von nun an ausgeschlossen zu sein.
Ich schaute durch Fenster in Häuser, die mir seit Jahren
bekannt waren, ging auf Straßen, die mich täglich zur
Arbeit geführt hatten, aber war das noch meine Welt,
die ich einstmals für so selbstverständlich genommen
hatte, nun, da ich ein Dieb war? Im Grunde war die
Vorstellung schon am Tage des Diebstahls präsent gewesen, als ich mich im kühnen Überlegenheitsgefühl
an meiner neugewonnenen Rolle als furchtloser Empö-
rer berauscht hatte. Doch der Rausch war längst verflogen und das Überlegenheitsgefühl ins Gegenteil gekehrt. Ich war ein Dieb und würde für immer ein Dieb
bleiben, hatte die Kunde von meinem Verbrechen einmal das Büro des Chefs verlassen.

Doch noch war es nicht soweit. Ich riss mich aus
meinen trüben Grübeleien und gedachte meines Vor-
satzes, von nun an Vorsicht walten zu lassen, als ich
den Kiosk erreichte. Die Verkäuferin, die mich bereits
seit Jahren kannte, griff bereits nach meiner üblichen
Marke, als sie mich eintreten sah, aber ich beschied ihr,
nein, nicht diese, die etwas billigeren Zigarren sollten
es sein. »Die Zeiten sind hart«, fügte ich noch hinzu,
um auch den letzten Zweifel bei der Frau zu beseitigen,
dass sie einen höchst bedürftigen Mann vor sich sehe.
Sie reichte mir die gewünschten Zigarren und bedachte
mich mit einem Lächeln, das sogleich neues Unwohlsein bei mir hervorrief. War ich zu offensichtlich gewesen? Konnte eine solch deutliche Anspielung auf meine

Armut nicht nur Argwohn hervorrufen? Zumal ich einen fast neuen und nicht gerade billigen Mantel trug. Ich überlegte, ob ich noch eine Erklärung geben solle, kam aber zu dem Schluss, dass ich damit wahrscheinlich nur noch mehr Schaden anrichten würde. Ich bezahlte also und verließ den Kiosk.

Den Rest des Samstags verbrachte ich in recht finsterer Stimmung, gequält von Zweifeln und Befürchtungen, die nur selten von Momenten abgelöst wurden, da ich zu hoffen wagte, das Ganze könne doch noch ein gutes Ende nehmen. Den Sonntag über war ich etwas entspannter und sah dem Montag mit etwas weniger Bangen entgegen. Lediglich das Versteck des Geldscheines bereitete mir etwas Kummer und schien mir nun nicht mehr sicher genug. Ich holte den mittlerweile gefrorenen Schein aus dem Kühlfach, faltete ihn vorsichtig und stopfte ihn in ein zusammengerolltes Paar Socken, das ich in meinem Kleiderschrank verstaute.

Der Montagmorgen sah mich dann angespannt, aber keineswegs verzagt. Meine positive Grundstimmung vom Vortag hielt noch an, und was immer mich im Büro erwarten mochte, ich wollte ihm als Mann entgegentreten, notfalls mich verteidigen und für meinen Platz in der Welt kämpfen. Denn so schmerzvoll und peinigend die vergangenen Tage auch gewesen sein mochten, auf eine mir nur schwer erklärbare Weise fühlte ich mich in ihnen doch auch gereift. Gewiss war ich nicht mehr der schüchterne Heinrich Bettelheim, der eher so manche Schmähung schweigend geschluckt hatte, statt dass er mit einem scharfen Worte auf den auch ihm gebührenden Respekt verwiesen hätte. Hatte ich nicht schon im Büro des Alten kühn zum Angriff geblasen, als ich mich in die Enge getrieben gefühlt und schon alles verloren geglaubt hatte? Nein, gewiss war ich nicht mehr der Heinrich Bettelheim von ehemals, als ich um 7:56 Uhr meinen Arbeitsplatz betrat.

Mein Morgengruß kam deutlich, schon fast mit übertriebenem Elan, und ich schrieb es zunächst der Schwermut und Tristesse des Wochenbeginns zu, dass dieser nur halbherzig erwidert wurde. Bis auf einen waren meine Kollegen bereits alle anwesend und bereiteten sich auf ihre jeweiligen Aufgaben vor. Ich machte mich ebenfalls an die Arbeit und versuchte, die anderen so gut es ging zu ignorieren. Ich arbeitete konzentriert und hatte nach einer Stunde bereits einen Gutteil meines vormittäglichen Pensums erledigt. Nach und nach jedoch fühlte ich mich in meiner Konzentration gestört. Immer öfter hielt ich inne, konnte mir aber nicht erklären, was mich denn nun eigentlich ablenke. Unvermittelt drehte ich mich um und sah in das Gesicht des direkt hinter mir sitzenden Kollegen H., der sich jedoch gleich wieder seiner Arbeit zuwendete, als sich unsere Blicke trafen. Ich schaute mich um, betrachtete die anderen Kollegen und fand alle über ihre Abrechnungen und Aufträge gebeugt und scheinbar konzentriert in ihre Arbeit vertieft. Zu konzentriert, wie ich sogleich erkannte, und nun wurde mir auch klar, was mich die letzten Minuten über abgelenkt hatte: Man beobachtete mich. Die Blicke der anderen hatte ich unbewusst in meinem Rücken gespürt!

Ich machte mich wieder an die Arbeit, doch es war vergebens. Wie Dolche bohrten sich die Blicke in mein Fleisch, von hinten, von den Seiten. Ich beobachtete die anderen aus den Augenwinkeln, und wann immer ich ein Augenpaar auf mich gerichtet meinte, wendete ich mich dem Betreffenden plötzlich zu und sah, wie dieser dann sogleich, als ob bei einem Verbrechen ertappt, wieder wegschaute. Ja, man beobachtete mich also. Und noch etwas fiel mir nun auf. Kaum jemand sprach in meiner unmittelbaren Umgebung, ja, selbst Fragen, die sich unmittelbar auf die Arbeit bezogen, wurden zumeist nur einsilbig behandelt. An mich hatte freilich noch niemand auch nur ein Wort gerichtet. Ein besonders peinliches Erlebnis hatte ich dann, als ich nach der Frühstückspause zurückkehrte und vom Gang aus ein munteres Geplauder aus dem Büroraum kommen hörte. Kaum hatte ich jedoch den Raum betreten, da verstummten alle Gespräche. Die meisten Blicke wendeten sich sofort von mir ab, das ein oder andere Augenpaar aber musterte mich mit unverhohlener Feindseligkeit. Besonders abweisend verhielt sich F., an den ich bei zwei Gelegenheiten in einer geschäftlichen Angelegenheit das Wort richten musste. F. galt als korrekt und verfolgte jede Art von Schlamperei mit unerbittlicher Härte, war ansonsten aber ein recht umgänglicher Mensch. Wenn selbst er mich mit solch feindseliger Kühle behandelte, so konnte dies nur einen Grund haben. Er wusste es. Natürlich wusste er es. Schließlich war er es ja gewesen, der mich am Freitag zum Chef bestellt hatte, und selbstverständlich hatte der Alte seinen Intimus zuvor eingeweiht und ausdrücklich gewarnt, keine Wertgegenstände offen liegenzulassen! Und nun wussten sie es alle. Im Betrieb, in den Familien der Angestellten, die die Kunde bestimmt schon zu ihren Freunden und Bekannten getragen hatten. Der Kreis schloss sich. Es gab keinen Ausweg mehr. Doch wozu das ganze Spiel? Warum hatte mich der Alte nicht sofort zur Rede gestellt oder verhaften lassen? Warum schrie man es mir nicht direkt ins Gesicht: *Du*

Dieb, du hast in unserer Mitte nichts mehr zu suchen! Was sollte diese Tortur, weshalb ließ man mich im Ungewissen schmoren, spielte mit mir? Sie wollten mich also leiden sehen! Jawohl, das war es. Für Augenblicke wichen meine Niedergeschlagenheit und Verzweiflung einem glühenden Zorn und ich hätte die Bande am liebsten angesprungen, hätte in ihre verlogenen Visagen geschlagen und gespien. Doch der Gefühlsaufruhr verlief im Sande. Bald fühlte ich mich nur noch schwach und allein und wünschte mir nichts sehnlicher als den Feierabend herbei.

Irgendwie durchlitt ich auch noch die restlichen Stunden des Arbeitstages. Den Alten bekam ich in dieser Zeit nicht zu Gesicht. Endlich wurde es 17 Uhr. Ich hatte noch einige Arbeiten zu verrichten. Nichts Wichtiges, nichts, was nicht auch bis zum nächsten Tag hätte warten können, aber ich blieb. Ich wusste nicht, was mich festhielt, aber etwas in meinem Inneren sagte mir, dass noch etwas zu tun sei, etwas Bedeutsames, das keinen Aufschub bis morgen gestattete.

Nur zu deutlich spürte ich die Blicke, die die anderen mir zuwarfen. O ja, ich spürte sie, und ich wusste, was sie zu bedeuten hatten. *Seht ihn an, wie er dort sitzt, scheinbar gewissenhaft in seine Arbeit vertieft, dabei nur auf die Gelegenheit lauernd, wieder die Finger lang machen zu können!*

Endlich hatte auch der Letzte das Büro verlassen, selbstverständlich, ohne einen Abschiedsgruß auch nur anzudeuten. Ich aber saß da, den Füllfederhalter in der Hand, auf das Papier vor mir starrend, das ich gar nicht wahrnahm. Bald waren die letzten Schritte verhallt, im Büro und im Gebäude herrschte tiefste Stille, und mir wurde klar, weshalb ich nicht auch schon gegangen war. Mein Blick schweifte zur Tür des Chefbüros, die mir nun viel erhabener, viel größer erschien als sonst. Noch einen Augenblick verharrte ich, dann erhob ich mich und trat auf das Allerheiligste zu. Immer größer und mächtiger türmte sich die Tür vor mir auf, je weiter ich mich ihr näherte. Endlich stand ich vor ihr. Ich atmete einige Male tief durch, dann hob ich die zitternde Hand und pochte. Ich pochte nur zaghaft, ganz leise, aber dennoch drang mein Klopfen schallend durch das Büro, auf den Gang, zerriss im ganzen Gebäude die Stille und war gewiss auf der Straße noch zu hören. Ich schrak zusammen. Mit rasendem Herzen wartete ich auf eine Antwort, doch von innen kam kein Laut. Sollte er nicht da sein? Es war schon spät, gewiss. Doch konnte er nicht ein einziges Mal da sein, wenn ich ihn brauchte? Nein, er musste da sein, musste hinter seinem nussbraunen Schreibtisch sitzen, die Pfeife zwischen den Zähnen, über seine Arbeit gebeugt. Er musste da sein, nun, da mein ganzes Seelenheil davon abhing, mit ihm zu sprechen, ihm zu beichten, mich vor seine Füße zu werfen und um Vergebung zu bitten! Er musste! Ich klopfte erneut. Wieder dröhnte es bedrohlich durchs ganze Haus und wieder war Stille die einzige Antwort. Ich drückte die Klinke hinunter. Es war verschlossen.

Lange stand ich da und lauschte, ob nicht vielleicht doch irgendein Laut aus dem Inneren des Büros dringe, doch vergebens. Ich ging zu meinem Schreibtisch, setzte mich und starrte aus dem Fenster. Dann fiel mein Blick auf den Brieföffner vor mir. Ich brauchte nicht nachzudenken, ich wusste so, was zu tun war. Vermutlich hatte ich irgendwie schon den ganzen Tag über geahnt, worauf es letztendlich hinauslaufen würde, doch erst jetzt stand es mir deutlich vor Augen. Bitte lachen Sie nicht, aber es war wie eine Offenbarung, die mich plötzlich überkam, und ich wusste, dass es keinen anderen Weg gab, als dieser Offenbarung Folge zu leisten. Mit vollkommen ruhiger Hand griff ich den Brieföffner und setzte dessen Spitze an die Innenfläche meiner anderen, der linken Hand. Es kitzelte ein wenig. Ich verstärkte den Druck und verspürte eine schwer zu beschreibende Erregung, jedenfalls eine freudige Erregung. Ich drückte stärker zu und spürte, wie das blanke Eisen meine Haut durchschnitt, in mein Fleisch drang. Mit wonnigem Entzücken lachte ich auf und stach zu. Tränen der Freude, ich betone: *der Freude*, nicht des Schmerzes, liefen mir über die Wangen, als ich die blutverschmierte Klinge aus der Oberseite meiner Hand herausragen sah. Ich schloss die Augen und stöhnte in Ekstase, während mein Blut auf den Schreibtisch, auf die Papiere tropfte.

Ich verband die Wunde notdürftig mit einem Taschentuch, das schon bald völlig blutdurchtränkt war, doch störte mich das nicht. Das Blut auf meinem Schreibtisch ließ ich so, wie es war. Mochten sie es sehen, ja, sollten sie ruhig sehen, dass hier, hier an diesem Schreibtisch mein Blut geflossen war! Ich löschte das Licht und trat mit leichtem Herzen aus dem Büro. In der Wunde verspürte ich nun einen pochenden Schmerz, doch änderte er nichts an meiner freudigen Erregtheit. Ich verließ das Gebäude und wünschte einem Passanten einen wunderschönen guten Abend. Er sah mich verwundert an, erwiderte dann aber mit einem Kopfnicken meinen Gruß. Mein Blut tropfte nun durch den Verband auf den Boden, doch ich achtete gar nicht darauf. Ich wartete, wartete darauf, dass mir nun endlich jemand begegnen, mich grüßen, womöglich gar den Hut vor mir ziehen mochte. Endlich entdeckte ich einen Bekannten, der mir auf dem Gehweg entgegenkam. Ich wollte schon die Hand – meine verletzte Hand! – zum Gruße heben, doch da wechselte er die Straßenseite, tat, als habe er mich nicht gesehen. Ich blickte ihm hinterher, wollte ihm nachrufen, ihn zwingen, mich anzusehen, mit mir zu reden.

Der Schmerz in meiner Hand wurde nun stärker. Auch die Blutung hatte zugenommen. Schwere Tropfen meines Lebenssaftes fielen auf den Boden, versickerten dort in dem festgestampften Dreck des Weges. Ich ging weiter. Kinder lachten mir höhnend hinterher, Erwachsene wendeten angewidert den Blick ab, wenn sie mich passierten. In meiner Wohnung angelangt, eilte ich sogleich zum Kleiderschrank und zerrte den Geldschein aus dem Sockenpaar, noch bevor ich meine Hand verband. Zerfetzen und zerreißen und in seine Einzelteile zerlegt die Toilette hinunterspülen wollte ich den Judaslohn. Denn war er nicht genau das? Der Lohn für meinen Verrat an Gesellschaft und Elternhaus, der mich von allem ausschloss, was mir einst wert und teuer gewesen. Mit zitternden Händen faltete ich den nun blutbeschmierten Schein auseinander, strich ihn glatt. Ich wusste nicht warum, aber je länger ich ihn betrachtete, desto klarer wurde mir, dass ich ihn niemals würde vernichten können. War es Trotz einer Gesellschaft gegenüber, die ja nun gewiss von mir verlangte, dass ich in selbstquälerischer Zerknirschtheit jetzt das Gut zerstöre, um dessenthalben ich die Verdammnis gewählt hatte, zumindest im Ansatz so etwas wie Reue zeige? Doch genau dazu war ich nicht bereit. Auf eine mir unerklärliche Weise empfand ich so etwas wie eine

Schicksalsgemeinschaft zwischen mir und dem Schein, die mir umso machtvoller schien, je mehr sich alle anderen Bande lösten. Nein, mochte die Welt mich verstoßen und verachten, von meinem Geldschein trennen würde ich mich nie!

Ich ging in mein Schlafzimmer und platzierte ihn wieder auf seinen Ehrenplatz auf dem Nachttisch. Befriedigt nickte ich und ging ins Badezimmer, um die Wunde zu waschen und zu verbinden. Sie pochte nun noch stärker, doch ich versuchte, den Schmerz zu ignorieren. Als ich den Verband begutachtete, fiel mein Blick auf meine andere, die rechte Hand. Bereits auf der Arbeit war mir dort ein dunkler Fleck auf der Innenfläche aufgefallen und ich hatte eine undichte Stelle an meinem Füllfederhalter vermutet. Ich krempelte die Hemdsärmel hoch und wusch die Hand gründlich mit Seife. Der Fleck jedoch blieb. Ich nahm eine Bürste und rieb über die Stelle, benutzte statt der Seife ein Waschmittel, griff schließlich gar zur Lauge. Gewiss war Tinte sehr hartnäckig, besonders die gute, die ich zu verwenden pflegte, aber … Ich scheuerte weiter, rieb wie besessen über die Innenfläche meiner Hand, die bereits brannte und sich gänzlich rot gefärbt hatte. Der Fleck aber war um keine Schattierung blasser geworden und endlich gab ich es auf. Vermutlich hatte ich tief in meinem Inneren bereits damit gerechnet und musste mich wohl dankbar schätzen, dass das Kainsmal zumindest nicht auf meiner Stirn prangte, sondern auf der Hand, der rechten Hand, die das Verbrechen begangen hatte.

Auf schlaffen Beinen schleppte ich mich ins Wohnzimmer, arbeitete einige Minuten lustlos am *Zinsgroschen*, ging dann in die Küche, um eine Kleinigkeit zu essen. Wie es nun weitergehen sollte, davon hatte ich

nicht die geringste Vorstellung, fühlte mich auch viel
zu müde, um hierüber irgendwelche Überlegungen
anzustellen. Die Kampfeslust, die mich am Vormittag
für kurze Zeit beseelt hatte, war längst verraucht, nun
spürte ich nur noch den Wunsch, mich einfach treiben
und über mich ergehen zu lassen, was die Welt eben
über mich beschließen mochte. Ich machte mich wieder
an das Puzzle, ging bisweilen ins Schlafzimmer und
betrachtete versonnen meine Trophäe, die ich dem Allerheiligsten des Alten entrissen hatte, vermochte aber
auch aus ihr nicht den erhofften Trost zu schöpfen.
Schließlich erinnerte ich mich an die Weinflasche, die
noch halb gefüllt in der Küche stand, und versuchte, in
dem edlen Traubensaft für einige Augenblicke zumindest Vergessen zu finden. Das erste Glas war schnell
geleert. Je mehr ich dem edlen Wein zusprach, desto
häufiger schweiften meine Gedanken zum *Zinsgroschen*
ab. Ich begab mich mit der Flasche ins Wohnzimmer
und setzte mich vor das Puzzle. Den Christuskopf mit
dem gedankenschweren Antlitz hatte ich bereits fer-
tiggestellt, ebenso im unteren Teil die zum Groschen
ausgestreckten Finger. Nicht zum ersten Mal fragte ich
mich, ob er den Zinsgroschen tatsächlich annehmen
würde. Ich machte mich wieder an die Arbeit, aber nun
konzentrierter als zuvor. Ohne große Mühe fand ich
drei Stücke, die oberhalb der Hand einzusetzen waren.
Mein Ehrgeiz war nun erweckt. Meine gezeichneten
Hände fuhren durch den Haufen mit den Puzzleteilen,
zunächst noch bedächtig und überlegt, dann immer
rascher, bis meine Bewegungen geradezu hektisch wurden. Ich zwang mich zur Ruhe, suchte jetzt systema-
tisch nach passenden Formen und Farbschattierungen,
wurde fündig, suchte weiter. Meine Hände bewegten

sich nun wieder hastiger durch den Haufen, aber meine Augen folgten ihnen nun noch scharfer und konzentrierter als zuvor. Ich spürte, wie ich mich in einen Rausch hineinsteigerte, dass ein Aufhören jetzt unmöglich war. Schon bald hatte ich den unteren Rand des Bildes erreicht; meine Augen begannen zu brennen, meine linke Hand pochte, der Verband war blutdurchtränkt und hätte gewechselt werden müssen, doch ich ignorierte dies alles und arbeitete weiter. Bald schon brauchte ich weder die Schmerzen noch die ermüdeten Augen zu ignorieren, so sehr hatte mich der Schaffensdrang überwältigt, dass ich nur noch das Bild vor mir wahrnahm. Stunden vergingen und ich reihte wie im Fieber Stück an Stück, schaffte mehr, als ich zuvor in Wochen zusammen geschafft hatte. Irgendwann versagte mein ermatteter Körper mir dann doch den Dienst und ich nickte über meiner Arbeit ein.

Mein Schlaf war unruhig und durchsetzt von grotesken Bildern, die den Alten auf einem turmartigen Thron sitzend zeigten, wie er mit seinem wohlwollenden Lächeln das Todesurteil über den armen Sünder sprach, der zitternd zu seinen Füßen kauerte. Dann der Morgen. Mein Rücken schmerzte, ich fühlte mich wie gerädert. Ich erneuerte den Verband an meiner linken Hand und verband mir auch die rechte, um das Schandmal zu verdecken. Mechanisch, noch benommen vom Wein, bewegte ich mich dann, beide Hände nun verbunden, ins Büro. Die Blicke der Kollegen, bisweilen Getuschel. Ich ließ es über mich ergehen, wehrte mich nicht. Ich starrte auf die Papiere vor mir, ohne sie recht wahrzunehmen. Das Blut auf dem Schreibtisch war inzwischen getrocknet. Ich bedeckte die Flecken mit meinen Unterlagen, warf einige Papiere, auf die ebenfalls Blut getropft war, in den Abfallkorb. Plötzlich öffnete sich die Tür zum Büro des Chefs und heraus trat der Alte in höchsteigener Person. Er nickte mir mit seinem milden Lächeln zu und bat mich, kurz, nur auf einige Minuten, in sein Büro zu kommen. Ich nickte zurück und schleppte mich willenlos in den Raum, in dem nun also das Urteil über mich gesprochen werden sollte.

»Hoffentlich nichts Ernstes«, bemerkte der Alte und deutete auf meine Verbände, nachdem ich auf dem Stuhl vor dem Schreibtisch Platz genommen hatte. Ich winkte ab. Ein Schnitt mit dem Brotmesser. Mal rechts, mal links. Wie es eben so komme. Hier gewann ich zumindest so viel Geistesgegenwart zurück, dass ich nach verräterischen Details im Mienenspiel oder in den Gesten des Alten suchte, mit denen er seine scheinbare Besorgtheit als das enttarnte, was sie in Wirklichkeit war: blanker Hohn nämlich, denn natürlich musste der alte Heuchler längst wissen, was es mit der Hand auf sich hatte!

Ja, vorsichtig müsse man sein mit scharfen Gegenständen, bemerkte das Scheusal. Man sehe ja, was dabei herauskomme!

Ich grinste den Alten nun offen an und legte so viel Verachtung in das Grinsen, wie ich aufbringen konnte. Er ging nicht darauf ein und lehnte sich zurück.

»Weshalb ich Sie zu mir gebeten habe ...«, begann er dann, hielt aber gleich wieder inne. »Nun ja, wie soll ich sagen. Sie wissen, dass sich Herr S. seit geraumer Zeit auf Kur befindet.«

Dämliche Frage. Jeder im Betrieb wusste das. S. war einer der ältesten Angestellten und hatte den Posten des Auftragskoordinators inne, womit er in der Betriebshierachie gleich hinter dem Chef rangierte. Allerdings stand es gesundheitlich bei S. nicht zum Besten und man hatte ihn schon seit über zwei Monaten nicht mehr an seinem Arbeitsplatz gesehen. Ich hatte keine Ahnung, was ich mit S. zu tun habe und witterte eine neue Finte des Alten.

»Nun ja«, fuhr dieser fort, »unglücklicherweise zeigt die Kur von Herrn S. nicht die Wirkung, die wir alle erhofft haben, und es steht zu befürchten, dass sich seine alte Arbeitskraft kaum wieder herstellen lässt. Kurzum, Herr S. hat seinen vorzeitigen Ruhestand beantragt und auch bewilligt bekommen. Damit nun stellt sich die Frage, wer künftig den Posten des Auftragskoordinators übernehmen wird, dessen Arbeit Herr F. und ich in der letzten Zeit mit übernommen haben.« Er machte eine Handbewegung, mit der er mir anscheinend zu verstehen geben wollte, dass ich nun wohl wisse, worauf er hinauswolle. Da dies nicht der Fall war, fuhr er fort: »Aufgrund Ihrer Erfahrung und Ihres vorbildlichen Engagements halte ich Sie für den geeignetsten Mann für diese Position.«

Es dauerte eine geraume Zeit, bis seine Worte zu mir vorgedrungen und halbwegs verarbeitet waren. Ich stammelte etwas Unverständliches, doch dann, nach und nach, fügte sich alles zusammen. Nur mit größter Mühe vermochte ich, meine Erregung zu zügeln. Aber natürlich, dass ich nicht sogleich darauf gekommen war: Das Vertrauen, das der väterlich fürsorgliche Vorgesetzte in seine Untergebenen gesetzt hatte, wird auf schmähliche Weise missbraucht. Aber stellt er seinen missratenen Zögling zur Rede, fordert er Rechenschaft von ihm oder bestraft er ihn? Ganz im Gegenteil, er bietet ihm eine Beförderung an, appelliert in seiner

Weisheit und Güte an das Gewissen des Missetäters, dass er von selber auf den Pfad der Tugend zurückkehre und sein Verbrechen gestehe! Doch wahrscheinlich war es sogar noch heimtückischer. Wahrscheinlich hatte der Alte noch gar keine Beweise gegen mich in der Hand, sondern lediglich einen Verdacht. Also weiht er den ganzen Betrieb ein, organisiert einen Psychoterror von geradezu historischem Format und hofft, dass ich zusammenbreche und mich freiwillig meinem Henker stelle!

O ja, ich durchschaute ihn. Jede Fiber in meinem Körper bebte vor Hass über diese Niedertracht. Ich wollte brüllen, ich wollte toben, wollte aufspringen und dieses heuchlerische Grinsen aus der Visage des Alten prügeln, wollte, ja, wollte den faltigen Hals des Unholdes umfassen, ihn würgen, ihn röcheln und unter meinem Griff vergehen sehen!

Ich war einer der besten Schauspieler nicht. Jede Empfindung, und sei sie noch so fein, fand sogleich Ausdruck auch in meinem Mienenspiel. Wie konnten da dem Alten die Stürme entgehen, die gerade in meiner Brust tobten. Mit nun ernster Besorgnis sah er mich an.

»Fühlen Sie sich nicht wohl?«

Doch inzwischen hatte ich mich wieder unter Kontrolle, und auch ein Plan war schon gefasst.

»Bitte entschuldigen Sie«, bat ich mit untertänigster Höflichkeit, »aber Ihre Offerte kam so überraschend. Ich muss wohl ein wenig unter Schock geraten sein. Aber natürlich, es ist mir eine große Ehre, mit dem größten Vergnügen nehme ich den Posten an.«

Der Alte wirkte noch etwas verunsichert, schien meinen Beteuerungen dann aber Glauben zu schenken. Er erhob sich, und wir reichten uns feierlich die Hände.

Im Laufe des Tages wurde ich noch wiederholt ins Büro des Chefs gerufen. Die Blicke meiner Kollegen vermochten mich nun natürlich nicht mehr zu berühren. Im Gegenteil, ich wünschte ihnen in einem provokant jovialen Ton einen wunderschönen Feierabend, als sie endlich das Büro verließen, ich selber aber noch aufgrund einer Besprechung mit dem Alten dableiben musste. Dieser wies mich nun ausführlich in meine neue Tätigkeit ein. Die Aufgaben eines Auftragskoordinators waren mir bereits bestens bekannt, aber die Einarbeitung in die laufenden Vorgänge erforderte einige Zeit. Wir arbeiteten einträchtig und in bester Laune miteinander. Er zeigte sich sichtlich erfreut über die Leichtigkeit, mit der ich die unterschiedlichen Arbeitsabläufe erfasste. Meine Schauspielkunst hatte in den vergangenen Stunden wahre Blüten getrieben, die mich selbst erstaunten. Ich tat geschmeichelt, wann immer er mich lobte, und ging dermaßen in der Rolle des dankbaren Günstlings auf, dass kein Außenstehender auch nur den geringsten Zweifel an meiner Aufrichtigkeit gehegt hätte. Ja, bisweilen wagte ich sogar einen Scherz, schaute dem alten Mann lachend in die Augen, während in meinem Inneren alles danach schrie, dieselben Augen mit meinem Füllfederhalter zu durchbohren!

Es war bereits späte Nacht, als wir uns endlich verabschiedeten und ich alleine das Gebäude verließ. Die Niedergeschlagenheit, die am Morgen noch alle meine Kräfte gelähmt hatte, war längst verflogen. Ich würde die Herausforderung annehmen, ich würde kämpfen.

O ja, ich würde den angebotenen Posten übernehmen, würde aufsteigen und die Privilegien, die mit der neuen Stellung verbunden waren, auskosten, sie genießen, ohne auch nur die geringste Gewissensqual zu leiden oder in die Fußangeln zu stolpern, die der teuflische Alte für mich ausgelegt hatte. Vom Gejagten zum Jäger würde ich werden, wenn mir auch noch nicht klar war, wohin die Jagd letztendlich führen würde. Derart in meine Grübeleien und Rachephantasien versunken, marschierte ich eine verlassene Straße entlang, als ich plötzlich Schritte hinter mir vernahm. Ich blieb stehen und drehte mich um. Die Schritte waren verstummt. Niemand war zu sehen. Ich setzte meinen Gang fort, war im Gedanken schon wieder bei meinem Vergeltungsfeldzug und hatte den Vorfall fast vergessen, da hörte ich es erneut, dieses Mal noch deutlicher als zuvor. Ich fuhr herum, und nun glaubte ich, einen Schatten in einer der Einfahrten verschwinden zu sehen. Nein, ich glaubte es nicht, ich war mir völlig sicher. Genau dort, am Rande des Lichtfeldes, das eine der Straßenlaternen warf, hatte ich die Gestalt erblickt, bevor sie eilends verschwand. Man verfolgte mich also. Ich lächelte und ging weiter. Wen mochte der Alte geschickt haben? F. vielleicht? Wohl kaum. Der war zu alt für solche Verfolgungsjagden. Eher einen jüngeren, womöglich einen der Lehrlinge. Tapp, tapp, tapp, tapp. Die Schritte bewegten sich gleichmäßig, in demselben Tempo wie auch ich. Die Straße lag in einem der ärmeren Viertel der Stadt und war nur unregelmäßig beleuchtet. Aufgrund einer defekten Straßenlampe war ein ganzes Stück des Gehweges, der nun vor mir lag, im Dunkeln verborgen. Ich schwenkte nach links an den Rand des Weges und verschwand dann hinter einem Mauervorsprung, der direkt bis an den Gehweg reichte. Vollkommen regungslos stand ich da und lauschte. Tapp, tapp, tapp. Anscheinend hatte mein Verfolger die Finte nicht bemerkt. Tapp, tapp. Ich atmete ruhig, mein Puls hatte sich kaum erhöht. Als die Schritte nur noch wenige Meter von mir entfernt waren, sprang ich auf den Weg, stieß einen infernalischen Kriegsschrei aus und schlug mit aller Kraft auf die Finsternis ein. Doch bald schon musste ich mir eingestehen, dass meine Schläge ins Leere gingen. Ich war allein.

Ich schaute mich um. »Zeig dich endlich, du Feigling!«, brüllte ich in die Dunkelheit, doch als einzige Antwort kam das ferne Bellen eines Hundes, den der nächtliche Lärm aus dem Schlaf geschreckt hatte. Weiter hinten sah ich das Licht in einem der Häuser angehen und entschied, mich davonzumachen. Mit beschleunigtem Schritt eilte ich nun den Gehweg entlang. Bisweilen blickte ich mich um, konnte aber weder etwas sehen noch hören. Ich überquerte eine etwas größere Straße und gelangte in eine Gasse, die gleichfalls völlig verlassen und nur spärlich beleuchtet war. Das Tempo behielt ich bei, blickte hin und wieder zurück, doch anscheinend war mein Verfolger verschwunden. Schließlich verlangsamte ich den Schritt und versuchte, das Erlebte zu überdenken. Es fiel mir schwer, das Offensichtliche zu akzeptieren. Der Alte ließ mich verfolgen, um … Ja, warum? Um mich als reuigen Sünder in die Arme zu schließen oder dem Henker zu überantworten? Ich stieß ein Lachen aus, das von den Hauswänden aufgefangen und zurück in die Nacht gestoßen wurde. Ha, ha, ha drang es nun durch die Gasse, und die Luft war erfüllt von meinem Lachen. Ich blieb stehen und mein Atem stockte, während das Lachen weiter durch die Gasse hallte. Dann waren auch die Schritte wieder da. Ganz plötzlich und nun ganz nah. Ich lief. Blickte nicht mehr zurück, sondern lief, die Schritte und das Lachen im Rücken. Mit rasselndem Atem erreichte ich das Ende der Gasse, bog nach links und lief über eine weitere Straße, bis ich endlich das Haus mit meiner Wohnung erreichte. Ich stützte mich an der Hauswand ab und rang nach Luft. Endlich blickte ich mich um und fand die Straße einsam und verlassen. Ich wischte mir den Schweiß von der Stirn und fasste in meine Manteltasche, um den Hausschlüssel hervorzuholen.

Mit zitternden Händen führte ich den Schlüssel ins Schloss und versuchte, ihn zu drehen. Ich schob ihn etwas zurück und dann wieder vor, versuchte es erneut. Ich rüttelte mit der freien Hand am Türknauf und bewegte mit der anderen gleichzeitig den Schlüssel. Nichts. Er passte nicht! Ich zog ihn wieder heraus und probierte die beiden andern Schlüssel an dem Bund, den für meine Wohnung und den für die Kellertür, doch nichts. Man hatte mich ausgesperrt! Ich drückte die Schelle zu der Wohnung über mir, dann zu der im Erdgeschoss gelegenen. Doch keine Reaktion. Der Schrecken, der mich noch eben durch die Straßen gehetzt hatte, machte der alten Wut Platz. Mit der Faust schlug ich gegen die Haustür und brüllte nach meinen Nachbarn, den Verrätern, den elenden. Aber natürlich stellten sie sich taub, wollten den Dieb nicht in ihrer Mitte wissen. Schäumend vor Zorn und Empörung lief ich um das Haus zu dessen Rückseite. Unten, direkt über dem Boden, befindet sich ein kleines Fenster, das direkt in den Keller führt. Ich trat mit dem Fuß die

Scheibe ein und öffnete von innen die Verriegelung. Dann zwängte ich mich mit Müh und Not durch die schmale Öffnung und lief durch den Keller zum Treppenhaus. Wenigstens passte mein Schlüssel zur Kellertür noch, sodass ich diese nicht eintreten musste. Fluchend und schimpfend stampfte ich die Treppe zu meiner Wohnung empor, öffnete die Tür und schlug sie mit einem lauten Knall wieder zu.

Ich benötigte wohl eine ganze Stunde, bis ich mich so weit wieder beruhigt hatte, dass ich einen klaren Gedanken fassen konnte. Aber als ich meine Gemütsruhe halbwegs wiedergewonnen hatte, erkannte ich sofort, dass es keinen Ausweg mehr gab. Egal, wie ich es drehen oder wenden mochte. Es spielte keine Rolle, ob das Scheusal einen Beweis hatte oder nicht. Er hatte es seinen Henkersknechten so dargestellt, dass kein Zweifel an meiner Schuld bestehen konnte, und wie schnell sein Propagandaapparat arbeitete, hatte ich ja bereits erfahren. Es blieb nur noch eins: Rache für die erlittenen Qualen.

Kurze Zeit spielte ich mit dem Gedanken, die ganze Firma während der Arbeitszeit in die Luft zu sprengen, doch wusste ich nicht, woher ich die Materialien für eine Bombe hätte bekommen können. Auch fehlte mir das nötige technische Wissen für den Bau einer solchen Höllenmaschine. Nein, das kam nicht in Frage. Zudem schien es mir angebrachter, nur den Drahtzieher zur Verantwortung zu ziehen. Ja, und dafür reichte ein gutes, altmodisches Messer aus. Ich wusste, wo der Alte mit seiner Frau wohnte. Die beiden lebten alleine, kein Hund, keine Nachbarn in unmittelbarer Nähe. Mit wonnigem Schauder malte ich mir aus, wie ich das Messer wieder und wieder in seine hinterhältige Brust rammte und endlich das Licht in seinen heimtückischen Augen erlöschen sah! Doch vorher, ja, vorher würde ich mit seiner Frau auf dieselbe Weise verfahren und ihn dabei zusehen lassen, mich an seinem Entsetzen weiden, das ihn erfassen würde, sobald ihm klar wurde, dass bald, schon sehr bald ihn dasselbe Schicksal ereilen würde!

***

An dieser Stelle bricht die Schilderung ab. Es ist nicht leicht, deren Entstehungszeit genau festzulegen. Nach Aussage von Herrn N. verließ Bettelheim am Dienstagabend gegen 23 Uhr das Firmengelände. Dem untersuchenden Arzt zufolge erhängte er sich zwischen 3 Uhr und 4 Uhr morgens, er könnte sich also vor seinem Tod etwa vier Stunden in seiner Wohnung aufgehalten haben. Es scheint mir zweifelhaft, dass er in dieser Zeit die gesamte Schrift verfasst hat, zumal er sich ja – wie er selber schreibt – nach Ankunft in seiner Wohnung in einem sehr aufgewühlten Zustand befand und gewiss erst wesentlich später zur Feder gegriffen haben wird. Teile der Schrift lagen also mit einiger Gewissheit bereits vor, als er ihr das letzte und tragischste Kapitel hinzufügte.

Es steht mir nicht zu, hier über Heinrich Bettelheim zu urteilen oder gar zu richten. Ich habe sein Vermächtnis, das stellenweise zwar etwas verwirrend, aber doch von großer Ehrlichkeit geprägt ist, der Öffentlichkeit zugänglich gemacht. Es obliegt nun dem Leser selber, sich eine Meinung über diesen höchst unglücklichen Menschen zu bilden. Ich will nur noch der Hoffnung Ausdruck verleihen, dass seine gequälte Seele we nigstens nach seinem Tode ihren Frieden gefunden habe.

***

Gerbenius

Der Hof lag unsichtbar unter einer Nebeldecke begraben, die an diesem Morgen fast bis an die Fensterreihe der dritten Etage reichte. Gerbenius richtete sich ein Stück auf und blickte zu dem benachbarten Tannenwald, dessen Wipfel sich schemenhaft aus dem weißlich grauen Meer wie ausgestreckte Zeigefinger in den noch nachtschwarzen Himmel erhoben. Er richtete sich noch ein Stück weiter auf, verspürte einen stechenden Schmerz in der Brust und ließ sich vorsichtig wieder auf das Kopfkissen sinken. Flach durch den geöffneten Mund atmend lag er einige Momente da, wartete. Endlich glaubte er, es wagen zu können, wieder tief durchzuatmen und stellte erleichtert fest, dass der Schmerz verschwunden war. Langsam begann er, sich zu entspannen, sog die Luft ein weiteres Mal tief ein und hielt sie an. Sein Herz schlug noch immer etwas schneller als gewöhnlich, wie immer, wenn er den stechenden Schmerz verspürt hatte. Aber es wurde jetzt besser. Anders als bei dem Druckgefühl, das sich über Brust und Lungen zu legen pflegte und meistens ganze Stunden oder gar Tage andauerte.

Auf dem Gang und in den Nebenzimmern begann es nun, sich zu regen. Er hörte Schritte, jemand hustete, nebenan ging die Toilettenspülung. Dann öffnete sich die Tür und die Neonröhre an der Decke ging an, erlosch wieder, flackerte einige Male auf und blieb schließlich brennen. Gerbenius schirmte die Augen vor dem gleißenden Licht, das nun die Nacht aus seinem Zimmer vertrieb, und sah durch die Ritzen zwischen seinen Fingern eine Gestalt auf sich zukommen.

Das streng zurückgekämmte Haar war am Hinterkopf mit einem festen Knoten zusammengehalten, wodurch die Haut an der Stirn und den Wangenknochen etwas gestrafft wurde. Schwester Agatha schürzte die Lippen, als sie die Kartei am Fußende des Bettes überflog, nickte dann und stellte das weiße Köfferlein ab, das sie bislang in der Hand gehalten hatte. Ihr Haar war in einem Schwarzton gehalten, wie ihn die Natur niemals hervorbringen würde, und Gerbenius hatte kaum Zweifel, dass sie es färben ließ, um die ersten grauen Strähnen zu verbergen. Vielleicht war sie auch schon vollständig ergraut. Wer wusste das schon. Irgendetwas an ihrem Äußeren, über das Gerbenius sich nie Klarheit hatte verschaffen können, verbot eine auch nur annähernde Schätzung ihres Alters.

Nun kam sie an die Seite des Bettes und warf einen Blick auf ihre Armbanduhr. »Strecken Sie Ihren linken Arm vor.«

Gerbenius schob seinen linken Ärmel hoch und tat wie ihm geheißen. Sie sah erneut auf die Uhr und legte dann den rechten Zeigefinger auf seinen Puls. Eine gute halbe Minute fühlte sie seinen Puls, sah dabei abwechselnd aus dem Fenster und auf die Uhr, murmelte dann etwas Unverständliches und griff nach dem weißen Koffer, der noch am Fußende des Bettes stand. Sie legte ihn auf das Bett, strich nahezu liebevoll mit dem Finger über die glatte Oberfläche und ließ dann die beiden kupferfarbenen Schlösser aufspringen. Einen kurzen Moment hielt sie inne, schien sich zu sammeln, dann öffnete sie den Koffer und betrachtete mit verträumtem Blick die Anzahl von Instrumenten, die nun vor ihr ausgebreitet lag. Gerbenius kannte diesen Blick und das Ritual, das sich fast jeden Morgen zu wiederholen pflegte. Wie eine Weinkennerin, die in ihrem Weinkeller aus den köstlichsten Provenienzen auszuwählen hatte, stand auch Schwester Agatha jeden Morgen vor dem Koffer mit den peinlich sauberen, ja, glänzenden Instrumenten und schien mit sich zu ringen, mit welchem von ihnen sie ihr Tageswerk beginnen sollte. Sie fuhr mit der Hand über das Dermatoskop, das Rhinoskop, hielt dann kurz inne und griff nach dem auf Hochglanz polierten Endoskop.

»Richten Sie sich jetzt bitte auf«, sprach sie zu Gerbenius, ohne den Blick von dem Endoskop zu lassen.

»Heute schon wieder?«, wandte dieser ein. »Das haben wir doch erst vorgestern gemacht.«

»Sie wissen doch, weshalb Sie hier sind. Und nun, wenn ich bitten darf.«

Widerwillig richtete Gerbenius sich auf, verspürte dabei erneut einen Stich in der Brust, der jedoch nicht so stark war wie der zuvor und auch gleich wieder abzuklingen begann.

»Und nun den Kopf nach hinten und den Mund weit auf.«

Gerbenius gehorchte und beobachtete, wie das Abwinklungsteil langsam in seiner Mundhöhle verschwand, sein Zäpfchen streifte und dann in seinen Rachen drang. Der altbekannte Brechreiz stellte sich ein, gleichzeitig begann es in seiner Brust wieder zu stechen. Er beobachtete das konzentrierte Gesicht der Schwester.

»Schön weit offen lassen.«

Abwinklungsteil und Einführungsschlauch befanden sich nun in seiner Speiseröhre. Sie hielt inne, hielt das rechte Auge an das Okular, drehte an einem der Rädchen, schien aber nichts Bemerkenswertes entdecken zu können. Langsam führte sie den Schlauch tiefer ein. Gerbenius fühlte irgendwo etwas kratzen, wusste aber nicht zu sagen, wo genau. Es ging tiefer hinab in seine Eingeweide, dann hielt sie plötzlich wieder an und spähte durch das Okular. Ihr Mund öffnete sich, schloss sich dann wieder. Sie drehte erneut an einem der Rädchen, und wieder öffnete sich der Mund, dieses Mal wie zur Artikulierung eines bewundernden O-Lautes. Ihr Atem wehte Gerbenius an und er konnte den Kaffee riechen, den sie erst kürzlich getrunken haben musste. Sie drehte das Endoskop ein Stück und Gerbenius schloss die Augen. Dann drehte sie es wieder zurück, verstellte nochmals das Rädchen und zog das Endoskop dann wieder heraus. Sie nahm eins der Tücher aus ihrem Koffer und begann, das Instrument eingehend zu reinigen. Dieser Vorgang nahm gute fünf Minuten in Anspruch. Als sie das Endoskop in ihrem Koffer verstaut hatte, griff sie in die Brusttasche ihrer Bluse. Zum Vorschein kam eine Anzahl von Pillen unterschiedlicher Farbe und Größe.

»Ich müsste mal Dr. Clemenz sprechen«, äußerte Gerbenius, während Schwester Agatha die Pillen auf ihrer Handfläche der Größe nach ordnete. Schließlich reichte sie ihm zwei grüne Pillen von mittlerer Größe. Grün, das bedeutete, dass heute Mittwoch sein musste. Er betrachtete sie einen Augenblick nachdenklich und steckte sie dann in den Mund. Die grünen waren nicht die schlimmsten. Die konnte man in einem Stück hinunterschlucken, ohne sie kauen zu müssen. Außerdem waren sie mit einer dünnen Pfefferminzschicht umgeben, die verdeckte, was immer sich unter ihr befinden mochte. Anders war es bei den roten, die es immer freitags gab. Die waren oval und auch viel größer als die grünen, sodass man sie gar nicht unzerkaut hinunterschlucken konnte, selbst wenn es erlaubt gewesen wäre. Und dann der Geschmack! Schon wenn man sie in den Mund steckte, überfiel er einen. Keine Schutzschicht aus Vanille oder Pfefferminz verschaffte einem zumindest eine kurze Schonfrist. Sofort war er da, dieser Geschmack, den Gerbenius kaum beschreiben konnte, der ihn aber entfernt an den fleischigen Geschmack billiger Zigarren erinnerte, die man über längere Zeit ungeschützt gelagert hatte.

»Der Doktor ist momentan nicht zu sprechen«, antwortete Schwester Agatha nun, als Gerbenius seine Pillen mit einem Schluck Wasser hinunterspülte.

»Wann ist er denn zu sprechen? Ich würde nicht fragen, aber es ist wirklich dringend.«

»Momentan jedenfalls nicht.«

Sie verstaute die restlichen Pillen wieder in ihrer Brusttasche und wandte sich zum Gehen. »Und Sie sollten sich beeilen. Die Abteilung B kommt heute zehn Minuten früher.«

Damit ging sie zur Tür und verließ das Zimmer.

Abteilung B war die zweite Etage; Gerbenius war auf der dritten Etage, der Abteilung C. Wusste der Teufel, warum die Bazillen, wie die Angehörigen der Abteilung B bei den anderen Abteilungen hießen, zehn Minuten früher kamen. Aber wenn B zehn Minuten früher kam, musste C schon zehn Minuten früher gehen, also um 6:20 Uhr. Gerbenius sah auf seinen Wecker. Es war 6:05 Uhr. Ihm blieben noch 15 Minuten. Er fluchte leise und stieg aus dem Bett. Erleichtert stellte er fest, dass er stehen konnte, ohne sich festhalten zu müssen. Er spürte noch einen leichten Brechreiz, aber er fühlte sich halbwegs kräftig, konnte durchatmen, der Druck auf seiner Brust war erträglich. Es schien einer seiner besseren Tage zu sein. Er stieg in seine Pantoffeln, zog den Morgenmantel über und ging aus dem Zimmer.

Der Gang war leer, lediglich in der Leseecke an dessen Ende saß Düsenberg und starrte aus dem Fenster in die morgendliche Nebellandschaft.

»Die Bazillen kommen heute zehn Minuten früher«, rief Gerbenius ihm zu.

Düsenberg wendete langsam den Kopf und sah ihn verständnislos an.

»Abteilung B kommt heute zehn Minuten früher«, erklärte Gerbenius. »Es ist schon fünf nach sechs. Wir müssen uns beeilen.«

Düsenberg nickte und hob die Hand zum Zeichen, dass er verstanden habe. Gerbenius winkte ebenfalls und ging auf das Treppenhaus zu. Einige der Türen standen offen und gaben den Blick auf leere Zimmer frei. Offensichtlich hatte sich die Nachricht von der Abteilung B bereits verbreitet. Alles war bereits unten. Gerbenius beschleunigte den Gang und stellte mit Genugtuung fest, dass er nicht nur bis zum Treppenhaus gelangt war, ohne anhalten zu müssen, sondern außerdem kaum außer Atem war. Er blickte kurz zu den Aufzügen hinüber, entschied sich aber doch für die Treppe. Man konnte nie wissen, wo einen der Aufzug hinbrachte. Er hielt sich am Geländer fest und stieg die ersten Stufen hinab, merkte aber bald, dass es auch ohne Festhalten ging, und ließ das Geländer los. Am ersten Treppenabsatz machte er kurz Halt, mehr aus Gewohnheit als aus Notwendigkeit. Sein Atem ging ruhig und gleichmäßig und beschleunigte erst ein wenig, als er an den Rückmarsch dachte. Er verscheuchte diesen unfrohen Gedanken sogleich wieder und ging weiter. In der Abteilung B angekommen blickte er den Gang nach rechts und links, sah einige Gestalten herumstehen, die sich anscheinend schon auf den Ansturm in wenigen Minuten vorbereiteten und ihn argwöhnisch ansahen. Gerbenius nickte nur kurz und ging dann weiter. Der nächste Treppenabsatz, Abteilung A, endlich das Erdgeschoss. Er hielt an und spürte nun seinen Atem schneller gehen, auch das altbekannte Rasseln in der Brust stellte sich wieder ein. Anscheinend hatte er sich überanstrengt. Dennoch setzte er sich sogleich wieder in Bewegung, als er die ersten Kameraden aus der Abteilung C auf dem Gang ihm entgegenkommen sah, offensichtlich bereits fertig mit dem Frühstück.

»Jetzt aber zu, Gerbenius«, rief ihm Schlotterdiek, sein Zimmernachbar, im Vorbeigehen zu. »Die Bazillen kommen gleich.«

Gerbenius nickte nur, um Atem zu sparen, und beschleunigte ein wenig. Der Gang machte eine Linksbiegung, hinter der der Speisesaal lag. Nun sah er, dass bereits fast alle Tische besetzt waren, dafür aber an der Essensausgabe kaum Betrieb herrschte. An der zu Essenszeiten stets offen stehenden Glastür blieb er stehen und verschnaufte, nickte einigen Bekannten aus seiner Abteilung zu, die ihm aufmunternd zuwinkten. Er sah auf die Uhr am hinteren Ende des etwa zwanzig mal dreißig Meter messenden Saales. Es war 6:13 Uhr. Noch sieben Minuten. Aber er hoffte, zumindest noch drei oder vier Minuten herausschlagen zu können. Aufsicht hatte heute Detlefson, mit dem konnte man reden. Außerdem hatte Gerbenius ihm erst vergangene Woche drei Zigaretten zugesteckt, und Detlefson wusste, was sich gehörte. Wenn die Bazillen keinen Stunk anfingen,

374

konnte er bestimmt noch bis 6:23 oder 6:24 Uhr weiteressen. Er marschierte zur Essensausgabe und nahm sich einen der Blechteller und einen Löffel von der Ablage.

»Morgen, Hansen«, begrüßte er den hünenhaften Mann an der Ausgabe, als er an der Reihe war.

»Du bist spät dran, Gerbenius.«

»Ich weiß. Warum kommen die von B heute früher?«

»Was weiß ich. Uns erzählt hier doch auch keiner was«, antwortete der Hüne, während er ihm den Teller mit Hirsebrei füllte. Von irgendwo unterhalb der Theke holte er sodann zwei Scheiben Schwarzbrot und legt sie auf den Brei.

»Hör mal, Hansen, das ist ja fast nur eine Scheibe.«

Hansen lächelte, schüttelte aber den Kopf.

»Nun komm, jetzt hab' dich nicht so. Ich brauch' was zum Tauschen.«

»Das geht nicht, Gerbenius«, erwiderte Hansen in gutmütigem Ton. »Du weißt, dass der Alte die Portionen kontrolliert.«

Gerbenius zuckte resigniert mit den Achseln und wandte sich zum Gehen, hielt dann aber nochmals inne. »Sag mal, Hansen, du weißt nicht zufällig, wo der Chef gerade steckt?«

»Clemenz?« Er schüttelte den Kopf.

Gerbenius nickte und ging ein Stück die Fensterreihe entlang zu einem Tisch, der gerade frei geworden war, und setzte sich. Ein Blick zur Uhr zeigte ihm, dass drei weitere Minuten verstrichen waren, und er versenkte den Löffel in dem Hirsebrei. Er war nicht mehr heiß, aber immerhin noch einigermaßen warm. Gierig schlang er den ersten Bissen hinunter, fühlte zunächst noch einen leichten Brechreiz, der aber bald nachließ.

Er teilte eine der beiden Brotscheiben in kleine Brocken und streute diese auf den Brei, die andere Scheibe gedachte er, mit auf sein Zimmer zu nehmen. Mit einer Inspektion war bis zum Wochenende nicht mehr zu rechnen. Immerhin gab es drei Neuzugänge in der Abteilung C, und erfahrungsgemäß nahmen die Untersuchungen so viel Zeit in Anspruch, dass kaum mit Kontrollen zu rechnen war. Natürlich waren die Statistiken und Wahrscheinlichkeitsrechnungen, die Gerbenius regelmäßig anstellte, nicht hundertprozentig zuverlässig, aber doch ein guter Anhalt, mit dem man leben konnte.

Er wollte die zweite Scheibe gerade in der Tasche seines Morgenmantels verschwinden lassen, als er einen Mann bemerkte, der mit seinem noch vollen Teller die Fensterreihe entlangschritt und dabei den Blick über die Tischreihen wandern ließ, als suche er jemanden. Der Mann blieb unschlüssig stehen, spähte weiter, bis er schließlich Gerbenius entdeckte. Nun ging er mit bedächtigen, nahezu feierlichen Schritten auf diesen zu und nahm endlich ihm gegenüber Platz. Der Mann wirkte so bejaht, dass sein Alter kaum mehr zu schätzen war, bewegte sich aber noch erstaunlich behände. Sein Morgenmantel flatterte um den ausgemergelten Körper, war außerdem an den Ärmeln viel zu lang, sodass diese die Hände fast vollständig bedeckten, obwohl der Mann sie bereits mehrmals umgekrempelt hatte. Gerbenius hatte den Mann erst am vorherigen Tag zum ersten Mal gesehen, als dieser mit Düsenberg über den Gang der Abteilung C schlenderte. Er musste einer der Neuzugänge sein. Bedächtig stocherte er mit dem Löffel im Hirsebrei und steckte eine Scheibe Schwarzbrot in den Mund, ohne allerdings abzubeißen.

376

Dann nahm er sie wieder heraus und legte sie auf den Tisch.

»Die Bauchschüsse waren das Schlimmste«, begann er und nickte, um das Gesagte zu unterstreichen. »Wenn man da in Schützenreihe marschiert ist und plötzlich fiel einer um, dann konnte man schon gleich sagen, die arme Sau hat 'n Bauchschuss abgekriegt.« Er führte einen Löffel mit Brei zum Mund, hielt dann aber inne und blickte nachdenklich zu Gerbenius. »Aber das war ja nicht weiter verwunderlich. Die lagen da zwei- oder auch dreihundert Meter entfernt irgendwo im Schnee, wie sollt' man da auf den Kopf zielen. Nicht mit den Gewehren damals. Heute kann man einem sogar aus 'nem Kilometer Entfernung direkt zwischen die Augen schießen, aber damals, nein, mein Herr, da musste man schon auf die Körperteile zielen, die die größte Fläche hatten. Bauch oder Brust. Aber meistens ging's in den Bauch. Whumm!« Er hieb mit der linken Hand auf den Tisch, während er die rechte mit dem Löffel noch immer auf Mundhöhe hielt. »Whumm. Zuerst fielen sie um und dann: whumm. Die Kugeln sind nämlich schneller als der Schall. Aber das kennen Sie wahrscheinlich alles gar nicht.«

Gerbenius schüttelte den Kopf. Der Alte nickte und schaffte es nun endlich, den Löffel in den Mund zu führen. »Wir sind da mal mit der halben Kompanie über so 'n Feld marschiert, bei irgend so 'nem Kaff vor Leningrad war das. Völlig ungeschützt. Wir hatten da so 'nen jungen Leutnant. Irgend so 'nen Schnösel, war ganz neu an der Front und wollt' uns sagen, was Sache ist! Ich sagt' zu ihm: *Herr Leutnant, sag' ich, lassen 'Se uns erst mal das Waldstück da auskundschaften, da könnten 'n paar Iwans sitzen.* Und was sagt der Sack? *Kümmern*

Sie sich um Ihrem Krempel, Wachtmeister! Ich hätt' dem in den Hintern treten können, dem Dussel. Aber dann hätten'se mich wahrscheinlich vor 'n Kriegsgericht gestellt. Der war nämlich Parteimitglied.« Der Wachtmeister a.D. geriet nun mehr und mehr in Erregung und spuckte beim Reden Hiersekörner auf seinen Teller und den Tisch. »Wir marschieren also los, über das Feld. Der Waldrand war vielleicht 100 Meter von uns entfernt. Und nach 'n paar Metern, whumm, da fiel auch schon der Erste um, war nur 'n paar Meter vor mir. *Stellung!*, brüll' ich, aber bevor wir alle unten waren, hatten die Äster schon den Nächsten erwischt. Ich bin vorgerückt und hab' mich um den Kameraden vor mir gekümmert. Wie ich schon gedacht hatte: Bauchschuss. Ich hab' ihm gut zugeredet: *Das wird schon, halt durch*, und so 'n Stuss. Und wir hatten nicht mal Tarnzeug dabei, und der Schnee lag da so niedrig, wir waren da wie auf 'nem Präsentierteller. Rechts und links flogen uns da die Kugeln um die Ohren. Wir haben aufs Geratewohl den Waldrand unter Feuer genommen, aber die hatten sich natürlich eingeigelt und vorbereitet. Tja, und was nun? Und der Idiot von Leutnant brüllt da irgend so 'nen Schwachsinn und …«

In diesem Augenblick ertönte Detlefsons Pfeife und der Alte brach in seiner Erzählung ab. Gerbenius sah zur Uhr. Es war 6:20 Uhr. Die Aufsicht stand an dem Geschirrwagen neben dem Ausgang und überschaute den Saal, der noch mehr als halb gefüllt war. »Fertig werden, Leute!«, rief er in befehlsgewohntem Ton. »Das Geschirr abgeben und zum Ausgang!«

Gleichzeitig drängte die Abteilung B in den Saal, deren erste Vertreter bereits kurz nach Gerbenius eingetroffen waren und seitdem am Eingang gewartet hatten. Gelegentlich waren einige spöttische Bemerkungen gefallen, wenn Angehörige der Abteilung C den Saal verließen; man pöbelte, wurde zurückgepöbelt. Aber es hielt sich in Grenzen, solange man Detlefson in unmittelbarer Nähe wusste.

Gerbenius verfrachtete den letzten Löffel Hirse in seinen Mund und steckte das Schwarzbrot in seine Manteltasche. Der Alte schüttelte unwillig den Kopf, und Gerbenius fragte sich, ob wegen des unterbrochenen Frühstücks oder des unfähigen Leutnants. Er erhob sich, nickte dem Alten zu. Als er sich zum Geschirrwagen aufmachte, fiel sein Blick auf das Banner über dem Ausgang. Es war ausgetauscht worden:

> Gebt dem Satan und seinen Jüngern keine
> Chance.
> Gemeinsam für eine rauchfreie Zukunft

stand dort nun geschrieben. Gestern hieß es noch: *Keine Toleranz den Lungenverpestern.* Unter der Losung war ein riesiger Stiefel abgebildet, der gerade einen Mann mit einer Zigarette im Mund unter sich zerquetschte. Das Banner wurde jeweils zum Ersten gewechselt, heute musste also ein neuer Monat begonnen haben. Gerbenius überlegte und tippte auf Oktober, vielleicht auch November. Genau wusste er es nicht.

Der Raum war nun erfüllt vom Rücken der Stühle, Teller wurden mit einigem Geräusch auf den Geschirrwagen geknallt, gemurmelte Flüche über die Bazillen waren zu hören. Gerbenius stellte seinen Teller ab, blickte zu Detlefson, dessen Aufmerksamkeit jedoch von etwas weiter hinten im Saal in Anspruch genommen wurde. Er schaute in dieselbe Richtung, könnte aber nichts erkennen und ging an Detlefson vorbei zum Ausgang, durch den noch immer Angehörige der Abteilung B drängten. Da ertönte die Pfeife erneut, und nun bemerkte auch Gerbenius den Tumult, der dicht an der Fensterreihe ausgebrochen war, nur wenige Meter von dem Tisch entfernt, an dem er eben noch gesessen hatte. Anscheinend hatte ein Angehöriger der Abteilung C nicht schnell genug den Tisch freigemacht, den bereits jemand aus der Abteilung B für sich in Anspruch nehmen wollte. Gewöhnlich trat der Angreifer in solchen Fällen nach einem kurzen Wortgefecht mit dem Fuß gegen das Bein des Stuhles desjenigen, der noch an dem Tisch saß. Dieser schlug dann in der Regel mit dem leeren Teller auf den Angreifer ein oder schleuderte ihm die Reste seines Breis ins Gesicht. Daraufhin begann dann der eigentliche Kampf, in den sich gewöhnlich gleich noch andere Angehörige der jeweiligen Abteilungen einmischten. So war es auch in diesem Fall. Als Gerbenius den Saal verlassen wollte, waren bereits mehr als ein Dutzend Männer in die Rauferei verwickelt. Man fluchte, man brüllte, Geschirr fiel zu Boden, Stühle wurden umgestoßen, zwei Kämpfer wälzten sich am Boden. Hansen lief hinter der Essensausgabe hervor und half Detlefson, die verfeindeten Parteien voneinander zu trennen. Das Erscheinen des hünenhaften Hansen machte dem Tumult bald ein Ende. Es wurde wohl noch geschimpft, aber das Interessanteste war nun vorbei und Gerbenius begab sich aus dem Saal und ging mit einigen Kameraden den Gang entlang zum Treppenhaus. Dort angekommen rang er nach Atem, schlimmer noch als gewöhnlich, wenn er die Strecke vom Essenssaal zur Treppe hinter sich gebracht hatte.

»Wollen Sie es nicht einmal wagen?«, fragte ihn Greisinger, dessen Zimmer am anderen Ende des Ganges der Abteilung C lag. Gerbenius blickte von Greisinger zum Aufzug, dessen Tür sich nun gerade öffnete.

»Na, kommen Sie. Wir sind doch dabei.« Er legte ihm die Hand auf den Rücken und schob ihn sanft in Richtung auf den Aufzug. Gerbenius sträubte sich zunächst, gab dann aber nach.

»Na ja, wird schon nichts passieren.«

Sie waren zu acht im Aufzug. Gerbenius hörte geräuschvolles Atmen, jemand hustete. Dann schloss sich die Tür, und Gerbenius spürte, wie der Raum um ihn herum enger und enger wurde. Die Luft erschien ihm abgestanden und verbraucht. Er versuchte, voll durchzuatmen, schaffte es aber nicht. Er atmete wieder aus und versuchte es erneut, nahm dieses Mal aber sogar noch weniger Luft auf. Mit geöffnetem Mund starrte er über die Köpfe hinweg auf die Tür, drückte sich an die Rückwand, um etwas Distanz zu den anderen zu schaffen, mehr Luft zu haben. Nun endlich setzte sich der Aufzug in Bewegung. Er spürte Greisingers Hand an seinem Oberarm. »Wird schon«, sagte dieser und lächelte ihm aufmunternd zu. Gerbenius atmete erneut ein, und dieses Mal schaffte er es, voll durchzuatmen. Er lächelte dankbar zurück und schloss den Mund, atmete jetzt durch die Nase. Noch immer war die Luft stickig, vermischt mit den Ausdünstungen der Fahrgäste, und schien kaum Sauerstoff zu enthalten, aber immerhin atmete er jetzt freier. Er spürte, wie sich seine Anspannung, die sich seit dem Betreten des Aufzuges gebildet hatte, langsam wieder löste; endlich gab es einen Ruck und zman stand. Alles blickte nun zur Tür, die allerdings verschlossen blieb. Man wartete. »Jetzt mach´ hin«, hörte Gerbenius jemanden sagen und spürte, wie sich irgendetwas in seiner Brust wieder zu verengen begann. Ein kribbelndes Gefühl an Nase und Wangen verriet ihm, dass das Blut aus seinen Wangen zu weichen begann. Greisinger drängte sich vor und hämmerte auf einen der Knöpfe. Gemurmel breitete sich aus, und endlich sprang die Tür auf. Die Luft, die nun vom Gang her hereinströmte, dürfte sich von der innerhalb des Aufzuges kaum unterschieden haben, wehte Gerbenius aber an wie schönster Alpenwind. Er blieb noch einen Augenblick stehen und atmete tief durch, bevor auch er aus dem Aufzug trat.

***

»Sie sind spät dran«, sagte Rüsse.

»Ich war noch beim Röntgen«, erwiderte Gerbenius und hielt ihm die Bescheinigung hin.

Kaum hatte er nach dem Frühstück sein Zimmer betreten und seine Schwarzbrotscheibe unter der Matratze versteckt, da wurde die Tür aufgerissen und herein stürmte Schwester Agatha. Zunächst hatte er an eine Inspektion gedacht, doch dann erblickte er auf dem Gang Fährmann mit einem Rollstuhl, der bei solchen Gelegenheiten fast nie zu erscheinen pflegte. Bei Inspektionen assistierte zumeist Detlefson, bisweilen auch Hagen. Eine Thoraxröntgenuntersuchung liege an, eröffnete ihm Schwester Agatha, und ihr süffisantes Lächeln ließ ihn befürchten, sie habe seinem erschrockenen Gesichtsausdruck sogleich entnommen, dass sich auf seinem Zimmer etwas befand, was eigentlich nicht dorthin gehörte.

Kurz darauf war er wieder im Aufzug, nun allerdings in einem Rollstuhl und mit Chauffeur. Hinauf ging es in die vierte Etage, vorbei an der Abteilung für Computertomographie und in den Röntgenraum. Die Untersuchung hatte kaum länger als eine halbe Stunde gedauert, aber es war dennoch nicht ausgeschlossen, dass Schwester Agatha die Zeit zu einer Inspektion genutzt hatte. Wieder in seinem Zimmer, kontrollierte er sofort das Siegel an seinem Spind. Die Methode hatte Schlotterdiek ihm gezeigt; sie war aufwendig, aber gut. Und gut musste man sein, wenn man Hagen oder Detlefson überlisten wollte, die so gut wie alle Schliche kannten. Nötig waren lediglich ein Haar und eine Heftzwecke. Die Heftzwecke hatte er oben in die Innenseite der linken Spindtür gedrückt und dabei das eine Ende des Haares mit eingeklemmt. Wenn man die Tür geschlossen hatte, konnte man dann das andere Ende des Haares mit dem Fingernagel hinter die Leiste der Oberseite des Spindes drücken. Wenn nun jemand die Tür öffnete, wurde das Haar entweder aus der Leiste oder hinter der Heftzwecke hervorgezogen, und auch das geübteste Auge dürfte kaum auf ein vereinzeltes Haar an einem der Spinde achten. Aber auch wenn die Vorrichtung erkannt und das Haar wieder eingeklemmt wurde, so musste der Betreffende doch wissen, wie tief genau es ursprünglich in der Leiste bzw. hinter der Heftzwecke gesteckt hatte. Und dazu musste er – oder sie – zuvor auf einen Stuhl steigen und den Spind von oben begutachten, doch wenn man das Haar in den Spalt zwischen der Tür und dem Oberteil des Spindes drückte, so war es so gut wie unsichtbar. Die Methode war also recht zuverlässig. Natürlich durfte die Heftzwecke nicht grundlos an der

Tür befestigt sein, das würde selbstverständlich auffallen. Da es aber nicht verboten war, Bilder an den Spind zu heften, sofern diese nicht unzüchtigen Inhalts waren, so hatte Gerbenius einfach eine Postkarte mit einer Berglandschaft mit der Heftzwecke befestigt. Er rückte nun also einen Stuhl vor den Spind, stieg mühsam hinauf und zog mit dem Fingernagel, den er extra lang hatte wachsen lassen, das Haar hervor. Ein kurzer Blick zeigte ihm, dass das Siegel unversehrt war, und er stieg wieder hinab, um die Matratze zu kontrollieren: Auch das Brot war noch da. Er hatte erleichtert aufgeatmet und seinen Pullover und die Arbeitskleidung aus dem Spind geholt, wobei er nur die rechte Tür geöffnet hatte, um nicht das Siegel erneuern zu müssen.

Rüsse las die Bescheinigung, las mit höchster Konzentration, Zeile für Zeile, sah auf die Uhr und verglich die Zeit mit dem auf der Bescheinigung angegebenen Entlassungszeitpunkt. Dann hakte er Gerbenius' Namen auf seiner Liste ab, auf der alle aufgeführt waren, die heute später oder gar nicht zum Arbeitsdienst erschienen: Röntgenstation, CTM, OP, Arrest. Er trug die Zeit ein, da Gerbenius sich bei ihm gemeldet hatte, und endlich nickte er und reichte ihm die Bescheinigung zurück.

»Ist in Ordnung. Ihr habt heute die Rasenfläche am Ostflügel.« Er ging in den neben dem Eingang gelegenen Schuppen und kam kurz darauf mit einer Harke zurück, die er Gerbenius in die Hand drückte. Gerbenius nickte und wandte sich zum Gehen, hielt dann aber nochmals inne:

»Sie wissen nicht zufällig, wann der Doktor zu sprechen ist?«

»Clemenz?« Rüsse verzog das Gesicht zu einer nur schwer deutbaren Grimasse und zuckte mit den Schultern. »Fragen Sie mich was Leichteres.«

Gerbenius nickte erneut und setzte sich in Bewegung. Der Nebel hatte sich kaum gelichtet und war noch fast so dicht wie beim Aufstehen. Im Osten hätten jetzt die ersten Sonnenstrahlen die nahende Morgendämmerung ankündigen müssen, von der wegen des Nebels allerdings noch weit und breit nichts zu sehen war, sodass die diversen Scheinwerfer die einzigen Lichtquellen waren, die die Nebelschwaden allerdings kaum dreißig Meter zu durchdringen vermochten. Beim Verlassen des Gebäudes hatte Gerbenius gierig die köstlich frische Luft eingesogen und gefühlt, wie sich seine Lungenflügel mit erquickendem Sauerstoff füllten. Erst jetzt, da er in den Nebel trat, bemerkte er die Kühle und Feuchtigkeit und begann zu frösteln, atmete nun wieder flacher. In einiger Entfernung nahm er die Umrisse der Buchen wahr und davor verschwommen einige Gestalten, bei denen es sich um seinen Arbeitstrupp handeln musste.

»Schlotterdiek?«, rief er.

»Hier!«, kam es zurück, und Gerbenius marschierte in Richtung des Rufes.

Er betrat die Rasenfläche und hörte das feuchte Laub unter seinen Sohlen knirschen.

»Was der Unsinn wohl soll!«, schimpfte weiter vorne jemand. »Heute harken wir den Mist weg und morgen ist er wieder da. Warum warten die nicht, bis das ganze Zeug da runtergekommen ist. Und warum muss das überhaupt weg? Sollen sie's doch einfach liegenlassen. 'n besseren Dünger gibt's doch gar nicht.«

»Nützt doch nichts, dass wir uns aufregen«, hörte er
die ruhige Stimme Schlotterdieks. »Befehl ist Befehl;
das war da, wo Sie herkommen, doch auch nicht anders.«

»Was wissen Sie schon, wo ich herkomme«, erwiderte der andere und murmelte noch einige Unmutsäußerungen vor sich hin, verstummte dann aber. Nun,
da Gerbenius näher kam, erkannte er in dem Mann den
Wachtmeister a.D., der jetzt mit solchem Ingrimm auf
das Laub einhieb, als handele es sich um einen feindlichen Scharfschützen.

Endlich fand er auch Schlotterdiek, der einige Meter
weiter rechts vom Wachtmeister harkte. Die dem Trupp
zugeteilte Rasenfläche maß etwa vierzig Meter in der
Breite und erstreckte sich von der Buchenreihe an der
Ostseite gut fünfzig Meter in den Hof hinein. Wie Gerbenius feststellte, waren etwa sechs oder sieben Meter
von den Bäumen ab gerechnet bereits geharkt. Nicht
gerade viel.

»Morgen«, begrüßte er Schlotterdiek.

»Morgen, Gerbenius. Wie war die Untersuchung?«

Gerbenius blickte in das hagere Gesicht seines Gegenübers und zuckte mit den Achseln. »Was soll ich
sagen? Wie immer. 'ne Menge Radioaktivität, nehm'
ich an.«

Schlotterdiek nickte. »Ja, wahrscheinlich. Am besten
bleibst'e gleich bei mir. Noch 'n paar Meter, dann können wir die ersten Haufen zusammenkratzen.«

Gerbenius nickte und machte sich an die Arbeit.
Nicht zum ersten Mal fragte er sich, weshalb er und
auch die meisten anderen so bereitwillig Schlotterdieks Anweisungen folgten. An seinem äußeren Erscheinungsbild war gewiss nichts, was ihm besondere

Autorität verliehen hätte. Er war schmächtig, kaum größer als einer von ihnen und auch nicht kräftiger. Nein, Gerbenius vermutete, es sei in erster Linie Schlotterdieks Ruhe und Gemessenheit, gepaart mit einer gewissen Art von Weltverachtung, die ihn irgendwie von seinen Kameraden abhoben und mehr oder weniger zum Anführer vorherbestimmt hatten. Es war also nur konsequent, dass er zum Arbeitstruppführer ernannt worden war, und bislang hatte niemand versucht, seine Stellung in Frage zu stellen.

Rechts von Gerbenius stand Düsenberg auf seine Harke gelehnt und starrte zu den Buchen, die noch vollständig in Nebel getaucht waren.

»Wie geht's denn heute?«, fragte Gerbenius ihn.

Düsenbergs Blick blieb starr auf die Bäume gerichtet, und erst als Gerbenius seine Frage wiederholte, wandte er sich ihm zu und sah ihn erstaunt an. »Gerbenius, wollten Sie nicht zum Frühstück gehen?«

»Bin schon fertig«, antwortete Gerbenius und begann wieder zu harken.

Hinter den Buchen, aus Richtung des Gebäudes kommend, näherte sich etwas im Nebel, nahm langsam Gestalt an, und Gerbenius erkannte einen der Wächter, der gerade mit einem Schäferhund auf Streifengang war. Momentan patrouillierten lediglich zwei Streifen mit jeweils einem Schäferhund im Abstand von etwa 200 Metern auf dem Weg, der zwischen der Mauer und dem Stacheldrahtverhau um den Komplex führte. Früher waren es einmal drei Streifen gewesen, doch seit man den Verhau verstärkt hatte – auf die beiden nebeneinander liegenden Stacheldrahtrollen war noch eine dritte gelegt worden – , glaubte man, auch mit zweien auskommen und gleichzeitig die Kosten für das Wachpersonal reduzieren zu können.

Grund für diese Umstrukturierung der Sicherheitsmaßnahmen war ein kläglich gescheiterter Fluchtversuch vor ziemlich genau einem Jahr, ebenfalls bei starkem Nebel in den Morgenstunden. Damals war gerade die Abteilung A damit beschäftigt gewesen, die Rasenfläche von ihrem Laubkleid zu befreien. Vier der Männer hatten ihre Harken mit insgesamt sechs Gürteln zu einer Art Trage verbunden. Zwischen den mit Gürteln zusammengehaltenen Harken bestand jeweils ein Abstand von gut zwanzig Zentimetern, sodass die Trage eine Breite von etwa sechzig Zentimetern aufwies. Diese hatten die Männer dann an die innere Stacheldrahtrolle gelehnt, worauf sie einer von ihnen vorsichtig bestiegen und sich dann hingehockt hatte. Daraufhin hoben seine Kameraden die Trage dann an und schoben sie über die Stacheldrahtrollen. Unglücklicherweise gerieten sie dabei an einen der Drähte, die mit den zahllosen Handgranaten verbunden waren. Der Mann auf der Trage gelangte tatsächlich auf die andere Seite des Stacheldrahtes, allerdings von mehreren Dutzend Granatsplittern zerfetzt und mausetot. Seine Kameraden und vier andere Angehörige der Abteilung A wurden verletzt, zwei starben noch am selben Tag. Auch abgesehen davon, dass sie die Handgranaten nicht berücksichtigt hatten, war der Plan sehr schlecht durchdacht gewesen. Sogar wenn sie den Stacheldraht passiert hätten, hätten sie noch die Wachposten am Tor überwältigen müssen, die selbst schon wiederholt auf ihre eigenen Kameraden gefeuert hatten, wenn diese nicht schnell genug das Kennwort erwidert hatten. Und wenn sie auch am Tor vorbeigekommen wären, so hätten sie wahrscheinlich die Schäferhunde in Stücke gerissen, noch bevor sie den Waldrand erreicht hätten. Der Fluchtversuch war also von vornherein zum Scheitern verurteilt gewesen. Die Verantwortlichen führte der Vorfall jedenfalls zu der Überzeugung, dass der Stacheldrahtverhau allein schon so gut wie unüberwindbar sei, und man begnügte sich damit, diesen nochmals zu verstärken, um dafür die Streifen reduzieren zu können, die ohnehin ständig Gefahr liefen, von den eigenen Leuten unter Beschuss genommen zu werden.

Gerbenius beobachtete, wie die verschwommene Gestalt der Streife hinter den Bäumen verschwand und bald darauf wieder vor der Nordmauer erschien. Neben ihm hustete Düsenberg, der inzwischen wieder zu harken begonnen hatte. Weiter hinten erzählte der Wachtmeister jemandem, wie sie vor Leningrad die Leichen erfrorener Kameraden zu Schutzwällen gegen feindliche Granatsplitter aufgehäuft hatten.

»Ist einer von der B heute draußen?«, fragte Gerbenius Schlotterdiek.

»Nee; keine Ahnung, wo die stecken. Küchendienst hat heute die A.«

»Ja«, bestätigte Gerbenius. »Die habe ich eben beim Herausgehen gesehen.«

»Greisinger meint, dass die B heute irgendwo im Keller zu tun hat.«

Gerbenius horchte auf. »Im Keller?«

»Genau weiß ich das aber nicht. Kannst ja mal den Greisinger fragen.«

Gerbenius sah ihn nachdenklich an, machte sich dann wieder an die Arbeit.

»Was ich noch fragen wollte«, begann Schlotterdiek nach einer Weile. »Hast du einen von den Neuen auf dein Zimmer bekommen?«

Die Frage kam zögerlich, als koste es ihn große Überwindung, sie zu stellen.

»Nein. Warum?«

»Ich mein' nur. Du bist ja schließlich allein.«

Gerbenius sah ihn an.

»Seit wann bist du eigentlich schon allein auf dem Zimmer?«, fügte Schlotterdiek endlich hinzu.

Gerbenius wandte sich Schlotterdiek nun direkt zu. »Worauf willst du hinaus?«

»Ich will nirgendwo nicht hinaus. Es ist nur ...«

Plötzlich durchriss der schrille Ton einer Trillerpfeife die morgendliche Stille. Irgendwo weiter vorne im Hof waren Schritte zu hören.

»Das darf doch wohl nicht wahr sein!«, brüllte eine Stimme. Gerbenius erkannte sogleich, dass sie von Hagen stammte, der Aufsicht. Eine Menschentraube bildete sich. Protestgemurmel erhob sich. Vom Schuppen neben dem Eingang kam Rüsse herbeigesprintet.

Inzwischen war die Ursache des Aufruhrs auch zu Gerbenius vorgedrungen: Zigarettenrauch.

»Idiot«, murmelte Schlotterdiek. »Er hätte zumindest warten können, bis wir das Laub angesteckt haben.«

Immer mehr Leute versammelten sich um Rüsse und Hagen. »Treten Sie zurück!«, forderte Rüsse die Umstehenden auf. »Oder Sie kommen auch gleich mit.«

Undeutlich war zu erkennen, wie Rüsse und Hagen einen Mann durch den Nebel auf das Gebäude zu abführten. Zunächst leistete der Mann Widerstand, versuchte sich loszureißen, ergab sich aber schon bald seinem Schicksal und ließ sich willenlos durch den Eingang ins Gebäude zerren, wo er dann verschwand.

Das Interesse an der Angelegenheit verflüchtigte sich, sobald der Kamerad außer Sicht war, und man wendete sich wieder dem Laub zu. Rauchen war natürlich inner- wie außerhalb des Gebäudes strengstens verboten. Der einzige halbwegs sichere Platz zum Rauchen in der Abteilung C bildete die Leseecke am Ende des Ganges, wo sich Düsenberg regelmäßig aufzuhalten und aus dem Fenster zu starren pflegte. Die Ecke ließ sich durch eine Glastür vom Rest des Ganges abriegeln und besaß drei große Fenster, die zur Nord- und zur Ostseite blickten. Schwester Agatha kam mit dem Wachpersonal entweder mit dem Aufzug oder über die Treppe aus dem Erdgeschoss in die Abteilung, wenn eine nächtliche Inspektion anlag. Sowohl der Aufzug als auch die Schritte auf der Treppe waren früh genug zu hören, sodass ein Posten auf dem Gang die Raucher rechtzeitig warnen konnte. Auf das Klopfzeichen an die Glastür pflegten die Kippen sofort auf das Dach des direkt unter dem Nordfenster gelegenen Schuppens zu fliegen, woraufhin alles so schnell zu den Zimmern eilte, wie es die morschen Knochen denn vermochten. Die Kameraden vom anderen Ende des Ganges mussten sich natürlich am meisten spurten, aber bislang war noch niemand gefasst worden. Auf dem Hof zu rauchen, war dagegen so gut wie unmöglich. Egal wie der Wind auch stand, man musste immer damit rechnen, dass der Rauch vom Falschen erschnuppert wurde, sei es von der Aufsicht, den Wachposten am Tor oder der Streife.

Die Morgendämmerung warf ihr noch fahles Licht inzwischen auch auf die arbeitenden Männer innerhalb der Umfassungsmauer. Der Nebel begann sich zu lichten, bald würde man die Scheinwerfer abstellen.

»Greisinger, hol doch mal die Schiebkarre«, wies Schlotterdiek an. Mittlerweile waren die Laubhügel groß genug, um an den Verbrennungsplatz auf dem Weg zwischen dem Rasen und dem Stacheldrahtverhau befördert zu werden. Während Greisinger die unter dem Vordach des Schuppens abgestellte Karre holte und man dann mit dem Beladen begann, suchte Schlotterdiek nach Hagen, damit dieser mit dem Benzin und den Streichhölzern komme, Gefahrenstoffen, die man nicht einmal den Arbeitstruppführern glaubte anvertrauen zu dürfen.

Kurz darauf prasselte das erste Laubfeuer, dessen Rauch mit den lichter werdenden Nebelschwaden verschmolz und darin aufging. Trotz der körperlichen Arbeit fröstelte Gerbenius und trat näher an das Feuer heran, hielt die Hände über die wärmenden Flammen. Irgendwo hinter ihm begann Düsenberg erneut zu husten.

»Also los, Männer, wieder an die Arbeit«, hörte man Schlotterdieks Stimme.

Das Harken ging zügig voran. Um 9 Uhr hatten die sieben Mann von Gerbenius' Trupp gut ein Drittel der Rasenfläche fertig. Der Nebel hatte sich inzwischen verzogen und es schien, als könne sich die Sonne im Laufe des Vormittages noch durch die Wolkendecke stehlen. Gerbenius fühlte sich einigermaßen in Form, gab aber acht, seine Kräfte für die verbleibenden Stunden bis zur Mittagspause einzuteilen. Mit Düsenberg neben ihm war es weniger gut bestellt. Immer häufiger wurde er nun von Hustenanfällen durchschüttelt, stand zumeist auf seine Harke gestützt da und rang nach Atem. Schlotterdiek war des Öfteren bei ihm, konnte aber auch nicht viel mehr tun als ihm gut zuzureden. Plötzlich sackte er dann zusammen und blieb röchelnd im Laub liegen. Schlotterdiek nickte Greisinger zu, der in diesen Fällen die Aufsicht zu benachrichtigen hatte.

***

Gerbenius überlegte, ob er die Schwarzbrotscheibe nun gleich essen sollte. Vielleicht in Wasser aufgeweicht. Zu Mittag hatte es heute wie meistens in der letzten Zeit nur Hirsebrei ohne Schwarzbrot gegeben. Er fühlte sich ausgelaugt vom Arbeitsdienst und war noch hungrig. Sie hatten die Rasenfläche fertig bekommen und würden am Nachmittag den Platz an der Westseite fegen. Das war weniger anstrengend als Laubharken, aber er musste von 13 bis 18 Uhr durchhalten, und die Chancen, dass es abends eine, vielleicht sogar zwei Scheiben Schwarzbrot gab, standen nicht schlecht. Aber sicher sein konnte man nie. Was war, wenn es nur die Portion Hirsebrei gab? Er musste die ganze Nacht überstehen und hatte nur noch fünf Zigaretten zum Tauschen. Er verstaute die Scheibe wieder unter der Matratze und strich das Laken glatt.

Düsenberg schien sich wieder halbwegs erholt zu haben. Er hatte eine Freistellung bis 15 Uhr erhalten und sollte die Zeit eigentlich im Bett verbringen. Als Gerbenius nach dem Mittagessen auf sein Zimmer ging, sah er ihn hingegen schon wieder in der Leseecke sitzen. Doch war er dieses Mal nicht allein. Der Wachtmeister saß bei ihm. Zu unterhalten schienen die beiden sich nicht, sondern saßen einfach da und starrten aus dem Fenster.

Gerbenius blickte auf den Wecker. Es war 12:50 Uhr, Zeit für den Mittagsappell. Er zog seine Jacke an und verließ das Zimmer. Der Wachtmeister war nun verschwunden. Düsenberg saß alleine da, den Blick nach wie vor starr auf das Fenster gerichtet.

Gerbenius achtete nicht weiter auf ihn, sondern machte sich auf den Weg, kämpfte sich die Treppen hinab und reihte sich neben Greisinger in die bereits vor dem Schuppen angetretene Abteilung, drei Männer hintereinander, viele, viele nebeneinander. Punkt 13 Uhr erschien Hagen, der außer Aufsicht auch Leiter der Abteilung C war. Er ließ seine Männer stillstehen und erstattete Grünberger, dem Staffelleiter der Abteilungen A bis C, der gleichzeitig für den Arbeitsdienst verantwortlich war, Meldung. Der Appell dauerte nur kurz. Grünberger wies mit Nachdruck auf das Rauchverbot im ganzen Bereich, sprach mit Pathos über die asozialen Elemente mit ihren verpesteten Lungen, kam dann aber gleich zur Arbeitseinteilung für den Nachmittag. Wie die Männer bereits von Schlotterdiek erfahren hatten, war die Abteilung für das Fegen des Platzes an der Westseite eingeteilt.

»Truppführer übernehmen und anfangen mit Dienst!«, bellte Grünberger, und die Abteilung stellte sich vor dem Schuppen zum Empfang der Arbeitsgeräte auf. Als Gerbenius mit seinem Trupp über den Vorplatz zur Westseite marschierte, sah er im nun lichten Sonnenschein, dass der vor der Buchenreihe gelegene Abschnitt des Rasens teilweise schon wieder mit Blättern bedeckt war. Bis morgen würden gewiss genügend weitere hinzugekommen sein, um die Abteilung einen weiteren Vormittag zu beschäftigen.

Die Westseite bestand nur aus einem betonierten Platz, der nach Westen durch den Stacheldrahtverhau, im Süden außerdem durch eine Mauer begrenzt war, die mit der Rückwand des Gebäudes eine Linie bildete und bis direkt zu dem Stacheldraht verlief. Der Stacheldraht führte hingegen noch ein ganzes Stück weiter südwärts und beschrieb dann eine Linksbiegung, wo er wieder parallel zur Außenmauer verlief. Da auf der Ostseite eine ebensolche Mauer stand, war es also – außer für die Streifen – unmöglich, den Südteil des Komplexes zu überschauen. Die tollsten Gerüchte und Mutmaßungen rankten sich daher um diesen Bereich. Ein Friedhof sei dort untergebracht, hieß es; andere wollten von einem Galgen wissen, der dort aufgestellt sei. Mit einiger Sicherheit wusste man hingegen nur, dass im südlichen Teil des Gebäudes eine abgeschottete Abteilung für Frauen untergebracht war. Es stand also zu vermuten, dass sich im Süden ein weiterer Eingang und vielleicht auch ein weiteres Tor befand.

Gerbenius beschäftigte hingegen eine ganz andere Frage, als er mit seinem Besen über den Beton schabte. »Was ich noch fragen wollte«, wandte er sich an Schlotterdiek, der direkt neben ihm fegte. »Weißt du eigentlich, wo man den Doktor finden kann? Dr. Clemenz, meine ich.«

Schlotterdiek blickte nur kurz auf und nickte, und sein Nicken schien weniger Gerbenius' Frage zu bejahen, als vielmehr ausdrücken zu wollen, dass er mit ihr bereits gerechnet habe.

»Hast du den Doktor schon einmal gesehen?«, fragte er statt einer Antwort.

Gerbenius dachte an die ungezählten Male, da er sich dem Doktor so nahe gefühlt hatte. Der Doktor sei in der Radiologie, hieß es, wenn er während einer Untersuchung in der vierten Etage nachfragte; oder auch, er sei gerade in seinem Sprechzimmer. Fragte er unten im Speisesaal, so war der Doktor gerade in einer Besprechung mit den Abteilungsleitern, die Besprechung müsse aber jeden Augenblick zu Ende sein. Doch jedes Mal, wenn er glaubte, den Doktor jetzt gleich sehen, ihn fassen, ihn halten zu können, da fuhr sein Griff ins Leere, als jage er ein Phantom. Ohne Zweifel gab es ihn. Von seinen Taten sprach das ganze Haus, sein Bild hing in jedem Untersuchungszimmer. Aber nein, gesehen hatte er ihn noch nicht. Er schüttelte also den Kopf, und Schlotterdiek nickte.

»Bist du dir sicher, dass du ihn wirklich sehen willst?«

Gerbenius sah ihn verwundert an. Weiter vorne lief jemand aufgeregt über den Vorhof. »Aber natürlich. Es gibt da ... Ich muss mit ihm sprechen. Unbedingt.«

Vom Vorhof drangen nun einzelne Rufe zu ihnen.

»Weißt du«, antwortete Schlotterdiek, »es gibt Fälle, da ist der Gang zum Brunnen köstlicher als der Trunk selber.«

Gerbenius schüttelte verständnislos den Kopf. »Was soll das heißen?«

Die Männer aus Gerbenius' Trupp hatten inzwischen ihre Arbeit unterbrochen und sahen zum Vorhof, wo nun alles in Richtung auf den Gebäudeeingang strömte. Schlotterdiek und Gerbenius blickten sich an, dann marschierten sie ein Stück in nördliche Richtung, bis sie den Vorhof und den Eingang überblicken konnten. Sie sahen eine Menschenmenge, die sich vor dem Schuppen versammelt hatte, an dem nun eine Leiter lehnte. Jemand stieg die Leiter hinauf; es war Hagen. Auf dem Flachdach des Schuppens, ein Stück rechts von der Leiter, erblickte Gerbenius den regungslosen Körper eines Menschen, auf dem Bauch liegend, Kopf und Arme schlaff vom Rand des Daches herunterbaumelnd. Noch bevor er die Menge erreicht, hinauf zur dritten Etage geblickt und das geöffnete Fenster der Leseecke gesehen hatte, wusste er, dass es Düsenberg war.

***

Seit gut einer halben Stunde lag Gerbenius wach und starrte aus dem Fenster. Der Nebel war nicht so dicht wie an den vergangenen Tagen, doch schien sich jede Schwade, die der Wettergott der morgendlichen Landschaft heute erspart hatte, direkt um Gerbenius' leidgeprüfte Lungenflügel gelegt zu haben, die verzweifelt jedes Quäntchen frische Luft aufzusaugen versuchten. Den Großteil der Nacht hatte er wachgelegen. In die wirren Träume während der kurzen Schlafphasen hatte sich regelmäßig ein Husten gestohlen; wie ein Dieb in der Nacht hatte es sich zunächst als ein Hüsteln getarnt, ganz unauffällig und beiläufig, als versuche jemand ganz dezent, sich Aufmerksamkeit zu verschaffen. Dann wurde es deutlicher, gewann an Stärke, aus dem bescheidenen Hüsteln wurde ein forderndes Husten, das keinerlei Widerrede duldete, gehört werden wollte, gehört werden *musste!*, bis endlich der Traum alle Hoffnung, den kostbaren Schlaf noch retten zu können, fahren ließ und Gerbenius, noch halb dösend, erkennen musste, dass es seine schmerzende

Brust war, der sich das keuchende Husten entrang, und keine ferne Traumwelt.

Die Leuchtziffern seines Weckers zeigten 5:45 Uhr. Er wartete, dass die Neonröhren aufflackern und Schwester Agatha mit der täglichen Visite beginnen würde, doch vergebens. Aus dem Gang und dem Nebenzimmer drangen die allmorgendlichen Geräusche, und er beschloss aufzustehen. Noch als er im Bett lag, war ihm klar, dass er heute alle Zeit benötigen würde, die ihm irgend zu Verfügung stand, auch wenn die Abteilung B heute wie gewohnt erst um 6:30 Uhr kam. Er schwang die Beine über den Bettrand und versuchte aufzustehen, knickte jedoch sofort in den Knien ein und fiel wieder aufs Bett. Er ließ die Beine einige Male hin und her pendeln, um den Blutkreislauf in Schwung zu bringen; dann versuchte er es erneut. Nun ging es etwas besser. Er überlegte, ob er zunächst zur Tür gehen und das Licht einschalten solle, entschied dann aber, sich den Morgenmantel im Dunkeln überzuziehen. Langsam tastete er sich daraufhin zur Tür vor. Auf halbem Weg drohten seine Knie erneut nachzugeben, doch er nahm alle Kraft zusammen und schleppte sich bis zur Tür. Als er sich auf die Klinke stützte, wurde er von einem neuen Hustenanfall durchschüttelt, den nun kein Traum mehr, und sei er noch so dürftig, irgendwie zu bemänteln versuchte. Wohl eine halbe Minute stand er da und hustete, während er die freie Hand an die Brust drückte und den stechenden Schmerz zu lindern versuchte. Endlich ließ der Anfall nach. Auf die Klinke gestützt und nach Atem ringend ruhte er aus. Er spürte etwas Dickflüssiges im Mund und spuckte aus. Dann öffnete er die Tür und trat auf den Gang. Er blickte kurz nach links zu der verwaisten

Leseecke, dann zum Treppenhaus und dem Aufzug, in den er gerade einen Kameraden verschwinden sah. Er setzte sich in Bewegung, legte die ersten Meter in langsamen, aber beständigen Schritten zurück. Die Rast an der Tür hatte ihm neue Kraft verschafft. Auf halbem Wege zum Treppenhaus dann fühlte er, wie seine Knie erneut nachzugeben drohten. Ihm wurde schwindlig, und mit Mühe schleppte er sich zu einem an der Wand stehenden Stuhl. Die Erfahrung hatte ihn gelehrt, wie schwer es ihm fallen würde, den Weg fortzusetzen, wenn er sich einmal gesetzt hatte. Doch alles Aufbäumen wollte nichts fruchten, willenlos ließ er sich endlich auf den Stuhl fallen und schloss die Augen.

Sein Atem ging stoßweise, seine Beine zitterten leicht, als hätte er einen kräftigen Schlag in die Magengrube erhalten, so schwach fühlten sie sich an. Undeutlich, wie aus großer Ferne, drangen Stimmen zu ihm vor. Die nächsten Kameraden hatten sich vor dem Aufzug versammelt und warteten, dass sich dessen Tür öffne. Gerbenius versuchte, alle Mattheit, die Schmerzen in der Brust zu verdrängen, und raffte sich wieder auf. Sich mit der rechten Hand an der Wand abstützend, kämpfte er sich vor, erreichte das Treppenhaus gerade, als sich die daneben befindliche Aufzugtür öffnete. Gerbenius achtete nicht auf sie, sondern nahm die erste Stufe die Treppe hinab. Er würde ersticken, müsste er sich heute mit den anderen in den Aufzug zwängen. Mit beiden Händen das Geländer umklammernd stieg er hinab, mit jeder Stufe auch sich selber überwindend, gelangte endlich in die Abteilung B. Dann A, der Gang zum Frühstückssaal, angestellt, der Blechteller, der Hirsebrei, zwei Scheiben Schwarzbrot, dieses Mal etwas dicker als gestern. Als er sich schließlich zitternd und hustend an einen der Tische setzte, war es bereits 6:20 Uhr. Er stocherte lustlos in dem Brei herum, zwang sich zu einigen Happen. Hätte es noch eines Beweises bedurft, dass heute etwas nicht stimmte, so war dies der Umstand, dass er nur die Hälfte des Hirsebreis hinunterbekam, und auch die nur mit Müh und Not. Er steckte die beiden Scheiben Schwarzbrot ein und schob seinen Teller den beiden Kameraden an seinem Tisch zu, die sich sogleich gierig über die Reste hermachten.

Er blieb noch einige Augenblicke sitzen, dann machte er sich auf und verfluchte die Anordnung, die es verbot, in Arbeitskleidung zum Frühstück zu kommen. Er hätte die Sachen mit hinunterbringen können, doch kannte er keinen Platz, wo er sie hätte verstecken und sich dann heimlich umziehen können. Sie einfach auf der Treppe abzulegen, kam nicht in Frage; sie wären gewiss sofort gestohlen worden, und wenn nicht, so hätte ihn beim Umziehen wahrscheinlich eine der Abteilungsaufsichten erwischt, die regelmäßig auch im Treppenhaus patrouillierten. Er hatte also keine Wahl, er musste wieder hinauf.

Auch dieses Mal nahm er wieder die Treppe. Wie er den Weg bewältigt hatte, wusste er im Detail nicht mehr zu sagen, als er endlich auf seinem Zimmer angekommen war. Blass erinnerte er sich, auf dem Gang vom Frühstückssaal von Angehörigen der Abteilung B verhöhnt und angepöbelt worden zu sein. Jemand hatte ihn angerempelt und auch einen Fußtritt glaubte er gespürt zu haben. Irgendwo auf der Treppe hatte er kurz davorgestanden, das Bewusstsein zu verlieren oder hatte es sogar verloren. Doch nun war er in seinem Zimmer, lag leichenblass und mit rasselndem

Atem auf seinem Bett. Noch rechtzeitig zum Appell zu kommen, war schon nicht mehr möglich. Es war bereits kurz nach 7 Uhr. Seine Kameraden waren unten bereits angetreten und bekamen die Aufgaben für den Vormittag zugeteilt. Er musste aber zumindest verhindern, dass sie ihn suchen und holen kamen: Das würde dann richtigen Ärger bedeuten. Er kämpfte sich also aus dem Bett und zu seinem Spind, aus dem er nun mit zitternden Händen seine Arbeitskleidung holte. Fünf Minuten später stand er wieder auf dem Gang und der nicht enden wollende Abstieg begann von Neuem.

Aufsicht unten am Geräteschuppen war heute Detlefson. Detlefson sagte nichts, als er Gerbenius auf sich zuwanken sah, zog lediglich die Augenbrauen hoch und schrieb dann, deutlich für Gerbenius sichtbar, etwas in seinen Notizblock. Daraufhin verschwand er im Lagerschuppen und erschien kurze Zeit später mit einer Harke, die er ihm mit solch würdevoller Miene überreichte, als handele es sich um eine Standarte. »Ihr habt heute die Rasenfläche«, sagte er nur. Gerbenius nickte und setzte sich in Bewegung, seine Konturen verschwammen in dem bis zum Gebäudeeingang reichenden Nebel, dann waren sie ganz verschwunden. Gerbenius spürte sogleich, wie die feuchte Luft in seine Lunge drang und dort wie Kleister jede Pore zu verschließen schien. Er schloss die Augen, versuchte die Panik zu verdrängen, die regelmäßig das lähmende Gefühl des Erstickens zu begleiten pflegte. Er stellte sich vor, auf seinem Bett zu liegen, gerade eine von Schwester Agathas Pillen geschluckt zu haben, doch wie ein hartnäckiger Gläubiger pochte die Panik sogleich wieder an die Pforte seines Bewusstseins, forderte Einlass, umschloss ihn und schnürte auch die letzten Bahnen ab, auf denen noch Sauerstoff in seinen gepeinigten Körper drang. Er überwand den Wunsch, wieder stehenzubleiben und flüchtete sich in die Hoffnung, die Bewegung möchte ihm neuen Atem verschaffen, und tatsächlich wurde es ein wenig besser. Gerbenius waren die Ausmaße des Rasens so vertraut wie die seines Zimmers und schon bald hatte er die Kameraden seines Trupps gefunden.

War es gestern noch Düsenberg gewesen, der kaum einen Beitrag zum gemeinschaftlichen Schaffen leistete, so stand heute Gerbenius zumeist keuchend, bisweilen auch hustend auf seine Harke gestützt und nahm kaum wahr, was um ihn herum geschah. Besonders schlimm wurde es, als der erste Laubhaufen brannte und außer dem Nebel nun auch der Rauch auf seine Lunge drückte.

Die Minuten und Stunden des Vormittages schlichen irgendwie dahin. Als der Nebel sich verzogen hatte und die Sonne bisweilen schüchtern durch die Wolkendecke lugte, ging es Gerbenius etwas besser. Wenn auch nur schwach und zögerlich, so fuhr seine Harke nun doch beständig durch das Laub. Auch der Husten hatte nun fast aufgehört, und hätte ihn nicht die Ungewissheit über die Strafe gepeinigt, die wegen des versäumten Appells noch auf ihn wartete, so hätte er sich ganze Augenblicke geradezu wohl fühlen können. Gegen 11 Uhr kam ein leichter Wind auf, es wurde nun deutlich kühler und Gerbenius' Husten setzte wieder ein. Einige Minuten wurde er von einem schweren Anfall durchschüttelt, dann brach er zusammen und man schaffte ihn fort.

***

Als Gerbenius wieder bei vollem Bewusstsein war, war es bereits dunkel. Er lag in seinem Bett, noch in Arbeitskleidung. Phasen von umnebeltem Dahindösen hatten sich regelmäßig in Zustände betäubten Halbschlummers gemischt, oft waren beide kaum voneinander zu unterscheiden, und er vermutete, dass man ihm etwas eingegeben habe. Die Schmerzen in der Brust hatten etwas nachgelassen, aber der Druck auf seiner Lunge war eher noch schlimmer geworden, und noch immer atmete er angestrengt und geräuschvoll durch den geöffneten Mund. Immerhin verspürte er jetzt etwas Appetit und er griff unter die Matratze nach den Schwarzbrotscheiben. Es waren drei gewesen, eine von gestern, zwei vom heutigen Frühstück. Er tastete die Stelle ab, wo er sie versteckt hatte, fand einige Krümel, tastete weiter, aber nichts. Sie waren verschwunden. Seufzend legte er sich wieder zurück. Man hatte also das Zimmer gefilzt. Wahrscheinlich waren auch die Zigaretten weg. Verpasster Appell, das Schwarzbrot, die Zigaretten. Gerbenius versuchte zu überschlagen, was ihn erwartete, konnte seine Gedanken aber nicht ordnen. Diese kreisten vielmehr um die Traumgesichte, die ihn während der Schlummerphasen gepeinigt hatten. An Details konnte er sich nicht mehr erinnern, eigentlich hatte er von dem Gesehenen nicht mehr bewahrt als das Gefühl des Entsetzens, das auch jetzt noch nicht ganz von ihm lassen wollte. Ohne recht zu wissen, was er tat, stieg er aus dem Bett. Überrascht stellte er fest, dass er ohne Hilfe stehen konnte. Die Ruhe und, vor allem, die Abwesenheit des Nebels und des Rauches der Laubfeuer schienen ihm neue Kräfte verliehen zu haben. Er ging zur Tür und trat auf den Gang. Die Lichter waren bereits gelöscht, doch in einiger Entfernung konnte er die gelbe Lampe des Aufzuges erkennen. Zunächst noch ohne große Mühe ging er los, erst am Treppenhaus geriet er außer Atem und musste sich am Geländer festhalten. Er hatte keine Wahl. Wenn er nach oben wollte, musste er den Aufzug nehmen. Vielleicht gab es irgendwo eine Treppe, doch Gerbenius wusste nicht, wo.

Er ging also zum Aufzug weiter und drückte den gelben Knopf. Und als habe der Aufzug nur auf ihn gewartet, öffnete er sofort seine Tür wie ein gefräßiges Maul und schien ihm zuzuraunen, er möge sich nicht fürchten, er möge doch eintreten. Gerbenius trat ein und drückte auf die 4. Sogleich schloss sich die Tür hinter ihm und durchfuhr ein Vibrieren die Kabine. Schon einen Augenblick später öffnete sich die Tür wieder, und Gerbenius lugte hinaus in einen im Halbdämmer liegenden Gang. Er wirkte misstrauisch, schien für einen Augenblick sogar das Rasseln in seiner Brust zu vergessen. Doch es bestand kein Zweifel. Er befand sich in der vierten Etage. Er trat auf den Gang, der nur von jeder dritten Lampe beleuchtet war. Es war fast so still wie in der Abteilung C, nur aus einem Raum weiter vorne, der einen schwachen Schimmer auf den Gang warf, war ein Geräusch zu hören. Gerbenius schritt an zwei geschlossenen Türen vorbei und blickte dann durch die dritte in den Raum, aus dem das Licht kam. Jemand war dort drinnen mit etwas beschäftigt, doch Gerbenius erkannte nicht, womit.

»Herr Fährmann?«, flüsterte er versuchsweise.

»Was gibt's?«, antwortete es. Es war tatsächlich Fährmann, der allerdings nicht einmal aufsah von womit auch immer er gerade beschäftigt sein mochte.

»Wissen Sie zufällig, wo Dr. Clemenz ist?«

»In seinem Sprechzimmer, wo sonst!«

Es dauerte einige Augenblicke, bis das so selbstverständlich formulierte *was sonst* bis zu Gerbenius vorgedrungen war. Der Doktor war also da. Er befand sich nur wenige Meter von ihm entfernt in seinem Sprechzimmer!

Gerbenius bedankte sich und marschierte los, nun mit der Kraft des Verdurstenden, der kurz vor dem Ende noch die rettende Oase entdeckt. Wo sich das Sprechzimmer des Doktors befand, wusste Gerbenius gut. Es lag fast am Ende des Ganges auf der rechten Seite, vorletzte Tür. Als er endlich angelangt war, stützte er sich auf die Klinke und verschnaufte ein wenig. Dann klopfte er an und vernahm sogleich ein klares und deutliches: »Immer rein in die gute Stube!«

Gerbenius zögerte nicht und trat ein. Das Zimmer war unbeleuchtet. An der hinteren Wand zeichnete sich ein Fenster ab, durch das ein matter Schimmer von den Suchscheinwerfern draußen drang, der jedoch längst nicht kräftig genug war, um mehr als undeutliche Umrisse im Zimmer erkennen zu lassen.

»Dr. Clemenz?«, fragte er, erhielt aber keine Antwort. Er trat ein Stück weiter in den Raum, konnte die Konturen eines Schreibtisches erkennen, an dem aber anscheinend niemand saß.

»Dr. Clemenz«, begann er erneut. »Es tut mir wirklich leid, dass ich Sie so spät noch störe, aber …. Ich bin heute zusammengebrochen. Es wird immer schlimmer. Da wollt' ich jetzt endlich mal mit einem Spezialisten reden …«

»Jetzt setz dich endlich hin, alter Knabe«, kam es nun vom anderen Ende des Zimmers. Gerbenius glaubte, rechts vom Fenster, irgendwo im Schatten, eine Bewegung bemerkt zu haben. Er tastete sich weiter vor und stieß gegen einen Gegenstand, der sich als Stuhl herausstellte. Er setzte sich.

»Wie gesagt, es geht immer schlechter. Und es ist ja bekannt ... Ich meine, alle sprechen hier davon, was Sie können. Ich bekomme da diese Pillen, aber ich weiß nicht, ob ...«

>»Wenn erst die Pill' im Halse steckt,
> Der alte Furz schon bald verreckt.«

Gerbenius fixierte die Stelle, an der er zuvor die Bewegung glaubte gesehen zu haben, und meinte auch jetzt, dass sich dort etwas geregt habe. Schon wiederholt war ihm zu Ohren gekommen, dass sich das Genie nicht nur durch außergewöhnliche Leistungen hervorzutun pflege, sondern auch so manche Marotte hege, die dem Normalsterblichen nur bedingt verständlich scheint. Wenn es dem Herrn Doktor beliebte, in Versen zu antworten, so war dies gewiss nur Ausdruck besonderer Wertschätzung.

Gerbenius schwieg und wartete, dass Dr. Clemenz wieder das Wort ergreife. Endlich fühlte er den alten Hustenreiz in sich aufsteigen und versuchte erst gar nicht, ihn zurückzudrängen. Gut eine halbe Minute schüttelte ihn der Anfall, und kaum war er überstanden, da ertönte vom Fenster her eine boshafte, wenn auch recht gelungene Imitation seines krächzenden Hustens. Danach herrschte Stille, die wohl eine ganze Minute währte. Dann versuchte Gerbenius es erneut.

»Herr Doktor, ich wollte mit Ihnen über die Behandlung sprechen. Die Tabletten, die ich von Schwester Agatha bekomme ...«

»Erhör, Agatha, du, mein Flehen,
Lass deine Titten doch mich sehen.«

Diese Verse waren in demselben krächzenden Ton gesprochen wie zuvor die Imitation seines Hustens. Gerbenius beugte sich vor und tastete über den Schreibtisch, bis er etwas spürte, das die Form einer Lampe hatte. Er schaltete das Licht ein und bemerkte nun, dass das Zimmer kaum mehr als 15 Meter im Quadrat maß und außer vom Schreibtisch von einem recht stattlichen Bett beherrscht wurde, das sich direkt neben seinem Stuhl befand, ohne dass er es zuvor bemerkt hätte. Auf dem Schreibtisch sah er ein in Zeitungspapier eingewickeltes Butterbrot sowie einen abgenagten Hühnerschenkel. Was er als Erstes wahrgenommen hatte, nachdem das Licht angegangen war, das war hingegen das einzige andere Lebewesen neben ihm in diesem Raum. Es befand sich in einem Bauer, das direkt neben dem Fenster hing, und sah Gerbenius nun aus schwarzen Augen an. Mit dem weißen Ring um den Hals und dem schwarzen Gefieder glich es fast einem Geier, war aber doch zweifelsohne ein Papagei.

»Du siehst echt beschissen aus«, krächzte er Gerbenius noch hinterher, als sich dieser bereits erhoben hatte und zur Tür hinausging.

***

Etwa eine halbe Stunde hatte Gerbenius den verschiedensten Gedanken nachgehangen, bis ihn endlich die Erschöpfung von seinem Ausflug in die vierte Etage übermannt hatte und er in einen unruhigen Schlaf gesunken war. Wohl eine Minute lag er nun schon benommen da und versuchte, sich über die Art des Geräusches Klarheit zu verschaffen, das ihn wieder aufgeweckt hatte. Zunächst hatte er geglaubt, eine Wahrnehmung aus seinem Traumleben habe sich in seinen Wachzustand gestohlen und versuche nun, ihn zu narren. Dann dämmerte ihm, dass das Geräusch aus seinem Bad komme. Er richtete sich auf und blickte zur Badezimmertür. Der schwache Lichtschein, der unter dem Türspalt hindurchdrang, verriet ihm, dass sein Verdacht begründet war. Jemand duschte in seinem Bad. Er stieg aus dem Bett und ging auf die Tür zu. Neben dem Prasseln des Wassers konnte er nun zudem noch ein Pfeifen hören. Jemand duschte in seinem Bad und pfiff dazu. Pfiff, was unverkennbar der Radetzky-Marsch war. Gerbenius hielt das Ohr an die Tür und lauschte dem Marsch, der zwar nicht besonders schön, aber ohne Zweifel doch mit großer Hingabe gepfiffen wurde. Er öffnete die Tür ein Stück und spähte durch den Spalt. Der Mann unter der Dusche hatte ihm den Rücken zugewandt. Er war von untersetzter Statur, hatte dünne Beine, glich dies aber mit einem umso ausufernden Körperumfang aus. Das graue Haar war spärlich, aber lang und klebte nun auf Nacken und Rücken des Mannes. Gerbenius schätze ihn auf sechzig Jahre. Gerade als er das Bad betrat, stellte sein Gast die Dusche ab und rief ihm über die Schulter zu, er möchte ihm doch ein Handtuch reichen. Gerbenius öffnete den

Schrank unter dem Waschbecken, in dem sein Badehandtuch aufbewahrt war, und gab es dem Mann.

»Ich bin Ihnen zu tiefstem Dank verpflichtet«, beschied ihm dieser in formvollendeter Höflichkeit. Als er sich nun umdrehte und begann, seinen massigen Körper abzutrocknen, erkannte Gerbenius ihn sogleich. Er sah etwas älter aus als auf den Bildern, insbesondere die Wangen waren um einige Grade schlaffer geworden, aber zweifelsohne stand dort Dr. Clemenz vor ihm.

Der Doktor bedankte sich mit einem freundlichen Kopfnicken nochmals für das Handtuch. »Es geht doch nichts über eine erfrischende Dusche nach einem langen Arbeitstag.«

Gerbenius konnte nur zustimmen und nickte. Als Dr. Clemenz sich fertig abgetrocknet hatte, zog er sich einen Morgenmantel über, den Gerbenius sogleich als den seinigen erkannte. Daraufhin verließ der Doktor das Bad und Gerbenius beobachtete, wie dieser schwerfällig, aber doch recht zielstrebig durch das Zimmer auf das Fenster zuwatschelte. Neben dem Bett entdeckte der Arzt Gerbenius' Pantoffeln und stülpte sie sich über, trat dann an das Fenster und sah auf den fernen Tannenwald, der nun friedlich im fahlen Mondlicht dalag.

»Eine wunderschöne Nacht«, sagte der Doktor und kratzte sich versonnen das massige Hinterteil.

Erst ganz allmählich begann es Gerbenius zu dämmern, dass das Objekt all seines Hoffens und Trachtens nun endlich gefunden, ohne sein Dazutun das endlose Suchen schließlich beendet sei, der Doktor, der lang ersehnte, in höchsteigener Person in seinem Zimmer wandle! Lang entbehrte Gefühle wallten in ihm auf,

Freude, Dankbarkeit, Zuneigung, gemischt mit einem geradezu sinnlichen Begehren und einem Entflammen neuer Lebensgier.

In respektvollem Abstand stand er hinter dem Doktor, der noch immer den träumerischen Blick über die nächtliche Landschaft wandern ließ. Verzweifelt suchte er den Sturm der Empfindungen, der nun in seiner Brust tobte, zu bändigen und seine Gedanken zu ordnen, legte sich die Worte zurecht, mit denen er dem Doktor sein Anliegen vortragen wollte. Sein Herz raste vor freudiger Erwartung, er fühlte, wie die Innenflächen seiner Hände feucht wurden. »Herr Doktor«, begann er endlich. »Ich versuche schon seit geraumer Zeit, Sie zu sprechen. Wissen Sie, Herr Doktor, es geht nicht besonders gut mit mir. Heute bin ich zusammengebrochen und in meiner Brust ...«

Er hielt inne. Wenn auch das Zimmer einzig durch den Mond erhellt wurde, war doch deutlich zu erkennen, dass der Blick des Doktors nach wie vor starr auf den Tannenwald gerichtet war und seltsam abwesend wirkte. Gerbenius bezweifelte, dass seine Anrede überhaupt bis zu dem Arzt vorgedrungen sei, und entschied, zunächst einmal zu warten. Er stand nun an seinem Bett und beobachtete aufmerksam die Miene des Doktors, suchte verzweifelt irgendeine Regung dort zu entdecken, und sei sie noch so gering. Allein er forschte vergebens. Unbewegt, die Hände hinter dem Rücken haltend, stand Dr. Clemenz da und starrte in die Nacht. Ein feines Lächeln spielte bisweilen um seine Lippen, wann immer eine angenehme Erinnerung sich in sein Betrachten gemischt haben mochte. Endlich nun bewegte er sich, trat einen Schritt zurück und zog sich den Stuhl heran, der vor Gerbenius' Spind gestanden hatte und jetzt knarrend über den Boden fuhr. Mit einem behaglichen Seufzer ließ er sich auf den Stuhl fallen und streckte die Beine von sich. Nun zögerte Gerbenius nicht länger und ergriff erneut das Wort. »Herr Doktor, ich habe schon öfters versucht ...«, doch der Doktor hieß ihn mit einer abwehrenden Handgeste schweigen. Er verschränkte die Finger beider Hände ineinander und ließ das Geflecht auf seinem stattlichen Bauch ruhen. Aus seiner neuen Position heraus betrachtete er nun wieder den Mond. Dabei schloss er die Augen und ließ schließlich gar das Kinn auf die Brust sinken. Schon glaubte Gerbenius, er sei im Begriff, einzuschlummern, da schüttelte der Doktor langsam den Kopf und öffnete die Augen wieder.

»Alle Kunst, fürwahr, ist lang«, begann er endlich, und Gerbenius zuckte zusammen, den Arzt nun doch noch sprechen zu hören. »Alle Kunst ist lang, ach, so schrecklich lang. Die Medizin aber, unsere geliebte, Segen verheißende Medizin ist umfassender, ist tiefgründiger, ist in höchstem Maße, fürwahr, ist in höchstem Maße umfassender als jede andere Kunst.« Hier unterbrach er sich, hielt dabei den Blick unverändert auf das Fenster gerichtet. Er schien das Gesagte nochmals zu überdenken, war anscheinend damit zufrieden, denn er nickte mehrmals. »Ja, fürwahr, eine lange, eine komplexe, eine umfassende Kunst ist unsere Medizin, viel komplexer und umfassender als andere Künste, und hier spreche ich von den gewöhnlichen Künsten, gemeinhin zu sein pflegen. Und da behauptet nun so ein leichtsinniger ... ja, man möchte sagen, ein geradezu verwegen leichtsinniger Poet, der Geist unserer Medizin sei leicht zu fassen. Doch sehen Sie, mein guter ... Wie, sagten Sie noch, sei Ihr Name?«

»Gerbenius.«

»Sehen Sie, mein guter Gerbenius, nichts an unserer Medizin ist leicht zu fassen. O ja, wir studieren. Wir durchstudieren die große und wir durchstudieren auch die kleine Welt, aber sei unsere Kunst deswegen eine leicht zu fassende oder gar eine minder hoch zu schätzende, eine den anderen Künsten unterlegene, ja, womöglich sogar eine zu belächelnde Kunst? Unsere Kunst, die Medizin? O nein, werter Herr, wer solcherart zu behaupten die Stirn hat, beweist nur zur Genüge, dass er von der Medizin rein gar nichts erfasst hat. Man merke wohl: rein gar nichts!«

Der Diskurs hatte den Doktor sichtlich erschöpft. Er sackte noch tiefer in dem Stuhl zusammen und ließ nun die rechte Hand schlaff hinabbaumeln. So saß er eine ganze Weile da, atmete einige Male tief durch, als sei er soeben eine längere Strecke gelaufen, und seufzte. Langsam hob er dann jedoch seinen rechten Arm und zeigte aus dem Fenster.

»Kommen Sie mal her, Gerbowski, und schauen Sie aus dem Fenster. Sehen Sie den Mond, wie er so friedvoll, ruhevoll, so schön und voller Andacht am weiten Firmamente ruhet? In welch liebevollen, sanften Schimmer er die Tannenwipfel taucht, Feld und Wiesen, das Mäuerlein, den Stacheldraht. Aber gleichzeitig«, und hier nun erhob er die Stimme, schien darüber aber nicht wenig erschrocken, denn sogleich ließ er den Arm, den er zusammen mit der Stimme zu heben versucht hatte, auf halbem Wege ruhen und dann wieder sinken. »Aber zur gleichen Zeit überstrahlt er doch die Sterne, ob groß, ob klein, die sich in seiner Umgebung tummeln, auch einen Platz am nächtlichen Himmel für sich beanspruchen möchten, denn wer kann ihnen das verdenken, an deren Anblick in einer mondlosen Nacht wir uns vielleicht ergötzt hätten. Aber ist er deswegen böse? Ist er böse, weil er uns der lieblichen Sterne Anblick vorenthält, wohl wissend, dass so mancher Astronom und Sternenfreund, deren Blick doch so viel tiefer in Raum und Zeit zu schweifen die Gewohnheit hat, da doch gerade in den Tiefen des Raumes so viel Geheimnisvolles der Entschlüsselung harrt, das die forschenden Geister seit Jahrhunderten schon in seinen Bann schlägt, obwohl natürlich ...obwohl natürlich auch ... also ... Wie hab' ich den Satz denn jetzt angefangen?«

Der Doktor blickte vom Fenster auf seine Hände, die nun wieder auf seinem Bauch ruhten, und überlegte. Einmal sah er auf zum Mond, ließ den Blick erneut sinken, starrte wieder seine Hände an, bis, ganz allmählich, sein Kinn erneut auf die Brust sackte und er schließlich die Augen schloss. Mit wachsender Unruhe bemerkte Gerbenius, wie der Atem des Doktors tiefer und gleichmäßiger zu werden begann. Er verlegte das Gewicht von einem Bein auf das andere, trat dann einen Schritt vor, hüstelte ein wenig, räusperte sich dann, doch Dr. Clemenz rührte sich nicht.

»Herr Doktor, ich wollte doch noch mit Ihnen über meine Behandlung sprechen.«

»Aber zur gleichen Zeit überstrahlt er doch die Sterne, ob groß, ob klein, die sich in seiner Umgebung tummeln«, fuhr der Doktor plötzlich fort, als hätte er seine Erzählung nie unterbrochen. »Und ist er darum böse? Oder ist der Wolf böse, weil er ein Schaf in Stücke reißt und zerfetzt? Oder der Ehemann, der in einem Anfall von Eifersucht seiner Frau den Hals umdreht wie einer Weihnachtsgans? Nein, sind sie nicht! Weder den einen noch den anderen richten wir hin, und warum nicht?« Hier hielt er inne und sah Gerbenius nun erstmals direkt an. »Aus Glauben. Aus tiefstem Glauben, fürwahr!«, beantwortete er seine Frage und hatte nun ein geradezu prophetisches Flammen in den Augen, das Gerbenius selbst im fahlen Mondlicht deutlich erkennen konnte. Alle Schläfrigkeit war nun aus dem Doktor gewichen. »Aus Glauben an die Verkettung aller Dinge. Denn warum dreht der eifersüchtige Ehemann seiner Frau den Hals um wie einer Weihnachtsgans? Aus einer Laune heraus, die ihm plötzlich in den Sinn kommt? Irgendeinem Affekt? Unsinn! Noch bevor er den ersten Atemzug tat, war schon bestimmt, dass er zum Mörder werde. Werden musste. Genauso wie vorherbestimmt war, dass sich zu einem ganz genau festgelegten Zeitpunkt der Weg von Wolf und Schaf kreuzen würde, weil die Welt, in der wir leben, die einzig mögliche aller denkbaren Welten ist. Wer aber stand am Anfang aller Dinge? Wer brachte den ersten Stein ins Rollen, wenn nicht Gott selber? Ob Mord, Gemetzel, Karzinom oder Lungenemphysem, alles hat seinen Grund und auch sein Ende in Gott allein.« Er hob die Hände und blickte zum Mond, dann wandte er sich zu Gerbenius und zuckte mit den Achseln, als wolle er damit sein Dilemma ausdrücken. »Wie könnten wir uns da beklagen über irgendeinen Mord oder ein Wehwechen?«

Gerbenius wusste nichts zu antworten und starrte den Arzt nur mit ausdruckslosen Augen an. Dieser seufzte und bedeutete ihm mit einer Handbewegung, sich auf das Bett zu setzen.

»Haben Sie zufällig eine Zigarette?«, fragte er dann.

Gerbenius schüttelte den Kopf. »Ich schätze nicht. Heute war 'ne Inspektion. Mein Schwarzbrot ist auch weg.«

Der Doktor nickte. »Ja, die Inspektionen. Leidige Angelegenheit.« Dann hievte er sich schwerfällig vom Stuhl und trat an das Bett. Er fasste Gerbenius' rechten Unterschenkel und bewegte diesen vor und zurück. »Geht doch noch ganz gut«, stellte er fest und ging dann zum linken Bein über.

»Meine Brust, es ist die Brust und die Lungen.«

»Sind!«, belehrte ihn Dr. Clemenz. »Es *sind* die Brust und die Lungen.«

Er ließ den linken Unterschenkel noch einige Male hin und her pendeln und knüpfte dann Gerbenius' Pyjamajacke auf. Er klopfte die linke Seite ab, dann die rechte, legte das Ohr an den Bauchnabel und kitzelte Gerbenius unter den Achseln.

»Na ja, wir werden mal sehen.«

Damit erhob er sich und verließ das Zimmer.

***

Eine gute Stunde, nachdem der Doktor gegangen war, lag Gerbenius in düsteren Gedanken versunken auf seinem Bett. Dann erhob er sich und ging zu seinem Spind. Er durchwühlte das Fach, in dem er die Zigaretten versteckt hatte, aber sie waren tatsächlich verschwunden. Erleichtert stellte er fest, dass zumindest die Streichhölzer noch da waren, die er ein Stück weiter in ein altes Paar Socken gesteckt hatte. Er zog seinen Pyjama aus und die Arbeitskleidung an, steckte die Streichhölzer ein und verließ das Zimmer, ohne sich nochmals umzudrehen.

Wie schon bei seinem Ausflug in den vierten Stock
lag auch jetzt der Gang dunkel und verlassen da. Er
arbeitete sich zum Aufzug vor und drückte den gelben
Knopf. Auch jetzt blieb ihm keine Wahl, als den Aufzug
zu nehmen. Keine Treppe und kein Gang, von denen
Gerbenius gewusst hätte, führten direkt in den Keller.
Dort gewesen war er zwar noch nie, wusste aber aus
den – zum Teil sehr phantastisch gefärbten – Erzählungen seiner Kameraden von dessen Existenz, und außerdem kannte er den Knopf mit dem schwarzen K, auf
den er nun hoffnungsfroh drückte. Die Tür schloss sich
und das altbekannte Vibrieren setzte ein. Aus den
Erzählungen wusste er auch um die Flucht, die irgendwann – wann genau, konnte niemand mit Bestimmtheit
sagen – einem Kameraden gelungen war. Wie nicht
anders zu erwarten, hatte die Flucht im Laufe der Jahre
die tollsten Ausschmückungen erfahren und war direkt
ins Legendäre verklärt worden, allen Erzählungen
gemein aber war das Wasserrohr, durch das hindurch
der selige Kamerad den Weg ins Freie gefunden haben
soll. Fast mannshoch sollte das Rohr sein und von der
Südseite des Kellers unter die Umfassungsmauer hindurch führen. Wo genau sich das Rohr befinde, wusste
hingegen niemand zu sagen, doch war man gewiss,
dass ein solch großes Rohr unmöglich zu übersehen sei.
    Der Aufzug kam zum Stehen und Gerbenius hielt
den Atem an. Noch nie war er jemandem begegnet, der
von sich hätte behaupten können, den Knopf mit dem
K gedrückt zu haben und dann auch im Keller angekommen zu sein. Mit angehaltenem Atem starrte er die
Tür an und wartete. Er drückte nochmals den Knopf
mit dem K, doch nichts geschah. Gerade wollte er auf
die 3 drücken, um in seine Abteilung zurückzukehren,

da sprang die Tür auf. Das Licht aus dem Aufzug durchdrang nur einen kleinen Teil der Nacht dort draußen, war aber hinreichend, um ihn erkennen zu lassen, dass das, was er sah, in etwa den Gängen der über ihm liegenden Abteilungen entsprach. Er fasste einen neben dem Aufzug stehenden Stuhl und platzierte ihn so, dass sich die Tür nicht mehr schließen konnte. Dann trat er hinaus. Es war tatsächlich ein Gang ähnlich dem, aus dem er gerade kam, nur dass der hier schon seit geraumer Zeit nicht mehr benutzt worden zu sein schien. Von der gegenüberliegenden Wand bröckelte der Verputz, die Türrahmen zu einem der Zimmer waren mit Spinnweben verhangen, an seinen Fingern klebte der Staub von dem Stuhl, den er soeben angefasst hatte. Er wandte sich nach links und ging in südliche Richtung. Bereits nach wenigen Metern konnte er nichts mehr erkennen und entzündete ein Streichholz. Er befand sich vor einer geöffneten Tür und sah undeutlich die Konturen eines Bettgestells und eines Stuhles. Ein Stück weiter befand sich der Eingang zu einem Raum, der anscheinend einst als Büro gedient hatte. Die Tür stand offen und Gerbenius trat ein. Dort war nichts bis auf ein staubbedeckter Schreibtisch und ein Bild an der Wand. Er steckte ein neues Streichholz an und sah, dass es sich bei dem Bild um das Titelblatt einer Zeitschrift handelte, das eine höchst sommerlich gekleidete junge Frau zeigte. Gerbenius' Verwunderung war nicht gering, an dieser Stätte der Finsternis und des Verfalls ein Abbild solch blühender Schönheit und Jugend zu entdecken, das nun schon, dem Datum auf der Zeitschrift zufolge, über dreißig Jahre zwischen Staub und Spinnweben hängen musste.

Gerbenius riss sich aus seinen Träumereien los und verließ das Büro. Er ging weiter in südliche Richtung, passierte einige Zimmer auf beiden Seiten und gelangte dann zu einem größeren Raum. Mit einiger Besorgnis stellte er fest, dass die Streichholzschachtel nur noch zur Hälfte mit Inhalt gefüllt war. Dennoch brannte er ein weiteres Hölzchen an und untersuchte den Raum. Er war vollständig leer, enthielt keinerlei Hinweis auf ein Abwasserrohr.

Wieder auf dem Gang entzündete er ein neues Streichholz. Es erhellte den Raum vor ihm kaum mehr als zwei oder drei Meter, doch erkannte er nun am Ende des Lichtkegels vor sich einen Gegenstand, der sich beim Nähertreten als Badewanne herausstellte. Über deren Rand ragten zwei Füße, und am Zeh des rechten Fußes war eine Karte mit einer Nummer befestigt: 32. Da Düsenberg ganz am Anfang des Monats aus dem Fenster gestürzt war, so vermutete Gerbenius, dass sich die Nummer auf das laufende Jahr bezog. Dann trat er näher und erkannte, dass es keineswegs Düsenberg war, der dort in der Wanne lag, sondern eine Frau. Nun entdeckte er auch einige Fußspuren, die von der Wanne wegführten und sich bald im Dunkeln verloren. Offensichtlich war die Tote von der Frauenabteilung hierher geschafft worden, die irgendwo im Südteil des Gebäudes liegen musste. Ein Gefühl, eine Ahnung ließ Gerbenius ein weiteres Hölzchen seines Vorrates opfern, um die Frau nochmals zu betrachten. Ihr rechter Arm lag angewinkelt und nach oben gestreckt neben dem Kopf, als wolle sie Gerbenius zuwinken. Das Haar, zum größten Teil ergraut, lag ihr in wilden Strähnen auf den Schultern. Wenn durch Krankheit und den Lauf der Zeit auch ausgezehrt und entstellt, so spiegelte sich in den Zügen der Frau doch noch immer ein matter Abglanz einstiger Schönheit wider, der Gerbenius auf eine ihm zuerst unverständliche Weise berührte. Ohne Zweifel war diese Frau einstmals sehr schön gewesen, und ganz plötzlich, als er ihre Wangen betrachtete, wurde ihm klar, an wen sie ihn von Anfang an erinnert hatte: Vor ihm lag die Schönheit von dem Bild. Die Wangenknochen lagen ebenso auffällig hoch wie bei der Frau auf dem Bild und traten nun, da unter welker Haut und schlaffem Fleisch begraben, sogar noch deutlicher hervor. Auch die Lippen, jetzt verdorrt und teilweise in dem zahnlosen Mund versunken, ließen noch das sinnliche Lächeln ahnen, das einst den Wächter oder Arzt verzückt haben musste, als er das Bild im Büro aufgehängt hatte. Nun also lag sie da, während ihre Lippen einige Meter entfernt wohl noch über Jahre in die Finsternis lächeln würden, bis auch das Bild vergilbt und zersetzt war.

Gerbenius ließ das Streichholz fallen und ging weiter. Er hob die Füße möglichst vorsichtig, aber dennoch wirbelte er einigen Staub auf, der sich sogleich auf seine Lunge legte. Außerdem spürte er die Feuchtigkeit hier unten. Er begann zu husten, stützte sich an der Wand ab und hoffte, dass kein erneuter Anfall folge. Er schleppte sich zu einem Stuhl und ließ sich darauffallen. Vermutlich hatte er sich überanstrengt. Er spürte, wie seine Kräfte schwanden. Immerhin hatte der Husten nachgelassen, aber er fühlte sich so schwach. Röchelnd saß er einige Minuten da und überlegte, ob er sich nicht einfach zu der Schönen in die Wanne legen sollte. Dann erhob er sich und schleppte sich weiter. Deutlich zeigte ihm seine Lunge den Grad der Feuchtigkeit hier unten an, und obgleich sie ihm das Atmen noch schwerer machte als es ohnehin schon war, so erfüllte sie ihn gleichzeitig doch mit der vagen Hoffnung, seinem Ziel womöglich ganz nahe zu sein. Denn ohne Zweifel war ein Abwasserrohr mit ganz beträchtlicher Feuchtigkeit verbunden. Er ging also weiter, passierte Zimmer und Büros, mit der Hoffnung stieg die Behändigkeit seiner Schritte. Dann hielt er inne, lauschte. Hatte er dort ein Plätschern, ein Rauschen gehört? Mit neuem Schwunge stampfte er weiter, achtete nicht mehr auf den Staub, der sich wegen der Feuchtigkeit eh kaum mehr vom Boden rührte. Und endlich, verheißend und verlockend, in gar nicht großer Entfernung sah er ein Licht. Noch wusste er nicht, wie das Licht mit dem Rohr zusammenhängen solle, aber alles Bangen, alle Zweifel waren mit einem Male davongefegt von dem Hoffnungsschimmer, der mit jedem Schritte mehr einem gleißenden Lichtstrom gleichen wollte. Gerbenius fiel in einen Trab, die morschen Knochen knirschten, die Reste seiner Lunge wollten bersten, doch er merkte nichts. Schritt um Schritt kam er dem rettenden Licht näher.

Dann sah er den Stuhl, die Tür, die beim Schließen gegen diesen gestoßen war und deshalb noch zu einem Drittel offen stand.

Gerbenius war wieder beim Aufzug angekommen.

Er spürte, wie alles in ihm zusammensackte. Alle Hoffnung, die ihn eben noch beflügelt, war verraucht; an ihre Stelle traten die alte Mattigkeit, die Schmerzen, das Gefühl des Vergehens, das sich nun zu Erkenntnis und Gewissheit verdichtete. Er ließ sich auf den Stuhl fallen. Seine letzten Schritte mussten einigen Staub aufgewirbelt haben. Sogleich stellte sich das bekannte Kratzen im Hals ein, wie stets verbunden mit dem

Gefühl, ersticken zu müssen. Einige Male zog er röchelnd die Luft ein, dann begann der Hustenanfall. Er krümmte sich, saß vornübergebeugt auf dem Stuhl und hustete, bemerkte aber bald, dass er in dieser Position noch schlechter atmen konnte, und richtete sich wieder auf. Doch auch in dieser Stellung bekam er kaum besser Luft, zumal sein Husten sich nun geradezu zu einem Brüllen steigerte. Er hustete, keuchte dazwischen, spie etwas Rötliches aus, hielt seine Brust und beugte sich wieder vor.

Wohl fünf Minuten verbrachte er in diesem Zustand, wünschte, er hätte sich doch zu der Schönen in die Wanne gelegt. Kalter Schweiß stand ihm auf der Stirn, als der Husten schließlich etwas nachließ. Endlich konnte er sich aufraffen, den Stuhl in den Aufzug zu schieben und den Knopf mit der 3 zu drücken.

Ohne rechte Hoffnung, der Aufzug werde ihn in seine Abteilung zurückbringen, saß er da und starrte mit tränenden Augen in den verödeten Gang. Dann schloss sich die Tür und sogleich setzte sich der Aufzug in Bewegung. Gerbenius war zu benommen, um sich über die Richtung seiner Reise klar zu werden, meinte aber doch, dass es nach oben gehe. Mit einem Ruck kam der Aufzug zum Stehen und sogleich, ohne die gewohnte Verzögerung, öffnete sich die Tür.

Der Ort, an dem er sich nun befand, war dem, den er gerade verlassen, so unähnlich nicht. Er beugte sich vor und erkannte einen Gang. Einen Augenblick blieb er noch sitzen, als erwarte er, die Tür würde sich wieder schließen. Dann erhob er sich mit zitternden Knien und trat auf den Gang. Dort entzündete er ein weiteres Streichholz und … Ja, kein Zweifel, am Ende des Ganges konnte er, wenn auch undeutlich, die Glastür ausmachen, dahinter die Leseecke. Er war in seiner Abteilung, er war wieder daheim.

Langsam schritt er auf sein Zimmer zu. Der Gang lag noch so verlassen da, wie er ihn vor geraumer Zeit verlassen hatte. Hinter ihm ging die Aufzugtür zu und verschluckte das Licht, das zumindest einen kleinen Teil des Ganges ausgeleuchtet hatte. Als sich seine Augen an die Dunkelheit gewöhnt hatten, bemerkte er, dass es keineswegs gänzlich finster war, sondern ein schwacher Schimmer den Raum um ihn durchdrang, allerdings vermochte er dessen Quelle nicht auszumachen. Er vermutete, dass er durch die Fenster der Leseecke drang. Er entzündete ein neues Streichholz und überzeugte sich, dass sein Zimmer, die Glastür, die Leseecke noch vorhanden waren. An der Tür seines Zimmers angekommen drückte er die Klinke hinunter und ... fand sie verschlossen. Er rüttelte, stemmte sich gegen die Tür. Sie blieb verschlossen.

Ihm war nicht bekannt, wer alles einen Schlüssel zu seinem Zimmer hatte, er jedenfalls hatte keinen. Er drehte sich um und ging ein Stück zurück zur nächsten Zimmertür, hinter der sich Schlotterdiek befinden musste. Er klopfte kurz und drückte dann die Klinke hinunter. Verschlossen. »Schlotterdiek!«, rief er mit gesenkter Stimme und pochte erneut. Doch keine Antwort.

Er fühlte einen leichten Schwindel. Ein vages Gefühl durchdrang ihn, der Gang kreise um ihn. Er brannte ein weiteres Zündholz an und bemerkte nun, was ihm doch sofort hätte auffallen müssen. Die Leseecke befand sich nicht mehr auf der rechten, sondern nun auf der linken Seite des Ganges.

Das letzte Zimmer auf der rechten Seite war etwas kürzer gewesen als die davor, da dessen Endstück der Leseecke zugeschlagen worden war, das somit zwei zur Nordseite und ein zur Ostseite gehendes Fenster hatte. Nun aber war es umgekehrt. Das letzte Zimmer auf der linken Seite, also sein eigenes, war etwas kürzer als das davor und die Fenster der Leseecke wiesen nun nach Norden und nach Westen. Und noch etwas fiel Gerbenius jetzt auf: Der Abstand zwischen seiner und Schlotterdieks Zimmertür war nun viel größer, die Fläche von dessen Zimmer musste nun fast doppelt so groß sein wie zuvor, müsste etwa so groß sein wie … ja, wie die Zimmer auf der anderen Seite des Ganges. Er entzündete ein neues, das drittletzte Streichholz und beleuchtete die Räume auf der gegenüberliegenden Seite. Kein Zweifel, sie waren nun deutlich kleiner, hatten in etwa die Ausmaße, die eigentlich die Zimmer auf seiner Seite des Ganges haben sollten.

Mit geöffnetem Mund stand er da und starrte von einer Seite zur anderen, bis ihm das Streichholz die Finger verbrannte und er erschrocken aufschrie. Das Echo seines Schreis hallte einige Male von den kahlen Wänden wider und verstummte dann. Die Seiten waren vertauscht. Er befand sich doch auf der falschen Etage.

Mit schleppendem Schritt bewegte er sich auf den Aufzug zu. Der schwache Schimmer, der ihn von irgendwoher umfloss, wurde stärker, und seine erschöpften Sinne gaukelten ihm vor, dass dieser sich zu einer Art Nebel verdichte. Er ging, kam dem Aufzug aber nicht näher. Mühsam schob er die Füße vor, die mit jedem Schritt in einem sumpfigen Morast zu versinken schienen. Endlich ging es nicht mehr. Er stürzte zu Boden, konnte den Fall nur teilweise mit den Händen abfangen. Mit letzter Kraft entzündete er das vorletzte Streichholz, war aber schon zu schwach, um noch irgendetwas erkennen zu können, und mit dem Licht erlosch auch sein Bewusstsein und er versank in traumlose Finsternis.

***

Gerbenius vermutete, dass die Schwärze, die das Gebäude, den Stacheldraht, die Umfassungsmauer umschlich, bereits zu einer neuen Nacht gehörte, konnte sich aber natürlich nicht sicher sein. Das Erste, was, zunächst nur vage und undeutlich, in die Außenbezirke seines Bewusstseins gedrungen war, war eine Art Murmeln, bald zu- und bald abnehmend, aus dem sich nach und nach jedoch zwei Stimmen herauszubilden begannen. Seine ersten verschwommenen Gedanken waren, in das Dunkel, in das er gestürzt war, habe sich doch ein Traum gestohlen und versuche, ihn zu trösten. Doch dann mengte sich in die Stimmen eine weitere Empfindung. Er wurde geschüttelt, spürte eine Ohrfeige auf seiner Wange, und mit einem Anflug von Panik vermutete er, den Angehörigen der Abteilung B in die Hände gefallen zu sein. Dann schlug er die Augen auf und erkannte Dr. Clemenz, der sich gerade an seiner Arbeitsjacke zu schaffen machte und diese zu öffnen versuchte. Hinter dem Doktor stand Schwester Agatha und schaute ihm über die Schulter. Gerbenius befand sich in seinem Zimmer, seinem Bett, in seiner Arbeitskleidung.

» … nein, nein, da können Sie sagen, was Sie wollen, es geht doch nichts über Botticelli. Ich habe ihn übrigens einmal in Florenz getroffen, ich war da mit einem Kollegen zu irgendeiner Beerdigung. Also, wir waren da in einem Restaurant an der … an der … ach, ich komm' jetzt nicht drauf. Jedenfalls war mein Kollege mit ihm bekannt und hat ihn gleich zu uns gerufen, als er ihn gesehen hat. War übrigens ein sehr eleganter Mann. Er trug so einen dunkelblauen Zweireiher mit so einer Art Aufschlag da am … na, Sie wissen schon, was ich meine. Ja, ich vermute, dass er den selber entworfen hat.«

Der Doktor wirkte aufgekratzt, so ganz anders als bei Gerbenius' letzter Begegnung mit ihm, schien gar nicht einhalten zu können in seiner Schilderung. Bisweilen warf er Schwester Agatha über die Schulter einen Blick zu, wie um sich zu vergewissern, dass diese ihm auch folgen könne. Schwester Agatha nickte dann jedes Mal und bedachte den Doktor mit einem Lächeln, das Gerbenius nicht zu deuten wusste.

»Wir saßen also da und unterhielten uns. O, ein gelehrter Mann, dieser Botticelli. Über alles Mögliche konnte man sich unterhalten mit dem. Aber ich merkte doch, dass er mich ständig auf so seltsame Weise musterte, und als mein Kollege dann erwähnte, dass wir am folgenden Tag zu einer Beerdigung wollten, da kam er endlich heraus mit der Sprache. Er hatte gerade einen Schluck Rotwein getrunken und fing an zu husten. *Aber,* sagte er dann, als er sich wieder im Griff hatte, *aber Sie wollen doch wohl nicht in diesem Anzug auf eine Beerdigung?* Er war ganz blass geworden. Ich sah an mir herunter. Mein Anzug war fast neu. Ich wusste wirklich nicht, was er wollte.«

Schwester Agatha lächelte den Doktor an, schien nicht zu verstehen, was es an einem solch stattlichen

Mann auszusetzen geben könne. Dr. Clemenz hatte Gerbenius' Brust inzwischen freigelegt und legte sein Ohr zuerst auf die rechte, dann auf die linke Brustseite. »Mal husten«, sagte er. Gerbenius schien zu meinen, die Aufforderung gehöre irgendwie in die Erzählung und starrte den Doktor weiterhin stumm an. »Ich habe dich gemeint, Gerbowski«, fuhr dieser ihn dann an, und Gerbenius tat wie ihm geheißen.

»Sie können unmöglich in diesem Aufzug auf eine Beerdigung gehen, Dottore, sagte er. *Diese rote Krawatte und das Hemd. Ein blaues Hemd und eine rote Krawatte, orribile. Und dieser Anzug! Wer hat diesen Anzug gemacht?* Das konnte ich ihm natürlich auch nicht sagen. Woher sollte ich wissen, wer den Anzug hergestellt hatte? Ich bin Arzt und kein Schneider. Das habe ich ihm auch gesagt. Und was glauben Sie, macht er da? Er springt auf und fummelt an meinem Kragen herum, bis er endlich irgendwo ein Etikett gefunden hatte. *Da ist ja questo barbaro! Auf den Scheiterhaufen müsste man ihn werfen. Wie Giordano Bruno auf den Scheiterhaufen!* Er war ganz aus dem Häuschen. Ach ja, und könnten Sie mal den Puls messen?«

Schwester Agatha trat nun direkt neben den Doktor und griff nach Gerbenius' rechtem Arm, während Dr. Clemenz mit einer kleinen Stablampe in dessen Augen leuchtete. »So, und jetzt ein paar Kniebeugen«, forderte er Gerbenius auf, nachdem er die Lampe in seinem Kittel verstaut hatte und auch Schwester Agatha mit dem Messen des Pulses fertig war. »Jetzt mal los, alter Knabe«, mahnte der Doktor, als Gerbenius sich nicht bewegte.

»Herr Doktor, ich wollte ...«, begann Gerbenius mit matter Stimme, wurde jedoch sofort von Dr. Clemenz unterbrochen.

»Jetzt keine Widerrede, wir haben nicht den ganzen Tag Zeit.«

Gerbenius richtete sich auf und schwang die Beine aus dem Bett. Dabei fiel sein Blick auf Schwester Agatha und er bemerkte, dass deren Augenlider heute in einem hellen Blau gefärbt waren, fast in einem Himmelsblau. Auch die Lippen strahlten in einem viel helleren Rotton als gewöhnlich. Gerbenius klammerte sich an den Bettrand und machte die erste Kniebeuge. Seine Knie schmerzten, es zog in den Oberschenkelmuskeln, aber er schaffte es, sich wieder aufzurichten. Er blickte den Doktor an, doch dieser forderte ihn mit einer ungeduldigen Handbewegung auf, in der Übung fortzufahren. Gerbenius ließ die Knie erneut einknicken, doch glich seine Beuge dieses Mal mehr einem freien Fall und er musste sich unten mit den Händen abstützen, um nicht das Gleichgewicht zu verlieren. Eine Weile kauerte er mit gekrümmtem Rücken vor dem Arzt und bemerkte, dass dieser noch immer seine Pantoffeln trug. Dann klammerte er sich an den Bettrand und richtete sich mit Mühe wieder auf.

»Das gilt nicht«, wendete der Doktor ein. »Kniebeugen werden ohne Hilfe der Arme gemacht. Ganz weg von dem Bett da und die Arme vorgestreckt.«

Gerbenius trat einen Schritt vom Bett zurück und streckte die Arme vor. Seine Beine zitterten und er wusste, was passieren würde, noch bevor er die Knie eindrückte. Kaum hatte er sich ein Stück hinabgebeugt, da gaben seine Beine nach und er brach zusammen. Röchelnd wand er sich auf dem Boden, versuchte verzweifelt, sich auf den Bauch zu drehen. Als er den Kopf hob, sah er, wie Dr. Clemenz die Augenbrauen hob und einen Blick mit Schwester Agatha wechselte.

»Nun ja, wenn du schon mal da unten bist, versuchen wir's mal mit Liegestützen. Na los, rauf und runter, rauf und runter.«

Kleine, helle Punkte tanzten vor Gerbenius auf und ab. Er schloss die Augen, doch die Punkte tanzten fort. Dann schob er die Hände unter das Kinn, versuchte, sich aufzustemmen.

»Hände weiter auseinander!«, wies ihn der Doktor an. »Noch nie Liegestütze gemacht?«

Gehorsam schob er die Hände auseinander und versuchte es erneut.

»*Questo barbaro*, sagte er also. Ich weiß gar nicht mehr, von wem mein Anzug war. Muss wohl ein Pfuscher gewesen sein. Jedenfalls bestand Botticelli darauf, dass ich sofort, noch am selben Tag, in seine Filiale in Florenz kommen soll. Die war in der Piazza ... ach, irgendwas mit Piazza jedenfalls.«

Inzwischen hatte Gerbenius sich mühsam aufgestemmt und ließ seinen Unterkörper wieder zu Boden.

»Keine Schwangerschaftsgymnastik, Gerbowski. Liegestütze, alter Knabe, Liegestütze!«

Gerbenius ließ sich fallen. Das altbekannte Würgen stieg aus den Tiefen seiner Innereien auf, er glaubte, sich übergeben zu müssen. Doch stattdessen folgte ein Hustenanfall.

»Sein Hauptsitz war in Rom, aber in Florenz hatte er noch eine Zweigstelle. Er war so aufgeregt, er wollte gleich mit mir losziehen. Schien ihm regelrechte Schmerzen zu bereiten, mich in diesem Aufzug zu sehen. Mein Kollege hat mich amüsiert angesehen, der kannte ihn ja schon.«

Durch seinen Husten hindurch bemerkte Gerbenius, dass sich die Stimme des Doktors entfernte. Als sich der Anfall gelegt hatte und er verzweifelt nach Atem rang, schaute er auf und sah, dass sowohl Schwester Agatha als auch Dr. Clemenz verschwunden waren. Die Badezimmertür war angelehnt, es brannte Licht. Gerbenius versuchte, sich aufzurichten, spürte, wie seine Sinne zu schwinden drohten und legte sich wieder hin.

Irgendwo zwischen Bewusstsein und Ohnmacht dämmerte er dahin. Die Schmerzen, die seit der ersten Liegestütze in seiner Brust bohrten, ließen ein wenig nach. Für Augenblicke oder auch Minuten verlor er das Bewusstsein, hörte irgendwelche Geräusche aus dem Bad, als er wieder zu sich kam. Dann wurde es wieder dunkel. Er erlangte das Bewusstsein kurz wieder, als man ihn recht unsanft anhob und auf das Bett warf. Das Gesicht von Schwester Agatha war über ihn gebeugt, und selbst in seinem Dämmerzustand erkannte er, dass diese auf seltsame Weise verjüngt wirkte, geradezu strahlte. Sie trug dasselbe entzückte Lächeln, das sie zuvor dem Doktor geschenkt hatte, als sie dessen Erzählung gelauscht hatte. Dann drückte Dr. Clemenz etwas auf Gerbenius' Mund und Nase, und er sank erneut in Nacht und Finsternis.

***

Gerade war er aus den Tiefen der Dunkelheit in etwas lichtere Gefilde emporgetaucht, hatte die Augen einen Spalt geöffnet, als er diese mit aller Gewalt wieder zudrückte. Das Schließen erfolgte rein reflexartig, ohne jedes Wollen oder Entscheiden. Gerbenius spürte seinen Herzschlag beschleunigen, und nur mit größter Anstrengung konnte er sich zwingen, nicht wie ein Kind die Bettdecke über den Kopf zu ziehen. Mit pochendem Herzen lag er da und fürchtete, erneut ins Reich der Bewusstlosigkeit zu gleiten, nun jedoch nicht aus Schwäche oder Betäubtheit, sondern aus reinem Entsetzen. Endlich wagte er doch ein scheues Blinzeln, fasste dann allen Mut und öffnete die Augen ganz. Die Gestalt war noch immer da. Vom fahlen Mondschein beschienen saß sie dort, saß auf dem Fensterbrett und starrte in das Zimmer. Nun, da der erste Schreck verflogen, erkannte er in dem Wesen einen Mann. Er richtete sich ein wenig auf, um besser sehen zu können, und mit einem Seufzer der Erleichterung stellte er fest, dass niemand anders als der Wachtmeister a.D. dort mit dem Rücken an das Fenster lehnte und in aller Ruhe eine Zigarette rauchte. Die Zigarettenspitze mit der Glut hielt er mit der Hand verborgen, als fürchte er, von einem Scharfschützen entdeckt und unter Beschuss genommen zu werden. Gerbenius' Herz begann erneut zu rasen, doch jetzt nicht vor Entsetzen, sondern vor Freude, endlich einen Menschen in seiner Nähe zu wissen, einen Kameraden, mit dem er doch kürzlich erst Laub geharkt, mithin gemeinsam im Schützengraben an der Arbeitsfront gelegen hatte. Gerbenius musste schmunzeln über die Vorsicht, mit der der Wachtmeister die Zigarette hielt, und die Macht der Gewohnheit, die auch jetzt nimmer von dem alten Krieger lassen wollte.

Aufmerksam beobachtete er seinen Gast und wartete mit Ungeduld, dass dieser nun endlich das Wort ergreifen werde. Sei es vom Arbeitsdienst, sei es ein Erlebnis von der russischen Front, jedes Thema war Gerbenius recht, solange er nur eine wohlwollende Stimme hörte, die vielleicht nach seinem Zustand fragte oder ihm Mut zusprach. In freudiger Erwartung lag Gerbenius da, der Wachtmeister aber zog an seiner Zigarette und schwieg. Gewiss, so wurde Gerbenius nun klar, hatte dieser noch gar nicht bemerkt, dass er wach war. Er richtete sich also noch ein Stück weiter auf, verursachte dabei möglichst viel Geräusch und hustete dann. Doch der Wachtmeister bemerkte ihn nicht. Er wendete den Kopf und spähte aus dem Fenster in die mondbeschienene Nacht, dann drehte er sich wieder um und zog erneut an der Zigarette. Gerbenius war sich natürlich bewusst, welche Schwierigkeiten es bereitete, hier, sei es inner- oder außerhalb des Gebäudes, zu rauchen. Gewiss wollte der Wachtmeister erst seine Zigarette zu Ende auskosten und sich erst dann nach dem Befinden seines Kameraden erkundigen. Gerbenius lehnte sich also wieder zurück und wartete. Der Wachtmeister ließ sich Zeit, sog bedächtig den Rauch ein und inhalierte tief. Bisweilen ließ er den Blick zur Decke schweifen, als suche er dort etwas. Endlich war er fertig und drückte den Stummel auf dem Fensterbrett aus. Noch eine ganze Weile lag Gerbenius unbewegt da, gab dem Wachtmeister Gelegenheit, sich zu sammeln, die Gedanken zu ordnen und in Worte zu kleiden. Doch der Wachtmeister saß und schwieg. Endlich räusperte sich Gerbenius und hustete noch dazu. Der Wachtmeister drehte den Kopf erneut und sah zum Fenster hinaus. Die Nacht schien klar zu sein, doch möglicherweise hatte sich leichter Bodennebel gebildet, der, vom Mond beschienen, ihn gewiss an die schneebedeckten Weiten der russischen Ebene erinnerte. Musste er nicht so manche Nacht auf Posten gestanden und in die weiße Ferne gespäht haben? Immer auf der Wacht und mit geschärften Sinnen auf der Suche nach einem verdächtigen Geräusch, nach einer Bewegung, die eigentlich nicht sein durfte?

Der Wachtmeister drehte sich wieder um, und auch wenn der Anblick dort draußen versunkene Erinnerungsbilder von russischen Winterlandschaften mit frischem Leben beseelt hatte, so ließ er kein Wort davon vernehmen. Wie schon zuvor saß er einfach da und starrte in das Zimmer.

Die ersten dunklen Schatten legten sich nun auf Gerbenius' Frohmut, und er entschied, nun selber die Initiative zu ergreifen. »Wie war ...«, begann er und bemerkte, wie rau und heiser seine Stimme vom mangelnden Gebrauche geworden war. Er räusperte sich und versuchte es erneut. »Wie war der Arbeitsdienst heute?«

Doch kaum hatte er die Frage gestellt, da wurde ihm auch schon klar, wie ungeschickt, wie völlig falsch es war, ein Gespräch gerade mit diesem Thema beginnen zu wollen. Hatte der Wachtmeister nicht erst jüngst erklärt, wie nutzlos ihm das ganze Harken dünke? Musste er es da nicht als Affront empfinden, wenn sein Gastgeber gerade diesen Gegenstand anschnitt? Ja, musste er es nicht gar für eine direkte Aufforderung halten, ihn allein zu lassen?

Was immer in dem Wachtmeister vorging, seiner Miene, sofern im fahlen Mondschein zu erkennen, ließ sich nichts entnehmen. Unbewegt saß er da, starrte und schwieg.

Gerbenius begriff sogleich, dass nur eine Frage zu des Wachtmeisters Erlebnissen im fernen Russland die Situation noch retten konnte. Vielleicht sollte er sich erkundigen, was aus dem unseligen Leutnant geworden, der sie so unbedacht über das ungeschützte Feld und in den weißen Tod geschickt hatte. Aber das wäre natürlich noch ungeschickter gewesen als seine Frage nach dem Arbeitsdienst. Der Wachtmeister hatte schließlich deutlich genug zu verstehen gegeben, was er von dem Leutnant, diesem Schnösel, hielt. Nein, die einzig passende Frage konnte nur sein, wie es ihm, dem Wachtmeister, denn gelungen sei, dem mörderischen Beschuss zu entkommen und dabei gewiss noch so machen Kameraden zu retten.

»Euer Leutnant muss fürwahr ein rechter Tor gewesen sein«, begann er also. »Aber sprich, o Kamerad, wie hast du dich dem klammen Griff des Todes entwunden?«

Gebannt und innerlich bebend starrte er zu dem Mann auf seinem Fensterbrett. Irgendeinen Laut musste er nun von sich geben, oder doch zumindest ein Zeichen, dass er ihn gehört habe.

Doch nichts. Wenn sich in der Miene des Wachtmeisters etwas regte, so konnte Gerbenius es nicht erkennen. Er zitterte, wollte brüllen, wollte schreien, dem Gast ein, und sei es auch nur ein einziges Wort entreißen! Doch konnte rohes Wollen hier was retten?

Sein Gesicht, ging es Gerbenius durch den Sinn, wenn ich nur sein Gesicht richtig sehen könnte, ihn zwingen könnte, mir in die Augen zu schauen, konnte er mir dann noch das erlösende Wort versagen? Die Rettung war das Licht, das spürte er genau. Er richtete sich also auf, schob die Beine über den Bettrand, stützte sich ab und wollte sich erheben, als er auch schon mit dumpfem Gepolter auf den Boden schlug.

Der erste Schrei, noch im Fallen, rührte mehr vom Schreck, so plötzlich ohne jedes Gleichgewicht zu sein. Der zweite Schrei galt dann dem Schmerz, der mit gewetzten Dolchen von allen Seiten auf ihn einzustechen schien. Er schrie mit letztem Atem, den er seiner geplagten Lunge entreißen konnte; die Sinne wären ihm geschwunden, hätte nicht eine neue Schmerzwelle ihn überrollt.

Einige Minuten lag er da, ohne zu ahnen, was mit ihm geschah. Dann, ganz allmählich, wurde er gewahr, dass die Schmerzen in erster Linie von seinem Bein ausstrahlten, seinem linken Bein. Behutsam tastete er seinen Oberschenkel ab, glitt mit den Händen weiter bis zum Knie, und dort, dort nun war mit einem Male Schluss. Wohl weitere fünf Minuten vergingen, bis sein Bewusstsein endlich akzeptierte, worauf sein Tastsinn von Anfang an bestanden hatte. Sein linker Unterschenkel fehlte.

Zum Schmerz gesellte sich nun Entsetzen und erneut schrie er auf, flehte den Wachtmeister an, flehte um Gnade.

Der Wachtmeister saß und starrte. Von seiner neuen Perspektive aus sah Gerbenius nun deutlich, wie sich dessen Profil vor dem mondbeschienenen Fenster abzeichnete. Die Gesichtszüge waren hart, spitz zulaufend das Kinn, ebenso die Nase, die Gerbenius ganz anders in Erinnerung hatte. Fast ähnelte er einem übergroßen Raubvogel.

Der Wachtmeister stützte sich mit den Händen ab und nahezu behände ließ er sich vom Fensterbrett glei-

ten. Mit federndem Schritt ging er an Gerbenius vorbei
zur Tür und verließ das Zimmer.

***

Weiterhin sind von Stefan Bruweleit im Mephistopheles-Verlag erschienen:

Bäslack. Heitere und satirische Geschichten

Ein Pater, der in seinem Kampf gegen das Böse vor nichts und niemandem Halt macht; ein Mann, den der von seinem serienmordenden Nachbarn verursachte Lärm nahezu in den Wahnsinn treibt, dem aber entgeht, wie seine Familie nach und nach von eben jenem Nachbarn dahingemetzelt wird; eine Gruppe hilfsbereiter Bürger, die während der Suche nach einem vermissten Jungen eine ganze Stadt in Schutt und Asche legt.
Vielen der Helden aus den vorliegenden zwölf Erzählungen und Kurzgeschichten scheint das rechte Augenmaß zu fehlen. Gewiss versuchen sie lediglich, irgendwie die Widrigkeiten des Lebens zu meistern, doch alle von ihnen scheinen den ganz normalen Wahnsinn des Alltags geradezu anzuziehen.
Ein unvergleichlicher Lesespaß für die ganze Familie.

ISBN: 978-3-9824142-0-1
Umfang: 216 Seiten
Preis: 12,99 Euro

Der alte Marionettenmeister. Roman

Ein Serienmörder, der eine ganze Stadt in Atem hält;
drei Männer, die keinen sehnlicheren Wunsch kennen,
als sich das Leben zu nehmen; dazu ein geistig be-
hinderter Rollstuhlfahrer und sein geheimnisvoller Begleiter, die irgendwie mit den Morden und auch mit
den drei Lebensmüden in Beziehung zu stehen scheinen.
Während die Stadtbevölkerung durch das Wüten eines
Serienmörders dezimiert wird, bemühen sich die drei
Helden der Geschichte verzweifelt, ihrem Dasein ein
Ende zu bereiten. Eigentlich doch ein ganz einfaches
Unternehmen, so sollte man meinen. Bald jedoch schon
müssen sie erkennen, dass ihr Vorhaben weitaus
schwieriger ist, als sie zunächst angenommen haben.
Irgendeine Macht, die irgendwie mit dem Rollstuhlfahrer und dessen Begleiter im Zusammenhang zu ste-
hen scheint, hat offenbar andere Pläne mit ihnen.

ISBN: 978-3-9824142-1-8
Umfang: 230 Seiten
Preis: 12,99 Euro

Die vier Erwählten. Roman

Auch das Leben in der religiösen Gemeinde der Erwählten ist nicht leicht, wie die vier jugendlichen Helden der Geschichte schmerzhaft erfahren müssen. Tagtäglich dem religiösen Fanatismus der Gemeindemitglieder und den drakonischen Strafmaßnahmen ihres Familienoberhauptes ausgesetzt, steuern sie direkt auf eine Katastrophe zu, die ihren weiteren Lebensweg entscheidend prägen soll.
Wie eine Gewitterwolke schwebt die Vergangenheit fortan über ihren Häuptern, auch als sie nicht mehr dem direkten Einfluss der Sekte ausgesetzt sind, und konfrontiert sie mit der Frage nach der eigenen Schuld, die sie während ihrer Zeit in der Gemeinde der Erwählten auf sich geladen haben. Keiner von ihnen kann sich letztlich der Beantwortung dieser Frage entziehen.

ISBN: 978-3-9824142-2-5
Umfang: 546 Seiten
Preis: 19,99 Euro

Der Fluch des Grafen Olens. Eine Kriminalgeschichte der etwas anderen Art.

Inspektor Kolluvies ist weniger Polizist, sondern in erster Linie Genie. Diese Wahrheit wird wohl kaum jemand in Zweifel ziehen, der jemals erlebt hat, wie der Meister der genialischen Beweisführung im kühnen Gedankenflug selbst das Unbeweisbare beweist und aus den unscheinbarsten Indizien Kriminalfälle von solcher Grandiosität konstruiert, dass selbst ein Sherlock Holmes vor Neid erblassen würde. Und wen stört es da schon, dass er zumeist an der Realität vorbeiermittelt und höchstens einmal durch Zufall einen Fall löst, solange zumindest der Ermittlungsansatz eines Kolluvies würdig und eben genial ist?
So sind Kolluvies und sein tollpatschiger Assistent Fiedler denn auch genau die passenden Männer, die Alfons Graf zu Amentes benötigt, als ein Serienmörder sein Anwesen heimsucht. Während sich Leiche auf Leiche häuft und der Inspektor sich an seinen geistigen Höhenflügen berauscht, scheint die einzige Aussicht auf Rettung in der Flucht zu bestehen. Doch wohin flüchten, wenn man von einem undurchdringlichen Moor und einem reißenden Fluss umgeben ist, dessen einzige Brücke bei einem Unwetter eingestürzt ist?

ISBN: 978-3-9824142-4-9
Umfang: 222 Seiten
Preis: 12,99 Euro

Die nächtliche Reise des Immanuel S. Roman

Als Immanuel S. aus einem tiefen Schlaf, vielleicht auch einer Bewusstlosigkeit, erwacht, da befindet er sich in einem Zimmer des Krankenhauses seiner Stadt. Wie er dort hingekommen ist, das weiß er nicht. Das Letzte, woran er sich erinnert, ist, dass er seine Wohnung verlassen hat, um Herrn Schreihöft, dem Chef eines großen Unternehmens, ein höchst wichtiges Dokument der Firma, in der er als Fakturist tätig ist, zu überbringen. Immanuel ist verzweifelt. Das Dokument muss unbedingt sofort überbracht werden. Er macht sich auf, gelangt schließlich auch in das Vorzimmer von Herrn Schreihöft, schläft dort allerdings ein, während er darauf wartet, vorgelassen zu werden. Als er erwacht, befindet er sich wieder in dem Krankenhauszimmer. Ein nicht enden wollender Kreislauf beginnt. So sehr er sich auch bemüht, das Dokument abzuliefern, immer wieder endet er doch nur in jenem Krankenhauszimmer. Die Ereignisse, die ihm auf dem Weg zu Herrn Schreihöft widerfahren, werden mit jedem Durchgang bizarrer, seine Umwelt wird ihm immer fremder. Bald jedoch wird deutlich, dass der Wahnsinn, der nun von allen Seiten auf ihn einschlägt, nur ein scheinbarer ist, sich durch ihn vielmehr nichts weniger andeutet als die Antwort auf die zentrale Frage der Menschheit: die Frage nach Sinn und Unsinn des Lebens.

ISBN: 978-3-9824142-5-6
Umfang: 370 Seiten
Preis 14,99 Euro